Diogenes Taschenbuch 21105

de
te
be

ch

B. Traven
Werkausgabe
Band 8

B. Traven

Die Carreta

Roman

Eine Edition der
Büchergilde Gutenberg
im Diogenes Verlag

Werkausgabe B. Traven in Einzelbänden
Herausgegeben von Edgar Päßler

Veröffentlicht als Diogenes Taschenbuch, 1983

Büchergilde Gutenberg, Frankfurt am Main
80/83/36/1
ISBN 3 257 21105 8

Erstes Kapitel

I

Andres Ugaldo war reinen indianischen Blutes. Zugehörig der großen Nation der Tseltales.
Er stammte von Lumbojvil, einer Finca im Distrikt von Tsimajovel. Der volle Name jener Finca war Santa Maria Dolorosa Lumbojvil.
Lumbojvil war der uralte indianische Name einer indianischen Kommune oder Wirtschaftsgemeinschaft, und er bedeutete soviel wie kultiviertes Land.
Nach der Eroberung durch die Spanier wurde diese Kommune den Indianern weggenommen, und das Land wurde von dem Generalgouverneur, der hier zu befehlen hatte, einem spanischen Landsknecht verkauft oder geschenkt, der die Kommune zu einer Finca, einer Domäne, umformte. Die ursprünglichen Besitzer, die Indianer, blieben in ihrem Dorf, das inmitten ihres Gemeindelandes lag, wohnen, weil sie nirgend anderswo hätten hingehen können. Teils blieben sie hier aus sentimentaler Anhänglichkeit an die Erde, auf der sie geboren waren, und teils aus der sich rasch verbreitenden Kenntnis, daß, wohin sie auch immer gehen würden, sie ein genau gleiches Schicksal erwartete. Sie waren nun nicht länger mehr unabhängige Bauern auf ihrer eigenen Erde, sondern der Finquero, der neue Herr ihres Landes, wies ihnen nach seinem Ermessen und Gutdünken Äcker zu, auf denen sie die Früchte anbauten, die sie für ihren Lebensunterhalt und den ihrer Familien gebrauchten. Dies war der Lohn für die Arbeit, die sie dem neuen Herrn zu leisten hatten, dessen Leibeigene sie wurden.
Die Spanier, wenn sie ein solches Kommuneland erwarben, ließen den alten indianischen Namen bestehen, weil das die einzige Möglichkeit war, daß sich die indianische Bevölkerung, die durch Jahrhunderte an den Namen gewöhnt war, auskennen konnte und wußte, wo sie hingehörte. Aber die Spanier, um des Schutzes ihrer eigenen Gottheiten in dem neuerworbenen Lande sicher zu sein, setzten dem indianischen Namen einen guten frommen Namen vor. In diesem Falle: Heilige Schmerzensreiche Maria.

Im Laufe der Zeit war die Finca durch Erbschaften und Verkäufe in zahlreiche Hände übergegangen. Was aber bei diesen Käufen und Verkäufen nie wechselte, war das Land selbst und seine Urbewohner. Auf der Finca wohnten heute noch dieselben Familien, die dort gewohnt hatten, ehe die Spanier kamen. Sie blieben ihrem Lande und ihrer Erde treu, ruhig und geduldig auf den Tag wartend, der es ihnen wieder zum Eigentum geben würde.
Der jetzige Besitzer war Don Arnulfo Partida, ein Mexikaner spanischer Herkunft. Auf seine spanische Herkunft war er sehr stolz, obgleich er wohl schon mehr mexikanisches und indianisches Blut in sich trug als spanisches.

2

Es war eine Seltenheit, daß ein Angehöriger der Peones einer Finca von der Finca fortkam. Der Vater Peon, der Sohn Peon und die Tochter Frau eines Peons. Das war so gut wie Gesetz. Und wenn ein Peon davonlief, um sein eigenes Leben zu führen, so bezahlte der Finquero fünf Pesos dem Präsidenten der Municipalidad seines Distriktes, und der Präsident ließ den entlaufenen Peon durch die Polizei einfangen und auf die Finca zurückbringen, wo der Peon die fünf Pesos abverdienen mußte, nachdem er seine besondere Strafe für sein Entlaufen erlitten hatte. Aber die innigen Bande, die einen Indianer mit seiner Familie und mit seinen Blutsgenossen und Freunden verknüpfen, ließen sehr selten in einem Peon den Gedanken aufkommen, von der Finca, zu der er gehörte, fortzulaufen.
Andres Ugaldo war von der Finca fortgekommen, ohne fortlaufen zu müssen. Ob von seiner angestammten Finca, auch wenn sie eine gewisse Leibeigenschaft bedeutet, fortzukommen, immer ein Glück für den Peon ist, kann nicht gesagt werden. Es ist ebensooft zu seinem persönlichen Schaden, wie es häufig zu seinem Vorteil sein mag. Das vorher zu wissen oder gar sein Leben geschickt und erfolgreich einer neuen Umgebung anzupassen, dazu fehlt dem Peon die Intelligenz, die zu entwickeln der Finquero ängstlich vermeidet. Und wenn diese Entwicklung der Intelligenz des Peons gar von Staats wegen geschieht, dann wird der Finquero unangenehm, und er wird höchst unbequem für den Staat. Er wird Mon-

archist oder Bolschewik, oder Rebellenführer ganz gleich was, wenn er nur diese gefährliche Staatsfürsorge für seine Peones dadurch verhindern kann.

3

Eine Tochter des Don Arnulfo hatte sich nach Joveltó verheiratet. Joveltó ist ein schönes reinliches Städtchen, mit zur Hälfte mexikanischer Bevölkerung, sogenannten Ladinos, und zur anderen Hälfte mit rein indianischer Bevölkerung. Die Indianer wohnen für sich in ihrem Stadtviertel, und die Ladinos wohnen für sich in einem andern Stadtviertel. Aber auf dem Markte und in allen Geschäften mischen sich Indianer und Mexikaner, wie auch sonst sich die Bevölkerung einer Stadt überall auf Erden mischt. Die Mexikaner haben ihren eigenen Bürgermeister, und die Indianer haben ihren eigenen Chef oder Jefe oder Häuptling oder Cacique, oder wie sie es nennen mögen.
Doña Emilia konnte in ihrem neuen Wohnort nicht die rechten Mädchen finden, oder sie konnte sich an die indianischen Mädchen von Joveltó nicht gewöhnen, oder sie wollte vertraute Gesichter um sich haben oder was auch immer der Grund sein mochte, jedenfalls schickte sie einen indianischen Burschen mit einem Briefe an ihren Vater ab. Sie bat ihren Vater, ihr zwei Mädchen von der heimatlichen Ranch zu schicken, und sie nannte auch gleich die Namen der Mädchen, die sie wünschte, Ofelia und Paulina. Beide Mädchen hatten daheim schon im Hause des Vaters gedient, und Doña Emilia hatte sie in der Küche und in den Wohnräumen lange um sich gehabt. Um gleich alles in einem Streich zu tun, erbat sie von ihrem Vater, daß er ihr auch noch einen Jungen schicken möge, der anstellig sei und den ihr junger Ehemann in seinem Geschäft notwendig gebrauche.
Don Arnulfo konnte seiner Tochter nichts abschlagen, um so weniger, als sie mit umschriebenen Worten andeutete, daß sie ihn, innerhalb der vorgeschriebenen Frist, zum Großvater machen werde, welche Tatsache ihr vergangene Woche bewußt geworden sei. Der Vater beeilte sich daraufhin, die beiden gewünschten Mädchen zu schicken, und er bestimmte auch gleich den Jungen, der mitzugehen hatte.

Dieser Junge war Andres. Eines der beiden Mädchen, die Ofelia, war seine Tante. Und weil er mit seiner Tante gehen konnte, so fiel es ihm weniger schwer, von seinem väterlichen Jacalito, der Lehmhütte, in der er geboren war, fortzugehen.
Es war das erstemal in seinem jungen Leben, daß er von Hause ging. Die Mutter weinte, als sie ihm seinen Posol zurechtknetete. Aber sein Vater war stoisch und ließ von seinem wahren Gefühl nichts merken. Der Junge jedoch empfand in seinem männlichen Instinkt die tiefe Liebe und den Schmerz der Trennung, die seinen Vater durchschüttelten, obgleich der Vater auch nicht durch die geringste Bewegung in seinen Gesichtszügen verriet, was es für ihn bedeutete, sich von seinem Jungen zu trennen. Es war ein schwaches Blinken in den schwarzbraunen Augen des Vaters, ein merkwürdiges Funkeln, wie es der Junge vorher nie bei seinem Vater gesehen hatte. Aber es offenbarte ihm eine so tiefe Liebe, wie er niemals geglaubt hätte, daß sein Vater einer solchen Liebe ihm gegenüber fähig gewesen wäre. Denn Criserio war ein schlichter Mann, der nicht mehr von der Welt und dem Leben wußte, als was sein Stückchen Maisfeld, seine Milpa, sein Bohnenfeld, seine paar Schafe, die Felder und die Viehherden seines Patrons ihn lehrten und lehren konnten. Er konnte seinen Empfindungen weder in Worten noch in Gesten Ausdruck geben. Es kam ihm auch gar nicht der Gedanke, ihnen Ausdruck zu geben.
Dieses Blinken in den Augen seines Vaters beim Abschied von der Heimat war es, was das fernere Leben des Jungen bestimmen sollte. Es war der Wendepunkt in der Forderung seines Charakters und der Anfang im Aufbau seines Schicksals.
Andres war damals elf Jahre alt.

4

Die beiden Mädchen wurden auf Pferde gesetzt, ihre paar Lümpchen und ihre Schlafdecken wurden in Schilfmatten gepackt und auf ein Mule geladen.
Andres und der Bursche, der zur Begleitung mitgeschickt wurde, um die Tiere wieder zurückzubringen, gingen zu Fuß.
Es war eine Reise von drei Tagen.
Das Heimweh, sowohl das der beiden Mädchen als auch das des

Jungen, wurde gemildert, als sie das bekannte Gesicht der Doña Emilia in Joveltó wiedersahen. Doña Emilia war ja auf derselben Erde geboren wie sie, wenn auch im Hause des Patrons. Sie war nur ein Jahr älter als Ofelia und nur drei älter als Paulina. Sie waren miteinander aufgewachsen, denn die beiden indianischen Mädchen waren sehr frühzeitig zu Diensten ins Haus gekommen. Und im Hause hatten sie zusammen in der Küche und in den Wohnräumen gewirtschaftet, zusammen gelacht, zusammen geheult, zusammen getanzt, zusammen vor den Heiligenbildern der Kapelle der Finca gekniet und zusammen ihre kleinen Geheimnisse gehabt. Doña Emilia sprach die indianische Sprache ebenso geläufig wie die Mädchen, und die Mädchen wußten genug Spanisch, um sich unter Mexikanern zurechtzufinden.

Doña Emilia war sehr beliebt bei allen Familien der Peones ihres Vaters gewesen, wenn auch freilich oft mit der Einschränkung, daß sie beliebt war in der Art, wie in einem Königreiche der Kronprinz beliebter ist als der König. Aber sie hatte stets Hilfe bereit für kranke Leute, und wo immer sie konnte, versuchte sie da recht zu machen, wo nach ihrer Meinung oder nach Meinung der Peones von ihrem Vater oder von dem Mayordomo ein Unrecht getan worden war. Und so, in der Nähe der ihnen vertrauten jungen Frau bleibend, vergaßen die beiden Mädchen und der Junge schon nach wenigen Tagen, daß sie sich in einer neuen Umgebung befanden.

Don Leonardo, der Ehemann der Doña Emilia, war ein freundlicher Mann, der niemand etwas zuleide tun zu können schien. Er kümmerte sich auch nicht um das Dienstpersonal seiner Frau. Den Mädchen schien es, daß er ein besserer und gütigerer Patron sei als Don Arnulfo, der oft sehr grimmig werden konnte.

5

Don Leonardo war ein Kaufmann. Er unterhielt in Joveltó eine Tienda de Abarrotes, einen Laden und Lager für alle Art von Waren, wie Zucker, Kaffee, Mais, Bohnen, Seife, Mehl, Branntwein, Konserven, Schuhe, Laternen, Beile, fertige Kleider, Hemden, Baumwollstoffe, Seidenbänder, Phonographen, Medizin, Tabak, Heiligenbilder, Tinte, Flaschenbier, Parfüm, Sättel, Pa-

tronen. Ein Warenhaus in dem winzigen Format, wie es für Joveltó, eine halb indianische, eine halb mexikanische Stadt von etwa tausend Einwohnern, als großzügig und weltstädtisch angesehen werden muß.
Don Leonardo konnte dieses umfangreiche Geschäft durchaus allein besorgen. Im Notfalle, wenn der Andrang zu groß wurde, wenn etwa eine Frau eine Kerze für drei Centavos wünschte und zu gleicher Zeit eine Indianerin für zwei Centavos Rizinusöl haben wollte, dann kam es vor, daß Doña Emilia zur Aushilfe hinzusprang. Aber daß zwei Leute gleichzeitig im Laden waren, um etwas zu kaufen, das geschah nur selten, und wenn es wirklich geschah, dann war es nur an Markttagen. Der gewöhnliche Verlauf des Geschäftes ging so vor sich, daß frühmorgens um halb sechs ein Indianer vor der Tür kauerte, der im selben Augenblick, wenn geöffnet wurde, eintrat und für einen Quinto, fünf Centavos, Tabakblätter verlangte. Zwei Stunden später kam ein Kind und verlangte für einen Medio, sechs Centavos, gemahlenen Kaffee. Um zehn Uhr schickte eine Näherin nach Maschinennadeln Größe sieben. Der Ladeninhaber ließ sagen, daß er Größe sieben nicht habe. Das Kind lief nach Hause und kam zurück, es dürfte auch Größe acht sein. Don Leonardo sagte, daß er Größe acht leider auch nicht habe, er habe nur Größe neun. Das Kind kam wieder und kaufte für drei Centavos eine Nadel Größe neun. Dann wurde die Nadel im Laufe des Tages viermal umgetauscht, bis sich die Parteien endlich gegen Abend auf Größe fünf endgültig einigten und der Verkauf damit abgeschlossen war, unter dem Vorbehalt, daß die Näherin das Recht habe, die Nadel im Laufe der Woche umzutauschen, falls die Größe sich doch nicht eignen sollte.
Zuweilen wurden freilich auch ein Paar Stiefel verkauft oder sechs Meter Crêpestoff oder fünfundzwanzig Quininapillen oder gar ein ganzes blaues Kleid für dreiundzwanzig Pesos. Das will sagen, dreiundzwanzig Pesos verlangte Don Leonardo, weil das Kleid von New York importiert sei. Nach vier Stunden wurde das Kleid dann für vierzehn Pesos verkauft, wobei sowohl Don Leonardo als auch die Käuferin weinten oder wenigstens so taten, als ob sie weinten. Er darum, weil er das Kleid unter dem Einkaufspreis

habe hergeben müssen und er das nur könne und nur tue, weil sie seine Nachbarin sei und zu einer Hochzeit wolle, und er hoffe, daß sie seine treue Kundin bis ans Ende ihrer Tage bleibe, während sie zu weinen vorgab darum, weil sie nur ein Kleid für acht Pesos habe kaufen wollen und nun alle ihre Ersparnisse hergeben müsse, um diesen sündhaften Preis bezahlen zu können. Als alles vorüber war, erzählte Don Leonardo seiner jungen Frau, daß er sechs Pesos an dem Kleide verdient habe, und die Käuferin erzählte in der ganzen Stadt herum, daß sie Don Leonardo diesmal aber schön hereingelegt habe, daß sie ein Kleid, das wenigstens dreißig Pesos wert sei, für den lächerlich geringen Preis von vierzehn Pesos erwischt habe und daß sie niemals, in ihrem ganzen Leben nicht, ein so schönes und so gutes und so modernes Kleid für so wenig Geld gekauft habe.
Diese Tienda würde Don Leonardo nicht reich, kaum wohlhabend gemacht haben. Die Konkurrenz war zu groß. Es gab in dem Städtchen so viele Läden, daß auf je drei Häuser ein Laden kam. Freilich waren die übrigen Läden nicht so groß und in ihren Waren nicht so reichhaltig wie der des Don Leonardo. Die meisten Läden waren eigentlich nur Winkelchen, und in der Hälfte aller Läden konnte man die ganze vorhandene Ware in einem Ramsch für zehn Pesos kaufen und dabei noch Geld verlieren können.
Don Leonardo hatte andere Geschäfte nebenbei laufen, die ihm mehr eintrugen. Er kaufte Mais von den indianischen Bauern, die in unabhängigen Gemeinden wohnten, in großen Mengen auf und verkaufte ihn dann mit gutem Gewinn in den größeren Städten Jovel, Tuxtla, Yalanchen, Balun Canan. Er kaufte in dem Distrikt Tsimajovel Kaffee auf und in dem Distrikt Pichucalco Kakao und verkaufte diese Waren an der Bahnstation an die größeren amerikanischen Kaffee- und Kakao-Einkäufer. Er kaufte in Hucutsin Tabak auf in Tausenden von Puppen und verkaufte ihn an die Händler in den Städten. Er betrieb diese Geschäfte nicht in sehr großem Maßstabe. Natürlich nicht. Dazu fehlte ihm genügend Kapital, und es waren auch zu viele andere Aufkäufer herum, die sich gegenseitig Leben und Existenz erschwerten. Auch war die Produktion nicht groß und nicht beständig genug, um dabei reich zu werden. Aber diese Nebengeschäfte halfen ihm

dabei, zu einem behäbigen Wohlstand zu gelangen. Er durfte sich mit Recht für wohlhabender betrachten als sein Schwiegervater Don Arnulfo.

6

Bisher hatte ihm seine Tante im Geschäft geholfen. Seit seiner Heirat jedoch war die Tante mit ihm verfeindet. Mütter und Tanten haben es an sich, bösartig und sogar bissig zu werden, wenn ihre Schützlinge heiraten und sie nicht freudig und mit weitausgestreckten Armen in die Ehe mit aufgenommen werden. Und Tanten, besonders gar, wenn es übriggebliebene Tanten sind, sind zuweilen blutdürstiger als Schwiegermütter. Die Schwiegermutter, selbst die gute, selbst die Ausnahme, ist ein Überbleibsel aus der Zeit der Höhlenmenschen. Das wird so häufig vergessen, und darum sind Witze über die Schwiegermutter meist so langweilig. Don Leonardo hatte keine Lust, seine junge Frau ständig im Geschäft zu haben, wenngleich das die Regel in den kleinen Städten in Mexiko ist und besonders in den kleinen Geschäften des unteren Mittelstandes. Die mexikanische Frau ist im Geschäft dem Manne weit überlegen. Sie ist arbeitsamer als er, gewandter und rascher im Erfassen von Situationen. Die mexikanische Frau hat etwas, was dem mexikanischen Manne völlig fehlt: Vorausberechnung, und die Ruhe, das Vorausberechnete geduldig abzuwarten. Und weil Don Leonardo seine Frau nicht im Laden arbeiten sehen wollte, wenigstens nicht als Notwendigkeit, so hatte er an einen Jungen gedacht, den er im Geschäft heranbilden konnte, um ihn zu vertreten, wenn er seiner Einkäufe wegen nicht daheim sein konnte. Doña Emilia hatte ihm Andres beschrieben und ihm diesen Jungen empfohlen. Andres war im Alter von etwa neun Jahren ins Haus, in das Herrschaftshaus des Don Arnulfo, gekommen, um bei Tisch zu bedienen. In den Ranchos und Haciendas in Mexiko sind es meist Jungen, die am Tische bedienen, sehr selten Mädchen. Es sind Jungen eines oder einiger Peones der Hacienda, also indianische Jungen. Oft sind es freilich Kinder, die den Liebesverhältnissen des Patrons der Finca, oder seiner erwachsenen Söhne, mit einem oder mit mehreren indianischen Mädchen der Finca entspringen.

Die Arbeit des Jungen eines Peons im Herrschaftshaus des Patrons gilt als Pflichtarbeit, die seinem Vater gutgerechnet wird. Der Vater des Jungen erhält dafür vielleicht etwas mehr Land zugewiesen, oder es werden ihm von den zwei Wochen Pflichtarbeit, die er im Monat für den Patron zu leisten hat, ein oder zwei Tage abgelassen, oder er bekommt das Recht, sich mehrere Ziegen oder gar eine Kuh zu halten, die auf die Weiden des Patrons gehen dürfen, oder der Junge arbeitet eine Schuld herunter, die sein Vater bei dem Patron gemacht hat, vielleicht als er Hemdenstoff brauchte oder Ferkel oder ein Hündchen von dem Herrn erwarb. Andres bediente nicht nur bei Tisch, er half beim Geschirrwaschen, half beim Reinigen der Stuben, wässerte die Blumen im Garten, putzte das Reitzeug des Patrons, half beim Baden der Reitpferde, half Wasser vom Fluß herbeischleppen, und wenn so gar nichts anderes zu tun schien, so rief ihn der Mayordomo, und dann mußte er beim Drehen von Seilen helfen. Aber in nichts, was er auch tat, brauchte er sich totzuarbeiten. Wie sich wohl niemand, kein einziger Peon, auch wenn sie sich alle in gewisser Form von Leibeigenschaft befanden, zu Tode zu rackern brauchte. Denn es wurde nichts in überhastender Eile getan. Weder hier noch auf irgendeiner anderen Finca, die im Besitz eines Mexikaners oder eines Halbspaniers war. Wenn Andres vielleicht von irgendwem im Hause gerufen wurde und er war nicht zur Stelle, weil er sich mit anderen Jungen des Dorfes herumbalgte, so wurde er, wenn er endlich erschien, gründlich angebüffelt, und gelegentlich bekam er vielleicht eins hinter die Ohren gelangt; aber damit war der Vorfall auch schon wieder vergessen. Immerhin war der Dienst im Hause für Andres von Vorteil. Er schnappte Spanisch auf; und er lernte es so gut, daß er zu jener Zeit, als er nach Joveltó kam, sich im Sprechen von den mexikanischen Jungen dort kaum unterschied. Und weil er gleichzeitig auch seine Muttersprache Tseltal sprach und es dieselbe Sprache war, die in Joveltó und in dessen weiter Umgebung von den Indianern gesprochen wird, wenn auch mit Abweichungen von dem Dialekt, den Andres sprach, so war der Junge von großem Wert für Don Leonardo. Denn Don Leonardo hatte, besonders an Markttagen, eine größere Kundschaft unter den Indianern als unter den Mexikanern.

7

Don Leonardo konnte den Jungen bald recht gut leiden. Andres war willig, zu lernen, er war intelligent und anstellig. Er lernte rasch die Waren zu unterscheiden und richtig zu benennen, lernte ihren Wert und ihre Haltbarkeit kennen, lernte ihren Preis und lernte auch bald, wieviel er bei der einen Ware vorschlagen und wie weit er mit dem Preise zuletzt heruntergehen konnte, um seinem Herrn immer noch einen Nutzen zu lassen.

Jedoch wohl nicht aus allzu großer Liebe für den Jungen und weniger wohl noch aus einer Fürsorge für die Zukunft des Jungen, sondern zweifellos aus rein egoistischen und für ihn selbst sehr nützlichen Gründen heraus schickte Don Leonardo den Jungen in die Abendschule, damit er lesen, schreiben und rechnen lernen möge. Rechnen konnte der Junge sehr wenig. Wenn ihm jemand einen Peso gab und die verkauften Waren kosteten sechsundachtzig Centavos, so mußte er erst Don Leonardo oder Doña Emilia fragen oder gar aufsuchen, um die Summe zusammenrechnen zu lassen und ihm zu sagen, wieviel er herausgeben müsse. Das war umständlich und häufig, wenn Don Leonardo gerade bei Tische war oder die Zeitung lesen wollte, sehr belästigend. Und es war belästigend, daß der Junge die Aufschriften auf den Kisten und Packen nicht lesen konnte und darum oft die falschen Kisten aufmachte oder oft nahe daran war, die Ziffern der Preise zu verwechseln und Waren unter dem Preis zu verkaufen.

Don Leonardo dachte darüber nach, und er rechnete aus, daß der Junge für ihn wertvoller würde, wenn er lesen, schreiben und rechnen könne. Es war hier im kleinen, wie es überall in der Welt im großen ist. Der Fabrikant, der Großkapitalist, der Großlandbesitzer ist im Grunde seines Wesens der Bildung der Proletarier abgeneigt. Er fühlt mit gutem Recht, daß der gebildete Prolet seiner bevorzugten Stellung in der Welt gefährlich werden kann. Aber das Wirtschaftsleben ist so kompliziert und so verwickelt geworden, daß ein Fabrikant, der ungebildete Arbeiter beschäftigt, von jenen Fabrikanten, die gebildete und hochintelligente Arbeiter um sich sammeln, zugrunde gerichtet wird. Ein Eisendreher, der nicht berechnen kann, welche Übertragungsräder er einstellen muß, wenn er ein Gewinde von zehn Gängen auf einen Zoll Länge bringen soll, ist heute durchaus wertlos für den Fabrikanten. Die Maschinen, die ein Arbeiter heute zu bedienen hat, sind in den meisten Fällen so kompliziert, daß der Arbeiter, der alle die vielen Aufschriften an den unzähligen Hebeln, Rädern und Armen an seiner Maschine nicht blitzschnell zu lesen vermag, dem Fabrikanten in zwei Sekunden einen Schaden von zehntausend Dollar verursachen kann. Ein Arbeiter, der vorgelegte Zeichnungen nicht lesen, verstehen und nach ihnen arbeiten kann, ist unbrauchbar für den Fabrikanten von heute. Der Kapitalist von heute muß, um Kapitalist sein und bleiben zu können, den Staat unterstützen und sogar anspornen, den Kindern des Proletariats, die er ja eines Tages als Arbeiter benötigt, eine so gute Schulbildung zu geben, wie sie vor hundert Jahren nur selten die Kinder von Fabrikanten erhielten. Der Kapitalist muß mit seinen Steuern diese Bildung des Proletariats unterstützen. Er tut es mit bitterem Grimm im Herzen, aber er hat keinen anderen Ausweg. Heute, und mehr noch in Zukunft, steht nicht das Land an erster Stelle in der Welt, das die gebildetste Oberschicht hat, sondern jenes Land bestimmt den Wert des Geldes, das innerhalb seiner Grenzen das gebildetste Proletariat auferzieht.

So waren es reine Erwägungen von Nützlichkeit und von eigenem Vorteil, die Don Leonardo bewogen, dem Jungen eine notdürftige Schulbildung zu geben. Aber man darf ruhig schon jetzt sagen, daß, wenn der Junge eines Tages von seiner Schulbildung einen individuellen Gebrauch machen würde von einer Art, die Don Leonardo nicht behagt, Don Leonardo von einer undankbaren Kreatur sprechen wird, von einem Jungen, den er zu dem gemacht habe, was er sei, und der die große Güte seines Herrn mit schwarzer Undankbarkeit vergelte, und wenn er, Don Leonardo, das nur früher gewußt hätte, so würde er ihn, den Jungen, in seinem verlausten Indianerdorf gelassen haben, und er würde sich wohl gehütet haben, sein gutes Geld dafür auszugeben, daß der Junge etwas lerne.

8

Das gute Geld, das Don Leonardo für die Schulbildung des Jungen ausgab, war nicht viel. Sechzig Centavos den Monat. Aber Don Leonardo machte viel Aufhebens von dieser Ausgabe.

Er hatte eigentlich ein Recht dazu, viel darüber zu sprechen. Denn er war wohl der einzige in der ganzen Stadt, der einen kleinen Indianerjungen, der in Diensten stand, in die Schule schickte und noch dafür bezahlte. Andere Mexikaner, die in Joveltó wohnten und indianische Bedienstete hatten, dachten mit keinem Gedanken daran, ihren Bediensteten eine Möglichkeit zu geben, sich eine geringe Bildung anzueignen. Der Bedienstete, ob Bursche oder Mädchen, arbeitete von fünf Uhr morgens bis abends um zehn. Es war nicht immer schwere Arbeit, aber er mußte stets auf den Beinen und zur Stelle sein, wenn er gerufen wurde. Der Bedienstete konnte keine Stunde entbehrt werden. Das bildeten sich wenigstens sein Herr und seine Herrin ein. Und ihn gar in die Schule zu schicken, war einmal Unsinn und zum andern Sünde. Unsinn war es darum, weil es ja geschehen mochte, daß der indianische Junge nach einer Zeit mehr konnte und mehr wußte als der leibliche Sohn des Herrn. Denn die leiblichen Kinder des Herrn wurden hinsichtlich ihrer Schulbildung sehr lässig behandelt. Es galt meist schon allerlei, wenn sie notdürftig lesen und schreiben konnten. Und Sünde war es, einen Indianerjungen etwas Schreiben und Lesen lernen zu lassen, weil die Kirche einer Schulbildung der Indianer nicht sehr freundlich gesinnt war. Die Kirche wollte die Indianer in ihrer Unschuld und Unwissenheit belassen, weil den unschuldigen Kindlein das Himmelreich gewiß sei, während man von einem gebildeten Indianer nie wisse, wohin ihn seine Bildung führen möchte. Das Beispiel des Indianers Benito Juarez war noch sehr frisch und ist bis heute frisch geblieben. Dieser Indianer aus Oaxaca, der bis zu seinem fünfzehnten Jahre in paradiesischer Unwissenheit dahingelebt hatte, erhielt die Möglichkeit, sich etwas Bildung zu erwerben. Und als er nach vielen Mühen endlich eine gute Bildung gewonnen hatte, konfiszierte er alles Kircheneigentum für das mexikanische Volk und räumte so gewaltig unter den ewigen und von Gott persönlich an die Kirche verliehenen

Rechten auf, wie das vorher niemals jemand gegen die katholische Kirche gewagt hatte. Kein Wunder, daß die Kirche mit schiefen Augen die Schulbildung der Indianer betrachtete.
Die sechzig Centavos, die Don Leonardo für die Schulbildung des Andres ausgab, waren in Wirklichkeit viel weniger Geld, als es schien. Denn: Andres bekam keinen Lohn.
Wer wird denn auch einem Indianerjungen Lohn bezahlen! Der Indianerjunge darf froh sein, daß er die Ehre hat, arbeiten zu dürfen. Das ist des Lohnes genug. Der Patron hat ein Recht darauf, von dem Indianer Dankbarkeit zu erwarten dafür, daß er ihn beschäftigt.
Andres bekam das Essen. Es war reichlich. Das muß gesagt werden. Aber sein Essen war sehr selten etwas anderes als Maisfladen, schwarze Bohnen und Chili, oder, um es genauer zu bestimmen, Tortillas, Frijoles und grüner Pfeffer. Wenn der Junge nicht gleich zur Stelle war, sobald er gerufen wurde, oder wenn er etwas versah in seiner Arbeit, so wurde ihm ständig gesagt, daß er nicht einmal sein Essen verdiene und daß sein Herr an ihm täglich verliere.
Außer dem Essen erhielt er auch die Kleidung von seinem Patron. Die Kleidung war eine weiße Baumwollhose und eine weiße hemdartige Jacke aus Baumwollstoff und ein Hut aus Bast. Schuhe oder Stiefel bekam der Junge nicht. Nicht einmal Sandalen. Er ging immer barfuß und hatte nie in seinem Leben etwas an den Füßen gehabt. Der Junge war daran gewöhnt und wußte es nicht besser.
Wenn dann die Fiesta des Ortes war, das Fest des heiligen Schutzpatrons von Joveltó, dann bekam der Junge vielleicht fünf Centavos, oder wenn sein Herr sehr freigebiger Laune war, zwei Reales, fünfundzwanzig Centavos, damit er sich Dulces, Bonbons, kaufen möge. Das kam einmal im Jahr vor, weil die Fiesta nur einmal im Jahre war. Damit aber nicht genug. Wenn der Junge seinen Dia de Santo, den Tag seines Schutzheiligen, hatte, dann bekam er wieder einmal zehn Centavos und vielleicht einen neuen Cintaron de lana, ein rotes Wollband, das ihm zum Festhalten seiner Baumwollhose um die Hüften diente.
Ein Bett hatte er nicht. Er war auch nicht daran gewöhnt. Er schlief auf einem Petate, einer Matte aus Bast, die er in einem

Winkel der Küche oder in einer Ecke des Portico ausbreitete. Diese Matte hatte er von Hause mitgebracht.
Weil der Junge auch während seines Dienstes im Herrschaftshause der Finca niemals Lohn bekommen hatte und dort nicht einmal einen Centavo in die Hand bekam, so wußte er auch gar nicht, was Lohn war. Und darum, wenn er jetzt zweimal im Jahre ein paar Centavos von seinem Herrn erhielt, so fühlte er sich in seiner wirtschaftlichen Lage erheblich gebessert. Ein System, das einen Kapitalisten vor Neid bersten lassen könnte und das gesetzlich überall auf Erden einzuführen der mollige Traum eines jeden Arbeitgebers ist.

9

Der Lehrer konnte es leicht für sechzig Centavos im Monat tun, dem Jungen Bildung beizubringen. Er hatte fünfundzwanzig Pesos Gehalt im Monat.
Der Jefe Politico, der Distriktschef, hatte sechshundert Pesos im Monat, die Einnahmen, die er aus Erpressungen und Bestechungen schöpfte, nicht gerechnet. Das war mehr als sein Gehalt.
Unter allen Staatsangestellten hatte der Lehrer das geringste Einkommen.
Staatsanwälte und Polizeidirektoren werden zwanzigmal besser bezahlt. Und sie werden darum zwanzigmal besser bezahlt und hundertfach höher geachtet, weil es ihre Aufgabe ist, die Defekte der Menschheit zu beknabbern. Eine Aufgabe, die notwendig ist, um den Staat zu erhalten und den Menschen beizubringen, daß die Anerkennung des Privateigentums ein Zeichen von Zivilisation ist.
Der Lehrer konnte keine Erpressungen ausüben, weil er dazu weder ein Recht noch die Macht hatte. Und ihn zu bestechen, machte sich niemand die Mühe; denn ob jemand in seiner Schule ein Examen bestand oder nicht, das war sowohl für die Schüler als für deren Eltern ohne jeglichen Belang.
Er konnte seine Einkünfte allein nur dadurch verbessern, daß er eine Abendschule einrichtete für die Leute und für die Kinder, die während des Tages nicht zur Schule kommen konnten. Die Mehrzahl der Kinder des Städtchens, die Kinder der Indianer alle,

mußten während des Tages arbeiten. Die einen auf den Feldern, die anderen irgendwie in der Hausindustrie, wo Kerzen gegossen, Zigaretten gedreht, Tongeschirr geformt, Wolldecken gewebt, Leder bearbeitet, Bonbons gekocht, Hüte geflochten wurden.
Der Lehrer berechnete für jeden Schüler, ob erwachsen oder nicht, einen Peso im Monat. Zahlreiche Familien konnten diesen Peso nicht aufbringen, und darum blieben die Kinder ohne Schulbildung.
Don Leonardo, guter Kaufmann, der er war, verstand es, von dem Peso, den er dem Lehrer für Andres zu bezahlen hatte, noch vierzig Centavos abzuhandeln.
Andres sollte eigentlich jeden Abend zur Schule kommen, die von sieben bis neun oder halb zehn gehalten wurde. Er wollte auch jeden Abend kommen, denn er fand Freude am Lernen. Aber wenn ihn sein Patron im Geschäft brauchte, dann konnte er nicht gehen. Das Geschäft ging vor, und Lernen war nichts als Zeitvergeudung.
Don Leonardo kaufte dem Jungen auch keine Bücher. Wenn er ihm wirklich einmal ein beschmutztes Schreibheft aus dem Laden gab oder einen halbaufgebrochenen Bleistift oder ein schal gewordenes Fläschchen Tinte, so tat er das mit vielen Worten und mit saurer Miene. Aber der Junge konnte ja altes Einpackpapier, das zum Einwickeln nicht mehr zu gebrauchen war, haben, und er mochte auf seinen Gängen in den Straßen achtgeben, ob er nicht ein Bleistiftstümmelchen, das jemand verloren oder weggeworfen hatte, auflesen könnte.
Unvollkommen, wie diese Art des Unterrichts auch war, Andres lernte dennoch eine gute Menge.
Das Wichtigste, was er wohl lernte, war, zu erkennen, welchen Wert Bildung hatte. Denn selbst den Wert, lesen und schreiben zu können, weiß nur der zu schätzen, der lesen und schreiben kann.

Zweites Kapitel

I

Andres war inzwischen fünfzehn Jahre alt geworden. Er ging noch immer barfuß. Und er schlief noch immer auf einem Petate, den er in einem Winkel der Küche oder in einer trockenen Ecke des Porticos ausbreitete und am Morgen, wenn er aufstand, wieder zusammenrollte und irgendwo unter einen Sparren schob. Der Petate, die Matte aus Bast, war nicht mehr derselbe, den er von Hause mitgebracht hatte. Auch die Wolldecke, mit der er sich zudeckte, war nicht mehr die gleiche. Der Petate war doch endlich durchgelegen worden. Aber Don Leonardo hatte ihm keinen neuen gegeben; denn ein Petate kostete einen Peso zwanzig Centavos.

Doña Emilia hatte zweimal in dieser Zeit ihren Vater in der Finca besucht, um ihre beiden Kinder, die sie inzwischen zur Welt gebracht hatte, zu Hause zeigen zu können und bewundern zu lassen.

Auf diesen Reisen hatte sie Andres begleitet. Er war ja nun ein großer Junge schon, dem Don Leonardo seine Frau und seine Kinder ruhig anvertrauen durfte.

So hatte Andres seinen Vater und seine Mutter und seine Geschwister und die ganze Sippe wiedergesehen. Und sein Vater hatte ihm einen neuen Petate und eine neue Wolldecke gegeben, als er sah, wie armselig die Sachen des Jungen aussahen.

Die Wolldecke hatte der Vater aus der Bodega des Patrons kaufen müssen. Sie kostete neun Pesos, denn sie war eine gute Wolldecke, gefertigt von den Indianern in Chamula. Auch den Petate hatte der Vater von seinem Patron kaufen müssen, und diese Matte kostete einen Peso fünfundsiebzig. In der Bodega des Finqueros waren alle Dinge um fünfzig und hundert Prozent teurer als in einem Laden in der Stadt.

Vater Criserio konnte natürlich die Wolldecke und den Petate nicht bezahlen, denn er bekam ja nie Lohn. Er mußte infolgedessen die Dinge von dem Patron borgen und auf sein Konto anschreiben lassen.

Don Arnulfo sagte: »Die Decke kostet neun Pesos.«
»Das ist sehr teuer, Patron«, antwortete Criserio, »in Simojovel kann ich eine Decke für fünf Pesos kaufen.«
»Das kannst du, Criserio, wenn du Geld hast.«
»Ich habe aber kein Geld, Patroncito, mein Herrchen«, sagte darauf Criserio.
»Du brauchst die Decke nicht zu kaufen, Criserio, wenn sie dir zu teuer ist«, sagte Don Arnulfo, und er schob die Decke wieder zurück in das Regal.
»Ich muß aber doch die Decke haben für meinen Hijito, für mein Jungchen, der friert sich ja doch zu Tode«, sagte Criserio, ohne dabei eine Miene seines Gesichtes zu verziehen.
»Die Decke kostet neun Pesos, Criserio. Billiger kann ich sie nicht lassen. Wenn sie dir zu teuer ist und du anderswo eine Decke billiger kaufen kannst, das steht dir frei. Du bist nicht gezwungen, die Decke bei mir zu kaufen. Glaubst du vielleicht, ich will, daß du Schulden machst? Das will ich gewiß nicht. Ich habe es lieber, wenn meine Muchachos, hier meine Arbeiter auf der Finca, keine Schulden haben. Dann habe ich keinen Ärger, und meine Muchachos sind frei und können gehen, wann sie wollen. Hier gibt es keine Sklaverei.«
»Das weiß ich wohl, Herrchen«, sagte Criserio. »Wir sind keine Esclavos, wir sind frei und können gehen, wann wir wollen und wohin wir wollen.«
»Wenn ihr keine Schulden bei mir habt, nicht wahr, das weißt du doch?«
»Das weiß ich wohl, Patron. Wenn wir keine Schulden beim Patron haben.« Criserio sprach das dahin wie auswendig gelernt. Über den Sinn dachte er nicht nach. Der Sinn lag ihm zu fern.
Don Arnulfo aber machte kurze Sache. Er hatte keine Zeit, mit einem seiner Peones zu handeln und sich mit ihm in Gespräche über Fragen von Schuldabhängigkeit oder Freizügigkeit einzulassen. Solche Fragen waren weder für ihn noch für irgendeinen andern Finquero Probleme. Es war kalte trockene Sachlichkeit. Staat, Regierung, Soldaten und Polizei schützten seine Rechte als Gläubiger.
»Willst du nun die Decke haben oder nicht? Sage, was du willst,

und wenn du nichts willst, gehe deiner Wege. Die Decke kostet neun Pesos. Brauchst sie nicht zu nehmen, wenn du keine Schulden machen willst.«
»Ich nehme die Decke und den Petate«, sagte Criserio.
»Gut«, meinte Don Arnulfo, »also dann schreibe ich es in das Buch auf dein Konto.«
»Ja, Herrchen, schreibe es auf mein Konto, ich brauche die Decke und den Petate für mein Jungchen, der ja jetzt so weit fort ist.«
Don Arnulfo klappte das Buch auf, blätterte nach dem Konto Criserio Ugaldo, und während er in das Buch schrieb, sagte er: »Warte, bis wir das hier richtig in Ordnung haben.«
»Ja, Patroncito, ich warte.« Criserio packte die Sachen zusammen und schob sie unter den Arm.
Don Arnulfo kratzte an der Feder herum, weil sie nicht schreiben wollte, und rechnete laut: »Die Decke ist neun Pesos. Ist das richtig, Criserio?«
»Ja, das ist richtig, Patron. Neun Pesos.«
Don Arnulfo schrieb und sagte dann: »Der Petate ist ein Peso fünfundsiebzig Centavos.«
»Patron«, unterbrach ihn Criserio, »der Petate ist aber sehr teuer. In Yajalon kostet ein guter Petate nur sieben Reales.«
»Por Diablo, zum Teufel noch mal, willst du den Petate haben oder nicht. Mache deinen Kopf klar, was du willst und was du nicht willst. Ich habe hier keine Zeit mehr.« Don Arnulfo wurde sehr unwillig. Und um ihn nicht noch mehr ungehalten zu machen, sagte Criserio: »Ja, aber natürlich, Patron, will ich den Petate haben, für meinen Jungen, den Andres.«
»Bueno, das sind ein Peso fünfundsiebzig. Richtig, Criserio?«
»Das ist richtig, Patron.«
»Muy bien – sehr gut«, sagte Don Arnulfo schreibend. »Das ist dann rund gerechnet elf Pesos. Ist das richtig, Criserio?«
»Das ist richtig, Patron.«
»Das sind also elf Pesos. Und weil du mir elf Pesos schuldig bleibst und nicht bezahlst, macht das elf Pesos, und das sind zweiundzwanzig Pesos. Elf Pesos für die Decke und für den Petate und elf Pesos, weil du das nicht bezahlst und mir schuldig bleibst. Ist das richtig, Criserio?« Criserio konnte nicht rechnen. Auf keinen Fall

konnte er so schnell summieren. Und die Zahlen machten ihn verwirrt, weil er nicht so schnell mitkonnte, und er wollte auch seinen Patron nicht unwillig machen, und der Patron sagte die Zahlen auch alle in Spanisch, die Criserio in Spanisch wohl verstand, sie aber in seinem Hirn nicht auffassen konnte.
So war es durchaus natürlich, daß Criserio sagte: »Das ist richtig, Patron.«
Weil es der Patron sagte, so mußte es richtig sein. Denn der Patron, ein so stolzer und reicher Herr, bereichert sich nicht auf unredlichem Wege an einem armen Indianer.
»Bestätigt, Criserio?« fragte Don Arnulfo.
»Bestätigt, Patron«, antwortete Criserio.
Don Arnulfo ließ Criserio das Konto nicht mit einem hingeschmierten Kreuzchen bestätigen. Criserio hätte das schöne saubere Kontobuch, das ›Mit Gott!‹ eröffnet war, ja doch nur mit Tinte dick bekleckst. Es war auch nicht notwendig, daß da Kreuzchen der Bestätigung standen. Wenn es zu einer Auseinandersetzung kommen sollte, was nie geschah, hätte kein Beamter nach den Kreuzchen gefragt. Die Kreuzchen wären auch überhaupt wertlos gewesen; denn weder Criserio noch irgendein anderer Peon der Finca konnte lesen, was er mit Kreuzchen bestätigen sollte. So war es völlig gleich, ob da Kreuzchen standen oder nicht. Don Arnulfo hatte gefragt: »Ist das richtig?«, und Criserio hatte geantwortet: »Ja, Patron, das ist richtig.« In einem Rechtsverfahren zwischen einem Finquero und einem Peon erkannte jeder Richter in Mexiko diese wörtliche Bestätigung als rechtsgültig an. Der Peon hatte bestätigt, und er war damit für die Schuld, die er gemacht und bestätigt hatte, verantwortlich.
Don Arnulfo war ein anständiger und ehrenhafter Herr. Er behandelte seine Peones besser als viele andere Finqueros, die er kannte. Andere Landherren waren weniger weichherzig zu ihren Peones.
»Das Hemd kostet fünf Pesos. Richtig, ja? Gut. Und weil du das Hemd nicht bezahlst, so sind das fünf Pesos. Und weil du mir die fünf Pesos schuldig bleibst, so sind das fünf Pesos. Und weil ich von dir nie das bare Geld bekommen kann, so sind das fünf Pesos. Macht also fünf und fünf und fünf und fünf, das sind zwanzig Pesos. Bestätigt?« – »Ja, Patron, bestätigt.« Der Peon kann ja

nirgend anderswo ein Hemd kaufen, wenn er eins braucht; denn er hat ja nirgends Kredit in der Welt, nur bei seinem Herrn, bei dem er arbeitet und den er nicht verlassen darf, wenn er auch nur einen Centavo Schulden bei ihm hat.
Sie sind keine Sklaven, die Peones. Die Sklaverei wurde in Mexiko bei der Unabhängigkeitserklärung von Spanien abgeschafft. Das Nichtbestehen der Sklaverei in Mexiko ist durch die Konstitution bestätigt.
In einer Abteilung der göttlichen Weltordnung macht es sich bezahlt, wenn die Proletarier lesen, schreiben und rasend schnell rechnen können; in einer andern Abteilung dieser klugen Weltordnung macht es sich besser bezahlt, wenn die Proletarier nicht rechnen können und kein Spanisch lernen. Wer Geld verdienen will, braucht sich nur zu entscheiden, welche Abteilung er auszunutzen wünscht. Beide Abteilungen enthalten Goldminen.

2

Criserio machte sich keine Gedanken darüber, ob hier alles mit Recht zugegangen war oder nicht. So weit, um derartige Geschäfte erfassen und verstehen zu können, vermochte er nicht zu denken. Es hätte jemand stundenlang mit ihm darüber reden können, um ihm klarzumachen, daß er hier schmählich übervorteilt worden sei, er würde das nicht eingesehen haben. Er hätte zugehört und zugehört, und wenn es zum Ende gekommen wäre, würde er gesagt haben: »Der Patron hat recht; denn der Patron ist ein vornehmer Mann, und der betrügt keinen armen Indianer. Und es ist ganz richtig gerechnet worden, denn ich bleibe die elf Pesos ja schuldig, und dann sind es eben zweiundzwanzig Pesos. Das ist ganz richtig.«
Don Arnulfo hätte das freilich anders machen können, um ebenfalls auf zweiundzwanzig Pesos zu kommen. Er hätte einfach sagen können, Decke und Petate kosten zusammen zweiundzwanzig Pesos, kaufe sie oder kaufe sie nicht. Aber das hätte der Indianer verstanden, daß dies ein Wucherpreis gewesen wäre. Dann hätte er nicht gekauft und sich mit einem Ersatz, den er sich selbst beschaffen konnte, etwa mit Fellen von erjagten Tieren, ausgeholfen. Denn Preise für Dinge verstand er. Er verstand auch, daß auf

der Finca alle Waren etwas teurer sein mußten als auf dem Markte in der Stadt, denn der Finquero hatte ja Transportkosten, und er wußte ja auch nicht, zu welchem Preise der Finquero eingekauft hatte. Die schlichten Preise begriff der Peon; was er nicht begriff und was er nicht verfolgen konnte, waren die schnellen Manipulationen, die der Finquero mit Zahlen und mit Verrechnungen vornahm. Wenn nun gar eine Rechnung mit Zahlen über fünf hinausging, dann hörte für den Peon jegliches Begreifen auf. Ob es dann fünfzehn oder zweiundzwanzig oder siebenundsechzig Pesos waren, das bedeutete für ihn alles das gleiche. Er wurde bei solchen Zahlen so verwirrt, daß er in eine Art von Hypnose verfiel. Und diese Hypnose würde sich noch vertieft haben, wenn es etwa wirklich dazu gekommen wäre, daß Richter oder andere Beamte die Konten des Finqueros nachgeprüft hätten, um festzustellen, ob den indianischen Landarbeitern unrecht getan wurde oder nicht. Sie kannten in der ganzen Welt ja auch nur einen einzigen Menschen, an den sie sich mit einer Beschwerde wenden konnten, und das war ihr eigener Patron.

Aber armer Indianer oder nicht armer Indianer. In hochzivilisierten Ländern besteht das gleiche göttliche System: Der Soldat, der von seinem Hauptmann geprügelt wurde, darf sich nur bei seinem Hauptmann beschweren, und dieser Hauptmann entscheidet, ob die Beschwerde zu Recht besteht und weitergeleitet wird oder nicht. Darum hat der Soldat in einem zivilisierten Lande durchaus kein Recht, von einer stolzen Höhe auf den armen unwissenden Peon, der sich alles geduldig gefallen lassen muß, mit Grienen herabzublicken.

Es gibt auf Erden zahlreiche Systeme der Versklavung und der Ausraubung von Menschen, die, wenn sie nicht wirklich existierten, von keinem vernünftigen und normalen Menschen erfunden werden könnten.

3

Criserio war glücklich, daß er seinem Jungen die Decke und den Petate geben konnte. Er sagte ihm, daß die Sachen elf Pesos gekostet hätten. Aber er sagte ihm nicht, daß er dadurch eine Schuldpflicht von zweiundzwanzig Pesos übernommen hatte.

In seinem Kopfe baute sich das Bild anders auf. Die Waren kosteten elf Pesos. Das war richtig. Daß er aber in Wahrheit zweiundzwanzig Pesos schuldete, hatte nichts mit der Decke zu tun, sondern das war deshalb, weil er die elf Pesos nicht in bar bezahlen konnte. Aus diesem Grunde hielt er es nicht für nötig, darüber mit seinem Sohne zu sprechen.

Andres hätte daran nichts ändern können, auch wenn er es gewußt hätte. Aber es war ihm wohl bekannt, was für eine unerhört hohe Summe elf Pesos für seinen Vater bedeutete. Denn er kannte ja die wirtschaftlichen Verhältnisse der Peones einer Finca. Er hatte sie vielleicht nicht gekannt oder nicht erfaßt, als er von Hause fortkam.

Aber er war nun reifer geworden, und während seiner zwei Besuche auf der Finca war ja in der Hütte seiner Eltern wie in den Hütten anderer Peones über alle Dinge gesprochen worden.

Wenn in den Hütten der Peones über solche Verhältnisse geredet wurde, so geschah es nicht in einer kritischen Weise. Die Dinge wurden hingenommen, wie sie waren. Sie wurden betrachtet wie eine ewige Fügung des Schicksals, woran man nichts ändern könne, so wie der Mensch nichts daran ändern kann, daß das Wasser eines Flusses abwärts und nicht aufwärts fließt. Der Patron war der Patron, und der Peon war der Peon. So war es, und so wird es bleiben. Der Sohn des Peons wird wieder Peon. Und wenn der Patron die Finca seinem Sohne übergibt oder die Finca verkauft, so ändert sich der Name des Patrons, aber an den Verhältnissen ändert sich nichts. Wenn wirklich etwas kritisiert wurde, so war es nur, daß das Land, das dem einen oder dem andern vom Patron zugewiesen war, zu mager sei, zu viele Steine habe, zu bergig sei oder daß man gern ein kleines Stückchen Land mehr haben möchte oder daß der Preis für die Schweine, die von den Händlern aufgekauft wurden, um fünfundzwanzig oder fünfzig

Centavos höher sein sollten, denn zwei Pesos achtzig Centavos für ein gutes ausgewachsenes Schwein sei wirklich zuwenig.
Daß der Patron ein Vorkaufsrecht an allen Schweinen, Ziegen oder Schafen hatte, die seine Peones verkauften, und daß er den Preis selbst bestimmte für die Schweine, die er von seinen Peones kaufen wollte, um sie weiterverkaufen zu können, und daß die Peones von ihm erst Erlaubnis erbitten mußten, wenn sie ihr kleines Vieh an vorbeiziehende Händler verkaufen wollten, und daß sie von jedem Stückchen, das sie an die Händler verkauften, dem Patron fünfzig oder fünfundsiebzig Centavos oder gar einen Peso abgeben mußten, das wurde nicht kritisiert. Denn das war altes gutes Recht des Patrons. Die Schweine, Schafe und Ziegen waren auf seiner Finca groß geworden, aber die Peones hatten die Ferkelchen und die Zickelchen mit eigenem Gelde kaufen müssen, und es war der von ihnen gebaute Mais, den die Tiere zu fressen bekamen.
Die Peones konnten auch keinen überschüssigen Mais oder keine überschüssigen Bohnen von ihren Feldern beliebig an herumziehende Händler oder auf dem Markte des nächsten Ortes verkaufen. Auch hier hatte der Patron Vorkaufsrecht, und auch hier mußte um seine Erlaubnis, verkaufen zu dürfen, gebeten werden, und sie mußten einen Teil des erhaltenen Geldes an ihn abgeben. Wenn sie Schulden bei ihm hatten, und sie alle hatten Schulden bei ihm, so durften sie überhaupt nichts verkaufen, sondern mußten alles ihm geben. Und der Patron rechnete von der Schuld so viel ab, wie er den Preis bestimmte.
Das war gerecht, es war Gesetz und Fügung des Himmels, und es war alles von der Kirche bestätigt. Die Götter waren ja Blutsverwandte des Patrons, und sie waren in keiner Weise verwandt oder verschwägert mit den Indianern.
Das war so, und daran ließ sich nichts ändern. Das war immer so gewesen und wird immer so bleiben. Die Peones wußten das nicht besser. Sie wußten nur das eine, daß es überall auf der Welt so sei; denn wohin sie auch immer kommen, wohin sie auch immer gehen, auf allen Fincas der Nachbarschaft war es genauso. Also mußte es auf der ganzen Erde so sein. Ihre Erde oder, genauer gesagt, was sie als Erde und als Welt kannten, war der Bereich, wo

die Indianer wohnten, die die gleiche Sprache redeten. Wo ihre Sprache nicht geredet wurde, war eine Welt, die ihnen fremd und unbekannt war. Und was dort für Verhältnisse herrschten, wußten sie nicht und konnten es auch nicht erfahren.
Es lagen in ihrem Distrikt viele Dörfer, die unabhängig waren. Dies waren zumeist Dörfer, wo Indianer wohnten, die nie zu Peones einer Finca gepreßt worden waren. Entweder war das Land so dürftig, daß sich kein Spanier danach gesehnt hatte, es zu besitzen, oder die Indianer waren stets so aufsässig, so störrisch, so mörderisch gewesen, daß sich kein Spanier hier halten konnte. So war das in Bachajon gewesen und in vielen anderen Dörfern. Aber wenn die Peones hinsahen, fanden sie, daß jene unabhängigen Indianer noch viel armseliger lebten als sie.
Diese unabhängigen Indianer lebten zuweilen so dürftig, daß sie freiwillig ihr unabhängiges Dorf verließen und freiwillig auf eine Finca als Peones zogen.
Der Gründe waren unzählige. Die Mehrzahl jener Gründe wurzelten in den Charaktereigenschaften, den Gewohnheiten und den Sitten jener Menschen. Aber der Hauptgrund war ihre verzweifelte Unwissenheit und die Geschicklichkeit der großen Landherren und der mit ihnen verbundenen Kirche, sie in jener Unwissenheit zu erhalten.

4

Der Vater des Andres war nun keineswegs verpflichtet, seinem Sohne eine neue Decke und einen neuen Petate zu kaufen. Er tat es, weil er seinen Sohn liebte und weil er es nicht ertragen konnte, seinen Sohn leiden zu sehen.
Der Mann, der verpflichtet war, dem Andres diese Sachen zu kaufen, war sein Herr, Don Leonardo. Aber dem war es völlig gleich, ob Andres fror oder ob er auf der nackten Erde schlief oder ob er sich eine schwere Erkältung zuzog und erkrankte oder ob der Junge gesund und lebenskräftig blieb. Was kümmerte er sich schon um das Wohlergehen eines Indianerjungen! Wenn der Junge Lungenentzündung oder Fieber bekommen und sterben sollte, was war es ihm? Es gab Tausende von Indianerjungen. Er hätte seine Frau ersucht, an ihren Vater zu schreiben und einen

neuen Jungen zu fordern. Wohin hätte das führen sollen, wenn er sich mit der Sorge für einen barfüßigen Indianerjungen hätte abgeben wollen?
Elf Pesos war der Junge nicht wert. Zudem schadet es einem Indianerjungen gar nicht, auf der nackten Erde zu schlafen. Die sind daran gewöhnt, und die sind so zäh wie ihre Hunde. Die elf Pesos brauchte er in seinem Geschäft.
Lohn bekam Andres noch immer nicht, und Don Leonardo dachte nie daran, dem Jungen jemals irgendwelchen Lohn zu geben. Er würde ihm auch keinen Lohn gegeben haben, wenn er zwanzig oder dreißig Jahre alt geworden wäre und das Geschäft ebensogut besorgt hätte wie ein junger Mann aus Jovel, der die Arbeit nicht unter zwanzig Pesos im Monat und das Essen getan hätte.
Der einzige Unterschied, den er mit dem Jungen in den letzten zwei Jahren gemacht hatte, war, daß Andres jetzt, wenn eine Fiesta in Joveltó war, nicht fünf oder zehn Centavos bekam, sondern einen Toston, fünfzig Centavos.
»Kaufe dir keinen Unsinn dafür, und besonders keinen Aguardiente, keinen Branntwein«, ermahnte ihn Don Leonardo, wenn er ihm die fünfzig Centavos verabreichte mit einer Miene, als gäbe er ihm ein goldenes Zwanzig-Peso-Stück.

5

Don Leonardo vertraute dem Andres zuweilen jetzt schon sehr verantwortungsvolle Aufgaben an.
Er schickte ihn mit größeren Geldsummen nach Jovel, der nächsten größeren Stadt, wo Andres Waren einzukaufen hatte, wo er mit Arrieros, den Muletreibern, die jene gekauften Waren nach Joveltó zu bringen hatten, verhandelte, die Waren begleitete und darauf sehen mußte, daß sie vollzählig waren und unbeschädigt in Joveltó ankamen.
Diese Arbeiten erweiterten den Erfahrungskreis des Jungen in erheblicher Weise. Er lernte eine richtige größere Stadt kennen, sah die Fülle und die Verschiedenartigkeit von Waren aus aller Welt und hörte von Städten, die tausendmal größer seien, als Jovel war, das ihm, als er zum erstenmal hierhergekommen war, erschien, als könne es keine größere und schönere Stadt auf Erden

geben. Sie hatte kilometerlange Straßen, Haus dicht an Haus gesetzt, alle Häuser aus Stein und viele Häuser mit Fenstern. Daß es Häuser mit Fenstern gab, hatte er vorher nicht gewußt, denn er hatte vorher ein solches Haus nicht gesehen. In Joveltó gab es einige, aber die Fenster waren nur vergitterte Luken. Und hier sah er Fenster mit Glasscheiben, und er sah sogar Ladenfenster mit riesengroßen Glasscheiben, hinter denen die Waren aufgebaut waren und es aussah, als ob man die Waren gleich so angreifen könnte.

Er sah hier Ochsenkarren, die Carretas, zum ersten Male. Bisher hatte er nie gewußt, daß es Karren oder Wagen gab und daß diese Karren von Tieren gezogen werden könnten. Denn Zugtiere hatte er vorher auch nicht gekannt. Auf den Feldern der Finca, wie auch auf den Feldern in Joveltó, wurde nicht gepflügt, sondern es wurden nur mit einem Stabe in die Erde Löcher gestoßen, in die man die Maiskörner oder die Bohnen legte. Wenn wirklich leicht gepflügt werden mußte, etwa für Tomaten oder für Chili, so geschah das mit einem Pfluge, der nur ein Holzknüppel war und von einem Peon gezogen wurde. Wo hätte also Andres die Kenntnis von Zugtieren herhaben sollen? Wege, auf denen Wagen oder auch nur Karren fahren konnten, gab es in dem ganzen großen weiten Distrikt nicht einen einzigen. Alle Wege waren nur schmale Pfade, die oft so schmal, so steinig, so zerlöchert, so bröcklig waren, daß es selbst für Mules mit Traglasten schwierig war, auf ihnen gefahrlos zu gehen. Andres hörte von einem Carretero, daß die Carretas Reisen machten, fünfzehnmal so weit, wie die Entfernung von Joveltó nach Jovel war. Und von Joveltó nach Jovel war für Packmules ein guter Tagesmarsch.

Der Junge sah den Carretero, der ihm das erzählte, ungläubig an. Aber andere Carreteros sagten dasselbe. Und einen indianischen Salzhändler, der seine Ware auf der Straße verkaufte und den er fragte, sagte ihm, das sei richtig, und er wisse es, weil er einmal eine Ladung Salz mit einer Carreta nach Arriaga begleitet habe.

So bekam Andres den ersten Begriff von der Größe der Erde, auf der er lebte.

Bisher hatte er sich von der Größe der Erde nie eine Vorstellung gemacht. Um die Wahrheit zu sagen, er hatte nie darüber nachgedacht. Wenn in dem Hause oder in dem Laden des Don Leonardo von Tullum, von Tonalja, von Tapachula, von San Geronimo, von Veracruz, von Mexico City gesprochen wurde, so stellte er sich diese Städte so vor, wie Joveltó war, die einzige Stadt, die er kannte. Und wenn davon gesprochen wurde, daß diese Städte sehr entfernt waren, so rechnete er sich das so aus, daß sie wohl zweimal oder dreimal oder viermal soweit entfernt sein mochten, als seine heimatliche Finca Lumbojvil von Joveltó entfernt war. Dennoch war er sicher, daß die Städte auf jeden Fall noch innerhalb des Horizontes liegen müßten, denn dort war, wie jeder wußte, die Welt überhaupt zu Ende.

Ein anderer Carretero, den er im Portico des Cabildo, des Rathauses, traf und mit dem er gemeinschaftlich bei einer Indianerin, die hier auf einem kleinen Öfchen aus Blech Tortillas und Frijoles wärmte, zu Abend aß, sagte ihm, daß am Ende der Reise der Carretas Arriaga liege und daß Arriaga die Eisenbahnstation sei. Und als Andres fragte, was das bedeute, da erklärte ihm der Carretero, daß da riesengroße Wagen die Waren aus fernen Ländern heranbringen, um auf die Carretas geladen und in das Innere des Landes geschafft zu werden. Er sagte ihm mehr. Er sagte ihm, daß diese Wagen viel größer seien als eine Carreta, daß ein Wagen so groß sei wie ein steinernes Haus und daß ein einziger Wagen so viel Güter enthalte, daß man damit vierzig oder gar fünfzig Carretas bis an den Rand volladen könne. Diese Wagen laufen auf Wegen, die aus Eisen gemacht sind, und vierzig solcher Wagen und noch viel, viel mehr werden von einem andern großen Wagen gezogen, der viel Rauch macht und mächtig stöhnt und schwitzt wie ein großes Tier. Und das heiße Ferrocarril, die Eisenbahn.

Das Wort Ferrocarril kannte Andres, er hatte es bei dem Lehrer schreiben gelernt. Aber der Lehrer konnte ihm die Sache nicht erklären, denn der Lehrer selbst hatte nie eine Eisenbahn gesehen, auch kein Bild von ihr, und er konnte sich keine Vorstellung von dem Dinge machen. Er mußte sich damit begnügen, daß die Schüler das Wort lernten und fehlerfrei zu schreiben wußten. Das Wort war in der Lesefibel. Aber weil Andres das Wort kannte und richtig schreiben konnte, so fühlte er sich mit dem Dinge in einer merkwürdigen Weise verwandt. Als ihm der Carretero die Eisenbahn,

ihr Aussehen und ihr Stöhnen, Schwitzen, Husten, Bellen und Schnaufen beschrieb, kam es dem Jungen beinahe so vor, als ob er eine Ferrocarril wirklich schon einmal irgendwo gesehen hätte. Sie schien ihm nichts Fremdes, nichts Neues, nichts Unerwartetes, weil er ihren Namen, mit dem sie gerufen und bezeichnet wurde, kannte und sogar zu schreiben verstand. Trotz des Stöhnens und Brüllens des Ungeheuers erregte es in ihm keine Furcht. Ganz im Gegenteil, er wünschte, das Ungeheuer dicht vor sich zu sehen. Und er machte die Entdeckung, ohne sich des Vorganges bewußt zu werden, daß ein ungewöhnliches Ding zu kennen und seinen Namen zu wissen diesem ungewöhnlichen Dinge die Macht raubt, Schrecken zu verbreiten. Und daß er nicht nur den Namen wußte, sondern daß er diesen Namen sogar schreiben konnte, flößte ihm ein starkes Gefühl der Sicherheit ein und gab ihm ein Selbstbewußtsein, wie er es vorher nie in sich gekannt hatte.
Durch dieses an sich so unscheinbare innere Erlebnis, das er in diesen wenigen Minuten gehabt hatte, daß ein fürchterliches Ungeheuer, das der Carretero, um zu prahlen, viel fürchterlicher und schreckenerregender schilderte, als es in Wirklichkeit war, zu einem nüchternen Dinge zusammenschrumpft nur darum, weil man seinen Namen kennt und diesen Namen sich durch Schriftzeichen verständlich und sichtbar machen kann, überkam den Jungen wie mit einem Schlage das völlige Verständnis für den Wert, den Bildung hatte. Er hätte das niemand klarmachen können, was in ihm vorging. Er konnte es nur fühlen.
Und je mehr er darüber nachdachte, um so klarer wurde es für ihn, um so klarer wurde es um ihn, und um so klarer wurde mit einem Male die ganze Welt. Das Wort, das er kannte, erklärte und zergliederte ja das ganze Ding so völlig, daß nichts Geheimnisvolles mehr damit verknüpft war. Ferrocarril. Sehr deutlich. Ferro heißt Eisen, Carro heißt Wagen, Riel heißt Schiene; also ein Wagen aus Eisen, der auf Schienen läuft. Das alles war in dem Wort nur ein wenig verdunkelt, jedes Wort war gekürzt worden, um das ganze Wort nicht zu lang werden zu lassen.
Er kam dadurch auf den Gedanken, daß es wohl so mit allen Wörtern sei, daß jedes Wort jedes Ding und jeden Vorgang genau

erklärt und die Geheimnisse der Dinge und Vorgänge sehr nüchtern auflöst. Er suchte in seinem Hirn nach einigen anderen Wörtern. Und richtig, es war, nach seiner rasch aufblitzenden Meinung, bei allen Wörtern so.
Von nun an stand er der Bildung völlig anders gegenüber. Er dachte jetzt nicht mehr, daß Bildung nur nützlich sei, um in Geschäften erfolgreicher und rascher arbeiten zu können. Er fühlte, daß Lernen und Bildung noch einen anderen Wert habe, der vielleicht größer war als die reine Nützlichkeit in Geschäften. Seine Gedanken sprangen ihm davon.
Es ging ihm wie jemandem, der aus gewissen scharf begrenzten Beziehungen im wirtschaftlichen oder sozialen Leben der Menschen eine kleine philosophische Theorie ableitet. Er weiß nicht, daß diese gleiche Theorie vor ihm schon tausend Menschen aufgestellt haben und daß unter diesen tausend Menschen ein halbes Hundert sind, denen der Grundgedanke jener kleinen Theorie schon bekannt war, als Aristoteles noch Sandalriemen in den Straßen von Athen verkaufte, um sein Leben fristen zu können. Denn schon zu jener Zeit konnte ein Philosoph von seinen weltumstürzenden Lehren allein nicht leben; er brauchte einen Haupterwerb, der ihm Brot und Salz sicherte, einen Handel mit Gebrauchsartikeln für das unphilosophische tägliche Leben. Und so, wie es allen geht, die eine neue Idee erhascht zu haben glauben, so ging es auch Andres. Er glaubte, daß Bildung die drohende und Furcht einflößende Macht von Götzen, von Priestern und von den Gespenstern des Aberglaubens jeglicher Art, die jene Fratzen auf Menschen ausüben, zerstören könnte. Und er dachte, daß, wenn Bildung unbekannte Ungeheuer, wie die Eisenbahn eines schien, ungefährlich machen konnte, wenn Bildung Götzen und drohende Gespenster von ihren Fundamenten werfen könnte, daß dann Bildung auch wohl fähig sein müßte, seinen Vater und alle Peones der Finca daheim aus einer ewig lastenden Knechtschaft zu befreien.
Er besaß die Bildung, und er war frei.
Aber in seine wirren Gedanken hinein platzte Lucio, der Muletreiber, der mit ihm am nächsten Morgen die Waren nach Joveltó bringen sollte.
»Wo schläfst du denn, Andres?« fragte Lucio.

»Ich kann hier im Portico des Cabildo gut schlafen«, sagte Andres. Er hatte sein Petate schon ausgebreitet, nur drei Schritte entfernt von jener Indianerin, die hier die ganze Nacht für Muletreiber und Carreteros bescheidene Mahlzeiten warm hielt.
»Das lasse nur bleiben«, sagte Lucio. »Kommst mit mir. Wir schlafen im Toreingang des Don Ambrosio, wo die Waren sind. Die Mules stehen im hinteren Hof gleich zur Hand. Wir laden um zwei Uhr früh. Sind wir schon um vier gut auf dem Wege.«
Das erinnerte Andres daran, daß er nicht frei war, daß er nicht tun konnte, was er wollte, daß er nicht einmal hier im Portico schlafen durfte, wo es die ganze Nacht hindurch lebhaft zuging von ankommenden und abreisenden Männern zu Pferde, von Carreteros, von Muletreibern, von wandernden indianischen Topfhändlern und Korbmachern, wo es viel zu sehen und viel zu hören gab. Er mußte schlafen, wo ihn der Muletreiber Lucio am schnellsten zur Hand hatte, ohne ihn suchen zu müssen. Denn für den Heimmarsch mit den Waren kommandierte Lucio, der für den Transport von seinem Herrn verantwortlich gemacht worden war. Und Andres hatte ebenfalls seinen Herrn, der ihm befohlen hatte, die Waren zu begleiten, ob es ihm gefiel oder nicht. Denn der Herr gab ihm das Essen und erlaubte ihm, in einem Winkel seines Hauses die Matte auszubreiten.
Andres, in seinen wild hin und her sausenden Gedanken, hatte für sich die Idee herausgefunden, daß die Bildung, die er zu haben glaubte, jegliche Furcht vor Ungeheuern und vor Götzen zerstörte. Aber als er von Lucio, der nüchtern und sachlich von den täglichen Aufgaben sprach, an seinen Herrn erinnert wurde, verfiel er wieder in Furcht. Er wußte aus Erfahrung, wie grimmig und wütend Don Leonardo werden konnte, wenn etwas versehen wurde oder wenn etwas nicht so ging, wie es nach seinem Wunsche gehen sollte. Er wußte, daß Leonardo ohne Zögern ein Brett oder einen dicken Knüppel oder ein eisernes Kistenband oder was er zur Hand bekommen konnte ergriff und es dem Jungen über den Kopf hieb, wenn er wütend wurde.
Was konnte ihm hier Bildung helfen, dachte Andres, als er mit Lucio durch die dunklen Straßen zu Don Ambrosios Haus trottete. Daß er, Andres, lesen, schreiben und rechnen konnte, diente

nur seinem Herrn, Don Leonardo, nicht ihm selbst. Er blieb, der er war, ein Peon, der keinen Lohn bekam, der zu gehorchen hatte, was immer ihm auch befohlen wurde, der während der vierundzwanzig Stunden des Tages jede Stunde zur Stelle sein mußte, wenn er gerufen und gebraucht wurde.

Aber er war frei. Denn er wußte, was Freiheit war. Frei war der Peon, der nicht in dem schmierigen Loch eingeschlossen war, das Carcel oder Gefängnis hieß. In dieses Loch konnte der Patron einen Peon schicken, wann er wollte. Und Freiheit war, wenn einem nicht während des Sonntags die Hände und die Füße auf dem Rücken zusammengebunden wurden für Faulheit während der Woche oder wegen Ungehorsams oder weil ein Kalb entlaufen war.

Andres konnte nicht sagen, daß er unfrei war. Er lag weder in einem Gefängnis, noch lag er gebunden in der Sattelkammer auf der Finca. Er war frei. Wenn er am nächsten Morgen mit den beladenen Mules zog und der Weg zur Linken war zu brüchig oder zu morastig, so war er frei, den Weg zur Rechten zu wählen, um die Mules heil durchzubringen. Und er war frei, dem gelben Mule einige Kilos mehr aufzuladen als dem grauen Mule. Und er war frei, auf dem Wege einige Zigaretten zu rauchen, vorausgesetzt, er hatte sie. Welch eine andere Freiheit erwartete ein Peon vom Leben! Vielleicht noch die Freiheit, zu heiraten, wenn er im Alter war und ihm ein anderer Peon seine Tochter zur Frau gab. Und dann hatte er die letzte große Freiheit, recht viele Kinder zu zeugen und sie von den Erträgnissen des kleinen Feldes, das ihm der Patron zuwies, großzubringen und so den Patron mit frischen Peones zu versorgen.

Er hatte alle die Freiheit, die er kannte. Und würde er gefragt worden sein, so hätte er das, was den Kindern als Glaubenssatz in der Schule eingedrillt wurde, mit lauter Stimme hergeschnattert: »Ich bin ein freier Bürger in einer unabhängigen Nation. Viva La Patria, Viva!«

Und er hätte an das geglaubt, was er herschnatterte.

Drittes Kapitel

1

Don Leonardo hatte in Chilon zu einem sehr günstigen Preise dreißig Mules aufgekauft von einem Finquero, der in Geldnot war. Er ließ, mit Andres als Begleitung, die Mules nach Joveltó treiben, wo er sie aufbesserte, um ihnen ein gutes Ansehen zu geben.

Er fragte herum, wie die Preise für gute Mules seien, und er hörte, daß die besten Preise augenblicklich in La Concordia gezahlt würden, wo Kaffeeplantagenbesitzer Hunderte von Mules zu kaufen gedächten.

Sobald er durch weiteres Herumhören erfuhr, daß jene Nachricht auf Wahrheit beruhte, beschloß er, die Mules nach La Concordia zu bringen.

Er nahm sein bestes Pferd und ritt voraus, um den Handel abzuschließen. Die Mules ließ er von Andres, der noch einige Burschen von Joveltó zur Mithilfe bekam, nachbringen; denn bei einer so langen Reise kann eine Patache Mules nicht im gleichen Trabe marschiert werden wie ein einzelnes gutes Pferd, auf dem ein guter Reiter sitzt.

Don Leonardo hatte die Mules verkauft, zwei Tage, ehe sie eintrafen. Käufer und Verkäufer waren über den Handel zufrieden. Don Leonardo hatte reichlich verdient, und der Plantagenbesitzer hatte die Mules viel billiger erworben, als er geglaubt hatte zahlen zu müssen. Denn wenn er die Mules von Tabasco hätte kaufen müssen, so wären sie um die Hälfte teurer geworden.

2

In La Concordia waren in jener Woche sehr viel Leute anwesend, weil ein Fest bevorstand, das mit einem großen Markt, einer Feria, verbunden war.

Da waren Pferdehändler, Viehhändler, Eselhändler von Balun Canan; Arbeiteragenten, die indianische Arbeiter aus unabhängigen Dörfern für Kaffee- und Kakaoplantagen anwarben; Aufkäufer von Kaffee, von Mais, von Holz; Agenten für Maschinen; Agenten für Eisenwaren und Werkzeuge für Landwirtschaft; Auf-

käufer von Land; Händler von Stoffen und Gebrauchsartikeln aller Art. Diese Leute hatten viel Geld mit sich, um Abschlüsse rechtskräftig zu machen. Und diese Leute verdienten viel Geld, und alle hofften, diesmal besonders viel zu verdienen.
Die Abende waren lang. Es wurde gut getrunken. Und weil die Leute nicht wußten, wie sie ihre Zeit während des Abends verbringen sollten oder was sie tun sollten, wenn nicht über Geschäfte geredet wurde, so spielten sie heftig.
Don Leonardo reiste nicht gleich zurück, nachdem er seine Mules verkauft hatte. Er nützte die Gelegenheit, um mit dem verdienten Gelde neue Geschäfte zu machen und ordentlich hinzuverdienen zu können.
Aber seine Geschäfte gingen ebensowenig sehr rasch vonstatten wie die Geschäfte aller übrigen Leute. Die Männer nahmen sich recht viel Zeit; denn sie hatten genügend Zeit, und jeder hoffte auf noch bessere Gelegenheiten und noch bessere Angebote.
Und auch er wußte nicht, was er während der Abende tun sollte. So war es ganz natürlich, daß er sich mit einer Gruppe von Männern zusammensetzte und spielte, wie es alle andern auch taten. Er kannte jeden einzelnen der Caballeros, mit denen er spielte. Sie alle waren, wie auch er selbst, ehrlich und zuverlässig im Spiel, während sie alle, er nicht ausgenommen, in Geschäften oft genug versuchten, mit allen möglichen Kniffen den Gegenpart zu übervorteilen. Im Spiel muß man ehrlich sein, das verlangt die Ehre des Caballero; im Geschäft nimmt es niemand so genau, und jeder bleibt dennoch ein Ehrenmann. Die Gruppe spielte Siete y Medio. Das Spiel geht sehr rasch vor sich. Frühmorgens um zwei Uhr hatte Don Leonardo alles Geld verloren, das er für die Mules erhalten hatte. Aber das Spiel ging weiter. Auch nicht einen einzigen Peso hatte er übrig, um ihn einsetzen zu können mit der Hoffnung, sein Geld wiederzugewinnen. Und beim Spiel borgte kein Caballero. Das war altes, gut ausgeprobtes Gesetz.
Sie spielten in einem großen Raum im Hause eines ihnen bekannten Bürgers von La Concordia. Alle Herren hatten ihre Burschen, ihre Muchachos, mit sich.
Diese Burschen waren stets in der Nähe ihres Herrn. Sie lagen schlafend auf ihren Matten dicht bei. Einige schliefen im Portico,

andere in den Ecken des Raumes, in dem ihre Herren spielten. Das störte die Herren in keiner Weise.
Zuweilen wurde der eine oder der andere der Burschen leicht mit dem Fuße seines Herrn angestoßen: »Ola, spring rüber und klopfe an die Tür der Cantina, hier sind zwölf Reales, einen neuen Liter Comiteco Añejo. Na, los, spring schon und besinn dich nicht. Wir sind trocken.«

3

Diesmal war es nicht Lazaro, sondern Andres, der von einem der Caballeros angestoßen wurde. Bei solchen Zusammenkünften waren die Burschen gesellschaftliches Gemeineigentum aller anwesenden Herren, so daß niemand darauf achtete, wessen Bursche von wem angerufen und mit einem Auftrage fortgeschickt wurde.
Andres kam zurück und stellte die Flasche mit dem Comiteco auf den Tisch.
»Da, nimm einen Hieb, Muchacho«, sagte Don Laureano, der Andres geschickt hatte. Er goß ein Glas voll und schob es dem Jungen zu. Andres goß es mit einem Ruck hinunter. Dann spießte er sich mit einem Zahnstocher ein Stückchen Käse auf, der in klein geschnittenen Stückchen auf einem Teller lag, und aß es.
Das Verhältnis eines Herrn zu seinem Burschen ist in Mexiko nicht wie ein Verhältnis von Herrn und Sklaven. Auf der Reise besonders ist der Herr nicht zu stolz dazu, mit seinem Burschen aus derselben Flasche zu trinken, ganz gleich, was es ist, Wasser, Kaffee, Branntwein oder ein Sodagetränk. Und im Essen ist es ebenso. Wenn es sehr kalt ist, rollt sich der Herr in seine Decke dicht neben seinen Burschen ein, damit sie sich gegenseitig warm halten. Der Herr teilt seinen gebratenen Truthahn mit seinem Burschen in durchaus ehrlicher Weise; der Bursche rupft sich mit den Fingern von dem Ball Posol oder dem Stück Fleisch so viel ab, wie er glaubt nötig zu haben, um satt zu werden. Er wird aber das Essen seines Herrn nicht anrühren, auch wenn er Hungers sterben sollte, wenn nicht der Herr gleichzeitig ißt oder gegessen hat. Aber obgleich der Muchacho eben aus derselben Flasche mit seinem Herrn getrunken hat, so macht es seinem Herrn keine Skrupel

irgendwelcher Art, dem Burschen gleich darauf einen Fußtritt zu geben, wenn der Bursche nicht rasch genug aufspringt, um ein abtrabendes Pferd einzufangen, ehe es zu weit ist.
Andres wollte sich wieder in seinen Winkel kauern, als Don Leonardo ihn bemerkte.
»Hören Sie, Don Laureano«, sagte Don Leonardo, »ich setze meinen Muchacho, wieviel setzen Sie dagegen?«
Don Laureano hielt die Bank.
Er sah auf, prüfte Andres mit einem raschen Blick von oben bis unten, wie man ein Pferd prüft, zu dessen Kauf man sich im Augenblick entscheiden muß.
»Spricht er Castellano oder nur Idioma?« fragt Don Laureano, während er die Karten mischte.
»Spricht beides und weiß ein wenig zu lesen und zu schreiben«, erwiderte Don Leonardo.
»Fünfundzwanzig Pesos«, sagte Don Laureano kurz und mit einem Ton, durch den er andeutete, daß dies das Äußerste sei, was er bieten wolle.
»Aceptado, angenommen«, antwortete Don Leonardo.
Das Spiel fiel, und Don Leonardo verlor.
Er zog seinen Revolver aus dem Gurt und wog ihn in der Hand.
Irgendwo anders wären die Spieler aufgesprungen, um Don Leonardo vor einem übereilten Selbstmorde zu bewahren. Aber obgleich jeder der Herren die Bewegung des Don Leonardo gesehen hatte, so machte auch nicht einer Miene, dem Don Leonardo in die Hand zu fallen. Jeder besaß gesunde Philosophie genug, um sich zu sagen: »Wenn er sich erschießen will, so ist das seine Sache, das geht uns gar nichts an. Wir lassen ihn anständig begraben, denn das ist unsere Pflicht als Caballeros und als Freunde.«
Aber die Herren waren viel zu gute Mexikaner, um nicht zu wissen, daß sich niemand so schnell erschießt. Solange er nicht seinen Rancho und sein Haus und das Haus seines Schwiegervaters und auch noch sein bestes Pferd verspielt hat, solange besteht keine Gefahr des Selbstmordes. Mexiko ist viel zu schön dazu, und ob man bei einem zweiten Leben die Gewißheit hat, abermals in Mexiko zu landen, ist keineswegs so sicher. Darum ist es besser, man behält, was man hat, und versucht die Götter nicht.

Don Leonardo streichelte seinen Revolver liebkosend, und dann legte er ihn vor Don Laureano hin.
Don Laureano unterbrach das Mischen der Karten, legte die Karten aus der Hand und betrachtete sich den Revolver, wie man ein Kunstwerk ansieht. Er wog ihn, schwenkte ihn, sah in den Lauf, prüfte den Mechanismus und sagte: »Kaliber 38. Bueno, muy bueno. All right, fünfzig Pesos.«
Einer der Mitspielenden rief: »Gebe sechzig dafür.«
»Gebe ich auch«, sagte Don Laureano trocken. »Wird mehr geboten?« fragte er herumblickend.
Niemand gab mehr.
»Gut, sechzig Pesos«, meinte Don Laureano nickend zu Don Leonardo.
»Aceptado«, antwortete Don Leonardo.
»Lassen Sie die sechzig stehen, oder wollen Sie weniger setzen, Don Leonardo?« fragte Don Laureano.
»Ich will meine erste Karte sehen, und dann setze ich.«
»Bueno, wie Sie wollen, Amigo.«
Don Leonardo hob die Karte, die ihm ausgeteilt war, auf. Es war eine Sieben. Er sagte: »Ich setze die sechzig Pesos.«
»Gut«, erwiderte Don Laureano. »Otra, eine mehr, oder haben Sie genug?«
Don Leonardo überlegte einen Augenblick. Sieben war so günstig, daß es Sinnlosigkeit genannt werden mußte, eine weitere Karte zu verlangen. Wenn er den Revolver verlor, blieb ihm nur noch sein Sattel und dann nur noch sein Pferd. Er hätte auf einem geborgten Pferde zurückreiten müssen, und das ist für einen Caballero beinahe ebenso beschämend, wie etwa gar zu Fuß wandern zu müssen wie ein Indianer. Ein mexikanischer Caballero hat nur dann ein Recht, zu Fuß zu gehen, wenn sein Pferd unter ihm zusammengebrochen ist. Zu Fuß gehen dort, wo man, wenn auch unter großen Mühen und unter steten Gefahren für Tier und Reiter, reiten kann, das tun nur amerikanische Forschungsreisende. Und aus diesem Grunde stehen sie nicht sehr hoch in der Achtung eines mexikanischen Caballeros, auch wenn diese Forschungsreisenden sich durch ihre Arbeiten einen Namen in der gesamten zivilisierten Welt gemacht haben sollten.

Don Leonardo überlegte noch eine Sekunde, während er die Karte, die Don Laureano schon halb aus dem Spiel gezogen hatte, so durchdringend und scharf anblickte, als hoffte er, den Wert der Karte von der Deckseite aus lesen zu können.
Er beschloß, zu sagen: »Genug, gracias.« Aber ganz gegen seinen Willen stieß er hervor: »Otra, eine mehr.«
Die Karte wurde ihm zugereicht. Er hielt sie eine Weile so, wie er sie bekommen hatte, mit dem Bild nach unten, als fürchte er, sie zu sehen. Alle Spieler blickten ihn an, um seine Spannung vollauf genießen zu können. Spiele sind ja nur darum so interessant, weil man immer zwei Spannungen erlebt, die eigene und die der Mitspieler.
Don Leonardo drehte die Karte vorsichtig um. Alle seine Mitspieler wußten ja nun bereits, daß er entweder sechs oder sieben haben mußte; denn wenn er weniger gehabt hätte, dann würde er nicht gezögert haben, eine neue Karte zu verlangen.
Er sah, daß er einen König bekommen hatte. Er legte die beiden Karten auf und sagte mit herausgepreßtem Atem: »Siete y Medio, Caballeros; sieben und ein halb, meine Herren.«
Ruhig, als ob es gar nicht anders hätte ausfallen können, nahm er seinen Revolver und schob ihn in seinen Gurt zurück. Er zog einige hundert Pesos ein, und er hatte außerdem die Bank gewonnen. Wer die Bank hält, hat immer einen halben Punkt gut, den er allen übrigen Mitspielern voraus ist.

4

Das Spiel ging weiter.
Nachmittags um fünf Uhr erklärten die Herren, daß die letzten drei Spiele nun ausgeteilt würden und daß daraufhin keine Revanche mehr verlangt werden dürfe und keine mehr gegeben zu werden brauche. Darauf einigten sich die Herren, weil sie nun alle so übermüdet waren, daß sie kaum noch die Karten halten konnten und schon begannen, sich zu verzählen.
Don Leonardo hatte sein gesamtes Geld zurückgewonnen und etwa zweitausend und einige hundert Pesos mehr.
Bei einem Überschlagen der gewonnenen und verlorenen Summen fand sich, daß keiner der Herren zu sehr ausgeblutet worden

war. Die zwei- oder dreitausend Pesos, die der eine oder andere verloren hatte, wurden nicht tragisch genommen. Die Herren, die verloren hatten, rechneten, halb schon im Schlafe, aus, um wieviel sie die Waren, die sie zu verkaufen gedachten, höher berechnen würden, um den Verlust beim Spiel wieder auszugleichen. Wenn es zur Endrechnung kommt, stellt sich meist heraus, daß es selten die Spieler selbst sind, die den Verlust bezahlen. Irgend jemand, der am Spiel ganz unbeteiligt war, muß bluten.

5

Halb torkelnd standen die Männer auf und traten in den Portico. Die Burschen, die hier herumlungerten und auf ihre Herren warteten, sprangen herbei und trugen die Stühle aus dem Raum, in dem die Caballeros gespielt hatten, hinaus in die Halle. Die Männer ließen sich müde in die Stühle fallen. Einige nickten ein, und andere redeten schläfriges Zeug, mehr um sich wach zu halten, als um ernsthaft zu reden. Eine halbe Stunde später rief der Herr des Hauses, daß die Männer zum Essen in den Comidor kommen möchten.

Nachdem die Herren gegessen hatten, standen sie auf, reckten sich, machten sich auf, in die Straßen zu gehen, um zu sehen, was sich inzwischen in der Welt zugetragen habe, ob man Geschäfte näher zum Abschluß bringen könne, und wen man treffen und mit wem man reden könne.

Don Laureano ging mit Don Leonardo. Beide wohnten in derselben Fonda.

Als sie vor das Tor traten, stand Andres da gegen die Ecke gelehnt, schwatzend mit einem andern Burschen, der gleichfalls auf seinen Herrn wartete.

Don Laureano tippte Andres auf die Schulter und sagte: »Wie heißt du denn, Hijito, mein Söhnchen?«

»Andres Ugaldo, su servidor, Señor«, antwortete der Junge.

»Also Andres«, sagte Don Laureano. »Hast du schon einmal mit Ochsen gearbeitet?«

»No, Señor«, erwiderte der Bursche.

»Das ist nicht so schwer«, sprach Don Laureano weiter. »Das wirst du bald lernen. Bist ein starker Junge und hast ein sehr kluges

Gesicht. Ich glaube, du hast eine Zukunft. Das werden wir bald sehen. Du weißt doch, daß du jetzt mein Muchacho bist.«
Andres blickte auf Don Leonardo und sagte: »Mit Ihrer sehr gütigen Erlaubnis, Patron, aber ich bin bei Don Leonardo.«
Don Laureano wandte den Kopf, sah Don Leonardo an und fragte: »Don Leonardo, haben Sie dem Jungen nicht gesagt, daß er jetzt bei mir ist?«
Bei dieser Frage erinnerte sich Don Leonardo wie im Traum, daß er den Jungen im Spiel gesetzt und verloren hatte. Als er den Revolver gesetzt und gewonnen hatte, beeilte er sich sehr, den Revolver wieder an sich zu nehmen und in seinen Gurt zu schieben, und das tat er eiliger, als das Geld zu kassieren, das er im gleichen Spiel gewonnen hatte. Im gleichen Spiel hatte er, wie er sich nun besser noch erinnerte, auch die Bank gewonnen. Und von da an dachte er immer nur an das Geld, das er verloren hatte und das er nun zurückgewinnen wollte. Aber daß er den Jungen verloren hatte, das hatte er völlig vergessen. Andernfalls hätte er, als Don Laureano gegen Mittag einmal sehr kurz war mit Geld und auch schon begann, persönliche Dinge, die er bei sich trug, an Stelle von Geld einzusetzen, von ihm verlangt, den Jungen zuerst einzusetzen, um so Don Leonardo Gelegenheit zu geben, den Jungen wieder zurückzugewinnen.
Aber das Spiel war nun aus. Don Laureano hatte keine Verpflichtung, den Jungen zurückzugeben, auch nicht gegen Zahlung von fünfundzwanzig Pesos, die für den Jungen gesetzt worden waren. In Mexiko gibt es keinen Menschenhandel, kein Mensch kann gekauft, kein Mensch kann verkauft werden. Die Konstitution verbietet das, und die Konstitution erklärt feierlich jeden Einwohner der Republik als einen freien, unabhängigen und unantastbaren Menschen, an dem unter gewissen Voraussetzungen nur der eigene Vater, der Polizist, der Staatsanwalt und der Staat leibliche Rechte hat. Darum konnte Don Leonardo jetzt sein Versehen in keiner Weise mehr gutmachen. Er konnte nicht dem Don Laureano fünfundzwanzig oder fünfzig Pesos für den Jungen anbieten. Das wäre Menschenkauf gewesen, und Don Leonardo sowie auch Don Laureano, beide, konnten dafür schwer mit Gefängnis bestraft werden. Sie waren beide gute und rechtgläubige Katholi-

ken, für die es eine Sünde war, einen Christen zu verkaufen, auch wenn es ein Indianer war. Beide hätten sich aber sowohl als Caballeros wie als Mexikaner geschämt, Geld für einen Mitbürger der Republik zu bieten oder anzunehmen und die eigenen Landsleute wie Ware zu behandeln. Auf jeden Fall war es gegen die gute Sitte und gegen jeglichen Gebrauch.

Aber so kompliziert ist die Moral, und nicht nur die der Mexikaner allein, daß nichts Ungehöriges, nichts Unerlaubtes, nichts Schäbiges darin erblickt wird, wenn Herren beim Spiel das Eigentum ihrer Frauen, ihrer Kinder, ihrer Eltern einsetzen, und daß es akzeptiert wird, wenn Herren ihre Frauen, die körperliche Ehre ihrer Frau oder ihrer Tochter oder ihrer Geliebten einsetzen, wenn sie kurz mit Geld sind, um weiterspielen zu können.

In diesem Falle jedoch war die Moral sehr nüchtern. Andres war ein Peon, der zu einer Finca als immobiles Gut gehörte. Er konnte zwar der Konstitution wegen nicht verkauft werden, jedoch durfte er unter den Herren ausgewechselt werden. Der Peon wurde nicht gefragt, ob er den neuen Herrn wünsche oder nicht. Er war auch so gut erzogen, von Kirche und Latifundienbesitzern, daß er nicht mit einem Gedanken daran gedacht hätte, auch nur mit einem winzigen Worte etwas gegen seine Auswechselung einzuwenden. Das wäre Ungehorsam gewesen. Und ein Peon hatte kein Recht, ungehorsam zu sein.

Anhänglichkeit gegen seine Peones hat der Finquero weniger als gegen seine bevorzugten Pferde. Und Anhänglichkeit gegen Andres hatte Don Leonardo nicht für einen verbogenen Silberling. Sobald er nach Hause kam, verschaffte er sich einen andern Jungen von der Finca seines Schwiegervaters.

Er sagte schläfrig: »Ja, das ist richtig, Andres. Du bist jetzt Muchacho hier bei Don Laureano.«

Damit war der Vorfall für ihn abgeschlossen. Er redete mit Don Laureano da weiter, wo er unterbrochen worden war. Um Spielverluste trauert man nicht, und man weint ihnen nicht nach. Knikkerig darf man nicht sein. Ein Caballero ist immer generös.

6

Eine Woche später war Don Leonardo wieder daheim in Joveltó. Als Begleiter hatte er einen Burschen, den er in La Concordia für die Reise gemietet hatte. Er entlohnte ihn und schickte ihn zurück. Doña Emilia fragte nicht gleich nach Andres. Sie glaubte, daß Andres irgendeinen Auftrag habe und später kommen würde. Und wenn sich Mann und Frau nach einer Trennung von drei oder vier Wochen wiedersehen und sie sind noch nicht genügend gelangweilt in ihrer Ehe, so haben sie sich gewöhnlich andere Dinge zu sagen, die ihnen wichtiger und angenehmer erscheinen als der Verbleib eines indianischen Muchachos.

Aber als Andres nach zwei Tagen immer noch nicht kam, fragte Doña Emilia ihren Gatten: »Wo ist denn Andres? Ich habe ihn ja noch gar nicht zu Gesicht bekommen.«

Für einen Augenblick dachte Don Leonardo zu sagen: »Der Junge ist auf dem Wege verunglückt. Er ist von einem Mule geschlagen worden, und wir haben ihn begraben müssen.«

Das war es, was sich Don Leonardo auf dem Wege ausgedacht hatte. Aber als er es nun sagen wollte, fand er es dumm. So sagte er gleichgültig: »Der Junge? Ach so, der? Er hat mir drei Mules auf dem Wege verloren, und es hat uns Tage und einiges Geld gekostet, die Mules wieder einzufangen. Sie waren völlig herunter. Ich weiß nicht, was in den Burschen gefahren ist. Er ist zu nichts mehr zu gebrauchen. Aufsässig wird er mir auch und dreist. In La Concordia ist er mir ausgerückt. Zu einigen anderen Burschen hat er gesagt, daß er nach Tapachula gehen wolle, wo er viel Geld verdienen könne. Ich bin ihm nicht nachgelaufen. Wenn er gehen will, rückt er ja doch aus. Das hat man für seine Mühe, die man sich mit ihm gegeben hat. Wir wollen deinem Vater schreiben, daß er uns einen anderen ordentlichen Jungen von der Finca schickt.«

Weil die Frau gerade jetzt die Umarmungen ihres Mannes besonders süß fand, wie das häufig als Folge einer längeren Trennung, die angenehme Gewohnheiten unterbricht, geschieht, so wollte sie nicht streiten. Das ist süßen Wiedersehensfeierlichkeiten hinderlich. Darum sagte sie nichts weiter darüber. Andres wurde vergessen. Der neue Junge, der von Don Arnulfo geschickt wurde, gewöhnte sich gut ein. Und weil er, noch ganz frisch von der Finca, sehr gehorsam und sehr unterwürfig war, seinem Herrn und seiner Herrin jeden Morgen und jeden Abend demütig die Hand küßte, wie er es von der Finca her gewöhnt war, so einigten sich Doña Emilia und Don Leonardo darüber, daß der neue Junge besser, arbeitsamer, gefälliger, gehorsamer, treuer, ehrlicher und zuverlässiger sei als Andres.

Viertes Kapitel

I

Don Laureano Figueroa war Comisionista. Das ist so etwas wie Handelsagent. Er wohnte in Socton und war Vertreter von zweihundert oder dreihundert Handelshäusern in Mexiko City, Puebla, Monterrey, USA, Spanien, Frankreich und noch einigen andern Ländern, von denen er nichts weiter wußte als den Namen. Er hatte die Generalvertretung in seinem Distrikt für Nähmaschinen, Maisentkörnungsmaschinen, Porzellanwaren, Dachpappe, Wellblech, Petroleum, Schreibmaschinen, spanische Vorderlader, Blumensamen, Stacheldraht, Zeitungen, Flaschenbier, Weine, Zigaretten. Er übernahm Frachten und Speditionen nach allen Punkten der Welt, wie es am Kopf seiner Briefbogen zu lesen war. Er kaufte und verkaufte Land, Häuser und Hypotheken. Er war in jedem Städtchen des Staates besser bekannt als der Gouverneur oder die politischen Chefs. Denn es gab wohl keinen Ort im Staate, in dem Mexikaner wohnten, wo man nicht in allen Läden, in allen Fondas, in allen Hotels, in allen Amtsstuben einen Kalender an der Wand hängen sah, auf dem eine farbenreiche wundervolle Landschaft abgebildet war von einer Art, wie man sie nirgends in Mexiko findet. Über dieser schönen Landschaft stand sein Name fettgedruckt, und eingerahmt war die Landschaft mit den gedruckten Namen aller derjenigen Dinge, für die er die Generalvertretung hatte.

Daß Don Laureano so viele Generalvertretungen hatte, darf man nicht lächerlich finden. Denn hätte er die Generalvertretung nur eines großen Hauses gehabt, so wäre er daran verhungert. Er besaß die Generalvertretung einer weltbekannten Pianofabrik in New York. In drei Jahren war es ihm gelungen, ein ganzes Klavier zu verkaufen. Aber er hatte, wie er dem Hause schrieb, berechtigte Hoffnung, innerhalb der nächsten zwei Jahre wieder ein Klavier verkaufen zu können, weil ein jungvermähltes Paar bereits seit Monaten mit der Absicht umgehe, sich ein Klavier anzuschaffen. Nähmaschinen gingen nicht ganz so langsam; aber auch dieses Geschäft sah trübe aus. Er hatte Vertrauen in ein gutes Geschäft in

Schreibmaschinen. Denn Schreibmaschinen begannen gerade jetzt bei den Geschäftsleuten im Staate bekannt zu werden und Eingang zu finden. Er stand auf gutem Fuße mit den politischen Chefs, und er hoffte, daß er alle Ämter im Staate mit Schreibmaschinen versorgen könne.
Sein wichtigstes Geschäft war freilich die Spedition. Sein Frachtunternehmen war das sichere tägliche Brot für ihn, die Basis seiner ganzen wirtschaftlichen Existenz.
Er hatte vierzig Carretas zwischen Arriaga und Balun Canan laufen. Da er und die Familie, der er zugehörte, wohlbekannt im Staate waren und weil er selbst als unbedingt zuverlässig und ehrenhaft galt, so fehlte es ihm nie an Fracht. Seinen Karawanen wurden nicht nur wertvolle Güter und Geldtransporte anvertraut, sondern auch alleinreisende Frauen und einzelne Kinder, die irgendwohin zu Verwandten oder in eine Schule geschickt wurden. Es war überall bekannt, daß seine Carreteros die anvertrauten Güter mit ihrem Leben verteidigten, gegen Banditen oder gegen Naturgewalten.

2

Andres machte sich keine Gedanken darüber, daß er so ohne irgendwelche Zeremonie und ohne um seine eigene Meinung befragt zu werden von einem Herrn zu einem andern ausgewechselt wurde. Es hätte ihm auch nichts genützt, und an den Tatsachen wäre nichts geändert worden. Die Herren verkauften und vertauschten untereinander ihre Esel, ihre Pferde und ihre Mules. Ob das Pferd zu einem neuen Herrn wollte oder nicht, niemand fragte es, und niemand wollte von ihm wissen, wie es ihm gefalle.
Es kam Andres auch gar nicht einmal der Gedanke, hier etwas dazu zu sagen. Noch viel weniger kam es in seinen Kopf, daß er etwa gar irgendwie ein Recht haben könne, ja oder nein in einer Sache zu sagen, die Herren unter sich abgemacht hatten. Daß es Menschenrechte oder etwas Ähnliches gäbe, wußte er nicht. Er wußte nur eines, und das eine wußte er von Kindheit an: Ein Peon hat zu gehorchen. Wo in aller Welt ist es denn einem Soldaten erlaubt, etwas dagegen zu sagen, wenn er, in Kriegs- oder Friedenszeiten, von seinen Vorgesetzten in ein Sumpfloch geschickt

wird, wo er steckenbleiben und verrecken kann! Gehorsam ist die erste Pflicht eines Soldaten; und erst recht ist Gehorsam die erste und oberste Pflicht eines Peons. Der Soldat wird nach Flandern geschickt, ob es ihm gefällt oder nicht; und seine Herren tauschen ihn aus. Heute kämpft und blutet er für das Wohlergehen der Engländer, morgen für das Recht der Franzosen, die Welt mit gefälligen Mädchen zu versorgen, und übermorgen kämpft er für die Demokratie aller Länder und für das Selbstbestimmungsrecht der kleinen Nationen, die eine verkrüppelte eigene Sprache und einen unverkrüppelten Ehrgeiz ihrer profitgierigen Kapitalisten haben. Wenn der Gehorsam der Proletarier ins Wanken gerät, erzittern die Fundamente des Staates, und die Rebellion kauert sich nieder zum Sprunge. Alle Naturgesetze würden in Aufruhr und in Verwirrung geraten, wenn es je einem Finquero einfiele, einen Peon zu fragen: »Hijito mio, como te gustas, wie gefällt es dir, mein Söhnchen?«
Andres hätte auch nie erwartet, daß ihn sein Patron um seine Meinung fragen würde. Er tat, was ihm befohlen wurde. Nicht mehr, nicht weniger. Er hätte sich weigern können, wenn ihm sein Herr befohlen hätte, sich am nächsten Baume aufzuhängen; denn das wäre gegen die Gesetze der Kirche gewesen. Dagegen war es nicht gegen die Gesetze der Kirche, wenn ihm befohlen wurde, sich auspeitschen oder in den Stock spannen zu lassen. Die Kirche hatte ihn gelehrt, daß da, wo kein Gehorsam gegen den Herrn ist, der von Gott als sein Herr bestimmt ist, daß da auch kein Gehorsam gegen Gott und den Heiligen Vater erwartet werden kann. Nur wenn Gehorsam auf allen Wegen gesichert und sehr gut gesichert ist, dann ist auch der Gehorsam gegen Gott und Kirche gesichert. Das muß gleich von Anbeginn an ins Blut gelegt werden.
Was Andres vielleicht an dem ganzen Handel berührte, war lediglich, daß er aus einem gewohnten Leben in ein neues Leben versetzt wurde. Und aus einer Gewohnheit in eine neue gegen den eigenen Willen geworfen zu werden, ist meist mit Schmerzen verknüpft.

3

Schon auf der Reise nach Don Laureanos Wohnort wurde aber Andres klar, daß es um ein Vielfaches angenehmer war, dem neuen Herrn dienen zu dürfen als dem früheren.
Don Laureano kannte nicht das intime Leben der Fincas. Er wußte, daß eine Finca Peones hatte; aber er wußte nicht, welch eine strenge Zucht, ja Tyrannei, auf den Fincas herrschte. Wenn er gelegentlich in Geschäften auf einer Finca zu Gast war, so bekam er keine Gelegenheit, einen näheren Einblick in die wirklichen Verhältnisse des Proletariats einer Finca zu gewinnen. Er kümmerte sich auch nicht darum. Es war nicht seine Sache, Studien dort zu treiben. Er wollte Geschäfte machen und wollte den Finquero zu einem dauernden Freunde haben.
Don Laureano war Geschäftsmann. Und er behandelte alle seine Carreteros und Muchachos vom Standpunkt eines Geschäftsmannes aus mit dem goldenen Grundsatz guter Geschäftsleute: Leben und leben lassen. Aus reicher Erfahrung wußte er, daß ein solcher Grundsatz, wenn von allen Geschäftsleuten beachtet, jeglichem Geschäft, Handel und Verkehr nur günstig ist. Alle seine Leute lebten zwar ein dürftiges und hartes Leben. Aber wenn sie ihr Leben mit dem Leben der Peones und mit dem vieler anderer Proletarier verglichen, so dünkte es sie recht erträglich. Der Werkzeugschmied in einer Fabrik in Dayton, der dreißig Dollars die Woche bekommt und der, bei Gelegenheit, von einem Arbeiter in einer Textilwarenfabrik in Gaston hört, daß der nur elf Dollars die Woche verdient, der gesteht: »Verflucht, ich krabbele mich ja gerade noch so leicht geschunden durchs Leben mit meinen vier Kindern; aber dieser arme Hurensohn in Gaston mit seinen elf Silberlingen die Woche und acht Kindern auf dem Halse. Himmlische Posaunenbläser, ich möchte doch nicht in seinem Fell stekken, was bin ich doch froh, daß ich dreißig die Woche habe. Es langt nicht vorn und es langt nicht hinten, das ist ja richtig; aber wie das arme Hündchen in Gaston mit seinen elf Krümchen die Woche eigentlich zurechtkommt, das ist mir das größte Weltwunder auf dieser Erde.«
Die Leute, die Don Laureano in Arbeit hatte, waren freie Männer.

Wenn sie mit ihrer Carreta im Hofe ihres Herrn angelangt waren, so konnten sie sagen: »Hören Sie, Patron, ich möchte gehen, möchte mir etwas anderes suchen.« Dann sagte Don Laureano, falls es sich um einen guten und zuverlässigen Carretero handelte: »Warum willst du denn gehen, Julian? Bist nun schon vier Jahre mit mir. Sind immer gut ausgekommen. Bueno, ich gebe dir einen Halben mehr den Tag.« Der Carretero blieb vielleicht und bekam einen halben Real mehr den Tag, und er war zufrieden. Oder er blieb nicht und ging seiner Wege. Don Laureano zwang ihn nicht zu bleiben, wenn er durchaus fortwollte. Der Mann war frei.
Er lernte natürlich sehr rasch, viel rascher, als er geglaubt hatte, daß die Freiheit, genau besehen und bei Licht betrachtet, sehr wenig Freiheit an sich hatte. Er fand einen anderen Unternehmer, der ihm weniger bezahlte, ihn härter arbeiten ließ und schmählich behandelte. Aber weil es ihn nicht satt machte, sich den Magen mit Regentropfen zu füllen, die ihm in den aufgesperrten Mund träufelten, so mußte er dem Herrn dienen, der ihm für seine Arbeit Geld versprach, damit er sich Tortillas und Frijoles kaufen konnte. Auf diesem Umwege kam der freie Carretero zu der großen Weisheit, daß Freiheit und Freizügigkeit schöne Worte sind, die geschaffen wurden, um das nackte Antlitz harter wirtschaftlicher Zustände angenehm zu verschleiern.
So fügte es sich, daß, wenn alle Dinge und Verhältnisse bis zu ihrem nüchternen Endergebnis verfolgt wurden, die freien Carreteros ebenso treu und zuverlässig bei ihren Herren aushielten, wie die Peones bei ihren Finqueros aushalten mußten. Die Carreteros wußten, daß sie freie Männer waren, die gehen konnten, wann und wohin sie wollten. Die Peones wußten, daß sie unfreie Männer waren, die kein Recht hatten, zu gehen, wann und wohin sie wollten. Wenn aber der Schlußpunkt hinter den Satz ihrer wirtschaftlichen Bedingungen, unter denen sie leben mußten, gesetzt wurde, so stellte es sich heraus, daß beide im selben Sumpfe steckten. Nur hatte der Sumpf der einen nicht den gleichen Namen wie der Sumpf der andern.
Die Finqueros erzielten einen höheren Profit, wenn sie das System der Peones aufrechterhielten, und die übrigen Herren machten mehr Geld, wenn sie freie Leute für sich arbeiten ließen.

Der unfreie Peon tat nur das, was ihm befohlen wurde. Er überließ alles Denken seinem Patron, und damit übertrug er seinem Patron alle Verantwortlichkeit für das Ergebnis der Befehle.
Der freie Carretero mußte selbst denken und mußte selbst die Verantwortlichkeit für das, was er tat, übernehmen. Denn würde er nur streng das tun, was befohlen wurde, und würde er nicht von einem Kilometer des Weges zum andern selbst denken, wie er am besten und sichersten mit seiner Carreta vorwärts gelangen kann, so würde nie eine Carreta mit ihren Gütern an ihren Bestimmungsort anlangen.
Eine Finca, in dem Zustande, in dem sie sich seit vierhundert Jahren befindet, kann in diesem Zustande nur existieren mit Hilfe von Peones. Ein Speditionsunternehmen kann nur gedeihen mit Arbeitern, denen eingeredet wird, daß sie frei seien. Ein System mit freien Arbeitern, wo den freien Arbeitern Verantwortlichkeit aufgebürdet werden kann und wo der Herr sich das Recht nimmt, den Arbeiter an seinem Lohn dafür haftbar zu machen, durch Abzüge und Strafen, wenn der Arbeiter in seiner Verantwortlichkeit etwas versieht, ist dem Profit günstiger als ein System der Peones. Das ist der einzige Grund, warum die Sklaverei auf Erden abgeschafft wurde. Reformer und Philanthropen sind immer um ein Jahrhundert ihrer Zeit zurück. Sie erreichen immer nur das, was einer fortgeschrittenen kapitalistischen Wirtschaftsweise günstig ist. Nicht mehr. Wie auch ein republikanisches Regierungssystem gegenüber den Anstürmen der Monarchisten nur dann gesichert ist, wenn es dem allgemeinen Wirtschaftsleben weitere Ziele offenhält und größere Gewinne verspricht als ein monarchistisches. Theorien und Ideale, die auf das soziale Leben der Menschen sich beziehen, haben nur dann eine Möglichkeit, verwirklicht zu werden, wenn sie eine größere Sicherheit für das tägliche Brot verbürgen. Alle übrigen Ideen, auch wenn sie noch so schön aussehen, bleiben in Büchern, Broschüren und Flugblättern stecken. Sie vermögen in Versammlungen eine flammende Begeisterung zu erwecken, aber das nüchterne Morgengrauen des folgenden Tages erstickt auch die höchste Begeisterung derer, die satt werden wollen und satt werden müssen, um leben zu können.

4

Andres ritt neben Don Laureano auf dem Wege her. Sie hatten La Providencia hinter sich, wo sie die Nacht verbracht hatten.

»Also du hast noch nicht mit Ochsen gearbeitet, Andres?« fragte Don Laureano, während er sich eine Zigarette ansteckte und dem Jungen das Päckchen hinreichte, damit er sich eine herausziehen sollte.

»Nein, Patron. Don Leonardo hatte keine Ochsen und auch keine Carretas. Auf den Wegen von Joveltó nach Jovel und auf den Wegen nach Tsimajovel und hinauf nach Bilja können keine Carretas fahren. Die Wege sind zu schmal, zu sumpfig, zu bergig und zu steinig. Wir konnten da nur auf Mules transportieren, und auf vielen der Wege können nicht einmal Mules gehen, sie brechen ab und fallen in die Schluchten. Da konnten wir nur Träger einsetzen.«

»Ich kenne einige der Wege da oben«, sagte Don Laureano. »Bin oft da in Geschäften gewesen. Meilenweit muß man vom Pferde absteigen, wenn man nicht das Pferd verlieren und sich selbst den Hals brechen will. Auf der Finca habt ihr auch keine Ochsen gehabt?«

»Nur in den Herden, Señor, für den Verkauf. Und die wurden freilaufend in den Herden nach San Juan Bautista und Frontera hinaufgetrieben, wenn der Patron sie auf die Märkte nach Tabasco brachte.«

»Das tut nichts, Muchacho«, sagte Don Laureano. »Das wirst du bald lernen. Das ist nicht so schwer zu begreifen. Du scheinst mir ein kluger und gelehriger Bursche zu sein. Das lernst du bald, die Ochsen aufzujochen und einzuspannen. Und wenn du eine Weile in der Kolonne ziehst mit meinen alten Carreteros, dann lernst du bald den Weg und alle Kniffe kennen.«

»Das denke ich gewiß, Patron.«

»Die Arbeit ist nicht so schwer, wie sie erscheint, Junge«, belehrte ihn der Herr. »Wenn geladen ist, dann hast du so gut wie keine Arbeit. Die Tiere kennen den Weg besser als die Muchachos. Laufen in der schwärzesten Nacht ohne Führung. Freilich, wo die Wege schlecht sind, gibt es zuweilen heftig zu tun. Da muß nachgeholfen werden. Da muß kräftig in die Speichen gegriffen werden. Und manchmal müssen die Carretas aus den Löchern herausgehoben werden, und Steine und Pfähle müssen in die Senkungen gesteckt werden, um den Weg zu ebnen. Wenn du gut aufpaßt und nicht schläfst auf dem Sitz, dann hast du kaum je einen Achsenbruch. Das macht auch Arbeit. Aber das ist dann deine eigene Schuld, und es ist die Strafe für Schlafen und Nichtachtgeben.«

»Ich werde schon gut aufpassen.«

»Ich bin sicher, es wird dir viele Freude machen. Lernst viele Wege kennen, siehst viele Ortschaften und Städte. Kommst zur Eisenbahn hinunter und hast immer Compañeros, Kameraden und Begleiter. Zuweilen hast du Familien in der Carreta. Dann fällt schon einmal ein halber Peso für dich ab als Trinkgeld, wenn du mit den Leuten freundlich bist und dich gefällig erweist. Ich habe auch nichts dagegen, wenn meine Muchachos gelegentlich einmal einen Packen von einem Ort zum andern als Beifracht mitnehmen oder einen Reisenden eine Tagesstrecke aufsitzen lassen. Die zwanzig oder dreißig Centavos, die dir dafür bezahlt werden, sind für dich. Das rechne ich nicht so streng.«

»Muchas gracias, Señor, vielen Dank.«

»Ja, nun mit dem Lohn, Andres. Darüber müssen wir ja wohl auch miteinander sprechen, um darüber ins reine zu kommen. Wieviel hat dir denn Don Leonardo täglich gezahlt?«

»Don Leonardo hat mir keinen Lohn gezahlt«, sagte der Junge der Wahrheit gemäß.

»So etwas gibt es bei mir nicht«, erklärte Don Laureano. »Jeder, der seine Arbeit tut, ist seines Lohnes wert. Das ist mein Grundsatz. Für mich arbeitet niemand umsonst. Jede Arbeit bezahle ich. Bei mir gibt es keine Peones und keine Sklaven. Ein Arbeiter will auch leben und zu etwas kommen. Ich habe da einen Encargado, einen Karawanenführer, gehabt, der hat mehr als achtzehn Jahre für mich gearbeitet. Er hat jetzt einen schönen kleinen Laden in Suchiapa. Und ein anderer, der fünfzehn Jahre bei mir gearbeitet hat, besitzt jetzt einen sehr schönen Ranchito, einen kleinen Hof, in Alcala. Die Leute haben nicht getrunken, gut gearbeitet und immer gespart. Ich will, daß meine Muchachos zu etwas kommen und nicht ihr ganzes Leben für fremde Leute arbeiten müssen. Der

Anastasio, der den Laden in Suchiapa hat, bekommt alle Waren, die er in seinem Laden führt, von mir auf Kredit. Und er bezahlt immer pünktlich. Muchachos, die für mich gearbeitet haben und die ehrlich und zuverlässig in meinen Diensten waren, finden bei mir für ihr ganzes Leben Hilfe und Unterstützung. Ich vergesse keinen meiner Burschen.«

Das war alles richtig, was Don Laureano hier erzählte. Kein Wort übertrieben. Wenn die Burschen zu alt wurden, um gute Carreteros zu sein – denn das Leben der Carreteros ist aufreibend, wie Andres bald erfahren sollte –, so half ihnen Don Laureano, irgendein kleines Geschäft zu gründen. Das waren dann seine besten Kunden, und sie dienten ihm gleichzeitig als Unteragenten in den Distrikten, wo sie sich niederließen, und sie erwiesen ihm vortreffliche Dienste als Auskunftsagenten über andere Handeltreibende in der Nähe und konnten ihm guten Rat erteilen über neue Landeigentümer und über deren Bedarf an Maschinen und Waren. Er wußte seine Geschäfte gut zu organisieren und zu erweitern.

»Wie ich gesagt habe, Andres, für mich braucht niemand umsonst zu arbeiten. Ich habe über deinen Lohn schon nachgedacht. Ich gebe dir täglich einen und zwei Drittel Reales, zwanzig Centavos. Das macht für den Monat sechs Pesos. Das ist ein guter Lohn.«

»Muchas gracias, Patron.« Für Andres war das freilich ein sehr guter Lohn; denn bisher hatte er gar keinen Lohn empfangen, und sechs Pesos waren, an seinen Bedürfnissen gemessen, eine sehr große Summe.

»Das ist nun freilich eine Schuld, Andres, die du erst abtragen mußt.«

»Was für eine Schuld, Patron?« fragte Andres. »Ich habe nichts gekauft.«

»Das ist wahr, Muchacho, du hast nichts gekauft. Aber ich muß dir sagen, daß Don Leonardo an mich fünfundzwanzig Pesos verspielt hat. Und diese fünfundzwanzig Pesos mußt du natürlich bezahlen.«

»Ja, Herr.«

»Das macht – laß sehen.« Don Laureano rechnete halblaut vor sich hin. »Ja, das macht zwanzig Centavos in einem Peso, das sind fünf und in fünfundzwanzig Pesos, das sind hundertfünfundzwanzig. Das ist also hundertfünfundzwanzig Tage. Das wären dann hundertfünfundzwanzig Tage, die du arbeiten mußt, ehe ich dir den Lohn in efectivo, in bar, auszahlen kann. Freilich, ich bin kein Tyrann. Wenn du irgend etwas brauchen solltest, dann sagst du es mir, und ich gebe dir einen Vorschuß von drei oder fünf Pesos, die wir dann später abrechnen.«

»Ja, Herr.«

»Das verstehst du doch, Andres?«

»Ja, Herr.«

»Dann sind wir hier einig?«

»Ja, Herr.«

»Natürlich bekommst du das Essen. Ihr bekommt für den Weg alle eure Rationen an Bohnen, Salz, Zucker, Kaffee, Reis, Trockenfisch, getrocknetem Fleisch, hin und wieder einmal ein Büchschen Sardinen, und ihr bekommt das Zehrgeld, damit ihr auf dem Wege Tortillas kaufen könnt. Von meinen Carreteros ist noch nie einer je verhungert. Und wenn sie ihr Geld nicht in Tequila und Comiteco vertrinken, haben sie immer ihr Geld gespart und sind zu etwas gekommen im Leben.«

»Ja, Herr.«

»Das ist dir natürlich klar, daß du mir nicht fortlaufen darfst, bis deine Schuld von fünfundzwanzig Pesos voll bezahlt ist, und wenn du von mir Vorschußgeld bekommst, so ist das auch Schuld, die erst eingelöst werden muß, ehe du daran denken könntest, dir einen andern Patron zu suchen oder gar nach Guatemala zu rennen. Da geht es den Muchachos viel, viel elender in Guatemala. Daran denke nur nicht, wenn dir vagabundierende Muchachos in Arriaga etwas erzählen wollen, daß auf den Plantagen in Guatemala viel verdient wird. Das ist böser Schwindel von den Vagabunden, die sich in Arriaga, in Tonala und in Tapachula herumtreiben. Bleibe in deinem Vaterlande, Andres, und diene deinem Herrn treu und ergeben, so wird es dir an nichts fehlen. La Patria ist immer das Beste und Sicherste im Leben, wo du unter deinesgleichen bist und niemals verhungerst. Ich bin voll überzeugt, wenn ich dich so ansehe, daß du einen guten und treuen Carretero machen wirst.«

»Ich will mir alle Mühe geben, Patron.«
»Das hoffe ich bestimmt, Andres. Als Carretero hast du eine sehr verantwortliche Arbeit. Wenn dir etwa gar Waren aus deiner Carreta abhanden kommen sollten, daß sie dir gestohlen werden oder daß sie verbrennen oder daß sie dir in die Schluchten fallen, mußt du natürlich alles ersetzen. Das muß ich dir dann an deinem Lohn anrechnen, und du machst eine Schuld bei mir. Aber wenn du gut achtgibst, kann so etwas nicht vorkommen.«
»Ich werde gut achtgeben, Patron, daß keine Ware verlorengeht.«
»Das weiß ich, du bist ein zuverlässiger Bursche, Andres.«
Sie ritten noch eine Weile langsam nebeneinander her. Dann warf Don Laureano seinen Zigarettenstummel fort und sagte: »Nun wollen wir ein wenig antraben, damit wir vorwärts kommen.«

Fünftes Kapitel

I

Staggernd und ratternd quälte sich die Karawane der Carretas den fünfzehn Meilen langen Weg von Socton hinauf zum Hochpaß El Calvario. Der Hochpaß El Calvario führte über den Cerro de Chiapa hinweg. Der Cerro de Chiapa war der höchste Punkt der Sierra, jenes steilen Felsengebirgszuges, der sich lang zwischen Socton und Niba hinstreckt und das tropische Tiefland von Tullum von dem kühlen Hochland La Mesa de Las Casas trennt.

Der Hochpaß El Calvario hatte trotz seines so frommen und so gut katholischen Namens einen verteufelt bösen Ruf. Er war in jeder nur denkbaren Hinsicht ein wahrer Leidensweg. Ein Leidensweg für Reisende jeder Art und jeder Gattung; für Reisende zu Fuß, zu Pferde oder auf dem Rücken von Mules. Nicht minder war er ein Leidensweg für die indianischen Träger, die hier schwere Lasten von Waren hinaufzuschleppen hatten oder Tragkörbe, in denen reisende Frauen oder alte und nicht reitfähige Männer saßen. Und die Frauen hatten oft genug ein behäbiges Eigengewicht von hundertdreißig oder hundertfünfzig Kilo. Und erst recht war der Hochpaß ein Leidensweg für die Carretaführer und für die Treiber von Packtierkarawanen.

Diese Führer, nicht so stoischen Charakters wie die indianischen Träger, die schweigend und unverdrossen in ihrem leichten und wiegenden Schritt dahintrabten, begannen zu fluchen, nachdem sie das freundliche, im ewigen Grün der Palmen und der Bananenbäume genestete Städtchen Socton eine Stunde verlassen hatten. Je steiler und je schwieriger der Weg wurde, um so gründlicher und um so wilder wurden die Flüche. Diese Carretaführer und Muletreiber verschworen und verfluchten auf diesem Wege ihre eigenen Seelen und die Seelen ihrer Mütter, sie verfluchten ihre Erzeuger, und sie verfluchten den Tag, an dem sie geboren wurden, und erst recht verwünschten sie den Tag, der sie zu Carretaführern gemacht hatte. Sie verfluchten mit schreienden Stimmen Gott im Himmel und die Heilige Jungfrau, und als Dreingabe wünschten sie alle Heiligen der Kirche zur Hölle. Bei jeder neuen Windung, die der Weg machte, versprachen sie ihre Seele und die aller ihrer Kinder dem Teufel, wenn er ihnen ohne Radbruch, ohne Achsenbruch, ohne Absturz der Zugochsen in die tiefen Abgründe, ohne Hinuntergleiten der Packtiere von dem Wege in die zerklüfteten Schluchten glücklich vorüberhelfen würde.

Oben auf der Höhe des Calvarienberges stand ein großes verwittertes Holzkreuz, aufgerichtet in einem hohen Steinhaufen, auf dem verwelkte Kränze und Blumen in Haufen lagen. Wenn die Carreteros und die Muletreiber am Kreuze angelangt waren, dann zogen sie ihren verwetterten großen Strohhut, machten drei Kniebeugen und bekreuzigten sich. Damit waren sie wieder aufgenommen in die Schar der Gläubigen und Frommen, und der Teufel hatte keine Macht mehr über sie und über ihre Seelen; denn Gott und die gebenedeite Jungfrau vergeben großmütig dem Sünder, der reumütig zurückkehrt zu den Lobgesängen und zu den geweihten Kerzen, weil der, der Berge, Schluchten, Flüsse, Sümpfe und Seen schuf, die Verantwortung übernahm für alles, was dieser Schöpfungen wegen geschieht und getan wird. Denn hinauf auf den Hochpaß mußten die Leute, und ob ihnen auf diesem Leidenswege Gott oder die Heilige Jungfrau oder der Teufel half, war ihnen im Grunde gleichgültig, wenn sie nur hinaufkamen mit ihren Karren, ihren Tieren, ihren Lasten und ihren Waren.

Nun war freilich mit dem Erreichen des Kreuzes der Leidensweg keineswegs beendet, wie man wohl glauben sollte, weil doch hier das Kreuz stand, das allen Menschen Erlösung verspricht. So leicht wird es den Menschen auf Erden nicht gemacht, sie würden sonst zu rasch in Völlerei und Unzucht ausarten. Und das Bekreuzigen allein tut es auch nicht. So billig ist es nicht im irdischen Jammertal.

Für viele Reisende, besonders für jene zu Pferde, die allein reisten oder nur zu zweien und nur gerade von einem oder zwei Burschen begleitet, begann jetzt erst der wirkliche Leidensweg.

Denn El Calvario hatte eine doppelte Bedeutung. Hatte man die eine Bedeutung unter Fluchen, Verschwören, Ächzen, Stöhnen und Schwitzen begriffen, dann stand einem noch die Lösung der zweiten Bedeutung bevor. Und die Lösung der zweiten Bedeutung endete häufig genug mit einem raschen und geschäftsmäßigen und damit mitleidlosen Tode der Reisenden. Aus diesem Grunde fluchten diejenigen, die sich nicht so ganz sicher fühlten, daß sie heil und ungeschoren an dem Kreuze vorüberkommen würden, weniger häufig auf dem Wege als die Carreteros und die Arrieros, die eine robustere Natur hatten und seltener an das Jenseits dachten, weil sie mehr an das näherliegende Diesseits zu denken hatten. Für die Reisenden kam der Tod meist so plötzlich, daß ihnen keine Zeit blieb, sich zu bekreuzigen und sich damit rechtzeitig ein bequemes Leben im Jenseits zu sichern.

2

Der Hochpaß war berüchtigt und gefürchtet der Banditen wegen, die hier den Reisenden und den Karawanen auflauerten. Die Banditen waren smarte und kluge Geschäftsleute, die ihr Handwerk verstanden und ihrem Verdienst mit Bedacht und Weisheit nachgingen. Dort, wo Gouverneure, Generale, Polizeichefs, Disputados, Bürgermeister und Steuermarkeninspektoren Land und Volk bestehlen, wo nur immer sich eine Gelegenheit findet, bleibt Hunderten von Unbeamteten oft nichts anderes übrig, als ebenfalls zu stehlen. Wenn die Beamteten stehlen, so heißt es Korruption, wenn Nichtbeamtete stehlen, so heißt es Banditentum. Aber immer nur dort, wo Beamte stehlen, gibt es Banditen. Und sobald oben aufgehört wird zu stehlen, sterben unten die Banditen alle in einer Woche aus.

Die Banditen am Calvarienberg lagen nicht jeden Tag auf der Lauer. Das würden ihre Frauen auch schon gar nicht geduldet haben; denn eine Frau will ja von ihrem Manne auch noch etwas anderes haben als das tägliche Brot und gelegentlich einen neuen Fetzen. Außerdem konnten die Wegelagerer auch nicht nur vom Banditentum leben, sie mußten Antlitz bewahren. Darum hatten sie alle eine kleine, manche eine große Landwirtschaft. Und dieser Landwirtschaft widmeten sie den größeren Teil ihrer Zeit. Erstens, um geachtete Bürger zu bleiben, zweitens, um nicht unnötigen Verdacht zu erwecken, und drittens, um ein sicheres Einkommen zu haben ihrer Kinder wegen, die zu ehrsamen Bürgern heranwachsen sollten.

Aus allen solchen Gründen gingen sie nicht jeden Tag auf die Jagd. Einmal hätte das die Reisenden abgeschreckt, überhaupt hier zu reisen, oder sie wären nur in großen Gruppen gereist, so daß die Banditen keine Geschäfte hätten machen können. Zum andern würde die Regierung hier einen dauernden Militärposten hingelegt haben, den die Banditen nicht gebrauchen konnten. Darum geschah es, daß viele Wochen, ja oft Monate vergingen, ohne daß auch nur ein einziger Raubanfall vorkam. Und dann plötzlich wurden drei Tage lang alle Reisenden und alle Karawanen ausgeraubt, die ihres Weges kamen. Dann wieder mochte es zuweilen geschehen, daß nur ein oder zwei Reisende aufgehalten und nur eine kleine Maultierkarawane ausgeraubt wurde, während alle übrigen, die am selben Tage oder in derselben Woche den Weg zu machen hatten, unbelästigt blieben.
Gerade das Unbestimmte im Auftauchen der Banditen war es, was den Weg zu einem Schreckensweg machte. Nie wußte jemand vorher mit Sicherheit zu sagen, ob er heil und unberaubt vorüberkommen würde oder nicht. Nie konnte jemand mit ruhiger Gewißheit Geld, das er zu Einkäufen brauchte oder das er aus Verkäufen gewonnen hatte, oder irgendwelche anderen Werte von einem Ort zum andern bringen. Selbst wenn er kein großes Geld bei sich hatte, ja ohne irgendwelche Werte reiste, so war er doch nicht sicher, ob er die Kleider auf dem Leibe und sein Leben behalten würde. Nur Pferde und Mules und Sättel wurden nicht geraubt. Denn alle Tiere haben ihre Brandzeichen, und Sättel haben so viele besondere kleine Merkmale, daß mit deren Hilfe die Banditen hätten entdeckt werden können.
Nun konnten freilich die Reisenden in großen Gruppen reisen. Sie konnten das unter günstigen Umständen tun. Aber es läßt sich nicht so einrichten wie bei einer Kompanie Soldaten, denen befohlen wird, abzumarschieren, und dann marschieren sie eben zur befohlenen Stunde ab.
An dem Tage, an dem fünf Mann reisen können, können die andern fünf, die mit der Gruppe zu reisen gedachten, nicht abkommen, weil der eine inzwischen ein krankes Kind hat, der andere eine Frau, die niederkommt, der dritte hat ein Haus gekauft, das er sich heute ansehen muß, der vierte hat sich den Magen verdorben,

und der fünfte hat sich über Nacht überlegt, daß er eigentlich überhaupt nicht zu reisen braucht und daß er seine Reise gut aufschieben kann. Die ersten fünf brechen nun auch noch auseinander. Der eine hat eine unerwartete Gerichtsvorladung, dem andern ist am frühen Morgen das Haus abgebrannt, und so bleiben drei oder gar nur zwei übrig, die jene Reise auf jeden Fall unternehmen müssen, weil ihr ganzes Geschäft davon abhängig ist, an einem bestimmten Tage in Tullum oder in Arriaga zu sein. So reisen die beiden allein. Auf gut Glück. Mit geweihten Amuletten, mit unzähligen Bekreuzigungen aller ihrer Familienangehörigen und mit einem guten Revolver behangen reiten sie los und werden zwei Tage oder zwei Wochen darauf erschossen oder erschlagen in einem der Abgründe aufgefunden. Einige der Banditen, als unschuldige, fleißige und nüchterne Landleute, denen man nichts Ehrenrühriges nachsagen kann, helfen beim Suchen, und sie klagen mit dröhnenden Worten die Regierung an und den mangelnden Kirchenglauben der Banditen, die eine Zuchtrute für das Land seien, weil ihnen jeder Glaube an eine Vergeltung im Jenseits fehle.

3

Wer auch immer den Hochpaß El Calvario geschaffen haben mag, ein Erdbeben oder der liebe Gott im Himmel droben oder eine sehr langsame Veränderung der Erdkruste, jedenfalls wer oder was den Hochpaß schuf, war freigebig. Er baute ein Wunderwerk der Natur auf.

Der Weg zieht sich in mehr als fünfzig Windungen an dem Felsengebirge hinauf. Vielleicht sind es auch achtzig Windungen oder hundertzwanzig. Wer weiß? Quien sabe? Niemand zählt die Windungen. Und wer sich vornimmt, sie zu zählen, vergißt sehr bald, wie viele er schon hinter sich hat. Denn er muß sich auf andere Dinge konzentrieren, die augenblicklich wichtiger sind als geographische oder topographische Feststellungen.

Das Hinaufklettern beginnt schon, wenn man noch in Socton ist. Die letzte Kirche der Stadt steht bereits so hoch über der Stadt, daß die Frommen, die kurz von Atem sind, sie nicht besuchen können.

In der Stadt sind die Straßen gut gepflastert, mit kräftigen Koppelsteinen jener Art, die vor fünfhundert Jahren als hochmodern galt. Aber sobald man die letzte gepflasterte Straße verlassen hat, beginnt auch gleich die Qual, aus der man erst wieder erlöst wird, wenn man, nach beinahe hundert Kilometern, die nächste Stadt mit gepflasterten Straßen erreicht hat.
Aus dem tropischen Tiefland, wo die Straßen und Plätze abgegrenzt sind durch hohe Palmen, wo die Äcker, die Gärten und die kultivierten Ländereien gefüllt sind mit dem Reichtum der Pflanzen, Blumen, Sträucher und Bäume der heißen Zonen, kriecht der Weg hinauf auf die kühle Höhe der Sierra, wo Tannen stehen, so schön und stark und schlank wie im nördlichen Ohio.
Immer tiefer werden die steil abfallenden Schluchten und Abgründe an der linken Seite des Weges; und rechts steht, beinahe für die ganze Länge des Weges, die hohe steile Felsenwand der Sierra, die sich nur verändert im Charakter der Pflanzen und der dornigen Gesträucher, die an ihr wachsen.
Dann oben, auf dem Hochpaß, sieht man zu seinen Füßen ausgebreitet das tropische Tiefland liegen. Weit hinten am Horizont, in einem grünblauen Flimmer, steigt die lange Bergkette eines anderen Armes der Sierra auf, mit ihren hohen Gipfeln tief in die Wolken reichend. Wie ein silberner Faden, der eingezeichnet ist in einen gigantischen Teppich, der ohne Form, ohne Muster, ohne irgendwelche Absicht ist, liegt der Grijalva-Strom scheinbar unbeweglich und scheinbar durchaus fremd in der flirrenden Ebene.
Das Grotesk-Tragische ist, daß an denjenigen Stellen des Weges, wo man sein Selbst völlig vergessen kann im Anblick der Gaben einer verschwenderischen Natur, daß gerade an jenen Stellen die Banditen mit Revolvern, Gewehren und Messern am nächsten sind. Denn es ist gerade an jenen Stellen, wo es für die Reisenden und für die Karawanen kein Ausweichen gibt, kein Umkehren, kein Fliehen. Zweihundert, dreihundert Meter tief liegt an der linken Seite des Weges der steile felsige Abgrund, und an der rechten Seite, hart, wie aus dem Wege herauswachsend, steht die Felsenwand, so steil, so holprig, so dicht und buschig mit Dornen und fingerlangen Stacheln aller möglichen Gewächse, daß selbst eine Ziege jede Hoffnung aufgibt, auf diesem Wege zu entweichen.

Man kann es wohl verstehen, warum viele Reisende den Hochpaß »Ayudame Purisima!« nennen, »Heilige Jungfrau, Mutter Gottes, hilf mir hier gesund vorbei.« Weil aber die Banditen gleichfalls gute Katholiken sind und gleichfalls die Purisima anrufen, daß ihnen heute ein guter Fang gelingen möge, so stehen die Aussichten für beide Parteien immer auf halb und halb.

4

Die gute Kenntnis der zahlreichen Gefahren, die der Weg bot, hatte die Carreteros veranlaßt, an einem Lagerplatz außerhalb der Stadt Socton aufeinander zu warten, bis genügend Karren beisammen waren, so daß sie eine sehr große lange Karawane bilden konnten.

Eine große Karawane von Carretas kann von den Banditen wohl für eine Zeit aufgehalten werden, aber sie kann nicht mit Erfolg angegriffen und ausgeraubt werden. Fallen die Räuber die erste Carreta an und kracht auch nur ein Schuß oder erschallt auch nur ein Aufschrei des angegriffenen Carreteros, so steht sofort die ganze Karawane; und die Führer der mittleren und hinteren Carretas, wohl gedeckt durch die Karren, rücken auf mit ihren Schießprügeln, mit Machetes, mit Knüppeln, mit Messern, mit Radspeichen, mit Steinen oder was sie sonst zur Hand haben mögen. Und dann geht es den Banditen übel, wenn sie nicht rechtzeitig flüchten. Greifen sie die letzte Carreta an, so findet nur eine Frontveränderung statt, aber das Resultat bleibt das gleiche. Es ist einige Male geschehen, als den Banditen bekannt war, daß Carretas bares Geld geladen hatten, daß die Karawane gleichzeitig am ersten und am letzten Karren angegriffen wurde. In dem wilden Schlachtgetümmel, das darauf folgte, gelang es den Banditen, einige Carretas den Abgrund hinunterzustürzen, nachdem sie die Ochsen rasch abgeschnitten hatten, und es gelang ihnen, einige weitere Carretas auszurauben und die Güter ebenfalls in die Schluchten zu werfen, wo einige Burschen unten auf Posten standen, die geraubten Sachen gleich in Sicherheit zu bringen. Aber dann war es auch schon höchste Zeit für die oben kämpfenden Banditen, abzuflitzen und sich selbst in Sicherheit zu schaffen, denn mehr als die Hälfte von ihnen war nicht mehr heil und einige

von ihnen nicht mehr ganz vollständig in ihren körperlichen Ausmaßen. Sie mußten den Kampf aufgeben, ohne das Geld, das die Carretas führten, gewonnen oder auch nur gesehen zu haben.
Führten die Carretas Waren, die an sich nur einen geringen Handelswert hatten, wie Salz, Kacheln, Bücher, Flaschen, oder solche Güter, die für die Banditen unverkäuflich waren, wie Maschinenteile, Blechplatten, Eisenstangen, dann zogen die Carretas auch in kleinen Gruppen von vier bis acht Karren. Die Carreteros selbst führten nur ganz wenig Geld bei sich, jeder einzelne vielleicht sechzig oder siebzig Centavos, und diese wenigen Centavos wußten sie auch noch so gut zu verstecken, daß kein Bandit sie finden konnte.
Dagegen, wenn die Carretas reiche Güter führten, wie Seidenwaren, Uhren, Kleiderstoffe, Schmucksachen, Weine und Liköre, Revolver, Jagdwaffen, Munition, zogen sie nur in großen Karawanen zu vierzig, sechzig und mehr Karren.
Aber große Karawanen, so nützlich sie auch waren als Schutz gegen Banditen, hatten viele Nachteile. Sie marschierten viel langsamer als kleine Gruppen, wodurch die Fracht sich verteuerte, denn jeder Tag kostet Futter für die Ochsen und Lohn für den Führer, und für den Kaufmann kann ein Tag Verspätung bedeuten, daß er die Ware nicht rechtzeitig verkaufen kann. Für große Karawanen war es viel schwieriger, Futter für die Tiere zu schaffen, als für kleine. In einer großen Karawane ist die Zahl der Achsenbrüche höher als in einer kleinen, und wenn die Karawane beieinanderbleiben will, so muß die ganze Karawane anhalten, bis die Achsenbrüche geheilt sind. Dies war der Grund, warum die Carretas nur dann in großen Karawanen zogen, wenn sie Schutz benötigten.

5

Die Carretas waren plump und schwer gebaute zweirädrige Karren. Die Räder waren sehr hoch. Der Flüsse und Moräste wegen, die auf dem Marsche zu kreuzen waren. Die Carreta selbst war schmal gehalten und etwa doppelt so lang als breit; und mit einem halbrunden Dach versehen, das auf einem Gestell von Reifen ruhte.

In einer Karawane von zwanzig Carretas waren wohl kaum zwei, die ein Dach von gleicher Art hatten. Die eine Carreta hatte eine Bedachung aus grober Leinwand, eine andere ein Dach aus Schilfmatten, wieder eine andere eins aus ineinandergeflochtenen Palmenblättern, eine andere war bedacht mit Rehfellen, eine andere mit Antilopenfellen, eine andere mit Berglöwenfellen, eine andere mit Jaguarfellen, eine andere mit Lumpen, zusammengesucht aus alten Hemden, Baumwollhosen, zerfetzten Wolldecken. Dann war vielleicht wieder eine Carreta mit einem Dach aus einer Art Korbgeflecht, und eine andere hatte ein Dach aus braunen, gut ausgegerbten Fellen von Kühen, Ziegen oder Schafen.
Jede Carreta wurde von einem Paar Ochsen gezogen. Die Ochsen waren ungemein schwere, großhörnige Tiere. Viele von ihnen sahen so schwer und gewaltig aus, als wären sie verwandelte Elefanten.
Die Ochsen zogen nicht mit Hilfe eines Joches, das über ihrem Halse lag, sondern sie zogen mit ihren mächtigen Stirnen.
Es wurden zwei Ochsen, die das Zugpaar waren, zusammengestellt, und dann wurde über ihre Köpfe, ganz dicht hinter die Hörner, ein schwerer Zugbalken gelegt. Dieser Balken an sich war schwer genug, daß ein kräftiger Bursche seine Mühe hatte, ihn allein aufzulegen. War der Balken an die gewünschte Stelle gelegt und hatten die Ochsen den richtigen Abstand voneinander, dann wurde der Balken mit derben, roh ausgegerbten Riemen fest mit den Hörnern verschnürt. In die Hörner waren zuweilen Löcher gebohrt, um die Riemen sicherer in ihrer Lage festhalten zu können.
War der Zugbalken festgeriemt, dann wurde er mit der schweren Deichsel der Carreta verriemt. Die Deichsel stand unbeweglich im Karren.
Die Ochsen zogen mit gesenkten Köpfen. Kein Tier konnte eine Bewegung mit dem Kopfe selbständig machen. Jede Bewegung des Kopfes des einen Tieres veranlaßte eine gleiche Bewegung des Kopfes des Nebentieres. Während des Marsches konnten sie sich in ihrer vorderen Körperhälfte der großen Beißfliegen und anderer Insekten, die in Tausenden die Carretas umschwärmten, nicht erwehren. Sie konnten sich nicht belecken, sie konnten sich nicht

einmal schütteln. Sie mußten ertragen, was ihnen Gott, der diese Insekten erschaffen hatte, auferlegte. So kam es, daß an jenen Tagen, wenn Regen bevorstand oder wenn aus anderen Gründen die Insekten besonders hungrig und blutgierig waren, die Ochsen über und über mit Blut bedeckt waren, das unaufhörlich in zahllosen dünnen Fäden über ihre Körper rieselte.
Ihre großglotzigen und verglasten Augen stier auf den Weg gerichtet, den Augapfel nur selten einmal bewegend, marschierten die Ochsen, mit ihren Karren hinter sich, langsam Schritt für Schritt dahin. Der Schritt war ungemein langsam, aber gleichmäßig, wie von einer Maschine geleitet.
Die Ochsen wurden nicht mit einer Peitsche angetrieben, sondern mit langen Stäben. Die Stäbe, aus Hartholz geschnitten, waren an dem einen Ende scharf zugespitzt. Manche hatten an Stelle der Holzspitze einen Nagel eingetrieben. Mit diesen Stäben piekte der Carretero die Ochsen in den Hintern, wenn er sie aufmuntern mußte. Was die Insekten an den hinteren Körperteilen der Ochsen nicht erreichen konnten, weil hier die Tiere mit ihren Schwänzen die Insekten zu verjagen vermochten, das erreichten die Carreteros mit ihren spitzen Stäben. Wenn der Weg besonders schwierig war und die Ochsen müde und hungrig waren und nicht so vorwärts kommen konnten, wie die Carreteros wollten, so begann bald auch aus den hinteren Körperteilen der Ochsen das Blut herunterzurieseln. Die Carreteros wiederum wurden von ihren Lohngebern wieder gespießt, gepiekt, beschimpft und mit Rausfeuern bedroht, wenn sie sich auf den Wegen allzusehr verspäteten. So hatten die Ochsen die Genugtuung, daß die Welt vollkommen sei und daß Gott gerecht sei und Vergeltung übe.
In der trockenen Periode war der Weg überdeckt von einer zwanzig bis dreißig Zentimeter hohen Schicht eines weißen, feinen kalkigen Staubes, der in den Augen, in der Nase und im Munde wie Gift brannte und fraß. In der Regenperiode war der Weg überdeckt von einer zuweilen halbmeterhohen Schicht von dikkem, zähem Erdkleister, der die Räder der Carretas und die Füße der Ochsen festklammerte wie mit Stricken.
Aber ob Trockenzeit mit ihrem ständigen Eingehülltsein in dicke Staubwolken oder ob Regenzeit mit ihrem zähen Schlamm, der

Weg blieb immer und immer ein Martyrium mit seinen Tausenden von Löchern, Gruben, Einsenkungen, mit seinen Millionen von Steinen, Felsbrocken, hervorragenden Steinklötzen, ausgewaschenen dicken Wurzeln gigantischer tropischer und halbtropischer Bäume, mit seinen Abrutschungen ganzer Wegstrecken, Herunterkrachen abbrechender Gesteinsmassen und abgefaulter oder ausgewaschener Stämme. Da war kein Erbarmen für die Carreteros, kein Mitleid für die Ochsen, keine Erlösung aus den tausend Leiden von Mensch und Tier. Denn in Suchiapa, in Tullum, in Socton, in Ixtapa, in Jovel, in Comitan, in Sapaluta leben viele tausend Menschen, die Salz brauchen, Kleider, Bücher, Mandolinen, Schlösser, Liköre, Uhren, Schuhe, Schreibmaschinen, Phonographen, Porzellantassen, seidene Hemden, Ohrringe, photographische Apparate, Parfüme, Filzhüte, Zündhölzer, Zimt, Aspirin, Ölbilder, Häkelnadeln, Flaschenbier, Bleistifte, Sicherheitsrasiermesser, Brillen, Gummilutscher, Schrauben, Abreißkalender, Knöpfe. Keine Zivilisation ohne Transport.

6

Kriechend kletterte die Karawane den Calvario hinauf. Das war eine gewaltige Komposition von Geräuschen, wie sie wohl kein Künstler je hervorbringen könnte. Denn so verschieden, so entgegengesetzt auch alle Töne waren, so ergaben sie, alle vereint, dennoch eine wundervolle Harmonie.

Keuchen, zuweilen ein Brummen des einen oder des anderen Ochsen, Ächzen der Riemungen, Knirschen der Räder, Quietschen der Achsen, Knistern des aufgebauten Gestells der Carreta, Klimpern und Klirren von schlechtgepackten Gegenständen in Kisten, Holpern und Stolpern über Steine, schrilles Ausrutschen eines Rades von einer Felskuppe, Einfallen oder Einbrechen der einen Seite einer Carreta in eine Aushöhlung des Weges, Durchsinken in eine unterwaschene Grube, Poltern über eine knorrige Felspartie, Rumpeln über dicke Wurzeln, Schreien der Carreteros, Fluchen, Schimpfen, Schwören, Antreiben; einer pfeift eine Melodie, ein anderer singt sich etwas, wieder einer brummt etwas vor sich hin. Dann sitzt eine Carreta so tief in einem Loch, daß sie nicht weiter kann. Die Burschen der benachbarten Carretas kommen zur

Hilfe, und die Carreta wird mit vielem Geschrei und Gestöhn herausgewuchtet. Dann setzt sich die ganze Karawane wieder schwerfällig in Bewegung. An den Seiten des Weges, im Gebüsch und im Gegras, zirpen und flöten die Grillen und Zikaden, irgendwo singen einige Vögel, Bienen summen durch die flirrende Luft, Schmetterlinge flattern hin und her und folgen der Karawane, den feuchten Unrat der Ochsen erwartend.
Die Karawane ist in einen weiten Mantel von Staub gehüllt. Wenn an einigen Stellen des Weges Wind einbläst, dann sind es dicke schwere Wolken von Staub, die so dicht sind, daß der Carretero kaum die vor ihm marschierende Carreta sehen kann.
Ihre Augenlider schwer von dem vielen Staub, ihre Gesichter schwarz von dem Gemansche von Schweiß und Erde, sehen die Körper der Burschen aus wie in Mehl herumgewälzt.
Steht man oben auf der Höhe dicht vor dem Hochpaß, wo man zahlreiche Windungen des Weges gleichzeitig übersehen kann, so gewinnt man von der marschierenden Karawane den Eindruck, als ob ein gewaltiger, merkwürdig geformter Wurm den Weg hinaufzöge. Jede einzelne Carreta erscheint wie ein Ring in dem langen Körper des Wurmes. Und weil die Karren hin und her schaukeln und stolpern, so wird der Eindruck, daß da ein großer Wurm heraufkröche, nur um so wahrer. Denn daß es Karren sind, kann man von der Höhe nicht recht erkennen. Die Entfernung und die heiße flirrende Luft, die wie leicht zitternder nebelweißer Schleier über die Erde gebreitet ist, lassen Dinge wahr und wirklich erscheinen, die bei nüchterner Überlegung nicht wirklich sein können. Aber unter der lastenden tropischen Sonne, eingehüllt in wogende Staubwolken, dahinkletternd in einem ständigen Bewußtsein der Schwierigkeiten und der Gefahren des Weges, verliert selbst ein sonst klar denkender Mensch jegliche Fähigkeit, nüchtern zu sehen und unbefangen zu urteilen.

7

Die Karawane hatte nun den Hochpaß erreicht. Sie war aus dem letzten Hohlweg heraus und kam durch ein steiles Felsentor auf die weite Hochebene des El Calvario.

Auf dieser Hochebene lagen drei Ranchos. Der größte dieser Ranchos, der Rancho El Calvario, machte mit den zahlreichen Hütten seiner Peones den Eindruck eines Dorfes. Ein anderer, kleinerer Rancho, der mit seinem weißgetünchten Haus und mit den Säulen seines Porticos einen sauberen und idyllischen Anblick hervorrief, lag am andern Ende der Hochebene. Dieser Rancho diente gewöhnlich den Reisenden, die zu Pferde kamen, als Herberge; denn er lag so ziemlich genau in der Mitte des Weges von Tullum und Jovel. Die Reisenden, die von Jovel kamen, versuchten stets, diesen kleinen Rancho zu erreichen, weil die Wegstrecke von hier nach Tullum hinunter sie kürzer dünkte, als wenn sie in dem Städtchen Niba zur Nacht blieben.

Die Hochebene war, das ganze Jahr hindurch, von gutem Gras bedeckt. Gegen Ende der Trockenzeit war das Gras freilich sehr mager. Aber hart arbeitende Ochsen, Mules und Pferde verlernen auf diesen Wegen, wählerisch im Futter zu sein. Sie sind ersichtlich froh, den Ruheplatz endlich erreicht zu haben. Der Anblick der freundlichen Grasfläche, auch wenn die Weide noch so dünn und grätig aussieht, macht die Tiere wiehern und blöken. Die Ochsen besonders, während ihrer ganzen Lebenszeit gewohnt, hier Rast zu machen, würde auch der geschickteste Carretero kaum einen Kilometer weiterbringen können. Der Marsch von Socton zu dieser Hochebene ist der längste auf der ganzen Reise zwischen Arriaga und Balun Canan. Denn auf diesem Wege können die Carretas nirgends halten. Der Weg ist zu schmal, es ist kein Futter am Wege und nur wenig Wasser. Und Wasser benötigen nicht nur die Tiere, sondern erst recht die Carreteros. Die Hochebene ist an der einen Seite begrenzt von steilen Felsen und Bergzügen, an der andern Seite ist dichter, dorniger, tropischer Busch.

8

Angekommen auf der Ebene, möchten die Carreteros nichts lieber tun, als sich hinzuwerfen und zu schlafen, wo sie hinfallen, müde und ausgearbeitet bis auf das letzte Härchen ihres Körpers.
Aber nun beginnt für sie eine neue Arbeit.
Alle Carretas werden dicht nebeneinander aufgefahren, so daß die eine Carreta mit ihrer Querseite dicht an der Querseite der nächsten steht. Die Carreteros haben, wie alle Indianer, einen eingeborenen Schönheitssinn. Die Geschütze eines Artillerieregiments können nicht schöner und militärischer an ihrem Lagerplatz aufgefahren werden als die Carretas einer Karawane. Unter Schreien und Kommandieren, mit Wuchten und Schieben werden die Carretas in Linie ausgerichtet. Die Ochsen werden ausgespannt und abgejocht.
Die Carretas werden immer ausgerichtet. Aber oft genug geschieht es, daß die Carreteros so pferdemüde gearbeitet sind, daß sie die Ochsen nicht abjochen. Die Ochsen bleiben mit dem wuchtigen Jochbalken auf den Hörnern. Sie müssen dann stets paarweise beieinanderbleiben. Wo das eine grast, da muß das Nachbartier grasen. Den Kopf können sie nur wenig zur Seite bewegen, und wenn das eine Tier den Kopf nach rechts wendet, ist das Nachbartier gezwungen, den Kopf gleichfalls nach rechts zu bewegen. Die Ochsen aufgejocht zu lassen, obgleich das eine unerträglich erscheinende Qual für die Tiere ist, hat an bestimmten Rastplätzen noch einen andern Grund.
Wenn die Tiere einzeln grasen, so streuen sie weit aus, um den besten Weideplatz zu suchen. Sie gehen nicht selten fünf Kilometer weit vom Rastplatze fort. Dann müssen die Carreteros die Tiere suchen gehen, müssen sie zuweilen weit und tief aus dem Busch herausholen, wo die Ochsen das Laub gewisser Bäume dem dünnen Grase vorziehen. Mit diesem Suchen verlieren die Carreteros oft halbe, ja ganze Tage. Es geschieht, daß alle Carreteros der ganzen Karawane nach zwei oder gar nur einem Ochsen suchen gehen müssen. Ist das schon schwierig bei Tage, um so mehr bei Nacht, wo die Leute mit Laternen und Kienfackeln durch Busch und Dschungel kriechen, um die verstreuten Tiere einzufangen.

Die Carreteros sind in dem Suchen der ausgebrochenen Ochsen geübt. Sie verstehen jeden abgebrochenen Zweig, jeden niedergetretenen Strauch, jedes zerstampfte Grasbüschel richtig zu lesen, bei weitem besser als eine Fibel. Sie wissen genau, ob eine Hufspur einen Tag oder zwei Wochen alt ist, ob es die Spur frei weidender Rinder eines nahen Ranchos oder die eines ihrer Ochsen ist. Dennoch kommt es vor, daß Ochsen eine Woche lang nicht gefunden werden können, entweder weil sie sehr rasche Läufer sind und nach ihrem Heimatrancho wandern oder weil sie sich mit einer Herde mischen und mit dieser Herde nach dem Rancho jener Tiere ziehen.
Die Zeit, die mit dem Suchen ausgebrochener Tiere verlorengeht, müssen die Carreteros auf irgendeine Weise hereinzubringen suchen. Verspäten sie sich mit ihrer Fracht zu häufig, dann werden sie von ihren Herren elend beschimpft, vielleicht heftig bestraft oder entlassen. Sie gelten dann als untaugliche Carreteros und als unzuverlässig, und nur mit Mühe können sie irgendwo wieder Arbeit finden.
So darf man den Carretero nicht eilfertig als Tierquäler bezeichnen, wenn er zuweilen die Ochsen nicht abjocht. Nicht abgejochte Ochsen können nicht weit ausbrechen, weil sie durch den schweren Jochbalken, der quer über ihnen liegt, überall gegen Bäume stoßen und so aufgehalten werden. Sie immer im Joch zu lassen, kann der Carretero aber auch nicht wagen. Denn die Tiere, die aneinander angejocht bleiben, können nicht so gut und reichlich essen wie die Tiere, die frei weiden. Das Tier bleibt hungrig, magert ab, vermag nicht kräftig genug zu ziehen und bleibt vielleicht gar am Wege liegen.
Futter auf den Carretas mitzuführen und die Tiere auf den Rastplätzen anzubinden, geht nicht an. Sie sind mächtige Tiere, und sie brauchen darum viel Futter, wenn sie gut arbeiten sollen. Wenn aber auf die Carreta Futter geladen werden soll, dann kann keine Fracht geladen werden. Der Mais, der für die Tiere mitgeführt werden muß, weil nicht an allen Plätzen Mais zu kaufen ist, nimmt schon genügend Platz weg und lastet schwer genug mit seinem Gewicht auf den Karren.
Was immer auch ein guter Carretero sich ausdenken mag, um

sowohl seinem Herrn wie seinen Tieren wie dem Kaufmann, der die Waren in einer bestimmten Zeit gebraucht, gerecht werden zu können, überall stößt er gegen Verhältnisse und Bedingungen, die mächtiger sind als er und stärker als eine besten Absichten. Hunderttausende von Tieren und Millionen von Menschen müssen leiden und müssen unerträglich Erscheinendes erdulden, damit Zivilisation sein kann und damit Zivilisation in die fernsten Winkel und Ecken der Erde, wo Menschen wohnen, getragen werden kann.

Sechstes Kapitel

I

Die Carretas waren in Linie schön und sauber aufgefahren. Die Ochsen waren ausgespannt und abgejocht, suchten sich einen Liegeplatz und ließen sich niederfallen. Sie waren zu müde, um zu grasen. Die Carreteros gingen herbei, sich ihr schlichtes Mahl zu bereiten. Jeder suchte seine Gruppe auf.

Während des Marsches zogen die Carretas, wie sie in die Reihe kamen. Wenn aber Rast gemacht wurde, so vereinigten sich die Carreteros jedes einzelnen Herrn, dem sie dienten, zu Gruppen, so daß die Carreteros des Don Laureano eine Gruppe bildeten, die eines andern Comisionista, eines Don Nicasio, wieder ihre Gruppe bildeten und die abermals eines anderen Herrn auch wieder ihre eigene Kochgruppe formten. Denn sie bereiteten ihre Mahlzeiten von den Rationen, die ihnen von ihren Herren für den Weg mitgegeben wurden.

Von jeder Gruppe lief ein Mann mit zerbeulten Gasolinbüchsen zum Bach, um Wasser heranzuschaffen. Einige andere liefen in den Busch, um Holz herbeizuholen. Andere schnitten die Stäbe zu, über die Kochkessel gehängt wurden.

Der Abend war bereits weit vorgeschritten. Es war ein ungemein langer Marschtag gewesen.

Bald loderten bei allen Gruppen die Campfeuer auf.

Am Feuer standen und über dem Feuer hingen, an schnell und doch geschickt gearbeiteten Gestellen, alle möglichen Behälter, in denen gekocht wurde.

Die Leute kochten schwarze Bohnen in genügender Menge, damit die Bohnen, die lange Zeit zum Kochen brauchten, auch noch zum Frühstück reichen sollten. Sie kochten Reis. Sie wärmten Tortillas auf. Und überall wurde Kaffee gekocht, das unvermeidliche Getränk bei allen Mahlzeiten reisender Leute in Mexiko. Wenn Kaffee knapp war, wurde zuweilen auch Pinol gekocht. Pinol sind zu Staub zerriebene geröstete Maiskörner. Fehlte es auch an Pinol, so wurde Tee aus Zitronenblättern gekocht, die am Wege irgendwo abgepflückt worden waren.

Die Bohnen wurden weich gekocht und dann mit Schweineschmalz, das in Flaschen mitgeführt wurde und das des heißen Klimas wegen immer flüssig war wie Öl, schmackhaft gemacht.
Der Reis wurde nicht nach europäischer Art gekocht, sondern nach mexikanischer. In einer Pfanne wurde Schweineschmalz sehr heiß gemacht. War das Schmalz heiß genug, dann wurden die trockenen Reiskörner in die Pfanne geschüttet und so lange hin und her gerührt, bis sie braun waren. Dann wurde langsam, beinahe tropfenweise, Wasser hinzugeschüttet. Wurde das ungeschickt gemacht, dann schlug die Flamme in die Pfanne, und es gab ein hochauflodernndes Feuer, das oft den ganzen Reis ausbrannte.
Auch der Kaffee wurde nach mexikanischer Art gekocht. In ein kegelförmiges Blechkännchen wurde Wasser geschüttet. Dann kam eine Handvoll gemahlener Kaffee hinein und ein gutes Stück braunen ungereinigten Rohzuckers. Das wurde zusammen aufgekocht wie eine Suppe. Der Kaffee wurde nicht geseiht, sondern der Satz blieb im Kaffee und wurde mitgetrunken.
Einige Carreteros hatten auf dem Wege ein Kaninchen erwischt, andere einen wilden Truthahn geschossen, wieder andere hatten ein Gürteltier gefangen.
An allen Feuern lagen die Hunde herum, die auf Knochen und Reste der Mahlzeit warteten. Alle Carreteros brachten Hunde mit sich.
Auf ihren Märschen fanden die Carreteros genug Gelegenheit, herumlaufende Hühner und kleine Schweinchen zu fangen, um ihre Mahlzeiten zu bereichern. Aber Carreteros bestehlen keine Farmer, und am allerwenigsten bestehlen sie kleine indianische Bauern.

2

Viele Frauen waren diesmal mit der Karawane. Frauen, die allein reisten, Frauen mit ihren Kindern, Frauen mit ihren Mädchen. Einige der Frauen reisten nach Jovel, andere nach Balun Canan oder weiter in das Innere des Staates oder gar bis hinauf nach Tabasco. Es waren alles Frauen der untersten Volksschichten, wo die Männer nicht genügend Geld hatten, um die Frauen zu Pferde reisen zu lassen. Denn selbst wenn der Mann vielleicht ein Pferd oder gar einige hatte, so mußte er entweder selbst mitreisen und dadurch seine Zeit verlieren und sein Geschäft unter fremder Aufsicht lassen, oder er mußte zuverlässige Burschen mieten, die seine Frau begleiteten. Das wurde sehr teuer. Reisten die Frauen jedoch mit einer Karawane, so zahlten sie für das Aufsitzen einen Peso oder vielleicht gar nur einen halben Peso. Und weil immer mehrere Frauen in einer Karawane reisten, so fühlte sich eine Frau nicht gar so vereinsamt, als wenn sie völlig allein unter den fremden Männern gewesen wäre.

Es traf sich zuweilen, daß in einer sehr kleinen Kolonne nur eine einzige Frau reiste, entweder ganz allein oder nur mit einem Mädchen. Aber es kam niemals vor, daß eine Frau von einem Carretero belästigt worden wäre, weder am Tage noch in der Nacht, es wäre denn, daß sie selbst Anlaß dazu gegeben hätte und sie etwas wünschte, was sie infolge Abwesenheit ihres Mannes nicht haben konnte und daran gewöhnt war wie an das tägliche Essen und Trinken. So etwas geschah. Denn die Frauen waren zumeist Indianerinnen oder doch mehr indianischen Blutes als europäischen. Und sie gehörten derselben Volksklasse an, der die Carreteros entstammten. Da eine Reise oft bis zu drei und vier Wochen dauerte, so konnte man die Frauen, die ja nicht aus Holz gehobelt sind, sondern lebendiges warmes Blut in ihren Adern haben anstatt kalten Kirschblättertees, darum schwerlich anklagen. Die Schuld wird ja auf jeden Fall immer dem eigenen Manne zugeschoben. Warum läßt er sie allein! Der Mann hat ja, wie immer er es auch drehen und wenden mag, überhaupt keine Sicherheit. Es ist bis heute noch nicht mit Klarheit festgestellt, für welche Dienstleistung Beelzebub, in Gestalt einer Schlange, der Eva einen Apfel bezahlte. Es gab damals weder goldene Armbänder noch Diamantohrringe noch Schecks. Eva würde ein Perlenhalsband für zweitausend Dollar vorgezogen haben. Aber sie nahm, was sie kriegen konnte, um nicht unbezahlt bleiben zu müssen. Andere begnügen sich ja auch mit drei Pesos, wenn sie keine fünfzig kriegen können.

Viele Carreteros haben auf den Reisen ihre Frauen bei sich. Diese Carreteros gelten ihren Herren oft zuverlässiger als die ledigen. Diejenigen Carreteros, die ihre Frauen daheim lassen, bekommen

zuweilen Sehnsucht nach ihren Frauen. Sie laufen fort und lassen die Carreta in irgendeinem Ort am Wege stehen oder übergeben sie einem der übrigen Carreteros zum Mitführen.
Die Frauen der Carreteros essen natürlich mit von der Ration, die ihren Männern auf den Weg gegeben wird. Aber die Rationen sind reichlich. Es sind ja nur schwarze Bohnen und Reis, Dinge, die hier geringen Wert haben. Kartoffeln bekommt ein Carretero in seinem ganzen Leben vielleicht nicht zwei zu essen. Die sind zu teuer. Mit Kartoffeln geht selbst der Herr in seinem eigenen Haushalt sehr sparsam um. Eine grinsende Ironie! In Mitteleuropa und in Nordeuropa ist die Kartoffel das Brot des Volkes; auf dem amerikanischen Kontinent, wo die Kartoffel ihren Ursprung hat, gehört sie zu den teuersten Lebensmitteln.
Ob von den Rationen der Carreteros einer mehr oder weniger mit ißt, fühlt der Patron nicht. Er sieht auch nicht darauf. Er kümmert sich nicht darum, ob seine Carreteros ihre Frauen mit sich führen oder nicht. Viel weniger kümmert er sich oder irgendein anderer Mensch darum, ob der Carretero und seine Frau gesetzlich verheiratet sind oder nicht. In welcher Form der Verehelichung ein Carretero mit seiner Frau lebt, ist allein nur Sache des Carreteros und seiner Frau. Eine Privatsache, die nur die beiden angeht, sonst niemand im Lande.
Der Patron hat auch noch andere Gründe, warum er die paar schwarzen Bohnen, die eine Frau des Carreteros ißt, nicht bekrittelt. In der Frau des Carreteros bekommt der Frachtunternehmer einen Arbeiter mehr, den er nicht zu bezahlen braucht, der ihn nur das billige Essen kostet. Die Frauen der Carreteros sind zwar nicht nötig für einen guten und gesicherten Marsch einer Karawane. Aber sie nützen sehr und helfen in vielen Dingen.
Sie helfen beim Suchen und Einfangen der ausgebrochenen Ochsen. Und wenn sie nicht suchen helfen, so können alle Carreteros sich auf die Suche begeben, und die Frauen bleiben im Lager und bewachen die Güter. Oder sie kochen für ihre Männer das Essen, und die Männer können in der Zwischenzeit Wagenbrüche ausbessern. Oder wenn die Frauen kochen und die Hemden und Hosen für ihre Männer auswaschen und ausflicken, können die Männer sich besser ausschlafen, und sie sind dann besser für die

Arbeiten auf dem Marsch gerüstet und dösen nicht ein. Und wenn der Weg keine besonderen Schwierigkeiten hat, schläft zuweilen der Mann in der Carreta sich eine Leiste herunter, und die Frau führt die Ochsen. Was kann der Patron mehr verlangen für die Handvoll schwarzer Bohnen, die die Frau eines Carreteros von der Ration mit ißt!

3

Es haben nicht alle Carreteros Frauen. Wohl kaum der fünfte Teil oder noch weniger der auf diesen Märschen beschäftigten Ochsentreiber führt Frauen mit sich.

Manche der Carreteros leben mit ihren Eltern oder mit verheirateten Geschwistern in irgendeinem Ort am Wege. Andere leben im Hause ihres Herrn, wo ihnen, wenn sie nicht auf dem Marsch sind, ein Winkel offengelassen wird. Wieder andere haben eine Schar von kleinen Kindern in ihrer heimatlichen Hütte, und die Frau muß bei den Kindern bleiben. Andere hatten eine Frau, aber sie ist ihnen fortgelaufen; oder sie wurde des ewigen Marschierens auf den elenden Wegen, bei Nacht und bei Tage, in tropischer Hitze und in tropischen Wolkenbrüchen, endlich müde; oder sie ist schwanger; oder ihre Eltern oder die Eltern ihres Mannes wollen sie daheim in der Hütte haben.

Wieder andere Carreteros sind unzuverlässige Ehemänner. Sie werden eine Frau bald leid und schieben sie entweder sanftmütig oder mit Geschimpfe und Rippenstößen ab. Und wieder andere sind unverbesserliche Einzelgänger, die nur gelegentlich zu einer Frau gehen, die aber im übrigen, und besonders auf den Märschen, keinen Rock um sich sehen mögen. Sie ergötzen sich an dem Gezanke und Gestreite ihrer beweibten Kameraden.

Darum sieht man zuweilen Kolonnen, wo auch nicht eine Frau unter den Carreteros ist. Bei diesen Karawanen geht es lustig, fröhlich und wild zu. Hier gehen die Männer unbekümmert ihren Gefühlen und ihrem Vergnügen im Erzählen und Anhören der ausschweifendsten Geschichten und Anekdoten nach. Es ist ja die große Untugend einer Frau, sich immer in das Leben eines Mannes hineinzudrängen und hineinzumanschen. Am lieblichsten ist die Frau, die man in eine Schublade legen kann und die man nur dann hervorholt, wenn man sie nötig hat; dann wickelt man sie wieder schön und sorgfältig ein und stellt sie weg bis zum nächsten Male. Aber eine solche Frau ist ein süßer Traum der Phantasie des Mannes. Sie ist ein Kunstprodukt. Sie ist seltener als das Ei des Vogels Phönix. Und wahrhaft gebenedeit ist der Mann, der eine solche Frau hat. Ein solcher Mann kann es zu etwas sehr Großem im Leben bringen.

Carreteros haben keine Zeit, auf die Suche nach dem verwunschenen Schatze einer idealen Welt zu gehen. Sie müssen, wie alle unter dem Joch des Fleisches seufzenden Männer, sich mit dem begnügen, was zu haben ist; und müssen dann versuchen, auf einem mit Rosen bestreuten Wege den Dornen auszuweichen. Das einzige, was sie auf diesem Wege lernen, ist die Erfahrung, daß an einem Rosenstrauch hundertmal mehr Dornen als Rosen sind. Und was für Dornen!

4

Außer den Frauen, die reisen müssen, entweder zu einem Arzt, oder zu Verwandten, oder zu einer Hochzeit, oder weiß der Geier wohin und wozu, und außer den Frauen der Carreteros sind auch noch oft in der Karawane Handelsfrauen, die Waren in Arriaga oder in Tonala aufgekauft haben und die mit der Karawane in das Innere des Staates ziehen, um dort auf Märkten und auf Festen ihre Geschäfte zu machen. Diese Handelsfrauen und die reisenden Frauen blieben auf dem Lagerplatze nicht bei der Karawane und an deren Feuern. Sie hatten Reisegeld mit sich. Und weil Ranchos in der Nähe waren, gingen sie, sobald die Karawane zum Halten gekommen war, in die Herrenhäuser der Ranchos.

Dort fanden sie Frauen, die Frauen des Rancheros oder dessen Töchter oder dessen Mutter oder Tante oder was sonst an einer Familie in Mexiko alles herumhängen mag.

Zumeist kannten sie sich gegenseitig, waren gar sehr weit versippt mit ihnen; und kannten sie sich persönlich nicht, so hatten sie irgendwo im Staate gemeinsame Bekannte. So wurde geschwätzt und geschwätzt, die halbe Nacht hindurch. Die Frauen auf den einsamen Ranchos waren ja immer so froh, Neuigkeiten, Skandale und Klatschereien aus anderen Orten zu hören.

Die Frauen aßen am Familientische des Rancheros. Es wurde ihnen dafür oft gar nichts angerechnet, und wenn sie doch etwas zu bezahlen hatten, so waren es nur zwanzig oder dreißig Centavos, mehr der Form wegen als um eines Verdienstes willen.
Wenn sich alle genügend ausgeredet hatten und alle Klatschereien an den Mann, richtiger an die Frau, gekommen waren und allen die Augen zuzuklappen begannen, dann wurde ihnen eine Bettstatt angeboten, oder es wurden auf dem Fußboden, der dick mit Tannennadeln bestreut war, Matten ausgebreitet. Hier konnten die Frauen dann ihr Bettzeug, das ihnen die willigen Carreteros herbeigetragen hatten, für die Nacht herrichten.
Waren keine Ranchos oder Haciendas in der Nähe, dann mußten freilich diese Frauen sich mit den Schlafplätzen abfinden, die sich in den Carretas auf den Waren herrichten ließen. Das war sehr unbequem. Aber was wollten sie machen?

5

Die Frauen der Carreteros, nicht so sehr an die Gewohnheiten eines geregelten häuslichen Lebens gebunden, schliefen, wo sie Platz fanden. An ein hartes und knorriges Leben gewöhnt, meist von Kindheit an, konnten sie schlafen, wo sie lagen. Ganz gleich wo es war. Wenn Platz in der Carreta war und die Güter in der Carreta ließen sich zu einem Lager zurechtrücken, dann schliefen sie in der Carreta.
Wenn kein Platz in der Carreta war oder die Frachtgüter waren zu unregelmäßig in ihren Formen und Packungen, um ein Lager herrichten zu können, so schliefen sie, gleich ihren Männern, auf dem Erdboden unter der Carreta. Oder sie kauerten sich nur hin, mit dem Rücken gegen ein Rad gelehnt. Oder sie legten sich neben die Carreta in das Gras. Irgendwie fand sich eine Möglichkeit, das Moskitonetz über sich auszubreiten, auf jenen Teilen des Weges, wo die Luft dick war mit Insekten.
Die Carreteros selbst kannten den Sinn des Wortes Unbequemlichkeit überhaupt nicht. Hatten sie ihre Frau mit sich, so waren sie freilich immer darauf bedacht, ihr ein Lager zu bereiten, so gut und so bequem das nur eben möglich war. Aber für sich selbst dachten sie an nichts anderes, als zu ruhen und zu schlafen.

So müde gearbeitet waren sie immer, daß sie, wenn sie sich neben die Carreta hingelagert hatten, selbst von einem strömenden Regen, der sie durch und durch weichte, nicht aufwachten. Oder wenn sie doch aufwachten, so waren sie so abgespannt, daß sie keine Bewegung machten, unter die Carreta zu kriechen. Sie zogen nur die Decke dichter über den Kopf.
Viel genützt hätte es ihnen sowieso nicht, während des Regens unter die Carreta zu kriechen. Denn wenn es ein guter vollwertiger tropischer Regen war, so stand bald das ganze Lager wie in einem See. Und wenn da Bretter und Seile herumlagen, so begannen sie fortzuschwimmen.
Bei einem solchen Regen dachte der Carretero auch nie an sich. Er dachte an die Fracht, die er hatte. Er sprang auf und zog die Matten, die an beiden Enden der Carreta die Waren vor Staub und Wetter schützten, dicht zusammen, damit der Regen nicht in den Karren peitschen und die Güter verderben konnte. Er knüpfte die Bedachung fest, wo sie sich während des Marsches gelöst hatte, und stopfte Risse mit Lumpen oder Gras zu.
Die Hunde wurden lebhaft und suchten sich ein trockenes Plätzchen zwischen den Lücken, die Kisten und Säcke offengelassen hatten.
Der Carretero war kein Hund, der sich zwischen Lücken quetschen konnte. Er war ein Mensch mit einer Seele, die nach einem arbeitsreichen und mühevollen Erdendasein dereinst in das Paradies fliegt. Er war ein Mensch, der lieben, weinen und lachen konnte. Er war ein Mensch, der von einer Mutter geboren worden war, die ihn liebte und sich vor Weh zergrämte um das Wohlergehen ihres Kindes.
Er war ein Mensch wie sein Patron. Ein Mensch wie der mit Orden überreich behängte Präsident seines Vaterlandes, der große Staatsmann Don Porfirio.
Aber sein Patron konnte kein Geld dafür ausgeben, um seinen Carreteros ein kleines wasserdichtes Zelt zu kaufen und ihnen ein kleines, leichtes, zusammenlegbares Bettgestell mitzugeben, das, auch wenn es auf einem versumpften Lagerplatz stand, dem Carretero einen trockenen Schlafplatz sicherte. So viel wurde an den Frachten nicht verdient, der Patron hatte an andere Ausgaben zu

denken, die wichtiger waren als solcher Unfug. Von Don Porfirio, dessen Bild im großen Wohnzimmer des Patrons in einem breiten schweren Goldrahmen an der Wand hing, wurden viele schöne Gesetze diktiert. Aber unter den tausend und tausend wunderschönen Gesetzen war nicht eines und auch nicht ein einziges, das den Carretero auf eine höhere Stufe erhob als die Zugochsen, die er vor die Carreta seines Patrons spannte. Wenn Ochsen im strömenden Regen im Freien und in einem See ausruhen können, warum in aller Welt und um aller Heiligen willen wird man denn beim Fabrizieren von Gesetzen an einen Carretero denken! Die Ochsen kosten heftig Geld. Der Carretero kostet kein Geld. Wenn es ihm nicht gefällt, so kann er gehen, sobald er seine Fracht heil und sicher am Bestimmungsort abgeliefert hat. Es gibt genug Carreteros, die auf eine offene Stelle warten.
Der Teufel auch, warum so viel Gerede um einen indianischen Carretero!
Besser für seine Arbeit, er liegt draußen im dicken Regen. Dann verschläft er nicht. Es wird ihm zu ungemütlich. Er steht mitten in der Nacht während des gießenden Regens auf, spannt die Ochsen ein und fährt weiter. Gewinnt dabei vielleicht gar einen halben Tag an der Reise. Der Patron bekommt einen guten Namen als ein Frachtunternehmer, der seine Zeit einhält. Das dient dem Handel und fördert das Wohlergehen des Vaterlandes.

6

Von diesem Lagerplatze aus, weiter in das Innere des Staates, waren keine Banditen zu fürchten. Gefährlich wurde es erst wieder in der Nähe von Balun Canan, wo sich auf den Wegen zuweilen Überfälle ereigneten. Es waren nur drei oder vier Banditen, die Brüder zu sein schienen. An Carretas wagten sie sich nur heran, wenn es gerade nur zwei oder vielleicht drei waren. Größere Kolonnen ließen sie in Ruhe. Wirklich gefährlich waren sie einzelnen Reisenden, die zu Pferde kamen, und sie waren im Staat verrufen, weil sie den Überfallenen stets ermordeten, wohl um nicht entdeckt zu werden.
Da von hier aus die nächsten hundertzwanzig Kilometer des Weges sicher waren und weil zahlreiche Carretas, mehr als drei Vier-

tel der Karawane, überhaupt nur bis Jovel und einige nur bis Shimojol Güter führten, so begann von hier aus die große Karawane sich wieder in kleine Gruppen von acht bis zehn Carretas aufzulösen.

Jede Kolonne hatte ihren Führer oder Encargado, der für die Kolonne verantwortlich war und die Märsche bestimmte.

Bei einer Kolonne loderten die Morgenfeuer schon um ein Uhr des Nachts wieder auf. Der Encargado hatte gesehen, daß seine Ochsen in guter Verfassung waren; und weil seine Carretas nicht zu schwer geladen waren, so wollte er noch am frühen Vormittag in Niba sein. Niba lag nur etwa sechs Kilometer von dieser Hochebene entfernt. Er hatte dort mehrere Frachtgüter an Ladeninhaber abzuliefern.

Seine Leute fütterten ihren Ochsen Mais. Dann aßen sie ihre schwarzen Bohnen und tranken ihren Kaffee. Und als sie damit fertig waren, begannen sie aufzujochen und einzuspannen. Dann lief ein Bursche hinüber zu den Ranchos und klopfte an eine Tür, hinter der, wie ihm am Abend vorher gezeigt worden war, die Frauen schliefen, die mit dieser Kolonne weiterreisten.

»Ola, Señora, vamonos, listo. He, Señora, wir marschieren ab, alles ist fertig.«

»Orito, Muchacho, gleich, gleich, ich komme schon«, rief die Frau, sofort wach werdend.

Die Frauen standen auf, ohne sich Zeit zu nehmen, sich zu recken und sich auszugähnen.

Sie warfen den Rock über und öffneten die Tür. Der Bursche sprang hinein in den Raum, und mit einigen gewandten Griffen hatte er das Bettzeug der Frauen in je einem Bündel aufgerollt und zusammengeschnürt.

Die Frauen tauchten je den Mittelfinger der rechten und den Mittelfinger der linken Hand in ein kleines Schälchen aus ausgehöhltem Kürbis, in dem sich Wasser befand, und wischten sich mit den angenetzten Mittelfingern die Augen aus. Mit dieser Bewegung ist bei Männern und Frauen, wenn sie auf solchen Reisen sind, das Waschen des Gesichts beendet.

Daraufhin hielten sie die gehöhlten Handflächen dem Burschen hin, und der goß das Wasser aus dem Kürbisschälchen über die

Hände jeder Frau. Das Wasser reichte für die vier Frauen, die sich hier wuschen. Es war ein Drittelliter Wasser, über dessen absolute Reinheit man sich gewöhnlich nicht in Diskussionen einläßt.
Die Frauen rieben die so angefeuchteten Hände trocken und strichen sich damit über die Haare. Mit einem kleinen Taschenkamm kämmten sie in vier Zügen ihr Haar glatt, und sie waren für die Weiterreise gerüstet.
Das alles ging so schnell, daß nur zwei Minuten vergangen waren, seit der Muchacho an die Tür geklopft hatte und die Frauen schon aus einigen Tassen, die ein Mädchen des Ranchos herbeigebracht hatte, einige Schluck heißen Kaffees in sich hineingossen. Das Mädchen war von dem Klopfen gleichfalls geweckt worden, den Kaffee hatte sie in der heißen Asche auf dem Herd warm gehalten.
Kein Mexikaner macht mehr Umstände auf diesen Wegen. Und unsere Großväter machten es ebenso, als es keine Schlafwagen in einem Eisenbahnzug gab und man die ratternde Postkutsche als das schnellste und bequemste Beförderungsmittel betrachtete. Da eine von Ochsen gezogene Carreta nicht ganz so vornehm ist wie eine federnde Postkutsche der zweiten Hälfte des siebzehnten Jahrhunderts, so kann man auch nicht erwarten, daß die Reisenden sich aufschniegeln und aufbügeln, als sollten sie mit dem Schah von Afghanistan im Gesandtensaal des Hotel Ritz zu Abend speisen. Eine Toilette, die nicht ihrer Umgebung angepaßt ist, zerstört die Harmonie des Lebens. Und für Harmonie der Dinge in seiner Umgebung hat der Mexikaner ein sehr feines und kultiviertes Gefühl.
Die Carreteros waschen ihr Gesicht während der Reise, die drei oder vier Wochen dauert, überhaupt nicht. Auch rasieren sie sich nicht und schneiden sich nicht die Haare. Diejenigen, die indianischen Blutes sind, haben keinen oder nur einen ganz unscheinbaren Bartwuchs. Aber einige Stämme haben auch starke Bärte. Und die Carreteros, die jenen Stämmen angehören oder deren Voreltern sich mit Angehörigen jener Stämme gemischt haben, sehen auf dem Marsche jeder einzelne wie fünf Menschenfresser aus, die ihres fürchterlichen Aussehens wegen von des Teufels Tante aus der Hölle geworfen worden sind.
Freilich wird dieses romantische Äußere der Carreteros zuweilen

von einem Mißklang gestört. Wenn sie genügend lange Zeit in der Nähe eines Flusses rasten und nicht zu müde sind, so baden sie, und wenn sie noch mehr Zeit haben, so baden sie gleich zwei Stunden auf einmal. Aber die Harmonie ist dennoch wieder vorhanden. Das erste, was der Carretero am Morgen tut, ehe er auch nur einen Schluck Kaffee nimmt, ist, daß er sich gründlich und ausdauernd den Mund wäscht. Und am Morgen oder am Abend, oder während die Carretas marschieren, ehe er auch nur einen Bissen seines mageren Essens in den Mund schiebt, wäscht er sich die Hände. Und wenn er auf dem Wege kein Wasser findet oder seine Kürbisflasche, in der er Wasser mit sich führt, ist leer getrunken, dann ißt er nicht, weil er sich nicht erst die Hände waschen kann. Wenngleich das Waschen der Hände oft nur ein symbolisches Waschen genannt werden kann, weil er nur zehn Tropfen Wasser zum Waschen zur Verfügung hat, die Hände muß er sich gewaschen haben, ehe er essen kann.
Drei Minuten später, nachdem die Frauen geweckt worden waren, saßen sie, ein Viertel gewaschen und ein Achtel gefrühstückt, in ihren Carretas, und die Kolonne war auf dem Marsche.

7

Inzwischen bereitete eine zweite Kolonne ihren Weitermarsch vor. Bei ihr ging es langsamer. Die Ochsen mußten gesucht und aus den Ochsen anderer Kolonnen herausgefischt werden. Und das war nicht so leicht. Denn es war noch tiefschwarze Nacht.
Bei einer anderen Kolonne wurde ein Radbruch ausgebessert. Wieder bei einer anderen mußten Fleischwunden der Ochsen gedoktert werden. Eine dritte Kolonne konnte, nach einer sorgfältigen Prüfung ihres Encargados, wahrscheinlich erst gegen Mittag weiterreisen. Die Ochsen waren zu sehr herunter, waren zu sehr ermüdet und konnten zum Aufstehen nicht angetrieben werden. Infolge ihrer großen Übermüdung hatten sie in der Nacht nur wenig gegrast. Die Carreteros schleppten den Tieren den Mais bis dicht an die Mäuler heran, um sie zum Essen anzuregen. Die Ochsen hatten vier weite Fahrten gemacht, ohne ausgeruht zu werden. Und jede Fahrt hatte drei Wochen gedauert. Dies war die Kolonne des Don Laureano, bei der Andres eine Carreta führte. In

Don Laureanos Frachtunternehmen hatten Carreteros und Ochsen besonders schwer und ausdauernd zu arbeiten, weil er immer reichlich Frachten hatte. Wenn eine große Fracht abgeliefert war, so wartete schon eine neue auf Beförderung. Das ständige Arbeiten der Ochsen ging aber nur bis zu einer äußersten Grenze. Waren die Ochsen zu weit herunter und zu übermüdet, weil sie keine Ferien auf der Weide gehabt hatten, so geschah es, daß sie am Wege liegenblieben und weder durch das beste Futter noch durch das gütigste Zureden weitergebracht werden konnten. Schläge blieben erst recht ganz ohne Wirkung. Oft genug taten die Ochsen dasselbe, was auch die Mules tun. Sie legten sich nieder auf dem Wege, verweigerten die Annahme irgendwelchen Futters und starben.
Die Ochsen und Mules benötigten drei- und viermal im Jahr Ferien von je drei bis vier Wochen auf einer guten Weide. Und sie bekamen diese Ferien. Ochsen und Mules waren teuer. Und darum war deren Selbstmord sehr kostspielig für ihren Herrn. Die Carreteros bekamen nie Ferien. Sie arbeiteten Tag um Tag, Sonntag und Festtag gleich, Tag oder Nacht, in Regen und tropischer Glut, in Sandstürmen und wilden Gewittern, die den Himmel zu zerbersten schienen. Die Carreteros blieben auch zuweilen am Wege liegen. Aber sie verübten nie Selbstmord aus Übermüdung. Das war nur Ochsen und Mules vorbehalten. Darum waren sie ja eben auch dumme Ochsen und noch dümmere Mules. Und wenn ein Carretero wirklich auf dem Wege verkam oder beim Auswuchten einer Carreta, die in ein Loch gerutscht war, die Schlucht hinunterglitt und zerschmettert wurde oder unter die Räder einer Carreta geriet, das war kein Verlust für den Unternehmer. Carreteros waren bei weitem billiger als Ochsen und Mules. Sie kosteten nicht einen Centavo Ankaufskapital, es wäre denn, daß der Unternehmer für einen Carretero, den er einstellte, die Schuld übernahm, die er bei seinem früheren Herrn stehen hatte. Und eine solche Schuld war immer nur sehr gering im Vergleich mit dem Gelde, das ein Ochse kostete.

8

Die einzelnen Schichten in den Fahrzeiten der Carretas waren nicht geregelt. Diese Fahrzeiten wurden von dem Encargado nach seinem besten Urteil bestimmt.
Im heißen Tieflande fuhren die Carretas nur nachts, und sie ruhten am Tage. Unter großer Hitze laufen die Ochsen nicht, oder sie ermüden schon nach zwei Stunden völlig. Sie sind Tiere der gemäßigten Zonen, und sie bleiben Tiere der gemäßigten Zone, auch wenn sie auf einer Weide in den tropischen Regionen geboren werden. Es ist nicht allein die Hitze, die auf die Arbeitsfähigkeit der Ochsen einwirkt. Es sind auch die Tausende von großen Bremsen, die die Ochsen umschwärmen und ihnen das Blut abzapfen. Diese Insekten beißen nur während des hellen Sonnenlichtes. Wenn eine schwarze Wolke die Sonne bedeckt, verschwinden sie wie in das Nichts.
Im kühlen Hochlande reisen die Carretas aber auch während des Tages. Jeder einzelne Marsch dauert vier bis sechs Stunden, je nach der Schwierigkeit des Weges und je nach der Entfernung des einen guten Lagerplatzes von dem nächsten. Dann wird vier bis fünf Stunden gerastet. Hierauf wird wieder weitermarschiert.
Zu einer Wegstrecke von hundert Kilometern braucht eine Carretakolonne fünf bis sieben Tage.
Die Fracht wird nach Gewicht berechnet. Zuweilen auch nach dem Raum, den sie einnimmt.
Die Gewichtseinheiten sind Arroba und Quintal. Eine Arroba hat elf und ein halbes Kilo; ein Quintal fünfundvierzig Kilo. Die Fracht für eine Arroba und für eine Entfernung von hundert Kilometern ist in der Regel ein Peso, zuweilen drei Viertel Peso und oft gar nur ein halber Peso. Das Gewicht wird meist nicht mit einer Waage festgestellt, sondern es wird von dem Encargado geschätzt. Auch die Entfernung wird geschätzt. Sie wird nicht nach Kilometern berechnet, sondern nach Leguas. Eine Legua sind etwa vier Kilometer. Aber diese Legua schätzt der Encargado nach der Zeit, die er benötigt, eine Legua zurückzulegen. Manche Strecke, die er als eine Strecke von zehn Leguas bezeichnet, hat in Wirklichkeit, wenn man sie genau abmißt, nur acht und eine halbe oder gar nur

sieben Leguas, während ein anderer Weg, den er auf zwölf Leguas schätzt, in Wirklichkeit fünfzehn Leguas haben mag. Aber die Entfernungen, wenn sie einmal von Carreteros und Arrieros geschätzt worden sind, bleiben bestehen. Sie bleiben meist dann noch für lange Zeit bestehen, wenn von Ingenieuren die Strecken genau abgemessen wurden. Die Carreteros, die jene Wegstrecken abgeschätzt haben, sind seit dreihundert Jahren tot. Niemand weiß ihren Namen. Aber alle Frachten werden noch heute nach jenen Schätzungen berechnet.

So hilflos und roh, wie das auch für einen zivilisierten Europäer erscheinen mag, gleicht sich dennoch am letzten Ende alles aus in wunderschöner Harmonie. Ob das fünf Leguas mehr oder weniger sind, ob die eine Last eine halbe Arroba mehr oder weniger wiegt, wird nicht so genau genommen. Der Frachtunternehmer einigt sich mit seinen Auftraggebern, entweder wenn er die Fracht übernimmt oder wenn er sie abliefert.

»Nun hören Sie einmal, Don Laureano, da haben Sie mir doch für die Kiste zehn Arrobas berechnet, das sind kaum acht. Wie können Sie mir denn da fünfzehn Pesos Fracht abverlangen?« sagt der Kaufmann.

Darauf sagt Don Laureano: »Don Miguel, das müssen Sie aber doch zugeben, daß die Kiste groß und schwer ist. Ich weiß ja nicht, was Sie da alles drin haben. Fünfzehn Pesos ist wirklich billig genug. Ich weiß nicht, wie ich dabei auf meine Kosten kommen soll. Der Mais wird jeden Tag teurer, und die Muchachos wollen immer höhere Löhne haben. Sie wissen gut, Don Miguel, daß dies beinahe vierzig Leguas sind, aber ich habe Ihnen nur fünfunddreißig in Anrechnung gebracht. Immerhin, ich bin ja auch nicht so hart, und wir machen auch wieder andere Geschäfte miteinander. Gut, zahlen Sie mir dreizehn fünfzig. Aber das können Sie wirklich bezahlen, Don Miguel.«

Sie einigen sich dann auf zwölf Pesos achtzig Centavos, alle sind glücklich, und es bleibt kein Ärger über den Handel zurück.

Wenn Don Miguel bei der Eisenbahn Expreßfracht bezahlt, dann bezahlt er auf den Centavo genau, was der Frachtzettel besagt. Denn die Eisenbahn macht sich nichts daraus, ob Don Miguel ihr Freund bleibt oder nicht. Und die Beamten, die ja für die Frachtsätze der Eisenbahn nicht verantwortlich sind, lassen sich in lange Zwiegespräche mit Don Miguel nicht ein. Sie haben ihre festgesetzten Arbeitsstunden; und wenn die abgelaufen sind, gehen sie nach Hause, ob Don Miguel seine Kiste empfangen hat oder nicht.

Siebentes Kapitel

I

Andres war jetzt beinahe neunzehn Jahre alt. Seit mehr als drei Jahren arbeitete er für Don Laureano als Carretero. Seine Schuld von fünfundzwanzig Pesos, für die er in den Besitz Don Laureanos geriet, war längst bezahlt, und er erhielt nun schon seit langem seinen Lohn in bar ausbezahlt.

Der Lohn wurde ihm zwar nicht jeden Monat pünktlich ausbezahlt, wie das eigentlich hätte sein müssen. Don Laureano bezahlte, wie es ihm beliebte und wann er glaubte, die paar Pesos, die der Lohn ausmachte, entbehren zu können, ohne an seinen Geschäften leiden zu müssen.

Andres war inzwischen ein guter und tüchtiger Carretero geworden. Er kannte den Weg von Arriaga bis Balun Canan so gut, daß er in dunkelster Nacht fahren konnte und jedem Loch und jedem Wegabrutsch sicher aus dem Wege zu gehen vermochte; denn er kannte jeden Stein am Wege, jede einzelne Biegung, jede versumpfte Stelle, jede Flußüberkreuzung. Er kannte die Tiefe jedes Flusses, der passiert werden mußte, auf den Zoll genau, wußte, wo die beste Stelle der Flußfährte Mitte Juni und wo sie Mitte September war. Diese Fährten wechselten je nach der Menge des Regens, der fiel. In der Regenzeit mußte zuweilen am Ufer des Flusses einige Stunden oder gar halbe Tage gewartet werden, bis das Wasser genug abgelaufen war, daß die Waren in der Carreta nicht naß wurden. Er kannte jeden Lagerplatz am Wege bei dem Namen, der ihm von den Carreteros, die hier vor zweihundert Jahren zum ersten Mal gerastet hatten, gegeben worden war. Er kannte jede Weidefläche am Wege nach ihrem Wert als Futterplatz für die Ochsen und nach ihrer Größe, wie viele Carretas sie aufnehmen konnte. Er kannte jeden Rancho und jede einzelne Hütte von Indianern am Wege, kannte alle Leute, die am Wege wohnten. Er hatte gelernt, vorteilhaft zu laden, hatte gelernt, die Ochsen richtig zu behandeln, um die höchste Arbeitsleistung aus ihnen herausholen zu können, und er konnte jede Ausbesserung bei einem Radbruch oder Deichselbruch der Carreta geschickt vornehmen. Es konnte nichts auf dem Wege geschehen, wo er sich nicht Rat gewußt hätte, auch wenn er allein gewesen wäre. Viele Male hatte er bereits kleine Kolonnen ganz selbständig geführt. Don Laureano konnte gegen ihn und seine Arbeit nicht ein ungünstiges Wort sagen. In jeder Hinsicht hatte er sich viel besser in die Arbeit eingefunden, als der Patron je erwartet hatte.

Sein Lohn war darum auch erhöht worden. Er erhielt jetzt vierzig Centavos den Tag zwölf Pesos den Monat. Eine sehr schöne und stolze Summe, wenn er sie verglich mit den vier oder fünf Pesos im Monat, die jene Peones verdienten, die in Zuckermühlen, Branntweinfabriken, Henequenzupfereien, Dachziegelfabriken, Holzwerken, die in der Nähe des Weges sich befanden, sechzehn Stunden täglich arbeiten mußten und mit ihren Familien schlechter lebten und elender wohnten als Tiere.

Verglichen mit jenen Arbeitern lebte er ein hartes Leben wie jene, aber sein Leben war frei. Er war mit seinen Kameraden nicht an Stunden gebunden. Er arbeitete schwer genug, aber er rackerte sich nicht schwindsüchtig wie jene ewig hungernden Peones in den Haciendas, wo landwirtschaftliche Produkte verarbeitet wurden. Wenn er gut geladen hatte und seine Carreta war in guter Marschform, wenn die Ochsen nicht übermüdet und nicht überarbeitet waren und der Weg war gut, so konnte er stundenlang in der Carreta aufsitzen und vor sich hinträumen oder die Schönheiten der umgebenden Natur in sich aufnehmen.

Die Ochsen, die seit Jahren im Dienst waren, kannten den Weg, den sie Dutzende Male gemacht hatten, oft besser als die Carreteros. Das war natürlich, denn die Ochsen waren ja mit ihren Nasen und Augen dem Wege näher als die Treiber. Und die erfahrenen Ochsen waren keineswegs so dumm, wie man glaubt, daß ein Ochse sein muß, wenn man mit diesem Namen einen Mitmenschen beschimpfen oder verärgern will. Sie trotteten sehr langsam dahin, denn ihnen war es völlig Sirup, ob die Carreta heute oder nächste Woche an ihrem Reiseziel anlangte. Sie hatten Zeit, und sie nahmen sich Zeit, zum Essen wie zum Arbeiten. Vielleicht wußten sie, daß sie immer Ochsen bleiben würden und daß sie, solange sie auf den Beinen sind, eine Carreta ziehen müssen. Sie waren Philosophen und wußten recht gut, daß es an ihrem Schicksal gar

nichts ändert, ob sie sich auf ihrem Marsche beeilt oder nicht. Es sind immer nur Proletarier, die weniger Verstand als Ochsen haben und darum glauben, sie könnten wirklich eines Tages Fabrikdirektor und Aufsichtsratsmitglied werden, wenn sie sich tüchtig abrackern und sich bei allen ihren Arbeiten beeilen, um ihren Treibern gefällig zu sein. Darum ist es eine Beleidigung für den Ochsen, nicht aber für den Proletarier, wenn man zu einem Proleten sagt: »Mensch, was bist du doch für ein Ochse!«
Der Ochse hätte ein Recht, eine Beleidigungsklage anzubringen, nicht der Arbeiter. Denn rund gerechnet kommt auf tausend Proleten ein Fabrikdirektor. Das weiß ein Ochse, ohne Statistiken zu studieren; aber ein Proletarier läßt sich täglich aufs neue verkaufen mit dem berühmten und wirkungsvollen Marschallstab im Tornister.
Die Ochsen arbeiteten um keinen Schritt mehr, als sie glaubten, was für ihre Lebenskräfte gut sei.
Freilich trotteten sie nicht so geradezu darauflos. Sie sahen sich den Weg an, und dann gingen sie jedem Felsbrocken, jedem Loch, jeder Wegrutschung, jeder knorrigen Baumwurzel aus dem Bereich, soweit es die ihnen angehängte Carreta nur zuließ. Sie taten es ganz gewiß nicht so sehr ihren Treibern zu Gefallen, sondern sich selbst zuliebe. Es erleichterte ihre Arbeit und brachte sie rascher zum nächsten Ruheplatz. So viel lernten alle Ochsen, und mehr brauchten sie nicht zu lernen, weil man ihnen glücklicherweise nicht einreden konnte, daß sie, wenn sie tüchtig und fleißig arbeiten würden, den Marschallstab aus ihrem Tornister nehmen dürften und sich in das gut gepflegte Reitpferd eines Generals verwandeln könnten. Aber dadurch, daß sie sich ihre eigene Arbeit erleichterten, verringerte sich auch die Arbeit ihrer Führer. Die Carreteros, die erfahrene Ochsen vor ihrer Carreta hatten, konnten auf ihrer Carreta so viel träumen und dösen, wie sie wollten.
Die Ochsen seiner Kolonne nach ihrem Arbeitswert gut zu kennen und sich die besten bei Antritt einer Reise auszusuchen, war das Bestreben jedes erfahrenen Carreteros. Der Encargado einer Kolonne, der ja auf alle übrigen Carretas mit aufmerken muß, sucht sich seine Ochsen zuerst aus. Dann folgt der Carretero, der am

längsten bei dem Patron im Dienste ist. Die übrigen müssen nehmen, was übrigbleibt.
Andres hatte von alten Carreteros gelernt, wie man es zu machen hat, wenn man auf dem Marsche die eigenen Ochsen gegen die besseren eines anderen Carreteros austauschen möchte. Denn es geschieht, daß Ochsen aus diesem oder jenem Grunde auf dem Marsche sich in ihrer Leistung ändern. Sie sind ja ebensowenig alle gleich in ihrem Wesen, in ihren Fähigkeiten, in ihren Launen und in ihrem Widerstandswillen gegen äußere Umstände, wie auch Menschen nicht alle einer wie der andere sind.
Manche Ochsen ziehen vorzüglich die ersten fünfzig Kilometer. Dann lassen sie nach. Andere bessern sich während der Arbeit, sie wachsen in die Arbeit hinein und scheinen neue Kräfte aus jedem neuen Tage, den sie auf dem Marsche sind, zu ziehen. Einige machen verteufelte Schwierigkeiten beim Passieren morastiger Wegstrecken, während sie auf felsigen und holprigen Wegen so ruhig und willig gehen, als wäre dies der Weg zum Ochsenparadies.
Andres hatte die eingeborene Schlauheit der Unterdrückten und Ausgequetschten seiner Rasse. Und weil die Peones von Jugend an darauf angewiesen sind, ihre Schlauheit zu gebrauchen, um sich am Leben zu erhalten und sich als Individuum wie als Rasse gegenüber ihren Herren zu erhalten, wird diese Schlauheit nicht von zimperlicher Moral beengt. Schlag zu, oder du wirst geschlagen. Und wenn du nicht schlagen kannst, weil der andere dein Herr ist, der dich wie einen Hund niederschießen darf, wenn du die Hand gegen ihn erhebst, dann winde dich und schlängele dich so geschickt, daß der Schlag dich nicht trifft, und wenn er dich trotzdem trifft, daß er dir keinen Schaden zufügt. Der Drückeberger bei den Soldaten und bei anderen Sklaven ist der Kluge, die anderen sind die Dummen.

2

Seine Lohnerhöhungen hatte Andres durch kleine Tricks gewonnen. Der Prolet wird ja nirgends für das bezahlt, was er wirklich leistet, sondern nur für das, was er zu leisten scheint nach Ansicht dessen, der ihm den Lohn zahlt. Seine Schuld ist es nicht, daß seine Moral verludert; es ist die Schuld derer, die ihm nur so viel zum Leben lassen, wie er unbedingt gebraucht, um arbeiten zu können.
Don Laureano hatte einmal eine seiner zahlreichen Kolonnen einen Tag lang begleitet, weil er gerade auf demselben Wege war. Die Ochsen einer Carreta wollten nicht ziehen, sie sträubten sich und versuchten den Jochbalken abzuschütteln. Der Führer jener Carreta gab sich alle Mühe, die Ochsen vorwärts zu bringen. Ohne Erfolg. Don Laureano kam hinzu. Aber er wußte auch keinen Rat. Die Carreta hielt den ganzen Marsch auf. Don Laureano dachte daran, die Ochsen zu verkaufen und einen befreundeten Frachtunternehmer damit hereinzulegen, weil sie nicht zu gebrauchen seien. Als die ganze Kolonne nun stand und nicht weiterkonnte wegen des störrischen Paares von Ochsen, alle übrigen Carreteros herumredeten und jeder etwas anderes wußte, was aber nichts half, kam wie zufällig auch Andres hinzu.
Er versuchte, die Ochsen anzutreiben. Sie gingen zwei, drei Schritte, dann bockten sie wieder.
»Ich glaube, ich weiß, was mit den Bueyes, mit den Ochsen, faul ist«, sagte er.
»Ja, du«, unterbrach ihn der Encargado, »du bist mir gerade wie gerufen dazu, du Junge, noch naß unter dem Ursch, du wirst mir altem Hengst, der ich dreißig Jahre hier auf diesem Wege Carretas fahre, sagen, was mit den Ochsen los ist. Lauf heim zu deiner Mutter und laß dir eine trockne Windel in die Pantalones schieben.«
Don Laureano stand dabei und sagte nichts zu dem Gerede der beiden. Aber Andres ließ sich nicht einschüchtern. Er sagte trokken: »Die Ochsen sind zu fest eingeriemt am Jochbalken, das ist die Sache, oder ein harter Riemen hat sich verquirlt.«
Ohne abzuwarten, was der Encargado sagte, machte er sich herbei und riemte die Ochsen frei.

Don Laureano hatte sich am Wege auf einen Stein gesetzt, und er zündete sich eine neue Zigarette an. Dann sah er ziemlich interesselos zu, was Andres tat. Als Andres losgeriemt hatte, glättete er die Riemen, machte sie scheinbar weicher und elastischer mit reichlichen Mengen seiner Spucke und riemte dann wieder auf.
»Diese beiden Ochsen vertragen es nicht, hart eingeriemt zu werden«, sagte er. »Lucio ist noch zu neu mit uns, der kennt die Tiere nicht genügend. Der kann nichts dafür.«
Mit diesen Worten befreite er seinen Compañero Lucio von aller Schuld und jeder Möglichkeit, von Don Laureano oder von dem Encargado wegen schlechten Aufriemens angeblasen zu werden.
Beim Abriemen der Ochsen hatte sich Andres so geschickt gestellt und hatte so gewandt mit seinen Händen und Armen gewisse Vorgänge beschattet, daß weder Don Laureano noch der Encargado noch irgendeiner der übrigen Carreteros, die gelangweilt um ihn herumstanden, sein Taschenspielerstückchen beobachten konnte.
Er hatte am vergangenen Abend sich aus Hartholz kleine spitze Kegelchen geschnitzt. Und am frühen Morgen, als eingespannt wurde, schob er gewandt diese Kegelchen unter die Riemen. In der ersten halben Stunde fühlten die Ochsen diese Unbequemlichkeit nicht, und sie gingen wie gewöhnlich. Aber als dann die Sonne kam und es heiß wurde, trockneten die Riemen nach, und die Kegelchen bohrten sich in die Kopfhaut der Ochsen ein. Mit jedem Kilometer mehr, den die Ochsen zogen, bohrten sich die Kegelchen tiefer, rieben die Haut auf, und nachdem die Haut aufgerieben war, begannen diese Kegelchen außerordentlich schmerzhaft zu werden, was die Ochsen endlich veranlaßte, sich wie verrückt zu gebärden.
Andres wußte sehr wohl, daß ein solcher Trick mit Dornen oder Stacheln zuweilen gemacht wurde, wenn man einem Carretero einen kleinen Streich spielen wollte. Aber die Dornen stachen so rasch ein, daß die Tiere von Anbeginn nicht anzogen. Dann wußte natürlich der Carretero, was los war. Er hatte aufs neue abzuriemen und einzuriemen. Und das war der Scherz, der Neulingen gespielt wurde, daß sie eine Arbeit doppelt zu machen hatten und man sie als Dummköpfe bezeichnen konnte.

Jedoch der Trick mit den Hartholzkegelchen war Andres' eigene Erfindung. Der Trick arbeitete sehr langsam und durchaus unauffällig. Selbst der älteste und erfahrenste Carretero hätte nicht herausfinden können, woran es lag, daß die Ochsen erst gut marschierten und dann nach und nach immer störrischer wurden, um endlich überhaupt nicht mehr weiterzugehen.
Als Andres nun von neuem eingeriemt und eingespannt hatte, trieb er die Ochsen an. Und sie liefen willig und freudig wie gutgepflegte Brauereipferde.
Der alte Encargado machte glotzige Augen und nahm sich vor, Andres von nun an als vollwertigen Mann und ausgereiften Carretero zu betrachten, mit dem man gute Freundschaft hält.
Erst recht machte Don Laureano verwunderte Augen. Er verstand zwar nicht viel von der eigentlichen Arbeit der Carreteros; und hätte er eine Kolonne von Carretas von Arriaga nach Socton bringen müssen, so wäre es fraglich gewesen, ob die Karawane jemals innerhalb dieses Jahrhunderts angekommen wäre.
Als der Marsch weiterging, nahm er sich gelegentlich Andres beiseite und sagte zu ihm: »Höre einmal, Junge, ich gebe dir jetzt drei Reales den Tag. Du hast nun ausgelernt und verdienst jetzt gut sechsunddreißig Centavos den Tag.«
Die weitere Lohnerhöhung, die Andres nach einiger Zeit erhielt, verdankte er wieder einem Trick.
Er hatte sich in den Jahren seiner Arbeit als Carretero genügend Weisheit erworben, um zu erkennen, daß lediglich dafür, daß er tüchtig und schwer und gewissenhaft arbeite, er keine Anerkennung oder Belohnung von seinem Herrn erwarten dürfe. Seine Arbeit wurde nicht viel gewertet. Er mußte sich seinem Herrn bemerkbar machen und in seinem Herrn die Furcht erregen, daß er, der Herr, einen überaus tüchtigen Carretero, der mit Ochsen besser umzugehen versteht als ein alter Encargado, gar verlieren könnte, wenn er ihm nicht ein wenig den Lohn aufbesserte.

3

Mehr als vier Monate mußte er arbeiten, ehe die Schuld von fünfundzwanzig Pesos abgetragen war, die sein früherer Herr an seinen jetzigen Herrn verspielt hatte.

Während dieser vier Monate hatte Andres sich fünf Hemden, drei Unterhosen, vier Hosen, einen Basthut, eine neue Wolldecke und eine Kalikojacke kaufen müssen. Die Arbeit des Carreteros frißt seine Kleidung auf wie Schwefelsäure. Bei einer Kiste steht ein Nagel vor, bei einer anderen ein langer Holzspan, und beim Laden spießt der Nagel in das Hemd oder in die Hose, und die Sachen sind in kurzem in Streifen aufgeschlitzt. Auf dem Marsch wird das Zeug die eine Stunde vom Regen völlig durchgeweicht, und die nächste Stunde trocknet die tropische Sonne die Sachen auf dem Leibe so rasch, daß Hemden und Hosen nach einigen Tagen gleich Zunder sind und auseinanderfallen, wenn eine Felswand gestreift wird. Am Wege selbst sind Dornensträucher und stachelige Gewächse, die hier einen Fetzen ausreißen und dort einen Schlitz einritzen. Man kann noch so gut achtgeben, bei jedem Handgriff, der beim Laden oder auf dem Marsch nötig ist, geht ein Stück der Kleidung von dannen.

Der Carretero kauft sich am Wege auch hier einmal einen Comiteco, wenn es gar zu kalt und regnerisch ist und er nicht trocken am Leibe werden kann. Er kauft sich hier ein paar Zitronen für eine Limonade, dort ein Päckchen Zigaretten, hier einige Mangos, dort ein Stück Käse, um sein Leben etwas zu bereichern. Dann kommt er durch einen Ort, wo ein Fest oder ein Markt ist, und er möchte nicht abseits stehen wie ein Ausgestoßener. Er will sich auch einmal ein wenig belustigen. Er kauft sich eine Mundharmonika oder eine billige Gitarre, um die oft so öden Abende am Feuer aufzuheitern. Dann kauft er sich auch wieder einmal ein Stückchen Seife, muß sich das Haar schneiden lassen, verliert gelegentlich seinen Holzkamm und braucht einen neuen. Dann zerbricht ihm auf dem Marsche die Flasche mit Kreolin, das er für das Doktern der Ochsen braucht, und er muß Kreolin und eine neue Flasche kaufen. An Schuhe, um seine Füße auf den steinigen Wegen und auf den Wegen, wo alle möglichen Dornen und Stacheln

herumliegen, vor Verletzungen zu schonen, kann er nicht denken. Er hat keine Schuhe und kann keine kaufen. Er ist schon zufrieden, wenn er sich rohes Leder verschaffen kann, um sich die indianischen Sandalen, die er trägt, wieder zurechtzuflicken.
Wie er auch immer rechnen und sparen und darben mag, er ist immer im Vorschuß bei seinem Herrn. Denn der einzige Mensch auf Erden, der ihm Kredit gibt, ist sein Herr. Alle Dinge, die er braucht, wie Hemden und Hosen und Decken, muß er von seinem Herrn kaufen, weil ihm kein Händler borgt. Und sein Herr bestimmt die Preise für die Waren, die er seinen Carreteros verkauft.
Der Vorschuß ist Schuld. Und solange er Schulden bei seinem Herrn hat, darf er nicht fortlaufen. Die Polizei fängt ihn ein, und die Kosten für sein Einfangen werden auf sein Schuldkonto gebucht.
Aber der Carretero ist kein Peon, der ein immobiles Teil einer Finca oder einer Hacienda ist. Er ist ein freier Arbeiter. Er braucht nur seine Schuld bezahlen, die er bei seinem Patron hat, und dann kann er gehen, wohin er will. Die ganze Welt ist sein und alles, was diese Welt produziert. Es zwingt ihn niemand, weder das Gesetz noch der Staat, Schulden zu machen. Er ist durchaus frei in seiner Handlung, Schulden zu machen oder Schulden zu unterlassen. Wenn er von dieser Freiheit keinen Gebrauch macht, so kann man dafür weder seinen Herrn noch den Staat, noch den Diktator Porfirio Diaz verantwortlich machen. Und wenn er kein Vermögen anhäuft, um eines Tages selbst Frachtunternehmer oder Fabrikbesitzer oder Finquero zu werden, so ist es nur darum, weil er nicht sparsam ist. Die Welt ist offen für jeden, der ein Bankunternehmen gründen will. Und weil der Proletarier nicht spart, sondern alles verjubelt und durch die Kehle pfeffert, darum ist er eben Proletarier und nicht Bankier. Das kapitalistische Wirtschaftssystem ist nur ein Mythus, mit dem die Agitatoren und andere Anarchisten hausieren gehen, um die Weltrevolution anzufachen und auf diesem Wege die Banken zu übernehmen und die parfümierten Töchter der Aufsichtsräte. Spare, Proletarier, und dann kannst du die nächste Bank gleich an der nächsten Ecke erwerben, ohne die Weltrevolution zu bemühen.

4

Als Andres jene Schuld von fünfundzwanzig Pesos abverdient hatte, besaß er bei Don Laureano eine persönliche Schuld von zweiundvierzig Pesos für Waren, die er von ihm bezogen hatte, und sechzehn Pesos Vorschuß an barem Gelde, das er für andere Dinge gebraucht hatte.

Nachdem er nun mehr als drei Jahre seinem Herrn treu und redlich und mit wahrer christlicher Demut und Bescheidenheit gedient hatte, betrug seine Schuld bei Don Laureano vierundneunzig Pesos. Ein Mathematiker hätte ihm, zwar nicht mit der Wahrscheinlichkeitsrechnung, wohl aber mit der Sicherheitsrechnung, in zwei Minuten sagen können, daß er, wenn er vierzig Jahre lang seinem Herrn weiter so treu und ergeben dienen würde wie bisher, er dann eine Schuld von neunhundertvierundzwanzig Pesos und siebenunddreißig Centavos bei Don Laureano oder bei dessen Sohne haben würde, unter genauer Einrechnung aller Lohnerhöhungen, die er, Andres, sich durch Treue und Redlichkeit oder durch Tricks sichern würde.

Andres, wie alle Carreteros, blickte mit Mitleid und Erbarmen herab auf die armen Peones, die unfrei waren und die an die Finca, zu der sie gehörten, gebunden blieben.

Es war aber dennoch ein großer Unterschied in der wirtschaftlichen und sozialen Freiheit der Carreteros und in der der Peones einer Finca.

Wenn ein Carretero auf dem Marsche in eine Schlucht fiel und zerschmettert wurde oder eine Carreta überfuhr und zerquetschte ihn oder ein wild gewordener Ochse spießte ihn auf oder eine Klapperschlange biß ihn in den nackten Fuß oder das Sumpffieber raffte ihn hinweg, dann war seine Schuld, die er bei seinem Patron hatte, gelöscht. Der Patron beklagte wohl nicht den in seiner Arbeit verreckten Carretero, sondern die verlorengegangene Schuldsumme. Aber wenigstens war der Carretero nun frei und wohlaufgehoben im Paradies.

Dahingegen, wenn ein Peon starb, so verlor der Finquero nicht einen einzigen Centavo der Schuld seines Peons. Die Schuld des Peons ging stillschweigend über auf den ältesten Sohn des Peons oder wurde aufgeteilt auf alle Söhne, oder sie ging über auf den Bruder des Peons, wenn keine Söhne da waren, oder sie ging über auf die Ehemänner seiner Töchter, wenn er nur Töchter haben sollte. Der Peon wurde darum auch nach seinem Tode noch nicht frei. Er mußte als Peon für die Finca weiterleben in seinen Söhnen, seinen Töchtern und in seinen Brüdern.

Wenn der Peon begraben war, so rief der Patron die verantwortlichen Söhne oder Brüder oder Schwiegersöhne, zeigte ihnen das Rechnungsbuch und die Schuldseite des Verstorbenen und fragte: »Ist das richtig?« Und der Gefragte anwortete: »Ja, Patron, das ist richtig!«

Dann blätterte der Patron die Schuldseite des Gefragten auf, schrieb die Schuldsumme des Verstorbenen über, rechnete zusammen, nannte die neue Endsumme und fragte abermals: »Ist das richtig, Muchacho?« Und der Gefragte antwortete: »Ja, das ist richtig, Patron!«

Nachdem das geschehen war, öffnete der Patron die kleine Kapelle der Finca, und die Frauen der Peones durften hineingehen, einige Kerzen für das Seelenheil des Verstorbenen auf den Altar des Schutzheiligen der Finca stellen und anzünden.

Denn der Patron der Finca war ein guter Katholik, dem es als Sünde verbucht wurde, wenn er etwa nicht gestatten würde, daß einem verstorbenen Katholiken, auch wenn er nur ein armer Peon war, die Kerzen für sein ewiges Seelenheil geopfert werden.

Das war gerecht. Das galt als gerecht. Und weil es gerecht war, darum wurde es, wie alles, was gerecht ist, vom Gesetz und vom Staate geschützt. Denn wozu wäre der Staat gut, wenn er nicht das, was gerecht ist, mit seiner Polizei und mit seinen Soldaten und Richtern und Gefängnissen schützen wollte!

Und diese kleinen Unterschiede waren es, die den Carreteros das gute Recht gaben, sich auf der sozialen Stufenleiter eine Sprosse höher stehend zu dünken als die Peones der Fincas.

Die Welt ist voll von Gerechtigkeit. Es ist der Fehler der Carreteros und der Peones und aller übrigen Proleten auf der Welt, daß sie von der Gerechtigkeit, die umsonst zu haben ist, keinen Gebrauch machen. Sowenig wie irgend jemand einen Carretero zwingt, etwa gar mit dem geladenen Revolver auf die Brust gedrückt, Schulden

zu machen, ebensowenig zwingt irgend jemand auf Erden, auch kein noch so geldgieriger Finquero, einen Peon, Schulden zu machen. Schulden zu machen und Schulden nicht zu machen ist die große Freiheit des Proleten.
Wenn der Carretero und der Peon von dieser großen Freiheit, die in den Nationalhymnen aller Völker den Kern des Gesanges bilden, einen unrichtigen, ihm selbst gar gefährlichen, Gebrauch machen, so soll man nicht den Finquero oder den Frachtunternehmer anklagen. Das ist ungerecht und wenig vornehm.
Alle Menschen ohne Ausnahme sind von Geburt an mit einem freien Willen behaftet. Für jeden einzelnen sind beide Wege offen, der Weg zur Hölle und der Weg zu den ewigen Freuden und Jubelgesängen des Paradieses. Der Erfinder der Worte Lohnsklave und Sklave der wirtschaftlichen Verhältnisse ist der Antichrist. Derselbe Antichrist, von dem schon die Apostel sagten: Hütet euch vor denen. Sie zu hängen oder auf den Elektrischen Stuhl zu setzen oder sie als Phantasten und Staatszerstörer zu bezeichnen, ist die heilige Pflicht aller Guten, aller Gerechten und aller Edlen.

Achtes Kapitel

I

Es war die letzte Woche im Januar. Mitte Februar wurde in Balun Canan das Fest des heiligen Caralampio gefeiert.
Der heilige Caralampio war der Schutzpatron der Stadt Balun Canan. Er war gleichzeitig auch der Schutzpatron für Sapalut, ein Städtchen, das auf der weiten Prärie von Balun Canan lag, etwa zwanzig Kilometer entfernt.
Wie der Heilige Caralampio dazu gekommen war, Schutzpatron von Balun Canan zu werden, hätte er wohl schwerlich beantworten können. Es gab auch sonst niemand, der gewußt hätte, warum San Caralampio die Stadt Balun Canan vor dem Teufel und allen übrigen Fährnissen zu schützen auserkoren war und wer ihn zum Schutzpatron bestimmt hatte. Auch die Curas, die Geistlichen, in Balun Canan, wären in Verlegenheit gekommen, wenn sie kurz und klar die Gründe hätten angeben müssen, warum Caralampio für die Stadt ein so wichtiger Heiliger geworden war. Und niemand, die Curas alle eingeschlossen, wußte mit Sicherheit zu sagen, wer San Caralampio überhaupt war, wann er gelebt hatte, und was er getan hatte, daß er zu einem Heiligen gemacht worden war. Jeder begnügte sich mit der Tatsache, daß seine Figur aus Holz in der Hauptkirche in Balun Canan und in der Kirche in Sapalut stand, wo ihn jedermann leibhaftig vor sich sehen konnte, um sich davon überzeugen zu können, daß es einen San Caralampio wirklich gab.
Die Feier zu Ehren des heiligen Caralampio war ausschließlich eine reine und nackte Geschäftsangelegenheit.
Das Fest dauerte eine volle Woche. Und weil da noch Vorfeiern und Nachfeiern damit verknüpft waren, so währte es eigentlich reichlich zwei Wochen lang. In diesen zwei Wochen machte die Kirche ihr fettestes Geschäft im ganzen Jahr.
Ein vorzügliches Geschäft machten die Hunderte von herumziehenden Händlern und Spielbankhaltern, die aus allen Orten und Ecken des Staates zu diesem Feste hinwanderten, um die frommen Festteilnehmer an Geld, Hab und Gut zu erleichtern.

In Scharen fanden sich ein: Bettler, Krüppel, Taschendiebe, Spitzbuben, Kartenschneider und Würfelpolierer, Wahrsager, Feuerfresser, Säbelschlucker, Schlangenmenschen.
In den Kantinen wurde das Geschäft gefördert durch Kellnerinnen, die in Trupps mit ihren Müttern und Ammen eintrafen. Die Mütter und Ammen waren die Geschäftsführer jener Mädchen. Alles, was unter der Sonne nur möglich ist, wurde bei diesem so frommen Feste von den städtischen Behörden erlaubt. Denn auch für den Bürgermeister, den Steuereinnehmer, den Steuermarkenverwalter, den Polizeipräsidenten waren diese zwei Wochen das wichtigste und größe Geschäft im Jahr. Dieses großen Geschäftes wegen wurden die Wahlen für die städtischen Beamten und für den Polizeichef mit Hunderten von Revolverschüssen und mit erschossenen und verwundeten Gegenkandidaten und Wählern belebt. Denn alle Händler hatten kräftig Abgaben für ihre Stände zu entrichten. Spielen um Geld war laut Gesetz in der ganzen Republik verboten. Und weil nur der Bürgermeister, der Polizeichef und der politische Chef hierfür außerordentliche Erlaubnis geben konnten, so mußten die Spieltischhalter jene Erlaubnis mit schwerem Gelde erkaufen. Und besonders mußten tüchtig bezahlen die Cantineros, die Kantinenbesitzer, für die zweiwöchige Erlaubnis, Kellnerinnen zur Bedienung haben zu dürfen. Und die Mütter der Kellnerinnen mußten gut an den Bürgermeister und die übrigen Obrigkeiten bezahlen, damit sie die Erlaubnis erhielten, die Kellnerinnen gelegentlich mit einem Gast für eine Stunde in ein Quartier gehen zu lassen. Auch die frommen Bürger, die ihre guten Stuben und ihre Ehebetten stundenweise an die Kellnerinnen vermieteten, mußten diese Erlaubnis mit gutem Gelde von den Obrigkeiten erkaufen. Denn umsonst ist nichts auf dieser Welt. Auch der Arzt, der das Privileg von den Obrigkeiten erhielt, die Kellnerinnen zu untersuchen und ihnen einen Gesundheitsschein auszustellen, mußte sich mit dem Bürgermeister hinsichtlich jenes Privilegs einigen, damit es nicht etwa ein anderer Arzt erhielt, der besser bezahlte. Jede Kellnerin hatte dreimal in der Woche ihren Gesundheitsschein zu erneuern. Das war Vorschrift, die Bürgermeister und Polizeichef gegeben hatten. Und jeder Gesundheitsschein mußte von der Kellnerin mit drei Pesos bezahlt

werden. So betrachtete auch der Arzt die fromme Feier zu Ehren des heiligen Caralampio als sein bestes Geschäft im Jahr. Seine gute bürgerliche Kundschaft ließ sich nur auf Rechnung kurieren; und diese Rechnungen blieben zuweilen drei und vier Jahre unbezahlt. Die Kellnerinnen dagegen waren anständige Kundschaft, die sofort bezahlte und kein saures Gesicht zog.

Die Obrigkeit tat etwas für das Geld, so daß niemand in der Stadt sagen konnte, das Geld wandere in die Taschen der Männer, die Obrigkeit waren. Die Obrigkeiten kauften für zweihundert Pesos oder so Raketen und Schwärmer und veranstalteten Feuerwerke, um die Bevölkerung zu erfreuen. Sie hatten nie römische Geschichte studiert, aber aus angeborener Klugheit richteten sie sich nach der altrömischen Staatsphilosophie: Brot und Zirkus. Auch das Brot vergaßen sie nicht. Es wurden ein Rind und einige Schweine auf einem Platze gebraten, und alle Armen erhielten ihr Stück Barbacoa. Auch an diesem Feuerwerk und an diesem Barbacoa verdienten die Obrigkeiten; denn der Mann, der das Feuerwerk an die Stadt verkaufen wollte, und der Mann, der die Barbacoa für die Armen lieferte, mußte an den, der diese Aufträge vergab, eine Ehrensumme bezahlen, damit nicht ein anderer, der auch hinter diesem Geschäft her war, den Auftrag erhielt. Niemand auf Erden erwartet, daß jemand das Volk umsonst belustigt und die Armen umsonst beköstigt. Das kann auch kein Mensch tun, ohne für einen Dummkopf gehalten zu werden. Und weil jene Männer auf ihre Kosten kommen wollten und mußten, so lieferten sie kaum die Hälfte dessen, wofür die Obrigkeiten sie bezahlten, oder sie lieferten die Waren so minderwertig, daß sie noch viel weniger als die Hälfte wert waren. Da jeder von der Obrigkeit irgendwo oder irgendwie seine Hand drin hatte, so prüfte auch niemand nach. Das macht sowieso nur Umstände und Ärger, und man schafft sich unnötig Feinde. Warum auch. Das Leben ist viel sonniger, wenn nichts nachgeprüft wird. Der Bürgermeister, der Steuerverwalter und der Polizeichef, alle haben genug der Kümmernisse auf Erden, warum soll man ihnen noch das an sich so traurige Leben verdüstern dadurch, daß man ihre Kassen und Rechnungsbücher und Quittungen und Lieferungsscheine einer genauen Durchsicht unterzieht. Und wenn wirklich eine Revision angeordnet werden sollte – der Teufel mag wissen, von wem –, so wissen ja diejenigen Leute, die jene Revision vornehmen sollen, auch recht gut den Wert von fünfzig Pesos, die man so leicht nebenbei verdienen kann, zu schätzen. Wir sind ja alle Brüder und haben ein jeder unsern Dreck am Kragen, und es bleibt ja unter Brüdern, und es bleibt im Lande. Viva La Patria! Hoch lebe das schöne Vaterland! Und wo das geliebte Vaterland deinem Geschäft nicht günstig ist, da fabriziere Kanonen und Munition für den Erbfeind, der auf der Lauer liegt.

2

Andres brachte eine kleine Karawane von Carretas von Socton nach Sapalut.

Don Laureano hatte ihm die Führung dieser Karawane anvertraut, weil dieser Weg nur wenig Schwierigkeiten bot und es in der Trockenzeit war. Don Laureano konnte auch gerade in jenen Wochen keinen der älteren Carreteros entbehren, weil er außerordentlich viel Fracht auf dem Wege von Arriaga nach Tullum hatte und die Güter von einer Art waren, die sehr erfahrene Carreteros benötigten, um nicht Schaden zu leiden.

Die Karawane war auch darum leichter Natur, weil sie von zahlreichen Händlern, Männern und Frauen begleitet wurde, die ihre Waren in den Carretas nach Sapalut schafften. Diese Händler hatten ein persönliches Interesse daran, daß ihre Waren gut ankamen. Wenn irgend etwas auf dem Wege geschehen sollte, Radbrüche oder notwendiges Ausbessern abgerutschter Wegstrecken, so legten sie kräftig mit Hand an, um ihre Ware zu retten und zur Zeit auf dem Markte anzukommen.

Sapalut, das denselben Schutzheiligen Caralampio hatte wie Balun Canan, vielleicht darum, weil die Leute nicht genug Phantasie oder Kenntnis von Heiligen hatten, um sich einen eigenen Schutzheiligen auszusuchen, feierte das Fest zwei Wochen vorher, ehe es in Balun Canan gefeiert wurde. Gute Geschäftsgründe hatten die frommen Leute von Sapalut bewogen, ihr Fest nicht mit dem Fest in Balun Canan zusammenfallen zu lassen. Sie hätten sich sonst mit dem viel größeren Balun Canan in die Geschäfte teilen müssen.

Jetzt hatten sie das Geschäft ganz für sich allein, und sie konnten die erste fette Sahne abziehen.
Zu dem Feste in Sapalut kamen viele Hunderte von Besuchern von Balun Canan. Sie nahmen die Gelegenheit des Festes wahr, um ihre Freunde und Verwandten zu besuchen, die sie lange Zeit nicht gesehen hatten und doch so sehr liebten. Dadurch gewannen sie freie Kost und freie Wohnung und sparten das Hotel. Daß hinter ihnen hergeredet wurde, weil sie so sehr zur Last gelegen hatten, daraus machten sie sich nichts, weil sie es ja nicht hörten. Die guten Leute von Sapalut aber machten sich bezahlt dadurch, daß sie dann zwei Wochen später alle zu dem Fest in Balun Canan angerückt kamen und hier bei ihren Verwandten und Freunden Kost und Wohnung suchten und fanden.
Aber alles das half dem Geschäft. Denn die Hunderte von Besuchern von der einen Stadt zu der andern vergrößerten in erheblicher Weise die Zahl der Konsumenten. Und wo viele Konsumenten sind, da ist Aussicht auf ein blühendes Geschäft.
Die ganze Gegend, in einem Zirkel von etwa hundert Kilometern im Durchmesser, blieb durch diese zwei Feste vier Wochen lang in einem Taumel, aus dem sie erst wieder erwachte, wenn die Vorbereitungen zur Semana Santa, der Heiligen Woche, getroffen werden mußten. Die Heilige Woche wurde von jedem einzelnen Orte, mochte er auch noch so klein sein, für sich selbst, ohne die Mitwirkung Auswärtiger, gefeiert. In jener Woche war der Kernpunkt des Vergnügens, die Judios, die Juden, zu verbrennen oder ihnen Raketen in ihre Pappkörper zu stecken und sie in die Winde zu sprengen.
Bei diesem Doppelfest des San Caralampio kam besonders auch die Kirche reichlich auf ihre Kosten. Das wird ihr niemand übelnehmen wollen. Sie hatte neben den vierundvierzigtausend anderen Heiligen auch den San Caralampio geschaffen, darum war es nur recht und billig, sie bei dem Feste nicht darben zu lassen. Die Hunderte von Besuchern, die aus Balun Canan nach Sapalut kamen, hielten es für ihre erste Pflicht, den San Caralampio in der Kirche von Sapalut zu begrüßen und der Kirche zu geben. Und wenn die Gegenbesucher von Sapalut zu dem Fest nach Balun Canan kamen, so war es für die Rettung ihrer Seelen notwendig,

daß sie dem San Caralampio in der Kathedrale von Balun Canan ihre Ehrfurcht bezeigten und der Kirche abermals gaben. Die ganz Frommen der Gegend, auch wenn sie weder in Sapalut noch in Balun Canan Heimatrecht hatten, pilgerten zu beiden Festen, um nichts in der Anbetung des San Caralampio etwa zu vernachlässigen. Besser zweimal der Kirche gegeben als keinmal. Sicher ist sicher. In Sachen der Religion ist es bei weitem besser, des Guten zuviel und übermäßig zu tun als zuwenig. Kein Centavito, der der Kirche geopfert wurde, wird vergessen, wie man es auf den Opferstöcken genügend deutlich lesen kann.
Die Kirchen in Sapalut und in Balun Canan nahmen das Geld nicht nur von den Frommen. Die Kirche sieht nicht hin, von wem es kommt und wie es erworben wurde. Sie ist mehr darauf bedacht, das Eingegangene zu zählen, um der Schätze willen, die von den Motten und dem Rost gefressen werden.
Alle Händler und alle Spieltischbankiers gingen, sobald sie ihren Stand aufgeschlagen und mit den Obrigkeiten das Standgeld und die Steuer verrechnet hatten, sofort in die Kirche, um San Caralampio, zu dessen Ehren und auf dessen Einladung sie hierhergekommen waren, anzuflehen, ihr Geschäft mit reichem Gewinn zu segnen, weil sie seinetwegen diese weite und beschwerliche Reise gemacht hätten und lieber daheim bei Weib und Kind geblieben wären. Sie opferten Kerzen und legten gute und reichliche Münze in den besonderen Opferstock des San Caralampio, weil sie wußten, daß nichts umsonst getan wurde auf Erden. Auch nicht im Himmel. Man muß geben, solange man noch Taschen am Leibe hat. Wenn man auf der Reise nach oben ist, fehlen gewöhnlich die Taschen, und dann ist es zu spät.
Auch die Cantineros begannen ihr Geschäft mit einem demütigen Gebet zum heiligen Caralampio und mit guter Münze. Sie gedachten sich einen guten Gewinn aus dem Verkauf ihres Comitecos und ihrer übrigen alkoholischen Getränke zu sichern. Erst recht die Kellnerinnen, die Meseras, beteten einige Stunden vor dem heiligen Caralampio und opferten oder, wenn sie nichts bei sich hatten, weil sie noch nichts verdient hatten, versprachen ihm feierlichst einen prozentualen Anteil am Geschäft. Und mit geziemender Würde knieten nieder vor dem Heiligen die Anstandsda-

men, die Mutterstelle bei den armen, unwissenden, unberührten Kellnerinnen vertraten. Sie zogen mit adliger Geste ihre schwarzen Kopftücher weit über das Gesicht und beteten gleich auf einen Sitz ein halbes Dutzend Rosarios herunter. Sie mußten des Guten besonders reichlich tun, auch im Opfern. Und besonders im Opfern. Denn sie beteten nicht nur für sich und für ihr eigenes Seelenheil. Sie waren alt genug, um jetzt mit leichter Mühe unschuldig und unberührt bleiben zu können. Aber sie waren nicht egoistisch. Sie beteten für das Seelenheil ihrer armen, ihnen anvertrauten Schützlinge, die ständig von den Fängen des Bösen umgarnt waren und sich nicht wehren konnten, weil sie eine hübsche Fratze hatten und doch auch nicht verhungern wollten. Durch ihre Gebete und ihre reichlichen Opfer befreiten sich die Mütter jener Mädchen von aller Schuld, und gleich im voraus. War das geschehen, so war der Weg zu einem blühenden Geschäft offen; denn es war ihnen gesagt worden: Glaubet und betet und opfert, so wird euch vergeben; wer da glaubet und vertrauet, dem stehet das Himmelreich offen, Amen.
Die Krüppel und Bettler gaben auch ihr Scherflein und vergaßen nicht, daß es San Caralampio war, der ihnen das bevorstehende Geschäft angeboten hatte. Sobald sie mit ihren Gebeten zu Ende waren, krochen sie aus der Kirche heraus und blieben von dem Zeitpunkte an gleich bei der Tür und auf den Stufen sitzen, um das Geschäft zu beginnen. Sie stritten sich erst eine gute Weile um die Plätze am dichtesten zur Tür. Aber dann bekamen sie Einsicht und organisierten sich so, daß jeder von ihnen das Recht haben sollte, je zwei Stunden am nächsten zur Tür zu sitzen mit genau festgesetzten wechselnden Schichten und Ablösungen.
Nachdem das Fest so von allen irdischen und himmlischen Obrigkeiten zu aller Zufriedenheit endlich vorbereitet war, konnte das Geschäft beginnen. Und es begann mit einer großen feierlichen Messe, mit verweinten Augen und gerührten Herzen, und mit dem Gelöbnis, von nun an nie mehr etwas Übles zu tun auf Erden und sich nur vorzubereiten auf das ewige Leben. Tedeum laudamus.
Als die große feierliche Messe vorüber war und die fromme Gemeinde begann, die Kirche zu verlassen, spielten auf dem Platze

vor der Kathedrale bereits die Musikbanden und die Marimberos. Die Spieltischbankiers schrien: »Se fue!«, und die Roulettescheiben auf ihren Tischen schwirrten lustig los. An den Ständen der Händler grölte es: »Soy el mas barato del mundo! Ich allein bin der Billigste der Welt!« Aus den Kantinen hörte man rufen: »Otra copita! Noch einen Kleinen für den trockenen Rachen!« Die Krüppel und Bettler auf den Stufen der Kirche wimmerten: »Tengo hambre, caridad, por Dios, me muero! Gott zu Liebe, geben Sie mir einen kleinen Centavito, ich sterbe vor Hunger!« Die Kellnerinnen nahmen ihre Lippenstifte und färbten sich knallrote Mäulchen.
Das Geschäft zu Ehren des heiligen Caralampio hatte begonnen.

3

In Erfüllung seiner Aufgabe hatte Andres seine Karawane von Sapalut nun nach Balun Canan geführt, um die Händler mit ihren Waren zu dem Feste, das jetzt in Balun Canan begann, zu bringen. Hier sollte er warten, bis das Fest vorüber war. Sein Auftrag war, die Leute wieder heimzufahren nach Tullum oder Suchiapa oder wo sie gerade her sein mochten.
Das Gewicht der Waren verringerte sich nur wenig, weil die Händler, wo immer sie auf ihrem Wege oder auf Plätzen ihr Geschäft ausübten, Gelegenheit dazu fanden, neue Waren aufzukaufen, die in der Gegend angefertigt oder angebaut wurden. Das war, je nachdem, Tabak, Kaffee, Wolle, wollene Tilmas, Felle, Matten, Bastwaren, Korbwaren, Comiteco, Spielwaren aus Ton. Diese hier billig aufgekauften Waren führten sie mit sich zurück und verkauften sie entweder in den Orten am Wege oder brachten sie bis hinunter zu den größeren Städten an der Eisenbahn, wo sie hohe Gewinne erzielten.
Andres' Karawane hatte in Sapalut während des Festes nicht müßig gelegen. Die Carretas waren zurückgefahren nach Tsobtajal, das auf halbem Wege zwischen Balun Canan und Jovel liegt. Hier hatte die Karawane eine volle Fracht von Töpferwaren, die in Tsobtajal von Indianern gefertigt wurden, aufgenommen und die Fracht an die Kommissionäre, die Don Laureano in jenen Städten hatte, geliefert.

Dagegen hatte Don Laureano bei der Abreise der Karawane von Socton angeordnet, daß während des Festes in Balun Canan die Ochsen ruhen und weiden sollten, um die Rückfahrt in guter Zeit und ohne große Ermüdung der Tiere machen zu können. Er hatte bereits wieder reichlich Fracht übernommen und brauchte die Tiere in gutem Zustande. Diese Rast von beinahe zwei Wochen gebrauchten die Carreteros, um sich einmal gründlich zu waschen, ihre persönlichen Sachen wieder in Ordnung zu bringen und sich so häufig, wie das nur immer anging, zu betrinken.
Wenn der Proletarier auf der niedersten Stufe der wirtschaftlichen und der sozialen Rangleiter steht, nicht zu arbeiten braucht, weil er Feiertag oder Ruhetag hat, so betrinkt er sich.
Er weiß es nicht besser. Niemand hat ihn gelehrt, seine Zeit zu seinem eigenen Vorteil anzuwenden. Niemand hat ihm gesagt, daß er lernen möge, für sich selbst zu denken und nicht sein ganzes Leben lang andere für sich denken zu lassen. Er hat nur eine Sache gelernt, und die hat er gut gelernt; und die ist: zu gehorchen. Das ist ihm eingeprügelt worden von Jugend auf. Sein Vater hat damit begonnen, ihm Gehorsam einzuprügeln. Und weil er nur gelernt hat, zu gehorchen und immer nur zu gehorchen, so hat er darüber verlernt, selbst für sich zu denken. Und wenn er sich betrinkt, so hat er eine Entschuldigung für seinen Feiertag, und er redet sich ein, daß er nun fröhlich sei.
Es dient dem großen Wohlgefallen seines Herrn, wenn er sich betrinkt. Vorausgesetzt, die Arbeit leidet nicht darunter. Und weil er an seinen Ruhetagen nicht weiß, was er Besseres mit sich anfangen soll, so trinkt er eben jeden Ruhetag. Dadurch wird er im Kopf wenigstens nicht klüger, und, was besonders dem Herrn nützlich ist, er bleibt verschuldet. Trinken mag er, soviel er immer will. Denn er ist ein freier Mann, der tun und lassen darf, was er will. Als freier Mann hat er das gute Recht, sich zu betrinken und sein Geld so auszugeben, wie es ihm beliebt. Aber er muß sich immer so frühzeitig betrinken, daß er, wenn die Arbeit wieder beginnt, seine Pflichten nicht vernächlässigt.

4

Die Ruhetage und gar Feiertage waren sehr dünn im Leben des Carretero gestreut. Nur wenn die Ochsen unbedingt Ruhe benötigten, so konnte der Carretero vielleicht auch einen Ruhetag abbekommen, wenn nicht etwa Wagenbrüche ausgebessert werden mußten. Die Ochsen erhielten volle Ruhetage und sogar Ferien, und von ihrem Essen wurde während ihrer Ferien nichts abgezogen. Sie bekamen ihren Lohn voll ausbezahlt, ob sie Ferien hatten oder nicht. Dafür waren sie ja auch Ochsen. Sie durften sich ausschlafen, weil sie keine Wagenbrüche auszubessern verstanden. Wenn reichlich Fracht zu fahren war und es konnten Reserveochsen in den Karawanen mitgeführt werden, so gab es für die Carreteros überhaupt nie einen Ruhetag und nie einen Sonntag. Oft während eines vollen Jahres nicht. Der Carretero konnte seinen Ruhetag genießen, wenn er vom Fieber geworfen sich auf seinem Petate wälzte und krümmte oder wenn er seine Beine nicht rühren konnte, weil er unter eine Carreta gekommen war.
Sechs Tage sollst du arbeiten und alle deine Dinge beschicken, aber am siebenten Tag sollst du nicht arbeiten, sondern den Herrn preisen. Das ließ sich sehr gut machen für Adam und Eva im Paradiese, die sechs Tage in der Woche nichts anderes zu tun hatten, als sich den Apfelbaum im Garten Eden anzusehen.
Aber die Carreteros lebten nicht im Garten Eden, sondern in der göttlichen Wirtschaftsordnung, wo Fracht nicht warten darf, weil sonst die Zivilisation leidet. Sie hatten keine Zeit, den Herrn zu preisen dafür, daß er ihnen das Leben gegeben hatte. Das Leben eines Carreteros. Bete für die Rettung deines ewigen Lebens und arbeite, die Schätze der Welt zu vermehren. Davon wird dein Magen zwar nicht voller, aber du bleibst wenigstens hier auf Erden immer Knecht, und die himmlischen Freuden und Lobgesänge sind dir dereinst gewiß. Trachte nicht nach Freiheit und Wohlergehen hier auf Erden, Carretero, du fällst sonst in die Schlingen des Bösen, bringst die wohlgeordneten Verhältnisse des Staates in Aufruhr und verfehlst den dornigen Pfad. Ein treuer und gehorsamer Knecht zu sein, ist mehr wert, als nach den Schätzen der wohlgerundeten Herren zu trachten.

Das ist altes gutes und ausgeprobtes Gesetz. Darum gibt es mehr Knechte als Herren.
Die Herrlichkeit der Carreteros bestand darin, daß sie über solche Fragen nicht nachdachten. Sie hatten keine Zeit, über irgend etwas anderes nachzudenken, als über das Wohlergehen ihrer Ochsen und über den guten Zustand ihrer Karren. Sie waren auch immer zu müde, um überhaupt etwas zu denken. Zufrieden wollten sie sein. Nichts mehr. Alles andere ermüdete sie nur um so mehr.
Und sie waren zufrieden, wenn ihnen die Centavos nicht fehlten, an einem Ruhetage genügend Branntwein zu kaufen, um sich einen Tüchtigen anzuschwipsen. In diesem Zustande verlangte niemand von ihnen, daß sie denken sollten.

5

Die Karawane des Andres lag draußen vor der Stadt, auf weiter Ebene, dicht am Wege, der nach El Puente führte.
Die Carretas waren sauber aufgefahren, und die Carreteros machten ein geräumiges Lager.
Die Ochsen weideten weit verstreut auf der Prärie.
Mehrere Male wurden die Ochsen eingefangen und zu dem kleinen Flusse getrieben, wo sie stundenlang badeten, um die Tausende von Zecken, die sich in ihre Haut gebohrt hatten, absterben zu lassen.
Nach dem Bade wurden sie zum Lager gebracht. Die Carreteros suchten die Körper der Tiere sorgfältig nach Wunden ab, um die Wunden, wenn nötig, zu doktern.
Dann erhielten die Tiere ihre Rationen an Mais, und wenn sie sich vollgefressen hatten, wurden sie wieder freigelassen, um zu grasen.
Auf der Prärie weideten ungezählte Hunderte von Rindern, von Pferden, Mules, Eseln. Die Pferde, Mules und Esel weideten nie in der Nähe der Rinder und die Rinder nie in Nähe der Pferde. Die Tiere, die hier weideten, hielten in gewissen Gruppen zusammen. Meist waren es die Gruppen, die denselben Herrn hatten. Die frei weidenden Tiere halten sich zusammen, wie sie aneinander gewöhnt werden durch Aufwachsen im gemeinsamen Korral ihres

Besitzers und durch gelegentliches Zusammentreiben und Heimbringen zu ihrem Rancho, wo sie ihr Salz empfangen.
Aber viele Gruppen bilden sich aus Sympathie. Und andere Gruppen bilden sich aus Notwendigkeit, weil sie von ihren Besitzern vernachlässigt werden und ganz vergessen, wo sie hingehören. Diesen mehr losen Gruppen schließen sich jene Tiere an, die nur gelegentlich auf diese große Prärie kommen. Also die Ochsen der rastenden Carreteros und die Pferde, Mules und Esel der wandernden Händler.
Obgleich auf der Prärie Hunderte von Tieren weiden, so sieht man doch nur wenige Gruppen, weil die Prärie so weit ist, daß die Tiere sich in der Ebene für das Auge völlig verlieren. Man sieht sie kaum als Pünktchen. Es war nicht allzu schwer für die Carreteros, ihre Ochsen auf der Prärie zu suchen und zu finden. Auf ihren Wegen und Rastplätzen gewöhnten die Carreteros die Ochsen daran, in Gruppe zu bleiben und von den Carretas nicht zu weit abzuschweifen. Die Tiere liefen ja auch nur dann weit, wenn sie in der Nähe nicht genügend Gras fanden, oder es war bitter, oder die Weide war von Tieren, die vorher hier gegrast hatten, verdreckt. Die Ochsen der Carretas unterschieden sich auch von den übrigen Rindern in so erheblichem Maße, daß es für erfahrene Carreteros leicht war, selbst auf sehr weite Entfernungen hin sofort zu erkennen, ob es Carreta-Ochsen sind oder gewöhnliches Vieh. Die Carreta-Ochsen sind mächtige und starke Tiere, mit gewaltigen, sehr breit ausliegenden Hörnern, die mit anderem Vieh kaum verwechselt werden können.
Aber es lagen hier vor der Stadt noch vier andere Karawanen von Frachtunternehmern in Ruhe. Und weil auch die Ochsen jener übrigen Karawanen auf derselben Prärie weideten, so mochte es freilich geschehen, daß beim Heranholen der Tiere die suchenden Carreteros fünf oder acht Kilometer auf eine gesichtete Gruppe von Carreta-Ochsen losmarschierten, und wenn sie herankamen, fanden sie, daß es die Tiere einer anderen Karawane waren, und der weite Weg war umsonst gewesen. Da aber Carreteros die Brandzeichen aller Frachtunternehmer im Staate kennen, so sagten die einen Carreteros den anderen, wo sie die Tiere beim Suchen der eigenen angetroffen hatten.

In den letzten drei Tagen des Festes begann das allgemeine Absuchen der Prärie nach den weidenden Tieren. Nach allen Richtungen hin sah man Männer zu Fuß und zu Pferde, die ihre Reit- und Packtiere auf der Prärie suchten. Es geschah, daß manch ein Reisender, der zu Pferde zu dem Feste gekommen war, eine volle Woche nach seinem weit abgeirrten Tier suchen mußte und es oft selbst nach dieser langen Zeit nicht fand und einem Ranchobesitzer in der Nähe den Auftrag zurückließ, ihn zu benachrichtigen, sobald das Tier sich irgendwo eingefunden habe, weil er nicht länger warten könne.
Ging es an die letzten Tage des Festes, so schickten auch die Besitzer der Herden, die auf der Prärie weideten, ihre Leute aus, um ihre Viehherden und Pferdeherden zu bewachen. Denn jetzt kam die gefährliche Zeit, wo Räuber von Pferden und Mules die Prärie nach unbewachten guten Tieren abstreiften. In dem Getümmel der vielen abreisenden Händler und Festbesucher konnte niemand sofort sehen, ob die gerittenen oder bepackten Tiere den Abreisenden gehörten oder ob sie auf der Prärie gestohlen waren. Diejenigen, die fremde Pferde und Mules mit sich gehen hießen, marschierten ja nicht auf den breiten Wegen, auf denen die Carretas fuhren. Wer zu Pferde ritt, konnte von der Prärie aus nach jeder Richtung, die ihm beliebte, abwandern. Wenn er nicht gerade einem Farmer des Bezirks begegnete, der die Brandzeichen aller seiner Nachbarn kannte und ihn so beiläufig fragte, ob er die Tiere gekauft habe und für wieviel, dann waren die gestohlenen Tiere in wenigen Tagen in Tabasco oder gar in Guatemala.
Es war nur während solcher Feste, wo viele Hunderte von unbekannten Leuten am Ort sich befanden, daß Tiere von der Prärie gestohlen werden konnten. Denn zu den anderen Zeiten waren der Reisenden so wenige, daß jeder Bewohner des Ortes genau wußte, wie der Reisende aussah, wie er gekleidet war, welche Tiere er mit sich brachte und mit welchen Tieren er wieder abreiste. Wenn er auch nur ein Pferd bei sich hatte, das den Verdacht erweckte, er könne es irgendwo auf seinem Her- oder Hinwege gestohlen haben, so kam er wohl kaum drei Tagereisen weit, wenn er überhaupt zwei Stunden weit kam.
Aus diesem Grunde waren in den gewöhnlichen Zeiten die Herden

auf der Prärie so sicher, als ständen sie in einem Stalle. Aber bei den großen Kirchenfesten der beiden Städte, die durch die große Prärie getrennt waren, mußten die Besitzer der Herden während der letzten Woche des Festes Tag und Nacht im Sattel sitzen und ihre Herden zusammenhalten.

6

Ebenso wie der Seemann, dessen Schiff im Hafen liegt, um Fracht auszuladen oder einzunehmen, keineswegs etwa müßig gehen kann, wie der unschuldige Landbewohner vielleicht glaubt, sondern meist mehr und härter arbeiten muß, als wenn das Schiff auf hoher See ist, ebenso erging es den Carreteros.

Wenn sie die Ochsen gebadet, gedoktert und gefüttert hatten, dann nahmen sie sich die Carretas vor. Geschah den Burschen von hier aus in den nächsten zwölf Wochen ein Bruch, dann ging es heiß über sie her. »Da habt ihr gottverfluchten Faulenzer zwei volle Wochen in Balun Canan gelegen und nichts getan als geschlafen und gesoffen, statt eure Carretas in Ordnung zu bringen. Dieser Radbruch kostet dich einen Monat Lohn, damit du lernst, deine Carreta in Ordnung zu bringen«, sagte Don Laureano. »Was denkst du dir denn, wofür ich dir dreißig Centavos den Tag bezahle? Ich sollte dir besser den Knüppel über deinen Schädel schlagen, Sohn einer gottverdammten Hündin!«

Und wie die Carretas aussahen, wenn ein halbes oder gar ein volles Jahr kein Ruhetag gewesen war und die Carretas ständig auf dem Wege waren!

Die Carreta war vor zweihundert Jahren gebaut worden. Natürlich war von dem, was der Carreta vor zweihundert Jahren ein neues Aussehen gegeben hatte, heute auch nicht ein Stück mehr an ihr. Zuerst war das linke Rad völlig zerbrochen worden, dann das rechte; dann die Deichsel, dann das Obergestell. Das letzte neue Stück an ihr war vielleicht fünf Wochen alt, während das älteste Stück sicher vierzig Jahre alt war.

Und darum, weil alle einzelnen Teile der Carreta in ihrem Alter und deshalb in ihrem Gebrauchswert weit auseinanderlagen, je nachdem sie erneuert worden waren, gehörte gute Übung und genaue Kenntnis des Wesens einer Carreta dazu, herauszufinden,

welche Teile wohl auf dem nächsten Marsch brechen würden. Diese Teile zu erneuern, war die Aufgabe der Carreteros, wenn sie in Ruhe lagen.
Don Laureano wußte recht gut, daß auf dem Marsche etwas nicht in Ordnung gewesen sein mußte, auch wenn er nicht bei der Karawane war, auch wenn ihm niemand von den Carreteros etwas verriet. Keiner von den Carreteros vertratschte seine Kameraden, weder um sich zu rächen, noch um sich gut Freund beim Herrn zu machen. Das war gegen ihre Natur. Sie dachten nicht einmal daran, so schäbig zu sein.
Unter sich, während des Marsches oder im Lager, fochten sie zuweilen böse Kämpfe aus. Sie gingen mit Messern, mit Machetes, mit Knüppeln aufeinander los, und es floß reichlich Blut, gab zahlreiche Beulen und blau angelaufene Gesichter. Proletarier, überall auf Erden, finden ein besonderes Vergnügen daran, sich gegenseitig die Köpfe zu zerhacken. Deshalb bleiben die Köpfe ihrer Herren heil. Denn die Wut, die sich unter dem Einfluß ihrer elenden und aussichtslosen wirtschaftlichen Lage ansammelt, verraucht sich in dem brüderlichen Zerfleischen der Proleten. Das ist der Grund, warum es ihnen an genügender Stoßkraft und an gesunder Wut fehlt, wenn die Gelegenheit sich bietet, die Wirtschaftsordnung einmal in eine heilsame Unordnung zu bringen. Nicht aus einer vortrefflichen Ordnung, sondern nur aus einer aufgewühlten Unordnung kann eine neue gesunde Ordnung sich zum Dasein ringen.
Aus diesen heißen Kämpfen der Carreteros blieb aber niemals ein Haß zurück, daß einer von ihnen je daran gedacht hätte, sich dadurch zu rächen, daß er seinen Compañero beim Herrn verquiekte. Das war gegen ihre Ehre und gegen ihre Moral.
Aber Don Laureano erfuhr dennoch ziemlich genau, was auf dem Marsche geschehen war und warum es geschehen war.
Einmal waren da immer Reisende zu Pferde, die bei einer haltenden Karawane vorüberkamen und natürlich sehen konnten, was vor sich ging.
Sie kamen nach Socton und trafen Don Laureano irgendwo auf der Straße, oder sie hatten gar ein Geschäft mit ihm.
»Ich habe dicht bei Santa Catarina Ihre Karawane liegen sehen,

Don Laureano. Sie waren hart am Arbeiten und kamen nicht von der Stelle.«
»Was war denn geschehen, Don Cesar?«
»Radbruch, und ein Ochse ausgebrochen, weiß der Coyote, wie weit die Muchachos zu rennen hatten, um ihn hereinzukriegen.«
Auch die Händler oder Familien, die in den Carretas reisten, beschwerten sich bei Don Laureano: »Hören Sie, Don Laureano, das ist ein Jammer mit Ihren Carretas. Dreimal sind die Jungen auf dem Wege zusammengebrochen, weil sie schliefen, die Muchachos tan flojos, diese Faulenzer. Das nächste Mal werde ich doch besser mit Don Mauricio wegen meiner Fracht verhandeln.«
Oder ein Kaufmann in Shimojol schrieb Don Laureano einen derben Brief, weil die Fracht zwei Tage zu spät angekommen war.
»Warum seid Ihr denn zwei Tage auf dem Marsch verspätet gewesen? Antwort!« fragte Don Laureano den Encargado.
Dann mußten sie eben mit der Sprache heraus, welcher Karren Bruch gehabt hatte und warum, und wer die Schuld trug.
Und derjenige, dessen Carreta zusammengebrochen war und den Marsch aufgehalten hatte, bekam einen Monat oder zwei Monate Lohnabzug. Das half erheblich, daß, soviel er auch arbeiten mochte, so sparsam er auch zu leben versuchte, sowenig er sich auch irgendein Vergnügen gönnte, seine Schuldenlast bei seinem Herrn sich nie verringerte, sondern sich immer mehr erhöhte. Solange er Schulden hatte, mußte er arbeiten und aushalten bei seinem Herrn, dem er schuldete. Er konnte nicht gehen und sich einen Platz suchen, wo er mehr verdiente oder wo er leichter zu arbeiten hatte und wo er mehr Hoffnung haben durfte, endlich einmal frei und unabhängig zu werden und zu tun, was ihm beliebte und was sein Dasein hätte verschönern können.
Der Bruch eines Rades oder das Abgleiten einer Carreta vom Wege hielt nicht nur den Marsch zuweilen halbe Tage auf und verspätete die Fracht, sondern es geschah auch sehr häufig, daß durch den Bruch oder durch das Abrutschen einer Carreta Waren, die in der Carreta geführt wurden, zerbrachen oder entwertet wurden. Eine Kiste mit Porzellanwaren oder mit Medizinen war schnell wertlos geworden durch ein Versehen des Carreteros. Und wenn ihm gar das Unglück eines Bruches zustieß, während die

Carreta sich mitten in einem Fluß, der zu kreuzen war, befand, so war oft die ganze Ladung vernichtet, wenn es sich um Güter handelte, die nicht naß werden durften.
Nicht der Absender der Waren, der die Sachen schlecht verpackt hatte, trug den Schaden. Er übernahm keinerlei Haftpflicht für Sendungen auf Carretas. Das machte er gleich klar in seinen Verkaufsbedingungen. Die Haftpflicht für das gute Ankommen der Waren wurde dem Frachtunternehmer aufgebürdet. Er konnte freilich die Übernahme der Fracht, wenn sie schlecht gepackt war, verweigern. Aber dann übernahm ein anderer Unternehmer das Risiko, und Don Laureano verlor Kundschaft.
Wofür hatte er denn erfahrene Carreteros? Wofür bezahlte er sie denn erträglich. Wofür übernahm er denn ihre Schuld bei ihrem früheren Herrn, wenn sie zu ihm kommen wollten, um sich zu verbessern? Wofür behandelte er sie denn nicht als unfreie Peones, sondern als freie Arbeiter, die er nicht auspeitschte und nicht in den Stock spannte? Wofür denn alle diese Rücksichtnahme eines zivilisierten Unternehmers für seine Arbeiter, wenn diese Arbeiter nicht auch ein wenig darauf sahen, daß er nicht geschädigt wurde? Es war nur gerecht, daß er allen Bruch, der sich auf den Reisen ergab, seinen Carreteros auf deren Schuldkonto schrieb. Wenn sie ihre Carretas immer gut in Ordnung hielten, kam kein Bruch vor. Und wenn sie ihren Weg gut kannten und nicht schliefen auf dem Marsche, sondern sorgfältig achtgaben, so kamen keine Verluste vor. Es war nur Fahrlässigkeit der Carreteros, wenn die Marschzeiten nicht eingehalten wurden oder Radbrüche geschahen und Waren verdorben wurden.
Fahrlässigkeit soll man nie unterstützen. Und er hätte die Fahrlässigkeit und Unachtsamkeit seiner Carreteros gefördert, wenn er die Leute nicht für jeden Schaden, der durch ihre Schuld entstand, haftbar gemacht haben würde. Er bezahlte die Carreteros nicht dafür, daß sie schlafen und trinken konnten, sondern daß sie arbeiteten und zu seinem Nutzen arbeiteten. Wohin möchten Welt und Zivilisation gelangen, wenn der Arbeiter tun und lassen dürfte, was er wollte. Jedem Arbeiter wurde ja ein Kopf gegeben, mit dem er denken konnte. Von den Ochsen würde er keinen Schadenersatz verlangen. Denn das wäre töricht gewesen, weil jeder vernünftige

Mensch weiß, daß ein Ochse nicht denken kann. Darum wird ja auch den Ochsen kein Lohn bezahlt. Aber weil die Carreteros denken konnten, darum zahlte er ihnen Löhne. Und weil er ihnen Löhne zahlte, darum hatte er ein gutes Recht, von ihnen zu verlangen, daß sie an seinen Nutzen dachten.

7

In dem Zustande, in dem sich die Carretas eigentlich immer befanden, hätte nur eines helfen können, Brüche zu vermeiden. Und das wäre gewesen, die Carretas, die lange genug gedient hatten, durch völlig neue zu ersetzen. Weil aber einige Teile einer jeden Carreta ja so gut wie neu waren, weil sie erst vor einigen Monaten eingesetzt worden waren, so wäre das eine sinnlose Verschwendung von Gebrauchswerten gewesen, die das Geschäft nicht ertragen konnte. Wenn Don Laureano die Zahl seiner Carretas vergrößern mußte, weil die Fracht zunahm, so versuchte er immer erst, irgendwo alte Carretas aufzukaufen. Nur wenn er keine alten Carretas kaufen konnte, bestellte er neue.

Es blieb den Carreteros eben kein anderer Ausweg übrig, als die Carretas auszubessern und in gute Ordnung zu bringen, wenn immer sie eine Stunde Zeit fanden.

Dieses Ausbessern der Carretas wäre ja an sich leicht gewesen, wenn Don Laureano den Carreteros das Material geliefert oder ihnen Geld gegeben hätte, Material zu kaufen, wenn es notwendig wurde.

Wenn die Carretas in ihrem heimatlichen Standort, in Socton, sich befanden, dann freilich waren da zwei Wagenbauer, die die Carretas mit gutem Material auffrischten. Außerdem bekam jede Karawane einige neue Reserveräder, Jochbalken und Deichseln mit auf den Weg. Aber es geschah, daß einzelne Kolonnen oft zwei oder gar drei Monate den Heimatort nicht berührten, sondern immer nur auf dem Wege zwischen Arriaga und Tullum blieben, oder zwischen Jovel und Balun Canan, oder wo sie sonst gerade genügend Fracht aufnahmen.

Geld, um Material auf dem Wege zu kaufen, bekamen die Carreteros nicht mit.

»Wenn ich das tun würde«, sagte Don Laureano, »dann wäre ich dumm genug. Die Muchachos würden das Geld gleich alles in der ersten Tienda, die sie am Wege antreffen, vertrinken, oder sie würden es beim Würfeln oder beim Peso-Aufwerfen verspielen. Ich kenne die doch, wie sie sind.«

Vielleicht hatte er Erfahrung gesammelt dieser Art. Aber Tatsache blieb, daß eben die Carreteros kein Geld mitbekamen. Er gab ihnen nur Gutscheine, damit sie auf dem Wege Mais für die Tiere einkaufen konnten. Seine Gutscheine, die er persönlich unterschrieben und unterstempelt hatte, nahm jedermann im Staate an, weil sie so sicher waren wie bares Geld.

Die Ochsen mußten gut im Futter gehalten werden. Denn wenn ein Ochse auf dem Marsche fiel, konnte er keinen Carretero haftbar machen, weil der Ochse ja auch irgendwo auf einer Weide giftige Blätter gefressen haben konnte, oder eine Schlange konnte ihn gebissen haben. Die gefallenen Ochsen konnten nicht durch neu eingesetzte Stücke wieder aufgefrischt werden; und darum konnte der Carretero nichts dafür. Denn was einen Ochsen traf, das geschah mit dem Willen des Höchsten, der die Sperlinge bewacht, damit ihnen ohne seinen ausdrücklichen Befehl keine Feder aus dem Schwanz fällt.

Da die Carreteros weder Geld hatten noch Gutscheine, um notwendiges Material zum Ausbessern der Carretas kaufen zu können, blieb es ihnen überlassen, wie und auf welche Weise sie sich das Material beschafften.

In Ordnung halten mußten sie die Carretas, damit sie nicht einige Monate Lohn verloren.

Darum mußten sie das Material hernehmen, wo sie es nur immer finden konnten. Selbst die ihnen eingedroschene Gläubigkeit an eine fürchterliche Vergeltung im Jenseits vermochte sie nicht davor zu bewahren, sich das Material auf eine Weise zu verschaffen, die weder mit irdischen noch mit himmlischen, am wenigsten mit staatlichen Gesetzen in Gleichklang zu bringen war. Sie hatten zuerst einmal an das Zunächstliegende zu denken, das war, Wagenbrüche auf jeden Fall zu vermeiden. Denn die erste Pflicht eines guten, treuen und gehorsamen Knechtes ist, seinem Herrn zu dienen, seinen Wohlstand zu fördern und ihn vor jeglichem Schaden zu bewahren. Alle übrigen Pflichten können warten.

8

Sowenig wie alle einzelnen Teile einer Carreta aus demselben Jahrgang ihres Einfügens waren, sowenig waren auch ihre Teile alle aus demselben Material.

Einige Teile waren aus Mahagoniholz, andere aus Ebenholz, wieder andere aus Zedernholz, andere Eichenholz, andere Tannenholz. Alle Hölzer, die jene Karawanen auf ihren Wegen antrafen, waren in den Carretas zu finden.

Einige Kilometer von Balun Canan entfernt, auf dem Wege nach El Puente, war ein wunderschöner Tannenwald mit den herrlichsten Bäumen, die man sich nur vorstellen kann. Es ist wahrscheinlich die Schönheit dieses Waldes, die Indianer weit zurückliegender Zeiten bewog, diesen herrlichen Wald ihren Göttern zu einer Heimat anzubieten. Sie errichteten in seiner Mitte eine Gruppe von Pyramiden und Altären, an denen sich die Götter erfreuen sollten. Daß die indianischen Götter in jenem Walde heute noch wohnen, ist kaum anzunehmen; aber die Pyramiden sind noch alle da.

Dieser Wald gehörte weder Don Laureano noch seinen Carreteros, noch den übrigen Carreteros, die hier auf der Prärie lagen und ihre Carretas ausbesserten.

Sich jene Pyramiden anzusehen, hatten die Carreteros keine Zeit. Sie hatten auch kein Interesse daran, sie zu sehen, weil all ihr Interesse nur auf den guten Zustand der Carretas gerichtet war. Es tut Proletariern niemals gut, sich für irgend etwas zu interessieren, das nichts mit ihrer Arbeit zu tun hat. An ihre Arbeit sollen sie denken und Pyramiden und Geschichte denen überlassen, die vom Staate auserkoren wurden, die Weltgeschichte nach den vorhandenen Bedürfnissen des Staates zurechtzumachen.

Der Wohlstand eines jeden Staates wird gefördert und seine Ruhe und Ordnung gewährleistet, wenn der Schuhmacher bei seinem Leisten bleibt, der Arbeiter ein gehorsamer Knecht ist und der Wissenschaftler die Probleme des wirtschaftlichen Lebens verschleiert.

Es war auch für die Carreteros viel zu weit bis zu den Pyramiden. Sie gingen nur gerade so tief in den Wald, bis sie solche Bäume

fanden, wie sie brauchten, um sich daraus ihre Deichseln, Jochbalken und Speichen zurechtzuhacken.
Dann holten sie die Ochsen herbei und schleiften die gebrauchsfertigen Ersatzstücke zum Lagerplatz.
Der Besitzer des Waldes war während jener Zeit wahrscheinlich in den Fängen einer Kellnerin zu Ehren des heiligen Caralampio. Darum kümmerte er sich nicht viel darum, wer in seinem Walde stahl.
Es fehlten den Carreteros aber auch noch andere wichtige Dinge, um für ihren Herrn die Carretas in guter Ordnung zu halten. Darum schlichen sie sich nachts hinaus auf die Prärie und schlachteten mehrere Stück Rinder. Sie brauchten die Häute, um sich daraus neue Riemen schneiden zu können, weil die alten brüchig wurden.
Die Carreteros stahlen nie für sich. Leicht hätten sie hier ein Huhn, dort ein kleines Schwein auf ihrem Wege stehlen können, um ein kräftiges Mahl, das sie immer so sehr benötigten, haben zu können. Aber weil hier die Rinder nun doch schon einmal geschlachtet waren, so änderte es wenig an einem etwa erwachenden Gewissen, wenn sie nun auch noch gleich einige gute Stücke Rindfleisch mit zum Camp nahmen.
Weil jede Karawane, die hier lag, unter gleichen Verhältnissen leben mußte, so brauchte jede Karawane eine neue Rindshaut. Darum blieben mehrere Rinder für das Wohlergehen der Frachtunternehmer auf der Strecke.
Bäumestehlen war eine peinliche Sache für die Carreteros, wenn sie erwischt wurden. Es gab wilde Worte und vielleicht eine Anzahl kräftiger Hiebe mit der Reitpeitsche über den Kopf. Aber Rinderabschlachten war eine ganz böse Sache, wenn etwa gar ein Kuhbursche es gesehen haben sollte. Dann sausten sie ins Gefängnis. Don Laureano freilich ließ seine Carreteros nicht drin im Gefängnis, denn er brauchte sie zum Arbeiten, und sie hatten Schulden, die sie abarbeiten mußten. Wenn sie keine Schulden gehabt hätten, wäre es ihm vielleicht gleichgültig gewesen. Aber er mußte sein Kapital retten. Darum, wenn es herauskam, bezahlte er dem Herdenbesitzer den Wert des Rindes, und er bezahlte an den Bürgermeister und an den Polizeichef des Ortes, wo sein Ca-

rretero in der Carcel Municipal saß, zwanzig Pesos Freundschaftsgeld, und sein Carretero wurde freigelassen.
Die Unkosten, die Don Laureano gehabt hatte, sowohl für das bezahlte Rind wie für die Freundschaftsgelder, wurden dem Carretero auf sein Schuldkonto geschrieben.
Und ganz mit Recht.
Denn Don Laureano hatte seinen Carreteros niemals den Auftrag gegeben, Bäume zu stehlen, Rinder zu schlachten, Nägel aus Häusern zu ziehen, bei Schmieden in der Nacht Eisen zu rauben. Solche Aufträge würde Don Laureano auch nie in seinem Leben erteilen, selbst wenn eine seiner Karawanen eine Woche lang auf derselben Stelle im Wege liegenbleiben sollte. Denn er war ein hochgeachtetes und wohlangesehenes Mitglied seiner Gemeinde. Er lebte in Demut vor der Heiligen Kirche und betrachtete die Gesetze des Landes zwar in einzelnen Fällen für reformbedürftig zugunsten der Besitzenden, aber im ganzen für vortrefflich; denn sie beschützten sein gerecht erworbenes Eigentum und hielten diejenigen, die kein Eigentum besaßen, in geziemenden Schranken.
Doch von dem allen abgesehen, die Carreteros, die hier auf der Prärie lagerten, brachten die Carretas in gute Ordnung.
Da alle die Leute, die störend hätten einwirken können, sich im Festrausch des heiligen Caralampio befanden, so war die Beschaffung des notwendigen Materials leichter gewesen und rascher gegangen, als die Carreteros erwartet hatten.
So blieb ihnen endlich reichlich Zeit übrig, sich das Fest auch näher anzusehen und nicht ständig hier draußen auf der ewig windigen Prärie zu liegen, so weit von der Stadt entfernt, daß sie eben gerade noch zuweilen das Läuten der Glocken und das Böllern der Feuerwerke hören konnten.
Wie jeder, der zu einem Feste geht, hatten sie die unausgedachte Hoffnung, daß dort etwas Besonderes und Interessantes sich ereignen oder daß ihnen eine willkommene Gabe in die Hände fallen möchte.
Aber bei Festen geschieht nur dann etwas Überraschendes, wenn man nichts erwartet.
Jedenfalls hatten die Carreteros das dringende Bedürfnis, einmal

für einige Stunden etwas anderes zu hören, zu sehen und zu riechen als nur immer und dauernd Carretas und Ochsen. Selbst der intelligente Mensch verwandelt sich ungemein rasch in einen Ochsen, wenn er tagein, tagaus nichts anderes um sich sieht als Ochsen.

Neuntes Kapitel

I

Es war am späten Nachmittag. Das Fest des heiligen Caralampio stand auf seinem Höhepunkt. Es rauschte und wogte von Menschen auf dem engen Platz vor der Hauptkirche in der unteren Stadt. Da war Schnattern wie von Scharen von Gänsen, Schreien, Lärmen, Rufen, Blöken.

Betrunkene grölten und sangen mit schreienden Stimmen.

Hier und dort spielten Musikbanden. Die Musiker barfuß und in zerflickten Hosen und fetzigen Flanellhemden. Vor einem Zirkus, der in dem geräumigen Patio eines Bürgerhauses in einer der nächsten Seitenstraßen sein Zelt aufgeschlagen hatte, spielte eine Marimba. Eine andere Marimba spielte auf der Plaza, vor dem Cabildo, dem Stadthaus. Polizisten schleppten und schleiften alle zehn Minuten einen Betrunkenen in das Stadthaus, um ihn dort in die Carcel zu stecken.

Die Betrunkenen waren meist Peones oder indianische Bauern. Sie konnten keine Strafe bezahlen. Sie mußten die Strafe für ihr Betrunkensein abverdienen. Am Morgen, wenn sie ihren Rausch ausgeschlafen hatten, wurde ihnen in einen Napf heißer und gesüßter schwarzer Kaffee eingeschenkt. Wenn sie den getrunken hatten, so mußten sie die Plätze und Straßen reinigen, wofür sie, wenn sie von der Reinigung, die von einem Polizisten mit geladenem Gewehr beaufsichtigt wurde, zurückkamen, Kaffee, zwei Löffel schwarze Bohnen und einige Tortillas erhielten.

Die Straßenreinigung stand mit soundso viel Tagelöhnern wunderschön verbucht in den Abrechnungen des Haushaltes der Stadt. Aber weil jeden Tag genügend Betrunkene in Haft genommen wurden und, wenn es an denen fehlte, wandernde Indianer angeschuldigt wurden, betrunken zu sein, auch wenn sie es nicht waren, so brauchten der Bürgermeister und der Kassenverwalter die Löhne nicht auszuzahlen, die so schön verbucht wurden.

Die Kosten für die Verpflegung der Verhafteten wurden natürlich auch gebucht. Wenn man die Abrechnung für die Kost der Verhafteten sah, so ging es den Verhafteten bei weitem besser als den guten und ehrsamen Bürgern der Stadt. Die Verhafteten bekamen, aus der Kostenabrechnung zu ersehen, Fleisch, Eier, Früchte und Zigaretten. Man konnte sich eigentlich nur darüber verwundern, warum sich arme indianische Landarbeiter unter solcher vortrefflichen Behandlung nicht jeden Tag verhaften ließen; denn besser konnten sie es nirgends haben als im Gefängnis der Stadt.

2

Der Platz vor der Kirche lag sehr tief. In den Regenzeiten war dieser Platz stets mehrere Male während der Regenperiode für einige Tage völlig überschwemmt.

Jetzt aber war der Platz völlig überschwemmt von Verkaufsständen, Restaurantzelten, Schießbuden, Spielbänken und Würfeltischen. Die Gänge zwischen jenen Buden und Ständen waren so eng, daß die Leute, die hier herumschwärmten, sich nur langsam voranschieben konnten. Es war ein ewiges Gedränge, Stoßen und Würgen. Dadurch wurde der Eindruck erweckt, als ob einige Zehntausende von Menschen hier auf dem Platze seien, während, hätte man sie ausgezählt, man wohl kaum auf mehr als dreitausend gekommen wäre.

Was diese drängenden und schiebenden, sich stoßenden und sich drückenden Menschen hier eigentlich suchten, wußten sie ganz gewiß nicht. Es war hier nichts zu kaufen, was sie nicht ebensogut und besser und billiger und bei weitem zuverlässiger zu jeder beliebigen Zeit in irgendeinem Geschäfte der Stadt hätten kaufen können. Aber jeder trug auf seinem Gesicht einen Ausdruck, als ob er erwarte, hier echte Goldstücke für einen Peso das Stück kaufen zu können.

Alles, was die Leute hier kauften, kauften sie nicht darum, weil sie es brauchten, sondern sie kauften es, weil sie es sahen, weil sie in der Stimmung waren, Geld auszugeben, weil ihnen geschickte Händler einredeten, sie könnten das oder jenes nur bei ihm kaufen und bei niemand anders in der Welt, und es sei zu ihrem eigenen großen Glück, daß er hierhergekommen sei, und wenn sie das zu Kaufende auch jetzt im Augenblick gerade nicht brauchten, so könnte es ihnen morgen mit Sicherheit fehlen, und dann sei es zu

spät, und sie hätten die große günstige Gelegenheit in ihrem Leben verpaßt.
So gerieten die Leute in einen gewissen Taumel. Unter dem Einfluß des Geschreies, des Lärmens, der Musik, der anpreisenden Händler, des Stoßens und Schiebens der Leute um sie, die kauften und kauften, als ob morgen eine große Katastrophe alles vernichten könnte, verloren die Menschen hier jegliche Kontrolle über sich und über ihr Tun. Sie wurden voll und schwer im Kopf und verloren ihr ruhiges Denken. So kauften und kauften sie, das unsinnigste und dümmste Zeug, Gegenstände, die häßlich waren und keinerlei Gebrauchswert besaßen. Und sie kauften und kauften, weil sie alle anderen Leute um sich herum kaufen und kaufen sahen.
Ähnlich war es bei den Schießbuden und bei den Ständen, wo man mit Bällen nach aufgestellten schwarzen Katzen aus Pappe werfen durfte. Für zehn Centavos durfte man mit einer Luftbüchse dreimal mit einem Spicker nach einer kleinen Scheibe schießen. Gelang es einem Schützen, dreimal ins Schwarze zu treffen, so bekam er als Belohnung eine Blumenvase, die sehr verschnörkelt war und mit Gold bemalt. In den größeren Städten konnte ein Geschäft solche Vasen für zwanzig Centavos das Stück anbieten, und niemand, der auch nur etwas Geschmack besaß, hätte sie gekauft. Selbst hier, in dieser kleineren Stadt, wo heute Mode war, was in größeren Städten bereits vor dreißig Jahren Ramsch war, hätte wohl kaum ein Kaufmann solche Vasen, und was sonst die Schießbuden und Wurfstände zu vergeben hatten, an seine Kundschaft verkaufen können. Aber wenn man dieses Zeug in einer Schießbude gewann, so war es wie ein Geschenk. Es wurde nach Hause geschleppt und im Hause aufgestellt. Es zerstörte zwar jegliche Harmonie im Hause, aber wer hatte den Mut, eine solch schön vergoldete Vase in den Schutt zu werfen. Es wurde versucht, sie als Vase zu gebrauchen. Aber wenn man Blumen wirklich hineinsteckte, so fiel die Vase um mitsamt dem Wasser, weil die tschechoslowakischen Fabrikanten jener Vase weniger an richtige Proportionen der Vasen gedacht hatten als daran, ihnen ein Luxusaussehen zu geben. Und weil die Vase eben für nichts in der Welt gebraucht werden konnte, so wurde sie in der Wohnung des Schützen nur aufgestellt. Darum zerbrach sie nie und konnte sich von

Generationen auf Generationen forterben. Auf diese Art blieb der Geschmack der Leute immer so gerichtet, daß jede neue Generation sich bemühte, zwanzigmal drei Schüsse für je zehn Centavos in einer Schießbude zu tun, um eine solche Vase gewinnen zu können.

So leicht war das freilich nicht, überhaupt etwas in der Schießbude zu gewinnen. Man gewann nur aus reinem Zufall etwas, und der Zufall trat nur dann ein, wenn man dreimal ganz anderswo hingezielt hatte, als wo man hintreffen wollte. Die Luftbüchsen waren so eingerichtet, daß selbst Zufälle sehr selten waren. Der Schießbudenmann konnte mit seinen Vasen, Tassen für bebärtete Herren, japanischen Fächern aus Halle an der Saale, seinen Weckeruhren und seinen Mariabildern zwei Jahre lang zu vierzig verschiedenen Ferias und Heiligenfesten reisen, und wenn man ihn eines Tages wiedertraf, hatte er immer noch dieselben Vasen und Weckeruhren aufgestellt. Und die Leute schossen immer noch drei Schuß für zehn Centavos, um eine Weckeruhr zu gewinnen, die vom langen Aufstellen rostig und vom vielen Aus- und Einpacken zerbeult war.

Aber der Schießbudenherr war ein freundlicher Mann. Wenn man viel geschossen hatte, und man hatte sich Mühe gegeben und einige gute Schüsse getan, die zwar nicht eine Vase gewannen, aber das gutgemeinte Zunicken des Schießbuders: »Otra vez, Caballero, das nächste Mal haben Sie mehr Glück!«, so bekam der vortreffliche Schütze eine Medaille angeheftet, die ihn unter den übrigen Festteilnehmern als einen besonders wichtigen Mann bemerkbar machte.

Man konnte auch nach aufgestellten Zigarettenpäckchen schießen. Die Päckchen kosteten das Hundert drei Pesos, und man konnte die Päckchen in jedem Laden das Stück für sechs Centavos kaufen. Aber hier auf dem Feste gaben sich die Leute große Mühe, für ein Päckchen zehnmal drei Schuß für je zehn Centavos zu tun, um ein solches Päckchen haben zu können.

Wenn die Leute zu unsinnig drauflosgeschossen hatten und das Geld wieder hereinhaben wollten, so gingen sie zu den Spielbänken und zu den Roulettetischen. Hier war es doch so leicht, für fünfundzwanzig Centavos auf einen Ruck fünf Pesos zu gewinnen.

Diese Gelegenheit durfte man nicht vorübergehen lassen, und jeder war dem Manne mit dem Roulette dankbar, daß er zu dem Feste gekommen war und so den Leuten Gelegenheit gab, über Nacht reich zu werden, ohne zu arbeiten.
Der Schießbudenbesitzer und die Wurfständeinhaber und alle ähnlichen Leute waren große Spitzbuben, das wußten alle Festbesucher. Die Büchsen schossen nicht nach Ziel, die Schußkraft war zu schwach und warf kein einziges Zigarettenpäckchen um, wenn der Schießbudenmann es nicht wollte und wenn er nicht absichtlich das Päckchen so dicht an die hintere Kante gestellt hatte, daß es umfiel, wenn es nur ein wenig getippt wurde. Er mußte ja zuweilen ein paar Päckchen gewinnen lassen, um neue Kunden heranzulocken. Auch der Mann mit den Katzen aus Pappe legte hin und wieder eine Bohne so unter das Hölzchen, das zum Aufstellen der Katze diente, daß die Katze umfiel und der Werfer sechs Würfe umsonst bekam, um aufs neue sein Glück zu versuchen und eine goldene Taschenuhr zu gewinnen.
Aber der Mann mit dem Roulette war ehrlich. Das war bekannt. Jeder beliebige Besucher, der gesetzt hatte, durfte das Roulette andrehen, und wenn einer behauptete, das Roulette stände schief, so wurde es sofort ausbalanciert. Hier war keine Spitzbüberei am Werk. Das hätte die Polizei auch gar nicht geduldet. Merkwürdig war nur das eine, daß der einzige Mann, der beim Roulettetisch dauernd gewann und reich wurde, der Besitzer des Roulettes war. Wie hätte er sonst seine hohen Steuern bezahlen können! Und leben wollte er auch. Dennoch waren alle Leute, die hier ihre Pesos setzten, des sicheren Glaubens, daß der Mann mit seinem Roulette nur hierhergekommen sei mit der Absicht, sie alle reich zu machen. Und wenn die Spieler trotz eifrigen Setzens nicht reich wurden, sondern das, was sie besaßen, verloren, so schuldigten sie sich nur selbst an und sagten, daß sie eben kein Glück hätten und daß dies ihr Schicksal immer gewesen sei, kein Glück zu haben. Die Klugen freilich, die hier spielten, hofften nicht einen Augenblick lang, daß sie dem Roulettebesitzer auch nur einen Peso abgewinnen könnten. Wenn diese Gefahr für den Roulettemann bestünde, so würde er nicht herkommen. Aber die Klugen spielten, um von ihren Mitspielern zu gewinnen und sich so mit dem Rou-

lettebesitzer im Geschäft zu teilen. Die Klugen hielten stundenlang an dem Tisch aus. Sie setzten nach gewissen Regeln. Sie gewannen häufig und halfen so dem Besitzer, neue Kunden heranzulocken. Denn der Besitzer zahlte die Gewinne an die Klugen mit lautem Geschrei aus: »Hier, Caballero, wieder fünf Pesos gewonnen für Ihren Toston. Sie machen mich zu einem armen Manne. Ich werde morgen meinen Tisch schließen. Ich habe eine Familie zu ernähren. Aber ich bin Ehrenmann. Neues Spiel beginnt, Caballeros. Setzen, setzen, Caballeros! Se fue. Rrrr. Quince negra. Wer hat die schwarze Fünfzehn? Niemand? Setzen, Caballeros, setzen, neues Spiel beginnt!«
Die Klugen gewannen in der Tat. Zwanzig Pesos, dreißig Pesos. Aber sie wollten hundert Pesos gewinnen und dann aufhören. Wenn nachts um eins der Roulettetisch schloß, dann hatte der Besitzer alles Geschäft allein gemacht; die Klugen waren ebenso leer und ausgesackt wie die Dummen. Der einzige, der den Tag mit Gewinn abschloß, war der Roulettebankier.
Das Roulette und die übrigen Tische, wo um Bargeld gespielt wurde, hatten nur Lizenz bis neun Uhr abends. Nur unter dieser Bedingung hatten sie die Lizenz bekommen. Aber nach neun Uhr begann ja erst das Geschäft, weil die Caballeros um diese Zeit ihre Frauen ins Bett schickten. Und nun waren die Caballeros frei und unbelästigt.
Der Polizeichef sandte einen Polizisten mit dem Worte, daß die Zeit für das Roulette abgelaufen sei. Der Roulettebankier überließ für eine Weile den Tisch seinem Mitarbeiter, und er ging zu einer Cantina, wo er den Polizeichef antraf.
»Eine Copita, Jefe? Ein Gläschen?« fragte er. Ohne die Antwort der Obrigkeit, mit der er sprach, abzuwarten, bestellte er zwei große Gläschen mit Comiteco Añejo. Und noch während sie halb ausgeleert in den Händen waren, bestellte er zwei weitere Gläschen. Dann zog er fünf Pesos aus der Tasche, schob sie dem Polizeichef in die nach unten hängende Hand, kniff ein Auge zu und sagte: »Sie haben doch Familie, Jefe? Ist für die Kinder.«
Bis um zehn Uhr ließ sich kein Polizist beim Roulette sehen. Es wurde lustig gespielt. Es war laut Lizenz nicht gestattet, daß mehr als fünf Centavos gesetzt werden durften von derselben Person auf

das gleiche Feld. Jeder durfte auf zehn Nummern oder mehr je fünf Centavos setzen. Abends um sieben machte der Roulettebankier bereits ein unwilliges Gesicht, wenn jemand weniger als einen Viertelpeso setzte. Um acht sah man nur halbe Pesos auf den Nummern. Um zehn Uhr nahm der Bankier fünf Pesos auf die Nummer an.

Jetzt um zehn Uhr erschien wieder ein Polizist mit dem Wort, daß es nun aber das allerletzte Spiel sei und daß er nicht gestatten dürfe, daß weitergespielt würde. Der Roulettemann gab dem Polizisten einen Peso. Dann ging er wieder in eine Cantina. Diesmal war es eine andere. Aber richtig, er traf den Polizeichef an. Es war ein Beweis seiner Klugheit, wie es dem Bankier immer gelang, den Polizeichef ohne langes Zeitverlieren und Herumsuchen sofort in der richtigen Cantina zu treffen. Es kostete wieder zwei Gläschen Comiteco Añejo. Aber diesmal zehn Pesos für die Familie.

Dabei blieb es jetzt nicht. Der Polizeichef machte eine leichte Kopfbewegung hin zu einem Herrn, der an einem Tische saß und eine Flasche Bier vor sich stehen hatte.

»Ist der Presidente, der Bürgermeister«, sagte der Polizeichef.

Der Roulettemann verstand sofort.

Er ging hin zu jenem Tisch.

»Como esta, Señor Presidente, wie geht es?«

»Ah, Don Claudio, que tal? Was tut das Geschäft? Ich muß ihnen sagen, wir können es auf keinen Fall erlauben, daß Sie nach neun Uhr das Roulette laufen lassen. Sie kennen doch die Bedingungen Ihrer Lizenz.«

»Ich schließe sofort, Señor Presidente, nur noch ein paar Spiele. Einige Herren wollen durchaus Revanche haben. Das kann ich nicht gut verweigern. Die Herren sind aufgeregt, und da kann das zu Skandal, vielleicht gar zu einigen Dutzend Revolverschüssen führen.«

»Sie haben recht, Don Claudio«, nickte der Bürgermeister. »Unter solchen Umständen freilich – aber nicht mehr allzulange, verstehen Sie. Wollen Sie sich nicht zu einer Flasche Bier niedersetzen?«

»Sie müssen mich entschuldigen, Señor Presidente«, sagte der Roulettemann, geschickt der Einladung ausweichend, die ja gar nicht ernst gemeint war. »Bei der Gelegenheit«, sagte er weiter, jedoch wie auf dem Sprunge stehend, zu seinem Geschäft zurückzueilen, »ich habe gehört, Sie wollen hier ein Hospital bauen. Wollen Sie mir erlauben, Señor Presidente, daß ich einen kleinen Beitrag leiste?«

»Mit allem Dank der Bürgerschaft«, gab der Präsident zur Antwort.

Der Roulettemann zog fünf Goldstücke aus der Tasche und legte sie dicht vor dem Bürgermeister hin und schob sie halb unter den Arm, den der Bürgermeister auf dem Tische ruhen hatte. Die Goldstücke waren spurlos verschwunden, noch ehe der Roulettebankier seine Hand wieder in die Hosentasche gesteckt hatte.

»Mit Ihrer gütigen Erlaubnis, Señor Presidente, jetzt muß ich mich aber beeilen, damit es an meinem Tische nicht etwa zu einem Skandal kommt.«

»Bueno, Don Claudio, aber wie ich gesagt habe, nicht allzulange.«

Um ein Uhr nachts spielte das Roulette immer noch. Jetzt war das Hauptgeschäft. Nun spielten die Finqueros. Alle jene Leute, die einen halben oder auch einen Peso nur setzen konnten, wagten sich gar nicht mehr heran. Es wurden ihnen keine Chips verkauft. Die billigsten Chips waren fünf Pesos. Und weil nur mit Chips gespielt wurde, konnte der Roulettemann, falls der Polizeichef oder der Bürgermeister nun doch endlich ernst werden sollten, stets ruhig erklären, die Chips gälten nur fünf Centavos das Stück. Niemand, auch ein Geisterseher nicht, vermochte den Chips anzusehen, zu welchem Preis sie gehandelt wurden.

Der Polizeichef, nachdem er noch dreimal in einer Cantina von dem Bankier besucht worden war, hatte seinen Polizisten den Auftrag gegeben, nach Betrunkenen und Skandalmachern zu fahnden und die Finqueros am Roulettetisch nicht zu belästigen. Der Präsident war gleichfalls noch dreimal besucht worden. In Fragen des Hospitals. Dann war er schlafen gegangen und hatte die Stadt dem Schutz der spielenden Finqueros anvertraut. In deren Schutz war die Stadt wohl geborgen; denn die Finqueros waren für Ruhe und Ordnung, und sie betrachteten alles Bestehende für gut und von Gott so gewollt.

Zehntes Kapitel

I

Andres war zur Stadt gekommen, als es gegen Abend ging.
Das ziellose Hinundherwogen der Menschen war dichter geworden. Das Schreien der Händler war nun lauter, wenn auch heiserer. Überall wurde geschrien und gelärmt. Niemand wußte zu sagen, warum eigentlich. Aber es ist charakteristisch für Menschen, daß, wenn viele beieinander sind, sie zu schreien lieben. Jeder einzelne wünscht jeden anderen zu überschreien, weil jeder einzelne das, was er sagen will, für wichtiger hält, als was der andere sagen will.
»Aqui, aqui, la seda legitima de Francia y la mas barata. Hier, allein bei mir, ist zu haben die allein echt französische Seide zum billigsten Preise in der Welt.«
Die echt französische Seide, die der schreiende Händler in langen Fahnen hoch in die Höhe hielt, um sie wallen und ihren Glanz schillern zu lassen, war ein Henequen-Produkt, gewoben in Puebla oder in Orizaba. Aber weil er so laut schrie, daß es französische Seide sei, glaubten es die herumstehenden Frauen; denn wenn der Mann lügen würde, dann würde er ja bei solchem Schreien an seinen eigenen Lügen ersticken.
Der Seidenhändler war ein Araber aus Tabasco, lange genug im Lande, um zu wissen, wie man Mexikaner in kleinen Städten am geschicktesten in Spanisch betrügen und anlügen kann.
Ihm zum Nachbar hatte er einen Kubaner, der Medizinen verkaufte. Es gab kein Gebrechen der Menschheit, für das er nicht die richtige Medizin hatte. Würzelchen, Kräutchen, Pillen, Extrakte, Wässerchen.
Ein Spanier hatte ein Tischchen, von dem aus er peruanisches Zahnpulver verkaufte. Es war das Pulver, wie er behauptete, das schon die Inkas gebraucht hätten. Er hatte es aus den unterirdischen Gewölben der Ruinen in Peru und Bolivia herausgeholt. Es war nicht viel von jenem Wunderzahnpulver vorhanden. Nur einige hundert Kilos noch. Und wenn er die verkauft hatte, hatten die Leute, die ihre Zähne dauernd gesund erhalten wollten, das

trübe Nachsehen. Er riet den Leuten, gleich fünf Päckchen statt nur eins zu kaufen. Dies sei die beste Kapitalanlage, die sie machen könnten.

Wenn er soweit war in seiner Rede, so nahm er einen kleinen indianischen Jungen her, der da herumlungerte. Mit vielen Worten und mit großen Gesten wie ein Zauberer, sperrte er dem Jungen den Mund auf und rieb ihm ein wenig Pulver auf die Zähne. »Leute, bei diesem Pulver braucht ihr keine Zahnbürste. Bei diesem Wunderzahnpulver der alten Inkas braucht ihr nur mit dem Zeigefinger die Zähne zu putzen, ganz wie es auch die alten Inkas taten«, sagte er, während er dem Jungen mit seinem Finger die Zähne hin- und herpolierte. Wenn er, immer redend und anpreisend, damit fertig war, goß er dem kleinen Jungen einen Schwupps Wasser in den Mund. Der Junge mußte den Mund ausspülen und das Wasser ausspucken. Dann sperrte der Pulvermann dem Jungen den Mund wieder auf, viel weiter, als der Junge seinen Mund normalerweise öffnen konnte, und drehte das Gesicht wie einen Automaten nach allen Seiten herum. Der Junge grinste mit blendend weißen Zähnen. Und die herumstehenden Leute waren nun überzeugt, daß das peruanische Zahnpulver ihnen in der Tat bisher gefehlt habe und daß dies die Ursache sei, warum sie schlechte Zähne hätten. Sie kauften die angebotenen fünf Pakete, weil sie mit einem ja nicht ihr ganzes Leben lang auskommen würden. Sie waren von jetzt an beruhigt, daß sie nie wieder in ihrem Dasein Zahnschmerzen haben würden. Das war ihnen versprochen worden.

Die vier kleinen indianischen Jungen, die von dem Pulvermann ausgestellt wurden, erhielten je fünf Centavos Lohn. Dafür hatten sie die Verpflichtung, sich in die Zähne einen grünlichgelben Maisteig zu schmieren, den ein Mitarbeiter des Pulvermanns irgendwo in einem Winkel bereithielt, und dann mußten sich die Jungen herumlungernd in die Nähe des Pulvermanns stellen, so daß er sie, wenn sie gebraucht wurden, unauffällig aus der Menge ziehen konnte. Nächst zu dem Pulvermann war kein Tisch, sondern da standen zwei Männer und eine Frau. Der eine Mann hatte eine Gitarre, der andere eine Geige, und die Frau hielt in ihren Händen rote, grüne, gelbe und blaue bedruckte Zettel.

»Ein Neues, ihr Leute«, rief der Mann mit der Gitarre. »Jetzt machen wir ›Soy Virgencita‹, ›Ich bin noch eine Jungfer, ein reines Jüngferlein‹. Los, laßt uns hören.«
Er beugte sich nieder, stützte die Gitarre auf ein vorgesetztes Knie, stimmte sie, versetzte den Steg und schlug den Akkord an.
Der Mann mit der Violine setzte ein, und dann begann die Frau zu singen. Nach der ersten Stanza fielen auch die Männer in den Gesang mit ein.
Sie sangen weich, ein wenig klagend, aber mit guten harmonischen Stimmen. Die Frau tat, als ob sie das Lied von einem der Zettel, die sie in der Hand hielt, ablese. Aber sie wußte jedes Wort auswendig. Sie und die Männer hatten dieses Lied wie alle übrigen, die sie vortrugen, sicher mehr als zehntausendmal gesungen. Das waren die Cantadores de Corridos, die mexikanischen Balladensänger, die von Ort zu Ort ziehen und auf keinem Feste in Mexiko fehlen.
Nachdem sie zu Ende gesungen hatten, wandten sie sich an den dicken Knäuel von Leuten, die sie umringten: »Diese wunderschöne Ballade, Leute, die wir soeben, euch zum Wohlgefallen und uns zum großen Vergnügen, mit süßen und schmelzenden Tönen vorgetragen haben, steht jetzt zu eurem uns so angenehmen und geschätzten Befehl. Dos surtidos cinco Centavos, cinco surtidos diez, nada mas, quien, cuales. Zwei verschiedene fünf Centavos, fünf verschiedene zehn Centavos, wer will haben und welche?«
Die Blätter wurden herumgereicht, angesehen, ausgesucht und für zwanzig oder fünfundzwanzig Centavos verkauft.
Als der Verkauf stockte, riefen die Sänger: »Niemand mehr für die Jungfrau? Oiga, oiga, amigos, dann ein neues, ganz neues: Leben, Taten und Tod des Generals Santana, oder sollen wir euch singen: Die Gringos in Churubusco? Sagt es, wir singen nach eurem Wunsch.«
Der Geiger stimmte seine Fiedel, und von neuem wurde ein Corrido gesungen.
Hier war es, wo Andres stehenblieb. Es war das billigste. Man konnte stundenlang stehenbleiben und den Balladensängern zuhören. Man war nicht gezwungen, eine Ballade zu kaufen.
Er fand Gefallen an zwei Corridos und kaufte die Zettelchen, einen

roten und einen grünen. Er las sie durch, faltete sie zusammen und schob sie in seine Hemdtasche, wo er sein Päckchen mit Zigaretten trug.
Dann hielt er es für angebracht, in die Kirche zu gehen.

2

Die Kirchtüren standen weit offen. In das weltliche Schreien und Lärmen, das auf dem Platze vor der Kirche herrschte, mischten sich zuweilen die Akkorde einer kleinen Orgel innerhalb der Kirche. Häufiger aber noch hörte man das monotone Singen heraus, mit dem die Leute in der Kirche die Beschwörungen der Geistlichen beantworteten.
Andres wußte nicht viel von katholischer Religion, viel weniger von christlicher Religion. Was er kannte und wußte, war ziemlich verworren. Nur eines kannte er genauer, und das waren die Zeremonien, die mit dem Religionsdienst verknüpft sind. Er konnte das Kreuz richtig schlagen, wußte sich richtig mit Wasser zu benetzen, wußte, wann er niederzuknien habe und wie viele Kreuze an bestimmten Stellen der Litaneien zu machen seien.
Er wußte nicht mehr und nicht weniger von katholischer Religion, als was seine Mutter ihn hatte lehren können, was seine Nachbarn in den Hütten der Finca wußten und was er so beiläufig, ohne es je zu verstehen, aufgenommen hatte, als er in dem Herrschaftshause der Finca diente.
Was die Familie des Don Arnulfo von Religion wußte, war auch mehr als beschränkt. Auch deren Religion haftete ausschließlich an den Zeremonien und an den üblichen rasend rasch heruntergeleierten Gebeten und Ave-Marias. Wie alle halbgebildeten Menschen wurden sie zur Oberflächlichkeit und zur nackten Beachtung der Zeremonie verleitet, die hier so stark in den Vordergrund gerückt ist, daß das Wesentliche darüber vergessen und die Zeremonie mit der Religion selbst identifiziert wird.

3

Das Fundament der Kirche lag mehrere Meter über der Ebene des Platzes. Darum wurde das Gebäude von den häufigen Überschwemmungen, die in der Regenzeit geschahen und den Platz in einen See verwandelten, verschont.
Diesen so günstigen Platz für die Kirche hatten aber keineswegs die spanischen Mönche entdeckt. Sie errichteten die Kirche einfach auf den Fundamenten der altindianischen Tempelpyramide, die hier seit Tausenden von Jahren gestanden hatte. Mit nur ganz wenigen Ausnahmen sind alle Kirchen in Mexiko auf den Fundamenten altindianischer Tempel oder Pyramiden erbaut.
Hinauf zu der Kirche führte eine sehr breite steinerne Treppe, die so breit war, daß sie weit zu beiden Seiten über das Hauptportal der Kirche hinwegreichte.
Zahllose Leute, Männer, Frauen und Kinder, Ladinos und Indianer, stiegen die Treppe hinauf, oder sie kamen herunter. Die Frauen trugen ihre schwarzen Baumwolltücher um den Kopf gewickelt; denn es ist Frauen verboten, die Kirche unbedeckten Hauptes zu betreten. Das Haar der Frau darf nicht sichtbar sein. Der Böse, der überall auf der Lauer liegt und sich auch in gut katholische Kirchen einschleicht, könnte das Haar der Frauen gebrauchen, um Männer oder gar die Herren Curas selbst auf sündhafte Gedanken innerhalb der Kirche zu bringen.
Die weite Freitreppe war aber nicht nur belebt von den frommen Kirchenbesuchern, sondern ebensosehr von den Bettlern, die hier Tag und Nacht auf den Stufen saßen. Die Kirche lehrt die Menschen, Wohltaten zu erweisen. Zu erhöhtem Schutze des Privateigentums. Hungernde und Verzweifelnde haben nichts zu verlieren und sind leicht geneigt, das Privateigentum anzutasten und gar Revolutionen zu machen. Da aber nicht alle Hungernden und Verzweifelten von Wohltaten gesättigt werden können, wird das Wohltaten-Fordern ein nüchternes Geschäft wie jedes andere. Dem Frommen wird gelehrt und empfohlen, Wohltaten zu erweisen. Er folgt als getreuer Sohn der Kirche diesem Befehl und erweist die Wohltaten dem, der ihm am nächsten hockt und die offene Hand hinstreckt.

Der Fromme reicht hier einen Centavito hin und dort einen, und damit ist sein Gewissen entlastet.
Auf den obersten Stufen und dicht an den Türen standen eng gedrängt die Tische der Händler, die geweihte und ungeweihte Kerzen, Heiligenbilder, Gebetszettelchen, Amulette, Kreuzchen, Rosenkränze, silberne Herzchen, Händchen, Beinchen, Esel, Pferde, Kühe und Augenpaare verkauften. Gleich beim Eingang, innerhalb der Kirche, mehrten sich diese Tische. Hier in der Kirche zogen sie sich an den Wänden entlang. Es war innerhalb der Kirche ein Jahrmarkt, ebenso umfangreich wie außerhalb der Kirche auf dem großen Platze. Nur wurde auf dem Jahrmarkt innerhalb der Kirche weniger geschrien. Es wurde hier nur geflüstert, halblaut geredet und geschachert und mit Armen und Händen heftig gestikuliert.

4

Andres ging die Stufen hinauf, zog seinen zerlöcherten Strohhut ab und trat in die Kirche. Er tunkte seine Hand in das steinerne Becken und benetzte sich die Stirn, kniete nieder, verbeugte sich schon am Eingang vor dem am anderen Ende liegenden Altar und machte eine Anzahl von Kreuzen über sich her.
Mit diesen Handlungen hatte er alles das getan, was er von der katholischen Religion wußte. Er war nun eigentlich fertig. Zehntausend andere, selbst Mexikaner, wußten nicht mehr und taten nicht mehr.
Aber Andres war wissensdurstig und neugierig, wollte sehen, was hier in der Kirche alles getan wurde und was hier geschah. Er war oft genug auch in anderen Kirchen gewesen, in Joveltó, in Socton. Aber damals war er jünger und weniger seines Lebens und der Dinge bewußt gewesen, die um ihn herum geschahen. Alles war zu neu und fremd. Jetzt, mit zunehmendem Alter und in einem ständigen Beisammensein zahlreicher anderer Carreteros verschiedener Frachtunternehmer aus verschiedenen Orten, sowie durch unzählige irgendwo aufgenommene oder gehörte Ideen und Meinungen, war er bewußter geworden. Es war ihm kaum noch etwas fremd innerhalb des Lebens, das er seit einigen Jahren führte. Er sah alle Dinge, nun sie ihre Fremdheit für ihn verloren hatten,

nüchterner an und klarer. Er begann bereits Dinge, Geschehnisse, Zustände zu vergleichen, und damit begann er die Dinge zu kritisieren. Er ließ sich nicht länger mehr einfangen mit Worten und Meinungen. Er hörte sich dies an und sah sich jenes an, verglich es mit anderen Dingen, die er gesehen oder von denen er gehört hatte, und er begann nur das aufzunehmen und sich anzueignen, was er für gut oder für richtig hielt auf Grund der erworbenen und der ständig mehr wachsenden Erfahrung.
Er hatte begonnen, selbständig zu denken. Seine Gedanken gingen zuweilen schief und stießen hier und da an, ihn durch das Anstoßen lehrend, daß er auf falschem Wege war. Dann ging er zurück in seinem Denken auf den Ausgangspunkt und folgte einem neuen Wege.
Seine Arbeit war für ihn leichter geworden, weil er sie nun durch und durch kannte und über die Arbeit nicht mehr nachzudenken brauchte. So bekam er mehr Freiheit für sein Denken. Stundenlang konnte er jetzt ruhig auf der Carreta hocken, wenn der Weg gut und die Carreta in Ordnung war, und dabei nichts anderes tun, als denken und denken. Seine Gedanken nahmen einen sehr freien und sehr ungehinderten Lauf. Er hatte den großen Vorteil, der Millionen von Menschen fehlt, daß seinen Gedanken nicht durch eine Schulung eine bestimmte Richtung gegeben wurde. Er war in seinem Denken nicht voreingenommen. An jedes Ding konnte er herangehen ohne Vorurteile, ohne durch Gedanken oder Worte, die irgend jemand vor ihm gegenüber diesem Dinge gehabt oder ausgesprochen hatte, behindert zu sein. Er zog seine Schlüsse aus dem natürlichen Zustand der Dinge, aus seinen Erfahrungen, die er gemacht hatte. Er sah Dinge und Geschehnisse nicht so, wie sie irgend jemand vor ihm beschrieben hatte, sondern er sah alles so, wie es war oder wie es ihm erschien, daß es sei.
Weil er auch über Religion sehr wenig wußte, genau gesagt, überhaupt nichts, so sah er auch die Religion und ihre Zeremonien durchaus nüchtern an. Er war von jeglichem Wunderglauben, wie ihn die Religion verbreitete, wie bleibende Jungfernschaft nach der Geburt, Auferweckung von Toten, Auf-dem-Wasser-Laufen, Speisung von fünftausend hungrigen Menschen mit zwei gewöhnlichen Fischen, Wasser in Wein verzaubern, Himmelfahrt und all

dem Ähnlichen, von allem solchen Wunderglauben war er befreit. Hätte jemand jetzt begonnen, ihm derartige Sachen als Wahrheit einreden zu wollen, er würde es nicht geglaubt haben. Nur eines aus dem ganzen Wunderglauben würde er für wahrscheinlich gehalten haben: jene Erzählung, wie Christus, nachdem er tot war, seinen Jüngern erschien, sogar auf dem öffentlichen Wege nach Emmaus. Das würde er nicht darum für wahrscheinlich gehalten haben, weil es ihm die Kirche erzählte, sondern weil er von Kindheit an in der Hütte seines Vaters und in den Hütten anderer Indianer von solchen Erscheinungen vielfach reden gehört hatte. Dem einen seiner Nachbarn war der verstorbene Onkel erschienen, dem andern die längst verweste Großmutter, wieder einem andern der ermordete Sohn. Ihm war noch keiner seiner verstorbenen Anverwandten oder Bekannten erschienen. Aber weil er unter solchen Erzählungen aufgewachsen war, so würde er es vielleicht geglaubt haben, daß der verstorbene Christus mehreren Leuten, die ihn kannten, erschienen sein mochte.
Aus alledem zeigt sich zur Genüge, daß Andres ein böser Heide war, den zu bekehren aufgegeben werden mußte. Er war ein Beispiel dafür, daß die Kirche recht daran tut, ihre Herde einzutreiben, wenn der Mensch noch ein Kind ist, alles aufs Wort glaubt, was ihm erzählt wird, und noch nicht die Fähigkeit hat, selbst zu denken und selbst zu urteilen und das Mögliche von dem Wahrscheinlichen, und das Unmögliche von dem Symbolischen zu trennen. Was dem Kinde beigebracht wird, ehe es denken und urteilen kann, bleibt gut haften und verknüpft sich bei zunehmendem Alter mit sentimentaler Jugendromantik; und weil der erwachsene Mann nicht den Mut hat, seine Mutter, die ihn diese Märchen lehrte, zu kränken, so sagt er zu allem ja. Weil er in dieser Weise erzogen wurde und nun glaubt, ein nützliches Mitglied der menschlichen Gesellschaft geworden zu sein, so sieht er es mit tiefen Freuden und mit sentimentaler Erinnerung an seine eigene Jugend nur allzugern, wenn seine eigene Frau seinen eigenen Kindern dieselben Geschichten erzählt und die Kinder daran glauben lehrt. Die Kirche blüht und gedeiht, weil sie sich des Nachwuchses zur rechten Zeit annimmt.

5

Nachdem Andres seine Kniebeugen und Bekreuzigungen getan hatte, wußte er in der Tat nicht, was er eigentlich noch länger in der Kathedrale zu suchen hatte.
Er blieb aber drin, weil noch so viele andere Leute drin waren, die auch nicht recht zu wissen schienen, was sie hier wollten, und die offenbar nur darum hier waren, weil sie nicht wußten, was sie sonst anderes tun sollten. Und so wie Andres hier herumstehen blieb, weil so viele andere Leute hier waren, so mochte es wohl mit allen übrigen Anwesenden auch sein. Alle waren hier, weil auch die andern hier waren. Die Herde wollte beisammen sein und beisammen bleiben. Zudem erschien es, daß die Leute, die außerhalb der Kirche, in ihrem gewöhnlichen Leben und in ihren Geschäften, nie einig waren und nie einig werden konnten, hier die Einigkeit fanden, die sie als Herde benötigten.
Viele Hunderte von Kerzen schwelten und flackerten. Die Kerzen waren nicht nur aufgestellt vor dem Altar allein. Hier waren sie freilich am zahlreichsten. Kerzen waren in allen Ecken und Winkeln der Kirche. In jeder Nische, wo eine Gipsfigur stand, behangen mit einem Kattunrock oder mit einem Plüschmäntelchen, brannten Kerzen. Und vor jedem Sockel, und es waren deren so unendlich viele, auf denen eine grausig aussehende Holzpuppe stand, mit gläsernen und glotzenden Augen und mit verfilztem echtem Menschenhaar, da brannten Hunderte von Kerzen. Es waren wohl viele Dutzende von armen Menschen anwesend, die in ihrem eigenen Hause nur Kienspäne zum Leuchten hatten, die aber hier ihren letzten Peso geopfert hatten, um schön bemalte und verschnörkelte Kerzen bei den Händlern kaufen und hier aufstellen zu können.
Zahlreiche Frauen und Kinder, die knieten, hielten ihre Kerzen in der Hand. Sie taten es, damit die heiligen Wachs- und Gipsfiguren auch sehen und wissen sollten, wer die Kerze opferte. Denn wenn die Kerze zwischen den Hunderten und Hunderten von anderen Kerzen aufgestellt wurde, so – glaubten sie – konnte der Heilige nicht mehr wissen, von wem die Kerze gestiftet war, und er vergaß vielleicht gar, das Gebet, das an ihn gerichtet war, zu erfüllen.

Mehrere hundert Leute knieten hier. Aber unter den Hunderten von Betenden sah man wohl kaum zwanzig Männer. Die Mehrzahl waren Frauen, junge Mädchen und Kinder.
Wenn Männer sich dem Einfluß der Kirche und deren Apostel unterstellen, so geschieht das, von ganz wenigen Ausnahmen abgesehen, aus geschäftlichen und politischen Gründen. Sie wollen als gute Beispiele voranleuchten, um in ihren politischen und wirtschaftlichen Geschäften als tugendhaft und ehrenhaft zu gelten, weil das ihren Geschäften dienlich ist. Sie wollen Vertrauen erwekken bei den Schäfchen, die sie zu scheren beabsichtigen. Sie haben durch gute Beobachtung erfahren, daß es sich vortrefflich bezahlt macht, ein eifriges Mitglied der Kirche zu sein. Die Frau dagegen verfällt meist in ihrem ganzen Wesen und in ihrem ganzen Sein dem Einfluß der Kirche bis zu jenem Punkte, wo sie, auf Geheiß der Priester und Machthaber, ihrem Manne die Liebesfreuden versagt. Daß Mexiko, diese revolutionäre Republik, bis heute den mexikanischen Frauen die politischen Rechte verweigert, obwohl die mexikanische Frau an Intelligenz der amerikanischen Frau in keiner Hinsicht unterlegen ist, geschieht darum, weil die mexikanischen Revolutionäre genau wissen, daß die katholische Kirche versucht, mit Hilfe der Frau die unheilvolle Macht über das mexikanische Volk, die durch die Revolution gebrochen wurde, wiederzugewinnen. Unter den gegenwärtigen Verhältnissen den Frauen in Mexiko politische Rechte zu geben, hieße, das mexikanische Volk an Rom aufs neue auszuliefern. Wenn man in einer mexikanischen Kirche, ganz gleich wo, ob in Mexico City oder in einem fernen Winkel des weiten Landes, intelligente Frauen und Mädchen finden will, so muß man die wenigen protestantischen Kirchen aufsuchen. Die Intelligenz der Frau kann freilich unter dem Einfluß der protestantischen Kirche genauso kleingebrochen werden wie unter dem Einfluß der katholischen Kirche. Beweis: die unduldsamen und bigotten Weiber in USA. Aber in Mexiko hat die protestantische Kirche keine Macht.

6

Die Betenden knieten alle. Es waren nur wenige Bänke vorhanden. Nur gerade im Vordergrunde. Die Sitze jener Bänke waren verkauft und vermietet für diejenigen, die genügend Geld hatten, dafür zu bezahlen, und die nicht wünschten, mit einer verlausten Indianerin als Nachbarin zu demselben Gotte zu beten. Das kann man keinem Menschen, der Geld hat, zumuten; und es steht auch nirgends in der Bibel geschrieben, daß derjenige, der gelernt hat, ein Taschentuch zu gebrauchen, sich in der Kirche neben jemand hinsetzen soll, der sich in der Nase herumbohrt. Darauf darf man es den Millionären nicht verdenken, daß sie in den Kirchen ihre mahagonigetäfelten Logen besitzen.
Der Kirchenboden bestand aus harten Steintafeln. Aber er war dick bestreut mit frischen Tannennadeln, deren balsamischer Duft sich vermischte mit dem dicken schwelenden Rauche, der von den Kerzen und den Räucherkesseln, die von kleinen Jungen, die sich als Heilige vorbereiten wollten, hin- und hergeschwenkt wurden.
Durch diese Räuchereien lag die ganze Kirche wie in einem dicken Nebel. Man konnte die Dinge nicht deutlich erkennen. Alles verschwamm, und alles, was war, verwischte sich.
Die Frauen hatten ihre schwarzen Baumwolltücher übergeworfen. Sie waren so darin vermummt, daß sie, von hinten betrachtet, wie aufgestellte schwarze Kegel aussahen.
Zahlreiche der vermummten Frauen hatten auf dem Rücken ein geweihtes Heiligenbildchen an einem blauen Bande hängen, das um ihren Hals gelegt war. Andere hatten an Stelle des Heiligenbildchens eine Medaille herunterbaumeln. Die Frauen, die solche Bildchen und Medaillen auf dem Rücken hängen hatten, waren besonders fromme Gläubige, denen man schon auf dem Rücken ansehen sollte, daß sie alles Irdische abgestreift hatten und keine Verführung des Bösen sie mehr antasten konnte.
Wenn vorn am Altar gerade nichts zu tun war und dort nichts geschah, dann sangen die Frauen: »Al cielo quiero ir, al cielo quiero ir, in den Himmel will ich gehen, in den Himmel will ich gehen.« Das sangen sie unermüdlich, ohne eine einzige Abwechs-

lung hineinzubringen. Dadurch wurde die Kirche angefüllt von einem merkwürdigen monotonen Singsang, der sich in nichts unterschied von den monotonen Gesängen vor Buddha-Tempeln in Indien und China. Aus diesem ewig gleichbleibenden monotonen Singsang vermochte man, wenn man die Worte nicht vorher kannte, keinen Sinn herauszuhören. Was gesungen wurde, konnte darum ebensogut chinesisch oder japanisch oder malaiisch sein. Niemand hätte das mit Bestimmtheit feststellen können.
Aber es stand im vollen Einklang mit dem, was vor dem Altar jetzt getan wurde.
Da stand ein Herr. Andres konnte freilich auch hier nicht mit Bestimmtheit erkennen, ob es ein Herr oder eine Dame war. Denn der Herr hatte einen Rock an, um sich von allen anderen Männern, die Hosen trugen, gleich von Anbeginn an zu unterscheiden und alle Leute darauf aufmerksam zu machen, daß er etwas Besonderes sei. Andres bekam auch sofort den Eindruck, daß der Mann ein Zauberer sei oder etwas Ähnliches.
Er war eingehüllt in einen weiten, schweren Goldbrokatmantel, der seine menschliche Figur völlig bedeckte. Der Mantel kostete mehr, als alle Frauen, die hier knieten, in ihrem ganzen langen Leben je verdienen könnten, alle zusammengenommen.
Andres sah nur den goldbrokatenen Rücken des Mannes. Und der goldene Mantel war so breit, daß man nicht sehen konnte, was der Mann eigentlich mit den Händen tat. Aus den Bewegungen, die der Mantel machte, konnte man schließen, daß der Mann dort allerlei mysteriöse Handlungen vornahm. Er nahm einen silbernen Leuchter, der rechts von ihm stand, und stellte ihn links vor sich hin. Dann, nach einer Weile, dabei immer murmelnd, stellte er den Leuchter wieder rechts hin. Dann murmelte er aus einem dicken Buche, das er links liegen hatte, dann wieder aus einem dicken Buche, das er in der Mitte oder rechts von sich liegen hatte.
Alle paar Augenblicke verneigte er sich vor den Büchern, und die kleinen heiligen Jungen schwenkten ihre Räucherkesselchen.
Dann trat aus der Tiefe einer dunklen Rauchschicht ein Mann hervor. Er war ein einfacher Mann, Halbindianer, nur mit Hose und Hemd bekleidet und mit Sandalen an den Füßen. Er verbeugte sich dreimal vor dem Altar, und dann hing er dem Herrn,

der dort arbeitete, einen neuen goldenen Mantel über. Der neue Mantel war noch reicher und schöner als der andere, mit dicken bunten Steinen reich besetzt und mit goldenen und silbernen Ornamenten bestickt. Nun hatte der Herr mehr Reichtum über sich hängen, als das Jahresbudget des ganzen Distrikts hätte bezahlen können.

Der Herr verbeugte sich wieder mehrere Male. Dann zog er irgendwo einen goldenen Kelch hervor, über den er ein kleines Damentaschentüchelchen gedeckt hatte. Er nahm das Tüchelchen ab und schwenkte den Kelch hin und her. Dann deckte er das Tüchelchen wieder über den Kelch und stellte den Kelch irgendwohin, wo er gerade Platz auf seinem Zaubertische fand.

Hierauf verbeugte er sich wieder.

Nun brachte er wie aus dem Nichts einen goldenen Ständer hervor, auf den ein großer goldener Strahlenkranz gesetzt war. Er schwenkte diesen Ständer hin und her. Dann drehte er sich endlich um, und man konnte sehen, daß er ein Gesicht hatte, das von Pockennarben zerfressen war.

Mit beiden Händen hielt er den Strahlenkranz hoch in die Luft. Und nun verfiel die anwesende Menge in einen Taumel der Verzückung. Wer stand, fiel auf die Knie nieder; und wer kniete, besonders die vermummten Frauen, stieß seinen Kopf auf den Erdboden. Der Herr schwenkte den Strahlenkranz neunmal, nach jeder Richtung dreimal. Bei jedem Schwenken schüttelten einige der heiligen Jungen, die einen roten Kittel mit weißem Spitzenüberwurf anhatten, ein Büschel mit kleinen Klingelglöckchen. Und bei jedem Ertönen der Klingelglöckchen stießen die vermummten Frauen ihre Köpfe auf den Boden und tappten sich mit den Fingern auf die Stirn, auf den Mund und auf die Brust. Es war durchaus wie vor einem Tempel der Heiden im südöstlichen Asien. Wenn die Priester an den Gong schlugen, dann fiel die gläubige Menge nieder auf die Knie, stützte die flachen Hände auf den Boden und schlug mit dem Kopfe auf die Erde, und das wiederholte sich, genau wie hier, jedesmal wenn die Klingelglöckchen schellten.

Der Herr im Goldbrokatmantel wandte sich wieder zum Altar und schwenkte hier den Ständer mit dem goldenen Strahlenkranz

dreimal hoch und nieder. Dann setzte er ihn vor sich hin und verbeugte sich.
Als das eine Weile vorüber war, begann er wieder die Leuchter bald von links nach rechts, bald von rechts nach links zu setzen. Dann fing er an zu reden.
Die Gläubigen antworteten darauf in einem Singsang. Aber kein Mensch in der Kirche verstand ein Wort von dem, was der Herr vor sich hin redete.
Ein Drittel der Anwesenden sprach nur Spanisch, ein zweites Drittel sprach Spanisch und Indianisch, von dem letzten Drittel sprach die Hälfte Tseltal, die übrigen Tojolaval. Darum schien sich aber der Herr nicht zu kümmern, ob ihn jemand verstand oder nicht. Er redete lateinisch, oder etwas, von dem er glaubte, daß es lateinisch sei.
Wie immer Andres auch hier versuchte, sich auf das, was vorging, mit Sinn und Vernunft einzustellen, nicht für eine halbe Minute lang verlor er den Eindruck, daß auch nicht einer in der Kirche wußte, warum der Herr sich so betrug und bewegte, wie er es tat. Es schien alles leer und nichts als nackte Geste.
Was konnte Andres dafür, daß er hier nichts anderes sah und hörte, als was er gesehen und gehört hatte, wenn er mit seinem Vater zu den indianischen Festen gegangen war, in denen die Götter angerufen wurden, um den Feldern Fruchtbarkeit zu geben und die Hütten der Peones vor Schaden, Unglück, Seuchen und bösen Geistern zu schützen! Der gebildete Katholik, der vor sich einen oft hochgebildeten Geistlichen amtieren sieht, empfindet keine Zauberei und keine Maskerade. Er weiß, daß jene vermeintliche Zauberei und Maskerade nur die Symbole sind und vielleicht die Ornamente.
Andres jedoch, wie alle Indianer, wie die ungeheure Mehrzahl der unteren ungebildeten Klasse hier, sah nichts anderes als Zauberei, Mummerei, Verkleidung, Medizinmanntanz, unverständliche hergemurmelte Zauber- und Beschwörungsformeln. Es war nicht seine Schuld, daß er nur Zauberei sah und Beschwörungsformeln hörte und nichts als eine dumpfe, in schwelendem Rauch ihre leeren Gesten verrichtende Menge um sich erblickte.

7

Während die Klingelglöckchen schellten, hatten die Dutzende von Händlern, die hier in der Kirche ihre Waren feilboten, ihr Feilschen für eine Weile unterbrochen. Sie waren neben ihren Tischen, gleichwie alle übrigen Leute in der Kirche, auf die Knie niedergefallen und schlugen gleichfalls ihre Köpfe auf den Boden, sich in Demut vor den Göttern erniedrigend. Sie waren aber so vortreffliche Geschäftsleute, daß sie, selbst in diesen Augenblikken, ihren Handel nicht vergaßen. Sie schielten auf ihre Tische, um aufzupassen, daß nicht etwa jemand eine Kerze oder ein Bildchen stehle oder gar die Kasse anrühre. Einige waren so tüchtig, daß sie denjenigen Frauen, von denen sie in ihrem Handeln gerade getrennt wurden, als der Strahlenkranz geschwenkt wurde, verstohlen zublinzelten und ihnen mit den Fingern Zahlen zuwinkten, die sich auf die Preise bezogen, über die man bisher nicht einig geworden war.

Als die große Zeremonie endlich vorüber war, begann das Schwatzen und Feilschen an den Tischen mit lauteren Worten und heftigeren Gesten sofort wieder da einzusetzen, wo es unterbrochen worden war. Die Kirche begann jetzt gleichfalls ihr Geschäft aufzumachen. In Mexiko, wie auch in USA, zieht der Staat keine Steuern für die Kirche ein, weil er, aus guten Gründen, die Kirche als ein Konkurrenzgeschäft betrachtet. Niemand kann nicht bezahlter Kirchensteuern wegen vor den Richter gerufen oder gar etwa gepfändet werden. In diesen Ländern hier muß die Kirche sehen, wie sie auf ihre Rechnung kommt. Und wenn in USA die protestantischen Kirchen Bälle mit Jazzmusik innerhalb der Kirche veranstalten und Basare, in denen zugunsten der Kirche Küsse und schlecht gewordene Konserven, die ein frommer Delikatessenhändler der Kirche opferte, verkauft werden, so darf man das wohl ein ehrliches und offenes Geschäft nennen, weil die Kirche hier freimütig zugibt, daß sie vom Gotteslohn allein nicht leben kann und auf das Paradies nicht warten mag, weil der Mr. Preacher, der Herr Pastor, wenn er seine Hausmiete nicht bezahlen kann, genausogut ohne seine Möbel auf die Straße gesetzt wird wie jeder andere Bürger. Und wenn er seiner Frau keine neuen

Kleider und Hüte kaufen kann, dann besteht die Gefahr, daß er den Dienst des Herrn und die Errettung der Seelen nicht weiterbetreibt, sondern eine Automobilagentur des Mr. Henry Ford übernimmt. Nur nicht beim Leisten bleiben, Schuhflicker, wenn du bei einem anderen Geschäft mehr verdienen kannst!
Die katholische Kirche ist ja nicht so ruchlos wie die protestantische; und darum ist sie weniger freimütig im Geldverdienen. Sie gibt keine Bälle in der Kirche, bei denen mit herabgerollten Seidenstrümpfen und Röcken sieben Zoll über dem Knie getanzt wird. Über dem Knie. In der Richtung des Nabels zu gerechnet natürlich. Und die katholische Kirche verkauft auch nicht innerhalb der Kirche Küsse und Strumpfbänder verheirateter Frauen zugunsten des Herrn Pastors, der, um sich auf ganz besonders guten Fuß mit einigen seiner einflußreichen männlichen Gemeindemitglieder zu stellen, die Herren zum Leeren einiger gefüllter Whiskyflaschen einladet in der hochbegnadeten Zeit der Prohibition. In jener Zeit der Prohibition, in der die Witwe eines Arbeiters, die, um Brot für ihre hungrigen Kinder zu beschaffen, einen halben Liter Branntwein verkaufte, für diese Tat mit lebenslänglichem Zuchthaus bestraft wurde. Denn es kommt bei der Prohibition nicht darauf an, daß Whisky verkauft wird, sondern allein nur darauf, welcher sozialen Schicht der angehört, der Whisky verkauft. Die Witwe eines Multimillionärs, die täglich zweihundert Dollars an Renten zu verzehren hat, kann wöchentlich fünfhundert Kisten Whisky verkaufen, gleich gegenüber dem Hauptpolizeigebäude. Es wird ihr niemand in das ehrliche Handwerk pfuschen. Der Federalagent, der sie ertappt oder es gar wagt, eines ihrer vollbeladenen Lastautomobile zu konfiszieren, wird abgesetzt, oder er kommt ins Irrenhaus, wo er mit Recht hingehört.
Aber die katholische Kirche, die sich weder an Bällen, noch an verkauften Strumpfbändern, noch an geschmuggeltem Whisky bereichern will, muß sich ihre Mittel auf anderem Wege beschaffen.

8

Zur linken Seite, etwa in der Mitte zwischen dem Altar und dem Portal, stand auf einem Sockel der heilige Caralampio, derselbe, zu dessen Ehren das Fest gefeiert wurde.
Er stand nicht eigentlich auf seinem Sockel, sondern er kniete. Er war aus Holz, hatte einen Strahlenkranz über dem Kopf, starre Glasaugen und einen Bart. Bekleidet war er mit einem dunkelblauen Samtmantel. Er kniete so, daß sein Gesicht einem Altar zugewendet war. Ob es sein persönlicher Altar war, konnte man nicht erkennen. Seine Hände waren flach aneinandergepreßt und zum Gebet erhoben. Warum er betete und zu wem er betete, war nicht ersichtlich. Es machte sich auch niemand die Mühe, das erfahren zu wollen. Jeder begnügte sich damit, daß er hier war und daß man ihn persönlich sehen konnte.
Wohl nur ganz wenige Leute in der Kirche betrachteten ihn wie eine Photographie oder wie eine Skulptur. Die Mehrzahl der Leute, die Indianer alle und die untere Schicht der Mexikaner zu neun Zehnteln, waren des festen Glaubens, daß die Figur der wirkliche Heilige, den anzubeten sie gekommen waren, selbst in Person und daß diese Person versteinert, verhölzert oder vertrocknet sei. Denn es gab ja auch vertrocknete Stückchen anderer Heiliger in Menge, Haare, Knöchelchen, Finger, Zähne, eingepökelte Herzen in goldenen Dosen und Hirne in Kästchen aus Ebenholz. Aber wie weit auch bei einzelnen der Glaube gehen mochte, daß die Figur hier der wirkliche heilige Caralampio sei, so waren doch alle, ohne eine einzige Ausnahme, der festen Überzeugung, daß zum wenigsten der Geist und die Seele des heiligen Caralampio in diese Figur gekrochen sei und sie sich zur ewigen Wohnung erwählt habe. Wenn sich eine Oblate in das wirkliche Fleisch des Gottes verwandeln kann durch einfache Zeremonie, so kann sich erst recht und ebensogut ein wirklicher Heiliger in eine Holzfigur verwandeln, ganz allein oder mit Hilfe von Zeremonien. Diese Zeremonien waren wahrscheinlich vor vielen hundert Jahren vorgenommen worden, und seitdem war die Figur der wirkliche heilige Caralampio.
Nachdem nun das Hohe Amt vorüber war, stellten sich alle Anwe-

senden in langen Reihen auf, um jeder einzeln dem heiligen Caralampio die gebührende Ehrfurcht zu bezeigen.
Der dunkelblaue Samtmantel bedeckte den ganzen Körper des Heiligen und fiel weit über die Füße, die ihre nackten Sohlen den Leuten, die anstanden, zukehrten.
Wer an die Reihe kam, stellte sich dicht bei den Fußsohlen des Heiligen auf, murmelte ein Gebet oder eine Beschwörungsformel oder ein Gelöbnis, hob dann den Samtmantel hoch, so daß die nackten Beine des Heiligen sichtbar wurden, und preßte drei Küsse auf die Fußsohlen der Figur. Dann bekreuzigte sich der Gläubige mehrere Male, murmelte wieder einige Formeln, und dann ging er voran, um einem andern Gläubigen Platz zu machen für das Küssen der Fußsohlen.
Derjenige, der dem Heiligen die Fußsohlen hatte küssen dürfen, wurde aber nicht etwa nun freigelassen. Beim Weitergehen gelangte er in eine Art von Barriere. Und bei dieser Barriere stand ein Mann mit einer Büchse, die er dem Gläubigen dicht vor die Brust hielt. Wer dem heiligen Caralampio auf die nackten Fußsohlen küssen wollte, mußte dafür bezahlen.
Andres hatte die Hantierungen, Maskeraden und das Herumspringen seiner Medizinmänner und Zauberer gesehen, er hatte einen Zirkus besucht, und er hatte jetzt dem Gottesdienst in einer katholischen Kirche bei einem großen Heiligenfeste beigewohnt. Es war nicht seine Schuld, daß er Vergleiche zog, die schief waren. Es war die Schuld derer, deren Pflicht es war, ihm eine gute Erziehung zu geben. Aber die Herren der katholischen Kirche betrachteten die Indianer als Kinder. Und sie betrachteten es als ihre göttliche Aufgabe, die Indianer und die übrigen proletarischen Schichten des Volkes für immer und ewig Kinder bleiben zu lassen, deren Vater der Heilige Vater in Rom war und die Herren Curas ihre Nebenväter und Onkel.
Ohne daß er selbst es wußte, war Andres gewiß der einzige in der Kirche, der aus der Intelligenz heraus, die sich bei ihm in den letzten Monaten stark zu entwickeln begann, hier Vergleiche zog, die kein anderer der Anwesenden zu ziehen vermochte, weil sie Kinder waren und aus Lässigkeit Kinder bleiben wollten. Es war so bequem, nichts zu denken. Aber unter dem Einfluß der Menge

hier stehend, die gleich einer Herde handelte, verfiel er, gleich allen übrigen, dem Nachahmungstriebe. Weil alle Leute hier dasselbe taten, darunter viele, die, ihrer Kleidung nach zu urteilen, klüger zu sein schienen, als er sich selbst glaubte, dachte er, es müsse wohl etwas Verborgenes und ihm Unbekanntes hier am Werke sein, das die Leute veranlaßte, alle das gleiche zu tun. Er meinte bei sich, daß vielleicht in seinem Innern eine Veränderung vorgehen möchte, die nach außen hin nicht sichtbar sei. Um zu erfahren, ob dies richtig sei und ob er eine neue Erkenntnis gewinnen könnte, stellte auch er sich endlich mit in die Reihe. Er wollte sich nicht ausgestoßen fühlen aus der Herde, und darum tat er, was die Herde tat. Auch er ging zu dem heiligen Caralampio und küßte ihm die lackierten Fußsohlen an genau denselben Stellen, an denen hundert andere nasse Mäuler vor ihm ihren Speichel zurückgelassen hatten. Und auch er bezahlte an den Mann mit der Büchse alles, was er schuldig war.
Als er endlich aus der Kirche trat, fand er, daß in ihm keine Veränderung irgendwelcher Art vorgegangen war, wie er gehofft hatte, daß es geschehen müßte, falls er alles täte, was hier zu tun üblich war.
Als er diese Entdeckung machte, hörte er auf, Kind zu sein. Er dachte an seinen Vater, an seine Onkel und Vettern, an alle Männer seiner Sippe, auch an den Medizinmann, vor dem er stets in Furcht gelebt hatte. Und er fühlte, als er draußen vor der Kirchtür stand und den Platz mit den schreienden und kreischenden Händlern übersah, daß dennoch eine Veränderung sich in ihm vollzogen hatte.
Es kam ihm zu einem klaren Bewußtsein, daß er über seinen Vater, ja selbst über den Medizinmann weit hinausgewachsen war. Er wußte, daß er von nun an keine Furcht mehr vor den Medizinmännern seines Volkes haben würde. Und damit verlor er jegliche Furcht vor Göttern, ob sie indianische oder andere Götter waren. Er gewann den Eindruck, daß alle Götter Handel trieben, jeder in seiner Weise. Dadurch hatten sie für ihn alle ihre Geheimnisse aufgedeckt. Sie hatten ihre Schrecken verloren, denn es zeigte sich, daß sie gebrechlich waren. Sie verübten weder Donner noch Blitze, noch Erdbeben. Diese Dinge – so folgerte er – wurden nur

von denen gebraucht, die mit den Göttern, den vermeintlichen Urhebern jener Dinge, Geschäfte machen wollten.
So kam er zu der Erkenntnis, daß die Kirche und alles, was damit zusammenhängt, im übrigen nur interessant und wichtig ist für die, die nichts anderes zum Nachdenken haben.
Damit schloß die Bekehrung des Andres zum Christentum ab, noch ehe sie richtig begonnen hatte. Er wußte und fühlte, daß er von jetzt an recht gut für sein ganzes Leben ohne Kirche fertig werden würde.

9

Auf der zweituntersten Stufe der Kirchtreppe saß Luis. Luis war Carretero wie Andres, aber bei einem anderen Frachtunternehmer. Auch er war indianischen Blutes, stammte jedoch nicht von einer Finca, sondern aus der indianischen Stadt Yalanchen, die westlich von Balun Canan liegt.
Luis kaute an Enchiladas, die er sich soeben gekauft hatte und die noch ganz heiß waren.
Das Fett tropfte ihm über die Hände, und alle Augenblicke nahm er die Enchiladas in die andere Hand, um von der entlasteten Hand das tropfende Fett abzulecken.
Andres und Luis kannten sich seit langer Zeit schon. Oft waren sie in gemeinsamen Karawanen marschiert. Alle Carreteros standen in einem gewissen kameradschaftlichen Verhältnis zueinander. Sie trafen sich ständig auf den Märschen, die einen herunterkommend zur Eisenbahnstation, die anderen hinaufreisend auf das Hochland. Sie halfen sich gegenseitig auf den Wegen aus, wenn kein Herr dabei war. Und sie halfen sich selbst auch dann gegenseitig aus, im Aufrichten zusammengebrochener Carretas, im Herausziehen von Carretas, die im Morast versunken waren, und hundert andern Dingen, wenn sie dadurch Marschzeit verloren und Lohnabzüge erlitten.
»Warst du in der Kirche?« fragte Luis kauend.
»Ja«, sagte Andres und setzte sich neben Luis auf die Steinstufe.
»Du bist ein sehr frommer Katholik. Bist du?« fragte Luis, ihn von der Seite anblickend.
»Ich glaube nicht«, antwortete Andres. »Es ist alles so wirr. Man

weiß mit keinem Worte, was da los ist und was der Mann in dem goldenen Mantel da tut.«
»Den Mann kenne ich nun gut«, sagte Luis, die Enchiladas wieder aus der einen Hand in die andere nehmend und das warme Fett von den Fingern abschleckend. »Der Mann in dem goldenen Mantel, der da die goldenen Becher und die Strahlenkränze in der Luft herumdreht, das ist Don Usebio. Usebio nennt er sich erst, seit er hier in der Kirche arbeitet. Eigentlich heißt er Nicolas, weißt du. Sein Vater war Schneider in Tonala. Die haben dann eines Tages in der spanischen Lotterie Geld gewonnen, siehst du. Ich weiß nicht, wieviel. Da hat dann der Vater den Nicolas auf eine Schule geschickt, damit er die Zauberei lernen soll, ein Seminario, weißt du. Da hat dann Nicolas richtig zaubern gelernt, er kann kleine Tortillas aus Harina, kleine Plätzchen aus Mehl, in Menschenfleisch verzaubern und spanischen Rotwein in Menschenblut. Das hat mir Felipe gesagt, der auch im Seminario eine gute Zeitlang war, den sie aber forttrieben, weil er sich verheiraten wollte. Das erlauben sie nicht.«
»Kann Nicolas jetzt zaubern?« fragte Andres.
»Nicht gut«, antwortete Luis. »Er hat das nicht richtig gelernt. Antonio, den kennst du ja, der Carretero bei Don Ambrosio, der ist hier eines Tages in die Kirche gegangen, und da hat ihm Nicolas eine kleine Tortilla zu essen gegeben. Aber Antonio sagte mir, daß diese kleine Tortilla gar nicht nach Fleisch schmeckt, sondern nur nach Mehl, und daß er nun weiß, daß Nicolas das nicht richtig gelernt hat mit dem Zaubern. Aber er verdient hier gutes Geld, weißt du, die bezahlen ihm hier gute schöne Pesos für Kindertaufen, für Verheiraten, für Begraben und für Freibeten aus der Hölle. Felipe hat mir erzählt, daß die Meister im Seminario sagen, die Curas sollten den Leuten in der Kirche Angst machen, daß sie alle gebraten werden und mit Zangen gezwickt werden, wenn sie tot sind. Aber wenn sie fleißig in die Kirche gehen und immer tun, was der Cura sagt, dann werden sie nicht gebraten, sondern nur gewärmt und in heißem Wasser gewaschen, damit sie rein werden. Felipe sagt, das ist alles gar nicht wahr, das wird nur so erzählt, damit die Leute alle schrecklich Angst haben sollen. Siehst du, die Leute sind ja alle so dumm. Es claro, durchaus klar und richtig,

wenn man tot ist, fühlt man nichts mehr, ob man gebraten wird oder mit heißen Zangen gezwickt. Aber was willst du, die Leute glauben es, und es tut ihnen ein so schönes Kribbeln auf der Haut, wenn sie es glauben, und darum glauben sie es. Die Curas wollen nur das Geld von den Leuten haben, damit sie gut leben können und nicht so hart zu arbeiten brauchen. Unser Brujo in Yalanchen, der Medizinmann, erzählte uns auch immer so schreckliche Geschichten von den Höhlen, in die wir nach dem Tode hineingesteckt werden und wo Schlangen sind und Jaguare. Aber wenn ihm mein Vater und mein Onkel ein Schaf gaben oder ein kleines Schwein, dann sagte er, er werde mit den Santitos, mit den Göttern, reden, daß wir nicht in die Höhle gesteckt werden, wo die Schlangen und Jaguare seien.«

»Das hat unser Brujo nicht gesagt«, unterbrach Andres. »Der hat uns erzählt, daß wir in eine tiefe schwarze Grube gesteckt werden, wenn wir gestorben sind und nicht tun, was er uns befiehlt. Und in der schwarzen Grube ist ein morastiger See, und wir werden in den Morast gesteckt, daß er uns gerade bis an das Kinn reicht, und dann können wir nicht sterben und auch nicht leben, sondern wir müssen nur entsetzlich frieren in dem Morast, und wir können uns nicht herausarbeiten, weil die Wände ganz steil und schleimig sind und bedeckt mit kleinen Schlangen und mit großen Kröten. Wir haben unserm Brujo immer Tequila und Mais geben müssen, dann hat er getanzt und gebetet, und die Santitos haben ihm in der Nacht gesagt, daß wir nicht in den Morast gesteckt werden, wenn wir tun, was er sagt. Aber wenn irgend jemand von uns dem Finquero erzählt, wer der Brujo ist, den er nicht kennt, dann werden wir mit Sicherheit in den Morast gesteckt, und kein Tequila und kein kleines Schwein für den Brujo kann uns dann mehr daraus befreien.«

»Da will ich dir einmal einen guten Rat geben«, sagte darauf Luis, der um beinahe das Doppelte so alt war wie Andres, »wenn du dich um gar nichts kümmerst, was der Brujo sagt oder der Cura hier, wenn du gar nichts glaubst, nicht an das Braten, nicht an die Höhlen und Gruben, dann lebst du ganz ruhig und zufrieden und bist immer fröhlichen Mutes wie ich. Oder hast du schon einmal gesehen, daß ich trübselig bin? Gewiß nicht. Wenn mich die Och-

sen ärgern oder mir bricht ein Karren zusammen, nun ja, dann fluche ich, daß es nur so kracht. Aber das ist nur für einen Augenblick. Lebe, und wenn du am Ende bist, dann lasse die andern sorgen. Wenn du fertig bist mit deinem Leben, dann kümmert sich niemand mehr um dich. Wer wird sich denn die Mühe machen, sich mit dir nach deinem Tode noch jahrelang herumzubalgen! Es bleiben genug nach dir am Leben, wo es viel wichtiger ist, sich mit denen zu beschäftigen. Wir stellen uns doch auch nicht hin am Wege und peitschen einen Ochsen, nachdem er verreckt ist, weil er uns eine Carreta in die Schlucht geworfen hat.
Und jetzt muß ich einen Comiteco trinken gehen, um die Enchiladas zu verdauen.«
»Was hast du denn bezahlt für die Enchiladas?« fragte Andres.
»Sechs für einen Real. Können gar nicht besser sein.«
»Wo?«
Luis deutete nach einem Tisch, der zwischen Wänden von Laubreisern stand.

Elftes Kapitel

I

Luis suchte eine Cantina auf, um sich einen Comiteco hinunterzugießen, und Andres schlenderte hinüber zu dem Restaurant, das aus einem Tisch bestand, der in einer Art sehr primitiver Laube aufgestellt war.
Hinter dem Tisch war ein kleines Öfchen aus Blech, in dem Holzkohlen glühten. Auf dem Öfchen lag ein Blech, das nach unten ein wenig ausgebaucht war. In der Ausbauchung brutzelte Fett.
Neben dem Öfchen hockte eine alte Indianerin, die alle Augenblicke die Holzkohlen mit einem Fächer aus Bast anglühte. Sie war die Köchin des Restaurants.
Sie röstete die Enchiladas und füllte sie, je nach Wunsch des Bestellers, mit Barbacoa, mit Huajalote, mit Pollo, mit Res, mit Ternera, mit Queso. Barbacoa war Ziegen- oder Hammelfleisch, das auf besondere indianische Art mit allerlei Kräutern versehen und mit Hilfe glühend heißer Steine in einer Erdgrube gebacken worden war. Huajalote war gebratener Truthahn, Pollo war Hühnchen, Res war Rindfleisch, Ternera war Kalbfleisch und Queso war geriebener Ziegenkäse oder wer sonst die Schuld an diesem Käse übernehmen wollte.
Es war der Köchin ganz gleich, in welcher Sprache die Enchiladas und deren Inhalt verlangt wurden. Sie konnte Spanisch sprechen, Tsotsil, Tojolaval und Tseltal. Ein Spanier, der ihr gegenüber seinen Verkaufsstand hatte, sagte, die Indianerin könne auch Englisch und Arabisch verstehen, wenn man auf die Fleischsorten, die man haben wolle, gleichzeitig mit dem Finger deute. Weil überhaupt jeder, der hier Enchiladas kaufte, mit dem Finger auf das hinwies, was er in seine Enchiladas hineingefüllt haben wollte, so war nicht mit Sicherheit festzustellen, ob die Indianerin eine andere Sprache verstand als Tojolaval.
Neben sich, auf dem Erdboden, hatte die Indianerin mehr als ein Dutzend irdene Schüsselchen und Töpfchen stehen. Denn außer den Fleischsorten steckte sie noch in die Enchiladas Zwiebeln, Tomaten, roten Chili, grünen Chili, grünen Salat, grüne Zitro-

nenblätter, Calabaza-Blüten und noch zwanzig andere verschiedene würzige Kräutchen, Blättchen und Würzelchen.
Sie gebrauchte einen Blechlöffel zum Umwälzen der im Fett sich bräunenden Enchiladas und Tacos. Messer, Gabeln oder sonstige Hilfsmittel waren ihr unbekannt. Das Fleisch rupfte sie von dem Huhn oder von dem Kalbsschenkel mit den bloßen Fingern ab. Das ging viel schneller, und sie bekam die richtige Portion für eine Enchilada mit einer Sicherheit zwischen die Finger, die verblüffend war.
Wie sie in dem winzigen Plätzchen, das ihr zum Kochen zur Verfügung stand, mit so vielen Fleischsorten und Gemüsen fertig wurde, ohne sie je zu verwechseln, das zu sehen war ein Vergnügen an sich.
An dem kleinen Tischchen standen zwei ihrer Töchter, die bedienten. Indianermädchen mit langem, herabhängendem Haar. Sie legten die fertigen Enchiladas und Tacos auf ein kleines Tellerchen und reichten sie so dem Käufer hin. Der Käufer bekam weder Messer noch Gabel, noch Löffel, weil so etwas in dem Restaurant nicht vorrätig war. Aber wer gegessen hatte, bekam einen grauen fettigen Lappen, mit dem er sich die Finger und den Mund abtrocknen durfte. Dann bekam jeder ein kleines Tonkrügchen mit Wasser, um sich den Mund auszuspülen. Diejenigen, die an großen Luxus gewöhnt waren, verlangten noch ein Tontöpfchen mit schwarzem gesüßtem Kaffee, der einen Viertelreal kostete.
Die Tellerchen und Krügchen waren nie wirklich rein gewaschen. Man hätte sich um die Frage, ob das Geschirr denn von Schmutz und Dreck starrte, aber doch herumdrücken müssen, weil man mit einem kurzen klaren Ja den Tatbestand nicht genau hätte beschreiben können. Die Geschirre waren unglaublich dreckig; aber merkwürdig, man kam hier auf einen solchen Gedanken gar nicht. Niemand empfand den Schmutz als häßlich oder als störend. Es gehörte zur Sache wie die Wolke zum Himmel. Die Harmonie der ganzen Umwelt wurde in keiner Weise zerrissen.
Und merkwürdig war es, daß die Geschirre dennoch immer frisch gewaschen erschienen. Freilich, wo und wie und womit sie gewaschen wurden, das war nicht zu sehen, nicht zu erfahren und nicht zu ergründen. Die Geschirre wurden dem Besucher, noch wäh-

rend er aß, fortgezogen, und er mußte den Rest in seine Hände nehmen. Inzwischen waren neue Enchiladas fertig, die Geschirre tauchten von irgendwoher wieder auf, und ehe man richtig Zeit hatte, festzustellen, ob die Geschirre gewaschen seien oder nicht, da lagen schon die neuen brutzelnden und vom Fett triefenden Enchiladas auf den Tellerchen, und es war nun nicht mehr zu sagen, ob die fettige braune Tunke von den neuen Enchiladas oder noch von den früheren übriggeblieben sei. Ähnlich erging es mit den Tonkrügchen, in denen der Kaffee gereicht wurde. Der Kaffee wurde immer reichlich eingefüllt und schwappte über; so konnte das Gerinnsel an dem Krügchen sowohl der frische oder auch der frühere Kaffee sein. Wenn etwas verdächtig erschien, so wischte die servierende Tochter mit der Hand den Rand des Krügchens oder den Rand des Tellerchens mit einer flinken Geste sauber. Den Finger leckte sie ab oder streifte ihn gegen ihre weiße Schürze, die so voll Tunkestreifen war, daß man auch hier nicht hätte sagen können, ob das Mädchen den Finger gerade jetzt hier abgetrocknet habe oder vor drei Stunden.
Aber die Leute, die hierherkamen, wollten ja kein Geschirr kaufen, sondern sie wollten Enchiladas essen. Ihnen war nicht das Geschirr die Hauptsache, sondern gute und schmackhafte Enchiladas. Und die Enchiladas waren vorzüglich.
Darum blühte das Geschäft. Und die Leute stritten sich herum, wer zunächst an der Reihe sei.
Andres hatte eine gute Weile zu warten, ehe er zu seinen Enchiladas kam.

2

Abgesehen davon, daß man allen Schund und Kram kaufen konnte, der sonst in keiner größeren Stadt verkäuflich war, gab es hier kaum irgendeine wirkliche Zerstreuung oder ein unterhaltsames Vergnügen. Es gab hier keine Karussels, keine Luftschaukeln, keine Rutschbahnen oder irgend etwas Ähnliches, was solche Feste anderswo belebt. Diese Maschinerie konnte nicht hertransportiert werden, weil der Transport so schwierig und so teuer war, daß jeglicher Gewinn von den Transportkosten verschlungen worden wäre.

Man mußte sich ergötzen an dem Schreien der Händler und an den humoristischen Reden, die von den geschickten Männern gehalten wurden, die unzerbrechliche biegsame goldene Schreibfedern verkauften, Glasschneider, Messerschärfer, Nähnadeleinfädler, gläserne Linsen, die man zum Lesen, zum Untersuchen von gefälschter Seide und als Fernrohr gebrauchen konnte, Flekkenwasser, Putzpomade, Magentropfen, Augenwasser, Rheumatismussalbe, Warzenstifte, Hühneraugentinkturen.
Aber selbst für Andres wurde das nach kurzer Zeit langweilig, denn sobald der Mann herum war mit der Reihe von Dingen, die er anpries, so wiederholte er seine Witze und Schäkereien mit genau den gleichen Worten und Schattierungen.
Die Feuerschlucker, Schlangenmenschen und Entfesselungsmeister, von denen jeder unabhängig vom andern auf eigene Rechnung arbeitete, nur von seiner Frau oder einem Adjutanten begleitet, langweilten gleichfalls, weil sie alle nur einen Trick kannten und den von vier Uhr nachmittags bis elf Uhr nachts so oft wiederholten, solange nur ein Besucher vor ihnen stand, der den Eindruck erweckte, daß er wohl fünf Centavos in der Tasche habe, die man ihm vielleicht abnehmen könnte. Die Spieltische verloren ihr Interesse auch sehr schnell, wenn man nicht selbst mitspielte. Aber es standen immer Leute herum und sahen zu, dachten sich eine Nummer aus und waren glücklich, wenn die Nummer verlor, weil sie ihr Geld in der Tasche behalten hatten.
Und der Zirkus, der im Patio eines Bürgerhauses, etwas abseits des großen Marktgetümmels, Vorstellungen gab – jede halbe Stunde begann eine neue Vorstellung –, war wohl das Ärmste und Bescheidendste, das man sich unter dem Worte Zirkus vorstellen kann. Aber trotzdem machte er auch Geschäfte, weil jegliche Konkurrenz fehlte.
Für die Mehrzahl der Leute bestand das Vergnügen in der Hauptsache nur darin, daß sie umherwanderten, hier einen Augenblick stehenblieben und dort eine Viertelstunde zusahen oder zuhörten und dann sich wieder weiterdrängten.
Am vergnügtesten waren die jungen Burschen und Mädchen der Stadt, die das Herumwandern und Entlangquetschen in der Menge benutzten, sich zu necken und sich näherzukommen, ohne

beachtet zu werden, als dies bei irgendeiner anderen Gelegenheit möglich war. Denn selbst bei Bällen war immer die Mutter oder die Tante anwesend, und die Mädchen konnten keinen selbständigen Schritt tun, ohne daß sie begleitet wurden. Hier war das nicht durchführbar. Sie gingen zwar mit ihren Müttern auf die Plaza, aber es ließ sich leicht einrichten, daß man sich für eine halbe Stunde ganz aus den Augen verlor. Man konnte nichts dafür. Man war von den Leuten zurückgedrängt und beiseite geschoben worden.

Dadurch geschah es, daß diese so wohlbehüteten und wohlbewachten Jungfrauen der Stadt mehr als einmal im Gedränge oder irgendwo im Schatten der Wände eines Hauses zu einer angenehmen Lippensalbung oder gar zu einer rasch und geschickt vollzogenen anatomischen Abtastung gelangten, die erfreuliche Empfindungen auslösten und nicht angerechnet wurden, weil sie zur Belebung des Festes beitrugen, das gegeben wurde, um dem heiligen Caralampio die schuldige Ehrfurcht zu bezeigen. Manch eine der Töchter ehrbarer Bürgerfamilien war zuweilen für mehr als eine halbe Stunde verlorengegangen. Sie ging nicht dauernd verloren. Sie fand sich bei den besorgten Eltern, die sie vergeblich gesucht hatten, wieder ein, mit ein wenig zerzaustem Haar, ein wenig zerknüllt im übrigen, was ihren Worten genügend Beweiskraft gab, mit welcher Mühe sie sich durch die Menge gekämpft habe, um ihre geliebten Eltern wiederzufinden.

Wenn die herumwandernden Leute endlich nicht wußten, was sie mit sich anfangen sollten, weil sie nun jeden Tisch und jeden Verkaufsstand dreihundertundachtzigmal gesehen hatten, dann gingen sie wieder einmal für eine Viertelstunde in die Kirche, die ihre Portale ständig offenhielt und die Orgel spielte und die vermummten Frauen singen ließ. Und dann ließ die Kirche ihre Glocken läuten. Die konnte kein noch so robuster Händler oder Roulettebankier überschreien. So wurden die herumwandernden Leute immer zur rechten Zeit daran gemahnt, nicht all ihr Geld bei den Händlern, beim Roulette, für Enchiladas und für Comiteco zu vergeuden, sondern noch etwas übrigzulassen für das ewige Leben.

Wer vermag eine bessere Reklame zu machen als die katholische

Kirche in Mexiko, wo man so häufig vor den Geldbüchsen einen Zettel sieht mit der zugkräftigen Anzeige: Der Centavito, den du hier einlegst, wird dir mit Gold zurückbezahlt im Himmel. Ein Bankier, der eine solche Anzeige in das Fenster seiner Bank hängt, wird sofort verhaftet wegen Unterschlagung von Depositengeldern. Von ihm würde der Richter verlangen, daß er unzweifelsfrei zu beweisen habe, daß die Depositen im Himmel zurückgezahlt werden, daß es einen Himmel gibt, und wo er sich befindet. Die Kirche braucht das nicht zu beweisen. Ihr glaubt man es. Und wer es nicht glaubt, lästert Gott.
Wie soll sich hier ein Indianer noch zurechtfinden?

3

Auch Andres wußte nicht, was er mit sich tun sollte, nachdem er einige zwanzig Male immer dieselben Reihen auf- und abgelaufen war. Er hörte den Singsang aus der Kirche und das klagende Orgelspiel, das so bequem, so denkfaul und so widerstandslos macht, bis man zu allem ja sagt.
Er hatte auch nicht die geringste Lust, noch einmal in die Kirche zu gehen.
Das um so weniger, weil in die Nähe des Brunnens, der an einer Seite des Platzes stand und der die ganze Stadt mit Wasser versorgte, einige Musikanten gekommen waren, die aufzuspielen begannen.

4

Dieser Brunnen war die Tageszeitung der Stadt. Die Stadt hatte keine andere eigene Zeitung. Aber der Brunnen ersetzte diesen Nachteil, oder Vorteil, ganz wie man will.
Da die Stadt keine Wasserleitung besaß, so waren die Einwohner genötigt, alles Wasser, das sie gebrauchten, von diesem Brunnen heranzuschaffen. Jede Familie hatte in ihrem Hause mehrere irdene Krüge, deren jeder etwa achtzig bis hundert Liter hielt. Diese großen Krüge wurden von Indianern angefertigt in derselben Form und Art, wie sie gefertigt wurden vor zweitausend Jahren. Die besseren Familien der Stadt betrachteten es als unvornehm, ihre Mägde zum Brunnen zu schicken und das Wasser in kleineren

Krügen, die auf dem Kopfe getragen wurden, heranzuschleppen. Diese Vornehmheit jener Bürgerfamilien ließ ein besonderes Geschäft in der Stadt blühen, das der Wasserlieferanten. Die Lieferanten waren Indianer, die städtisch geworden waren und in den Außenbezirken der Stadt wohnten. Sie hatten zwei oder drei Esel, die sie täglich von morgens um sechs bis in den späten Nachmittag hinein beschäftigten. Die Esel trugen ein Gestell, in dem sich große Tonkrüge, mit Wasser gefüllt, leicht transportieren ließen. Mit ihrer Last Wasser zogen die Wasserhändler von Haus zu Haus und boten ihre Ware an. Wenn sie einen Kunden fanden, so kamen sie so oft mit einer Last, bis die großen Vorratskrüge in dem Hause des Kunden gefüllt waren. Dafür berechneten sie einen bestimmten kleinen Betrag.
Diejenigen Familien, die noch vornehmer sein wollten als die übrigen, hatten gewöhnlich einen eigenen Esel, auf dem ein indianischer Junge, der im Hause diente, das Wasser heranschaffte.
Die Familien, die der nächsten sozialen Schicht angehörten, bezogen das Wasser nur lastweise, wofür sie einen Real, zwölf Centavos, oder noch weniger bezahlten.
Dann kam die nächste Schicht, deren Familien schon zuweilen das zweite indianische Mädchen zum Brunnen schickten, um das Wasser herbeizuschaffen.
Dann folgte jene Schicht, deren Angehörige nur ein indianisches Mädchen halten konnten, das für alles gebraucht wurde, also auch für Wasserholen.
Und dann kam die unterste Schicht, wo die Frau selbst oder ihre Kinder das Wasser herbeizuholen hatten, weil hier selbst die zwei Centavos, die eine kleine Last Wasser kostete, eine Summe war, die nicht für etwas ausgegeben werden durfte, was man selbst tun konnte.
Niemand, selbst berufsmäßige Wasserhändler nicht, kam zum Brunnen, ließ das Wasser, das aus mehreren Röhren ununterbrochen Tag und Nacht in dicken Strahlen floß, in die Krüge laufen und rannte sofort wieder davon. Jeder, der zum Brunnen kam, rastete hier ein wenig und schwätzte mit denen, die schon hier standen. Die Männer rollten sich eine Zigarette, und die Mädchen nestelten an ihrem Haar herum oder an ihren Röcken. Es wäre

schlechter Geschmack gewesen, hierherzukommen, Wasser einlaufen zu lassen und sofort wieder loszurennen. Das Wasserentnehmen geschah mit großer Ruhe und mit sehr bedächtigen Gesten.
Waren die Krüge gefüllt, dann wurden sie erst auf den Boden gestellt, und die Mädchen schienen zu überlegen, ob sie nun den Krug wirklich aufnehmen sollten oder erst noch irgend etwas abwarten. Es war auch notwendig, daß immer wenigstens zwei Mädchen anwesend waren, weil die zuletzt Gekommene derjenigen, die gehen wollte, den Krug auf den Kopf helfen mußte.
Des Abends suchten alle Mädchen, selbst die der vornehmen Familien, die ihre Mädchen nie hinunter zum Brunnen schickten, nach einem Vorwand, zum Brunnen gehen zu können, sei es auch nur für zehn Minuten. Im Hause erklärten sie, daß das Wasser in den großen Vorratskrügen trübe und schal sei und daß es der Gesundheit und dem guten Appetit des Herrn von Vorteil wäre, wenn sie rasch zum Brunnen hinuntereilen würden, um frisches kühles Wasser für den Abendtisch heraufzuholen.
Wenn das Mädchen zurückkam vom Brunnen, besonders des Abends, so wartete die Frau des Hauses schon in der Küche auf sie, aber nicht des Wassers wegen, sondern um zu hören, ob es wirklich wahr sei, daß Don Jorge in dieser Woche schon dreimal in das Haus der Witwe Doña Amalia gegangen sei, und ob es richtig sei, daß er das Haus erst um ein Uhr morgens verlassen habe, und wie der Zank, den vorgestern nachmittag Señor Osorio mit seiner Señora hatte, ausgelaufen sei, ob er seine Señora wirklich so verprügelt habe, daß sie sich nicht sehen lassen könne, und ob es sich bestätige, daß Doña Ana, die Partera, die Hebamme, gesagt habe, das neugeborene Kind der Señora Zavala sei um einen Monat zu früh gekommen, oder ob es ein siebenmonatiges sei, weil sie doch erst vor acht Monaten geheiratet habe. Das waren Dinge von viel größerer Wichtigkeit als jene Nebensächlichkeit, daß bei der letzten Wiederwahl des Präsidenten Don Porfirio nur drei Prozent des gesamten mexikanischen Volkes zu den Wahlurnen gegangen waren, weil jeder Mexikaner, ob er Verstand hatte oder nicht, schon ein halbes Jahr vor der Präsidentenwahl wußte, wer gewählt ist, und daß in allen Ecken und Winkeln der Republik von einer Revo-

lution gesprochen wird, die mit dieser Tyrannei ein Ende zu machen gedenke.
Die Mädchen hier am Brunnen hatten auch unter sich so viel über ihre Liebesgeschichten und Eifersuchtskomödien und -tragödien zu schwatzen, daß es kein Wunder war, wenn man bis spät in die Nacht hinein hier Mädchen mit ihren Krügen antraf, die frisches Wasser für ihren Herrn holen mußten. Und weil die Burschen der Stadt wußten, daß sie hier mit Sicherheit die treffen konnten, die sie sich ausgewählt hatten, so ging es hier in den Abendstunden stets recht lebhaft zu.
Während der Feria freilich war die Idylle des Brunnens völlig zerstört. Es war zu laut in seiner Nähe von dem Schreien der Händler und dem Geschwätz der hin und her wandernden Besucher. Und während zu gewöhnlicher Zeit der Brunnen immer in tiefer Finsternis lag, vorausgesetzt, es war kein Mondschein, so konnte jetzt am Brunnen keine Umarmung verborgen bleiben. Es war zuviel Helligkeit auf dem Platze, Helligkeit, die von den erleuchteten Verkaufsständen ausging. Aber Helligkeit um sich lieben nur Leute, die mehr als zwei Monate verheiratet sind, weil sie ihre Vernunft wiedergefunden haben und sehen wollen, was sie vor sich haben, um es besser kennenzulernen und eine Antwort auf die Frage zu finden: Allmächtiger Gott im Himmel, warum habe ich Esel, der ich war, das getan?

5

Die Musikanten, hier am Brunnen aufgestellt, begannen lustig zu spielen. Es war da ein Stückchen freier Platz, den die Obrigkeiten an die Händler nicht verschachert hatten, weil er notwendig war, um den Wasserholern und den wassertragenden Eseln genügend Raum zu lassen.
Auf diesem Plätzchen begannen jetzt auch gleich die indianischen Burschen und Mädchen der Stadt zu tanzen. Wenn ein Tanz zu Ende war, gab einer der Burschen den Musikanten fünf Centavos, und sofort begannen sie einen neuen Tanz aufzuspielen.
Es war sicher vorauszusagen, daß hier bis zwei oder drei Uhr morgens getanzt werden würde. Denn sobald die Mädchen und Burschen der Stadt hörten, daß hier getanzt wurde, dann kamen

sie sehr rasch in großen Gruppen herbei, aus den fernsten Winkeln der Stadt. Tanzen ließen sie sich nicht entgehen. Eine andere Zerstreuung gab es nicht. Nicht für die Angehörigen der unteren Klasse und nicht für die der oberen. Auch die guten wohlversorgten Bürger, wenn sie eine Zerstreuung nötig hatten, so tanzten sie, in dieser Woche im Hause der Familie Suarez, in der nächsten Woche im Hause der Familie Cota, und so das ganze Jahr hindurch. Hier hatte der Herr des Hauses seinen Cumpleaños, seinen Geburtstag; dort die Frau des Hauses ihren Dia de su Santo, ihren Heiligentag; in einem andern Hause war ein Neuangekommener getauft worden; dann gab es hier eine Hochzeit. Dann waren die zwei Wochen der Posada. Da war das Neujahrsfest. Und wenn gar kein Grund vorlag, zu tanzen, dann luden die jungen Herren der Stadt alle Damen zu einem Ball im Hotel ein, nur des Balles wegen. Dann verließ ein junger verheirateter Arzt die Stadt, um nach den Vereinigten Staaten zu gehen und sich dort weiter auszubilden. Ihm zu Ehren wurde ein Ball veranstaltet. Ein anderer junger Mann der Stadt hatte seine Studien in Mexico City vollendet und kam zurück, um sich als Zahnarzt oder als Rechtsanwalt niederzulassen. Es gab einen Begrüßungsball.
Was sollten die Leute sonst tun? Es gab keine Kinos, keine Theater, keine Konzerte; kein Vortragsredner unternahm die zerrüttenden Mühen einer Reise bis hierher. Selbst ein verhungernder Zirkus war selten.
Sie gingen noch viel weiter in ihrem Drang, Zerstreuung im Tanzen zu suchen und zu finden.
Die Indianer tanzten sogar bei ihren Leichenfeiern. Der Sarg mit dem Leichnam wurde in der Mitte des größten Raumes aufgestellt. Hatte die Familie ein paar Pesos übrig, dann wurde der Cura gekauft, um den Leichnam einzusegnen und mit Wasser zu bespritzen. Wenn die Leute kein Geld hatten, wagten sie nicht, den Cura zu bemühen, weil sie wußten, daß er nichts umsonst tat. War der Pfarrer fertig mit seinen Ölungen, seinen anderen geheimnisvollen Hantierungen und war er gegangen, dann setzte eine lustige Musik ein, und die Paare tanzten in aller Fröhlichkeit um den Sarg herum, die allernächsten Verwandten des Verstorbenen oder der Verstorbenen eingeschlossen. Sie tanzten bis zum frühen Morgen.

Dann wurde der Sarg aufgenommen, und alle marschierten wehklagend und heulend zum Friedhof hinaus.
Die Mexikaner, die sogenannten Ladinos, taten so etwas natürlich nicht. Sie betrachteten ein solches Verhalten als heidnisches Barbarentum. Ihnen fehlte es an Reife der Kultur, und noch mehr fehlte es ihnen an einer gesunden natürlichen Philosophie. Jahrhundertelang unter dem Einfluß einer Kirche stehend, die eine glitzernde Zeremonie an Stelle einer schlichten Lehre setzte, die nichts anderes sein wollte und will als eine schlichte Lehre, sind die Leute zu Heuchlern geworden; und damit haben sie in sich alles das zerstört, was der Entwicklung zu einem schlichten und aufrichtigen Menschen dienlich ist. Denn wenn man es für schicklich betrachtet, bei der Geburt oder der Taufe eines Kindes zu tanzen, bei jener Gelegenheit, wo ein Mensch gegen seinen eigenen Willen in die Kümmernisse und Leiden des Lebens getrieben wird, warum in aller Welt soll es dann unschicklich und heidnisch sein, zu tanzen, wenn der Mensch Abschied nimmt von den Drangsalen und Hetzereien des Lebens und zurückkehrt in das Land des ewigen Friedens? Aber sie sind nichtswürdige Heuchler. Denn glaubten sie ernsthaft an die Predigten ihrer Religion, müßten sie sich freuen und sie müßten tanzen aus ihrer übergroßen Freude heraus, daß der Abschiednehmende nun einziehen darf in die ewigen Gefilde der Lobgesänge und Harfenklänge.
Aber der Indianer ist zu dumm, um die tiefen Mysterien der katholischen Kirche zu begreifen. Darum macht er alles anders als wir, und wir entsetzen uns über sein Barbarentum.

6

Nun sahen die indianischen Burschen und Mädchen, die hier tanzten, keineswegs wie Barbaren aus. Sie waren, wenigstens die Mädchen, in billigen, sehr billigen, aber sehr sauberen Kleidern. Sie hatten sich alle gut gewaschen, und ihr langes schwarzes Haar war so gut durchgekämmt, wie es in einem Schönheitssalon in Baltimore nicht besser, aber nachlässiger getan wird.
Die Mädchen standen oder hockten auf dem Erdboden, auf der einen Seite, und die Burschen standen aufgereiht oder in losen Gruppen auf der andern Seite.

Die indianischen Burschen gingen nicht hin zu dem Mädchen, mit dem sie tanzen wollten; sie verbeugten sich nicht vor ihm und fragten es nicht mit wohlgesetzten und gut eingeübten Worten, ob sie die Ehre haben könnten und was mehr noch.
Die Burschen hatten weiße Hosen an und weiße jackenartige Hemden. Manche von ihnen trugen Sandalen, die meisten jedoch waren barfuß. Die Mehrzahl der Mädchen war gleichfalls barfuß. Einige dagegen glänzten in Halbschuhen aus Lackleder mit sehr hohen Absätzen.
Der Bursche ging, sobald die Musik einsetzte, einen Schritt vor, zog aus seiner Hemdtasche ein rotes Seidentuch und warf es dem Mädchen, mit dem er tanzen wollte, in den Schoß oder, wenn sie stand, in das Gesicht. Das Mädchen fing das Tuch auf, und das hieß, daß sie mit dem Eigentümer des Tuches tanzen werde. Warf sie ihm jedoch das Tuch wieder zurück, so bedeutete das, daß sie nicht gewillt sei, mit ihm zu tanzen. Aber sie warf das Tuch wohl nur dann zurück, wenn der Tänzer sehr betrunken war, oder aber, wenn sie sah, daß ein anderer Tänzer, den sie bevorzugte, ihr sein Tuch gleichzeitig zuwarf. Es galt jedoch als schlechte Sitte, einem Tänzer das Tuch zurückzuwerfen. Die Mehrzahl der Mädchen nahm das Tuch selbst dann an, wenn der Tänzer betrunken sein sollte, um ihn nicht zu verletzen. Freilich tanzte sie dann nur einige Takte mit ihm, und sie setzte sich wieder hin. Der Tänzer war dann wenigstens vor der Scham bewahrt, abgewiesen worden zu sein, und er begnügte sich mit den paar Takten durchaus.
Während des Tanzes sprach der Tänzer nicht ein einziges Wort mit seiner Tänzerin. Auch nicht, wenn der Tanz zu Ende war.
Die Paare umarmten sich nicht beim Tanzen, sondern sie tanzten einander gegenüber, jeder für sich. Sie wechselten zuweilen die Stellung, wobei sie aneinander vorbeitanzten, um jeder auf die gegenüberliegende Seite zu kommen. Die Burschen tanzten alle in einer Reihe auf der einen Seite und die Mädchen alle auf der gegenüberliegenden Seite. Wenn sie die Stellung gewechselt hatten, so waren wieder alle Burschen auf einer Seite und die Mädchen auf der andern.
Während des Tanzes hielt die Tänzerin das Seidentuch ihres Tänzers in ihrer rechten Hand. War der Tanz zu Ende, so gab sie ihm

das Tuch zurück, und ohne ein Wort des Dankes oder sonst etwas zu sagen, drehte sie ihm den Rücken zu und ging wieder zurück zu den übrigen Mädchen, die da hockten oder standen.
Dauerte der Tanz zu lange und die Tänzerin fühlte sich ermüdet, oder sie wollte aus irgendeinem anderen Grunde aufhören zu tanzen, so schritt sie während des Tanzes auf ihren Tänzer zu, gab ihm das Tuch zurück und ging zu ihrem Platz.
Die Tänzerin hatte stets das Recht aufzuhören, wann sie wollte, durch Zurückgeben des Tuches. Für einen Burschen galt es als ungemein unhöflich, aufzuhören, solange er nicht sein Tuch zurückerhalten hatte. Es geschah, daß die Musik eine halbe Stunde ununterbrochen spielte. War die Tänzerin eine sehr ausdauernde Tänzerin, wie es alle indianischen Mädchen sind, so tanzte sie ihren Tänzer zum Zusammenbruch, wenn er nicht die gleiche Zähigkeit wie das Mädchen besaß.
Die Mädchen taten das zuweilen, wenn sie sich an einem Burschen für irgend etwas schadlos halten wollten. Sie tanzten ihn dann so erschöpft, daß er für den Rest der Nacht ausgeschaltet war. Frauen besitzen einen vortrefflichen Instinkt für eine gesunde und gut treffende Rache an einem Manne. Auch die indianischen Frauen haben eine große Fähigkeit, wirksame Mittel ausfindig zu machen und sie anzuwenden, wenn es ihnen dienlich erscheint und es ihnen Lust bereitet.
Hier freilich, auf dem Platze in der Stadt, gab es Paare, die zusammen tanzten, wie es auf den Bällen der Ladinos üblich war. Denn wohl die Hälfte der Mädchen und Burschen waren städtische Indianer, die in der Stadt oder in einem Vorort geboren und aufgewachsen waren.

7

Andres stand in der Reihe der Burschen. Er hatte Lust zu tanzen. Aber weil er kein Mädchen kannte, so war er schüchtern. Es standen auch einige der Carreteros, die mit auf der Prärie lagerten, herum. Sie stießen sich gegenseitig in die Rippen, um immer den andern anzustacheln, daß er doch tanzen möge, um dann folgen zu können. Aber keiner der Carreteros faßte sich ein Herz dazu. Sie fühlten sich hier zu fremd und ungewohnt.

Andres, keinen Grund findend, hier wie ein kleiner Junge dumm herumzustehen, krümelte sich nach und nach aus den Reihen der Burschen hinweg und schlenderte auf ein Haus zu, wo er sich niedersetzte, gegen die Wand gelehnt, die Knie hochgezogen und die Unterschenkel umarmt.
Von hier aus konnte er dem Tanz ebensogut zusehen wie dort. Er hörte die Musik hier weniger hart und mehr harmonisch, weil sich die Töne in einem größeren Umraum weiter verlaufen und inniger ineinanderschwimmen konnten. Er vermochte weniger gut die Tanzenden zu beobachten, weil da zu viele Burschen herumstanden, die das Bild verdeckten. Er sah nur die Köpfe der tanzenden Mädchen und Burschen und fing zuweilen eine gelegentliche Sicht, wenn sich unter den herumstehenden Leuten eine Lücke öffnete.
Aber das genügte ihm. Er konnte dabei vor sich hinträumen und wurde nicht gestört.
Hin und wieder hörte er ein Lachen oder ein Kichern der Mädchen oder ein vorübergleitendes Schwatzen. Dann wieder ein halb lärmendes Gerede der Burschen, die sich um irgend etwas herumstritten.
So sitzend und dahinträumend in der Musik und das unterdrückte Lachen der Mädchen aufnehmend, überkam ihn ein seltsames Gefühl, das er nicht begreifen konnte: warum er sei und warum das alles hier sei. Er dachte, man könne ebensogut tot sein, und es würde nichts fehlen in der Welt.
Drei Mädchen kamen schwatzend dicht bei ihm vorüber und drückten sich um die Ecke in die tiefe Finsternis. Nach einer Weile kamen sie zurück, an ihren Kleidern herumstreifend und herumzupfend. Sie schwatzten alle drei zu gleicher Zeit in einem girrenden Ton.
Und in diesem girrenden, heißen Geschwätz, das in einigen kurzen Sätzen so tief, wie dunkel verschleiert, ein wenig keuchend und doch wieder voll und schwer klang, hörte Andres zum ersten Male in seinem Leben bewußt das Geschlecht heraus.
Die drei indianischen Mädchen sprachen spanisch, aber vermischten in ihrer Rede, wenn sie nicht schnell genug die richtigen Worte finden konnten, Tseltal, das ja seine Muttersprache war.

Sie wurden seiner nicht gewahr, denn er saß im tiefen Schatten der Wand, und sie waren so in ihrem Gespräch vergessen, daß sie überhaupt nichts zu sehen schienen.
Er konnte das, was die Mädchen, zuweilen völlig in Flüstern verfallend, erzählten, in seinem Zusammenhange nicht erfassen. Er hörte nur den Grundton ihres Sprechens, die Melodie ihrer Stimmen, die ineinanderflossen. Und diese girrende und keuchende Melodie war es, die ihn erregte. Es überkam ihn eine Sehnsucht. Er glaubte, es sei eine Sehnsucht nach seiner Mutter. Aber gleich wußte er und fühlte es stark, daß es eine andere Sehnsucht war. Eine Sehnsucht nach etwas. Nach irgend etwas. Nach etwas Schönem. Aber auch das vermochte er nicht klar auszudenken, worin dieses Schöne bestand. Dann wieder glaubte er, es sei Heimweh. Aber auch das war es nicht. Es war etwas Heißes, das in ihm aufkam und in ihm wogte. Er begann sich unendlich traurig zu fühlen. Und tief einsam.
Alles das war ihm bisher nie geschehen.
Hundertmal hatte er Frauen und Mädchen sprechen hören. Aber nie hatte er vorher je in der Stimme einer Frau etwas vernommen, was ihn erregt hätte. Dutzende von Malen waren Frauen in den Karawanen gewesen. Junge Frauen, alte Frauen, hübsche Frauen, verheiratete und unverheiratete. Zuweilen waren wochenlang in den Karawanen Frauen der Carreteros gewesen, die ihre Männer begleiteten.
Soviel er auch bei solchen Gelegenheiten in der Nähe von Frauen gewesen war, nie hatte er etwas Besonderes in ihrer Gegenwart empfunden. Er hatte Frauen von der Carreta gehoben, oder er hatte ihnen hinaufgeholfen. Unzählige Male hatte er Frauen auf seinem Rücken durch Flüsse getragen. Er hatte Frauen am frühen Morgen in den Ranchos geweckt und sie halb angekleidet oder, der Hitze wegen, völlig entblößt auf ihrem Lager ruhend angetroffen. Er hatte Frauen, die mit der Karawane reisten, irgendwo im Gebüsch am Wege in allen möglichen Verrichtungen und Stellungen aus Versehen überrascht. Er hatte viele Male des Nachts, in einem plötzlichen Aufleuchten des Blitzes oder bei einem unerwarteten hellen Aufflackern des Campfeuers, Frauen mit ihren Männern unter einer Carreta, oder sonstwo, in Umarmung gese-

hen. Hunderte von Malen hatte er beim Passieren von Flüssen, Bächen und Tümpeln Frauen bis zu den Hüften entblößt und Mädchen nackt bis zu den Fußsohlen beim Baden getroffen. Aber nie hatte er etwas gefühlt, was sich auf ihn beziehen konnte oder was in ihm irgendwelche Wünsche wachgerufen hätte.

Jede Frau war für ihn wie ein Mann. Sie war nur ein wenig anders gebaut im Körper. In seinem heimatlichen Ort arbeiteten die Männer und die Frauen. Da war kein Unterschied. Der Unterschied lag nur in der Art der Arbeit, weil die Frau ja schwächer war und Kinder in sich trug und Kinder gebar und Kinder versorgte und nährte.

Eine reife Frau betrachtete er in seinen Empfindungen gleich seiner Mutter oder seiner Tante, und ein Mädchen betrachtete er wie eine seiner Schwestern.

Die Hütte, in der er aufgewachsen war, hatte nur einen Raum. Und von Jugend an hatte er gesehen, daß sein Vater keinen anderen Schlafplatz hatte als an der Seite seiner Mutter und auf demselben dünnen Petate. Durch die dünnen Stängchen der Wände fiel das helle Licht des tropischen Mondes in die Hütte, und er hatte gesehen, was sein Vater und seine Mutter auf ihrem Lager taten. Und war kein Mondlicht, sondern schwarze Finsternis in der Hütte, so konnte er an dem Aufseufzen seiner Eltern hören, was sie taten. Die Eltern hatten keine Geheimnisse vor ihren Kindern. Wenn sie etwas für ratsam oder notwendig erachteten, so fragten sie die Kinder nicht um Erlaubnis und kümmerten sich nicht um die Anwesenheit ihrer Kinder. Sie wußten, aber sie dachten nie darüber nach, weil es selbstverständlich war, daß ihre Kinder ihnen eine unbegrenzte Ehrfurcht entgegenbrachten und daß diese Ehrfurcht und Liebe ihrer Kinder durch nichts erschüttert werden konnte, zuallerletzt durch Dinge, die für sie natürlich waren wie das Auf- und Untergehen der Sonne oder wie das Wachsen des Maises und der Blumen.

Verlogene Romane, geschwindelte Gedichte und betrügerische Filme kannte Andres nicht. Und weder lebte er, noch war er aufgewachsen in einem Lande, wo Sittlichkeitsprediger und Unzuchtsparagraphen in den Gesetzen Kinder und Erwachsene lehren, was Schweinerei ist und wo man sie findet und in welcher Weise man

sich ihrer bedient, um das Recht zu erwerben, zu den wohlanständigen Bürgern gezählt zu werden.
Was die tiefe Ursache sein mochte, warum jetzt, in diesem Augenblick, eine solche heiße Sehnsucht in ihm aufkam, hätte er nicht ergründen können.
Er versuchte sich das klarzumachen, weil ihm ähnliches nie vorher geschehen war. Für eine halbe Minute glaubte er, es sei ein aufkommendes Fieber, das er irgendwo gefangen habe. Jedoch kaum hatte er das ausgedacht, da wußte er, daß es kein Fieber ist. Calentura begann in anderer Form. Er hatte weder Kopfschmerzen, noch fühlte er seine Glieder schwer werden.
Eher das Gegenteil. Er meinte, daß sein Kopf nie so klar gewesen sei wie jetzt, wenn auch benommen. Und er hatte den Wunsch, jetzt die ganze Nacht und den vollen nächsten Tag zu wandern und zu wandern. Irgendwohin. Nur wandern.
Es waren die Menschen, die hier lachten und schwatzten und ziellos hin und her zogen auf dem Platze. Es war der monotone Singsang und das Dudeln der Orgel in der Kirche, das sich immer wieder in die Tanzmusik mischte. Und es war die Tanzmusik selbst, nichtssagend und dennoch lustig. Es waren die aufgeregten Burschen in ihren weißgewaschenen Hosen und hellen Hemden. Es waren die kichernden und schwatzenden Mädchen, mit ihrem langen schwarzen, gut ausgekämmten Haar und mit Blumen dareingeflochten. Es waren ihre weißen blitzenden Zähne, ihre vollen Lippen und ihre suchenden nachtschwarzen Augen, die zuweilen hungrig aufleuchteten und ihn trafen. Und alle Mädchen waren gut gewaschen und rochen nach starker Seife, ihre Kleider waren blitzsauber. Und wenn sie tanzten, lugte zuweilen ein Stück ihrer blütenweiß gewaschenen Hemden hervor.
Aber als die drei Mädchen an ihm so dicht vorüberkamen und hier eine gute Weile standen, hatte er den Geruch ihres leichten Schweißes aufgefangen, der ihm um so deutlicher geworden war, weil er frisch war und von gut gewaschenen Körpern ausströmte. Er empfand das wie eine Süßigkeit, vermischt mit einem unerklärten Weh in seiner Seele.
Was ihn jedoch von allen diesen Dingen in Wahrheit eingefangen hatte, waren die Stimmen der Mädchen gewesen. Es war nichts

von Musik in ihren Stimmen. Aber die Stimmen wirkten auf ihn wie Musik.
Nur war die Musik von einer anderen Art. Sie war nicht gleich der Musik, die man mit Instrumenten erzeugen kann.
Es war die Weichheit, die in den Stimmen der Mädchen lag. Die tiefe Güte der Frau, die Herzensgeliebte und Mutter zugleich sein kann, wogte in den heißen, girrenden und wollüstig fortfließenden Stimmen, ohne daß sich die Mädchen dessen bewußt geworden wären. Es schien, daß sie an diesem Abend zur Klarheit gekommen waren, wer es ist, der unter allen Männern auf Erden allein die Fähigkeit besitzt, ihnen die Welt in Rosenblüten eingewickelt als Geschenk darzubieten.
Wenngleich Andres nicht die Ursachen kannte, die ihn zu einem seltsamen Erwachen geführt hatten, so wußte er dennoch das eine, daß er nicht mehr derselbe Mann war, der er vor einer Stunde gewesen war.
Es war eine Veränderung in ihm vorgegangen, von der er schon jetzt fühlte, daß sie völlig von ihm Besitz ergreifen würde.
Daß Frauen andere Stimmen hatten als Männer, war ihm nichts Neues. Aber daß Frauen in der Melodie ihrer Stimme sich so weit von dem Manne unterscheiden können, daß allein durch die Tonfärbung ihrer Stimme und durch die Aufdeckung ihrer ganzen Seele in ihrer Stimme sich eine Welt zwischen Mann und Frau zu legen scheint, war ihm eine ungeahnte, neue Erkenntnis.
Diese Erkenntnis erschütterte ihn für eine kurze Zeit derart, daß er von Furcht gepackt wurde. Er begann sich unsicher zu fühlen. Er glaubte plötzlich, sich in der Welt nicht mehr zurechtfinden zu können. Die Sehnsucht nach etwas Unbestimmtem, das aber schön war, verband sich in seinen Empfindungen mit der aufkommenden Unsicherheit und Furcht.
Er bekam plötzlich Furcht vor der Frau. Es war mit ihr etwas verknüpft, das er mit einem Male nicht mehr verstand. Es blieb in ihm nur noch das rein nüchterne Gefühl, daß er allein nur seine Mutter verstehen könne, daß sie allein die einzige Frau auf Erden sei, vor der er keine Furcht habe, nicht jetzt und nimmer.
Aber mit dieser Furcht vor der Fremdheit der Frau überkam ihn gleichzeitig das Verlangen, dem Sprechen der Frau zuzuhören

und sich von der mütterlichen Güte in ihrer Stimme kosen und streicheln zu lassen.
Er wurde tief traurig und hatte das brünstige Verlangen, zu weinen. Die Mädchen waren schlendernd weitergegangen. Er sah, daß sie sich wieder in die Reihen der Mädchen drängten, die auf Tänzer warteten. Durch das scheinbar achtlose Weitergehen jener Mädchen überkam es ihn, daß er jetzt, trotz der Menge von Menschen, die auf der Plaza waren, ganz und gar verlassen und einsam geworden sei. Er hatte keinen Freund. Niemand, der mit gütigen Worten zu ihm sprach. Niemand, zu dem er sprechen konnte über das, was er fühlte und was in ihm vorging.
Er fühlte sich müde werden. Er hoffte, daß er so leicht und schmerzlos hinwegsterben möchte. In diesem Augenblick. Ohne sich auch nur aufrichten zu müssen.
In diesem weichen Dahindenken kam ihm die Erkenntnis seiner Sehnsucht. Und die Sehnsucht, so unbestimmt und schwebend bis jetzt, verdichtete sich zur Klarheit.

Zwölftes Kapitel

I

Es war gewiß recht traurig für ihn, daß er nicht tief genug in die Mysterien der Religion eingedrungen war. Wäre das der Fall gewesen, so wäre er nun in die Kirche gegangen, hätte der Himmelskönigin zwei große, dicke, mit buntem Papier beklebte Kerzen geopfert und sie innig angefleht, ihm doch zu geben, was er sich in seinem Herzen wünschte. Es ist bequemer, die Götter und Göttinnen anzubetteln, als sich selbst zu bemühen, sich das Gewünschte zu verschaffen, sei es durch Arbeit oder sei es durch ein kluges und intelligentes Handhaben der Umstände, die sich bieten. Dinge, die man ernstlich wünscht, erfüllen sich nicht immer, und sie erfüllen sich nur selten genauso, wie man sie sich gewünscht hat. Aber Dinge, die man ernsthaft begehrt, kommen einem viel näher und lassen sich, genügend nahe gekommen, viel leichter ergreifen und festhalten als Dinge, die man nur halben Herzens oder gar nicht begehrt. Das ist sehr natürlich und durchaus nicht mysteriös. Der wenig gebildete und der wenig intelligente Mensch muß beten, um sich auf seine Wünsche konzentrieren zu können. Und darum ist es ganz gleich, zu was einer betet, weil es nicht das Gebet ist, sondern das ernsthafte Begehren, das etwas Begehrtes nahe bringt.

Andres wußte recht wohl aus langer Erfahrung, daß auch nicht ein einziges Loch am Wege verschwindet, wenn man darum betet. Wenn er oder seine Compañeros die Löcher nicht mit Steinen ausfüllen und sorgfältig Ausguck halten, dann geht eben die Carreta in die Brüche. Er wußte, daß ihm der Patron nicht einen halben Real Lohnerhöhung gibt, wenn er stundenlang vor der Heiligen Jungfrau kniet. Er muß das persönlich mit seinem Patron ausfechten, auf geradem oder auf krummem Wege. Und wenn ein Ochse den Abgrund hinunterstürzt, kein noch so inniges Beten holt den Ochsen wieder herauf. Der Ochse muß in stundenlanger blutig-harter Arbeit von den Carreteros wieder auf den Weg gezockelt werden, mit Lassos und Bäumen und Stufenausgraben und Rinnenbauen.

Obgleich die Kirche so eindringlich, aus ihren offenen Portalen heraus, nach ihm rief, kam ihm nicht für eine Sekunde der Gedanke, die Heilige Gottesfrau um den Kameraden zu bitten, den er begehrte.

2

Er war unschlüssig, was er tun sollte. Hingehockt nach Indianerart, wie er war, bewegte er sich kaum. Von einer nur kleinen Entfernung aus gesehen, erschien er in dem Schatten der Wand, gegen die er gelehnt war, wie eine Figur, die zu dem Hause als Ornament gehörte. Selbst den Kopf drehte er nicht. Alles, was er sehen wollte von dem, was auf dem halb erleuchteten Platze vor sich ging, konnte er sehen, beinahe sogar, ohne die Augen zu bewegen.
Nur in seinem Innern war er unruhig geworden durch die Begegnung mit den Mädchen. Er mochte nicht länger mehr hier hocken bleiben, aber er wollte auch nicht gehen. Neues war hier jetzt nicht mehr zu sehen. Das Tanzen der Burschen und Mädchen hielt an. Aber für den, der nur zusieht, wird Tanzen öde. Die Prärie war in schwarze Nacht gehüllt. Die Carreteros schliefen, und die, die nicht schliefen, waren betrunken und blökten sinnlos vor sich hin. Carretas, Ochsen und Carreteros konnte er jeden Tag sehen. Aber eine Feria, wo er lässig dasitzen und unbelästigt zusehen konnte, war etwas Rares in seinem Leben. Wer konnte wissen, wann er die nächste Fiesta so lässig mitfeiern würde wie diese hier. Ein oder zwei Jahre möchten darüber vergehen.
Im Gedanken daran, daß er vielleicht jahrelang keinem Heiligenfeste beiwohnen könnte, wenn es seine Arbeit nicht zuließ und er auf langen Märschen war, beschloß er endlich, wieder ein wenig umherzuwandern zwischen den Verkaufsständen, Lauben und Roulettetischen. Es gab doch immer etwas Interessantes zu sehen. Er dachte daran, zu einer Cantina zu gehen und sich einen kleinen Comiteco einzuschwenken. Vielleicht mochte es geschehen, daß er ein Mädchen traf, das keinen Liebhaber hatte und das einsam hier herumvagierte wie er. Dieser Gedanke, daß er einem Mädchen begegnen könnte, das vielleicht gar wie eines der drei Mädchen sei, die in ihm eine Erregung erweckt hatten, so neu und so seltsam für ihn, ließ sein Blut heiß werden. Es war möglich, daß er

ein Mädchen traf, das willens war, mit ihm zu sprechen, mit ihm zu tanzen, mit ihm über den Markt zu schlendern, mit ihm gar vielleicht ein Stück hinauszuwandern, an den letzten Häusern vorbei, über die kleine Brücke und bis an die letzten Gehöfte, wo die Prärie begann.

3

Er streckte die Beine von sich. Dann griff er nach seinem hohen Basthut, der ihm vom Kopfe gerutscht war.
Als er sich rekelte, um aufzustehen, hörte er einen Laut, der wie ein unterdrücktes Seufzen klang.
Er sah in jene Richtung, rechts von ihm. Während der langen Zeit, die er hier gehockt hatte, war es ihm ein einziges Mal in den Sinn gekommen, in jene Richtung zu sehen. Dort lag tiefe Finsternis, die sich da noch mehr verdichtete, wo sie in ein kleines Gäßchen überging. Da war nichts, was von irgendwelchem Interesse hätte sein können. Alles, was des Sehens wert war, lag vor ihm und links von ihm.
Nur die Kirche lag nach rechts, aber weiter nach vorn.
Als er nun näher zusah, bemerkte er, dicht in den Winkel des Hauses gedrückt, ein kleines Bündelchen Mensch. Ganz eng in sich selbst hineingekrochen, als fürchte es, der Welt und den übrigen Menschen zu viel Platz wegzunehmen. Und es schien, als ob dieses Bündelchen glaubte, es habe überhaupt kein Recht hier auf irgendwelchen Raum. So dicht in sich gekauert hockte es da.
Das Bündelchen rührte sich nicht. Man sah weder Kopf noch Füße. Das alles war eng eingekuschelt in einen Jorongo aus schwarzer Wolle mit dünnen grauen Streifen.

4

Andres vermochte keine Erklärung zu finden, wie das Bündelchen hierhergekommen war, so nahe, daß er es beinahe greifen konnte. Wohl mochte es sein, daß seine Gedanken weit herumgeschweift waren und er nicht beachtet hatte, wann und wie das Bündelchen sich neben ihn gekauert hatte. Vielleicht war es schon hier gewesen, als er sich hier niedersetzte. Jedenfalls hatte er es nicht wahrgenommen.

Und weil es jetzt so unerwartet hier lag, schien es ihm, als wäre es vom Himmel heruntergefallen.
Er schob sich ein wenig näher heran. Und als er das tat, kam es ihm vor, als kröche das Bündelchen noch mehr in sich zusammen.
Wieder hörte er ein leises Aufseufzen, das wie ein Veratmen eines langen Weinens klang.
Mit leiser Stimme fragte er: »Warum weinst du, kleines Mädchen?«
Er erhielt keine Antwort.
Es kam ihm zu Sinn, daß sie wohl kein Spanisch verstehen möchte.
Und er fragte nun in seiner Muttersprache, in Tseltal: »Weshalb, kleines Mädchen, bist du traurig?«
Das Bündelchen regte sich und reckte sich ein wenig hoch.
»Hast du keine Mutter?« fragte er.
»Muquenal«, sagte das Bündelchen leise und seufzte wieder auf.
»Auf dem Friedhof also«, erwiderte Andres.
»Und dein Vater?« fragte er darauf.
»Mee muquenal, tat milvil, nebahachisch, mucul aquil namal«, sagte das Bündelchen. »Meine Mutter auf dem Friedhof, mein Vater erschlagen, ich bin nun verwaist, mein Heimatdorf ist weit von hier.«
Mit diesen wenigen Worten hatte sie wohl ihre ganze Geschichte erzählt.

5

Andres rückte noch näher an sie heran.
Er sagte: »Kann ich dir nicht helfen, kleines Mädchen?«
Sie schwieg eine Weile, als müsse sie nachdenken. Dann sagte sie: »Bocon, ich werde nun gehen.«
»Wohin willst du denn gehen, so spät in der Nacht? Die wilden Hunde werden dich beißen. Und Betrunkene, die draußen auf den Wegen herumliegen, werden dich belästigen.«
»Ich habe keine Furcht«, sagte sie darauf. »Ich habe sehr scharfe Zähne und harte Nägel an meinen Fingern, und ich suche mir zwei dicke Steine und trage sie mit mir im Arm.«
Sie hatte sich, während sie sprach, aus ihrem Jorongo mehr und mehr herausgewickelt. Der Kopf war nun frei.
»Wie alt bist du?« fragte er.

»Jolajuneb, fünfzehn Jahre habe ich«, antwortete sie.
»Anelvaneg, Flüchtling?« fragte er.
»Ja, anesvil, ich bin geflohen von der Finca«, sagte sie.
Ihre Haare waren wirr, verfilzt und ungekämmt, schmutzig und, wie Andres vermutete, voll von Läusen. Ihr Gesicht und ihre Hände waren seit Tagen nicht gewaschen. Ihre Haut war dunkel Bronze, ihre Augen tiefschwarz wie ihr strähniges Haar, sehr groß und glänzend.
Andres konnte alles das jetzt sehen, nachdem sie ihm ihr Gesicht zugewandt hatte und das Licht vom Markt her auf sie fiel.
»Hast du kein Lager für die Nacht?« fragte er.
»Ich werde hinaus auf die Prärie gehen«, sagte sie.
Er lachte sie an. Und als er sah, daß sie sein Lachen mit einem zögernden Lächeln erwiderte, sagte er: »Ich werde dich mit mir nehmen zu den Carretas, und ich werde dir ein schönes warmes und weiches Lager in einer Carreta bereiten. Willst du?«
»Du bist gut zu mir, Binash Yutsil, du schöner Junge«, sagte sie einfach. Und damit hatte sie seine Einladung angenommen.

6

»Laß uns denn erst zum Brunnen gehen«, riet er.
»Warum?«
»Suquel, um uns zu waschen.«
Er war galant und höflich. Denn er hatte gemeint, daß sie sich waschen sollte. Aber weil das nun in Gemeinschaft geschah, tat es ihr nicht weh, zu hören, daß ihr das Waschen sehr vonnöten war.
Er zog ein Stückchen Seife aus der Tasche und gab es ihr. Sie wusch sich unten am Rande des Brunnens, wo das Wasser in die Tränken lief, für die Tiere, die hierhergeführt wurden, um getränkt zu werden. »Warte hier ein kleines Augenblickchen«, sagte er und rannte davon.
In einer Minute schon kam er zurück und brachte einen hölzernen Kamm, den er an einem der Stände für fünf Centavos gekauft hatte.
»Und nun werden wir gehen und uns das Haar recht schön kämmen«, sagte er. Er nahm sie bei der Hand, und sie gingen zurück in den Schatten des Hauses, wo sie sich gefunden hatten.

Sie begann ihr Haar sorgfältig durchzukämmen. Das dauerte eine lange Zeit. Das Haar, von Natur aus sehr dick und strähnig, war wie ein Filzballen.
Er sah ihr zu, lachte und redete mit ihr, als kenne er sie seit vielen Jahren.
Sie wurde vertraulich wie zu einem Bruder. Es schien ihr ungemein wohlzutun, jemanden gefunden zu haben, mit dem sie sich aussprechen konnte.
Diese Vertraulichkeit, die sie ihm entgegenbrachte, erfüllte ihn mit einem seltsamen Gefühl von Wärme. Er hatte ein Empfinden, als bade sein Herz in einem warmen Sonnenlicht. Es rieselte ihm wohl durch den Körper. Die Sehnsucht, die ihn so traurig gemacht hatte, weil sie auf nichts gerichtet schien, und die nur Sehnsucht war um der Sehnsucht selbst willen, löste sich in ihm auf zu einer stillen und großen Freude. Er konnte ihr keinen Namen geben; denn es war eine Freude, die ihm neu war und die sich mit nichts verknüpfen ließ, was er kannte. Er hatte den Wunsch, daß diese Nacht nie zu Ende gehen möge und daß das Mädchen schwatzen und schwatzen möchte, ohne aufzuhören.
Wenn sie beim Kämmen das Haar zurückwarf, um es aufzuschütteln, dann den Kopf, halb gesenkt, wandte und ihm ihr Gesicht zuneigte, ihn anlachte und mit ihren weißen Zähnen in ihrem Lachen spielte, wurde ihm, als wäre eine neue Welt geboren worden.
Er fühlte sich unendlich reich, daß er dem Mädchen einen Kamm kaufen konnte, und reicher noch, daß er ihr eine Carreta als Haus anzubieten in der Lage war.
Endlich war das Mädchen fertig mit ihrem Haar. Sie schüttelte das Haar zurück, wandte ihm nun ihr Gesicht voll zu und lachte ihn an.
Sie zupfte die ausgekämmten Haare aus dem Kamm, klopfte den Kamm auf den Steinen aus und reichte ihn dann ihm zu.
»Das ist dein Kamm, ein Geschenk für dich vom Heiligenfest«, sagte er.
»Ich habe aber keine Tasche, wo ich ihn tragen könnte«, meinte sie lächelnd. »Willst du ihn nicht für mich in deiner Tasche tragen?«
Er nahm ihn und steckte ihn ein und sagte: »Ich bin so froh, daß ich

ihn für dich tragen darf. Dann mußt du immer zu mir kommen, wenn du dein Haar kämmen willst.«
»Das will ich wohl gern tun«, antwortete sie.
Er stand auf und sagte: »Und nun, vehel ta hacabaltic, laß uns zu Abend essen. Willst du? Hast du Hunger?«
Sie warf den Kopf zurück, um von ihrer hockenden Stellung aus ihm in die Augen zu sehen: »Was habe ich für einen großen Hunger, schöner Junge und guter, Binash Yutsil, zwei Tage habe ich nichts gegessen.«

7

Sie gingen zu der kleinen indianischen Küche, wo Andres früher am Abend seine Enchiladas gekauft hatte.
»Nun, was möchtest du denn haben für dein Abendessen, tujom ants?« fragte er freundlich.
Sie wurde dunkel im Gesicht, als er das sagte, und sie blickte verschämt an sich herab. Denn ›tujom ants‹ heißt: schöne Frau. Und in der Weise, wie er es gesagt hatte und sie dabei angelächelt hatte, lag nicht nur eine Bewunderung, sondern mehr.
Aber dann wandte sie den Kopf und sah ihn von der Seite aus lächelnd und mit halb zugekniffenen Augen an.
»Na?« fragte er wieder. »Was will das kleine Mädchen zum Abendessen haben?«
»Tibal«, erwiderte sie, »Fleisch, tüchtig Fleisch, ich habe sehr viel Hunger.«
Er bestellte die Enchiladas. Während sie der Zubereitung zusahen, sagte sie: »Ich bin aber gar kein kleines Mädchen mehr. Ich bin jetzt groß. Ich blute schon mehr als ein Jahr. Das darfst du mir glauben, Binash Yutsil huinic, du hübscher Bursche.«
Dabei lachte sie wieder.
Sie war barfuß. Der steife schwarzwollene Kittel, zerlöchert und mit Streifen angetrockneter Erde beschmiert, reichte ihr nur gerade bis an den Beginn ihrer muskulösen Waden. Die Beine gleichwie die Arme sahen aus wie leicht poliertes Mahagoniholz. Ihre Füße waren sehr klein, aber die Zehen standen breit und in gesunder Form nebeneinander. Nie hatte sie ein Schuh in ihrem Wachstum gehindert.

Unter dem Kittel schien sie kein Hemd zu haben. Aber die Brust war bekleidet mit einem weißen Baumwolljäckchen, dessen Saum mit roter Wolle in einfachen Linien und mit schlichten Sternchen bestickt war. Das Jäckchen war tiefgrau von Schmutz und eingefressenem Staub.
Über dem Jäckchen trug sie den Jorongo, eine schwarze rauhe Wolldecke mit dünnen grauen Streifen eingewebt. Die Wolldecke hatte einen Schlitz in der Mitte, durch den sie den Kopf gesteckt hatte. So fiel der Jorongo schützend über ihre Brust. Er war kurz und reichte ihr nur bis an die Hüften. Hier an den Hüften war der Wollkittel zu einem dicken Wulst aufgerafft, weil der Kittel, indianischer Mode folgend, so weit war, daß er nie geändert zu werden brauchte, wenn die Trägerin hoffend war. Er wurde gehalten von einem breiten roten Wollband, das sie um die Hüften gewunden und ineinandergedreht hatte.
Ihre Arme waren nackt bis über den Ellbogen hinaus. Der Hals war offen, aber der Nacken war bedeckt von ihrem dicken, dichten, wuschligen, trotz des Kämmens immer noch filzigen Haar, das ihr lang bis an die Hüften fiel.
Die Enchiladas waren endlich fertig geworden. Er bezahlte, ließ sich noch etwas Salz in ein Stück Bananenblatt geben und eine kleine Zitrone.
Dann sagte er: »Wir werden dort drüben auf der Kirchtreppe essen und später hierher zurückkommen und jeder ein Töpfchen Kaffee trinken.«
»Hutsil«, sagte sie lachend, »das ist recht so.«

8

»Willst du nicht auch essen?« fragte sie, als sie auf den Stufen der Treppe saßen.
»Ich habe schon gegessen, und ich habe jetzt keinen Hunger«, erwiderte er.
»Dann mußt du aber hier von jeder Enchilada erst einmal abbeißen, sonst schmeckt es mir gar nicht, und ich bleibe hungrig«, sagte sie und hielt ihm eine Enchilada an den Mund.
»Wie heißest du, kleines Mädchen?« fragte er.
»Ich habe noch keinen Namen«, antwortete sie. »Meine Mutter

und mein Vater haben mich nur immer Huntic gerufen, Kindchen, nichts weiter. Und in der Finca die Herrin hat mich immer nur gerufen Antsil vinic, Magd. Und der José, der Sohn des Herrn, hat mich immer gerufen Mejayel.«

»Warum hat er dich Mejayel gerufen?« fragte Andres ärgerlich. »Einen so häßlichen Namen für dich, kleines Mädchen. Wie niederträchtig dieser José doch sein muß! Da drüben, in der Cantina, siehst du, jedes bemalte Mädchen, das dort den Comiteco den Männern an den Tisch bringt, sich den Männern auf die Knie setzt und sich von den Männern unter die Röcke und an die Brüste greifen läßt, um dafür gut von ihnen bezahlt zu werden, jede dieser Mädchen ist eine Mejayel.«

Sie verstand das nicht alles, weil ihr das, was Andres erzählte, so neu und unverständlich war wie einem normalen Menschen die Fabel von der Erbsünde. Aber sie begriff, daß sich eine fremde und ungewohnte Welt vor ihr eröffnete. Sie sah keine Zusammenhänge der Geschehnisse in dieser neuen Welt. So glaubte sie, beim ersten Zusehen wenigstens, daß sie keine Zusammenhänge erkenne. Als sie aber häufiger in jene Cantina hinübergeblickt, häufiger die Mädchen und deren Hantierungen beobachtet hatte und dabei versuchte, das, was sie sah und beobachtete, in Einklang zu bringen mit dem, was ihr Andres soeben erklärt hatte, begann sie langsam zu verstehen. Sie begann sogar die Zusammenhänge viel rascher in ihrem Kopfe zu ordnen, als Andres das erwartet hatte. Und nach einer Weile Zusehens und Nachdenkens erkannte sie, daß in jener Cantina dasselbe getan wurde, was sie auf der Finca gesehen hatte. In der Cantina, das nächste Haus zur Kathedrale, war lediglich die Verkleidung und die Beleuchtung eine andere. Das war der einzige Unterschied.

Sie sagte dann: »José hat gelogen. Ich weiß jetzt, was eine Mejayel ist. Aber José hat gelogen, ich bin keine Mejayel. Er wollte mich aber zu einer machen. Das weiß ich jetzt. Und das ist der Grund, warum ich fortgelaufen bin von der Finca.«

»Ich will dir alles erzählen, Binash Yutsil«, sagte sie, als sie gegessen hatte.

»Laß uns vorerst ein Töpfchen Kaffee trinken gehen, du wirst gewiß durstig sein«, riet Andres.

9

Sie saßen dann wieder auf der Kirchtreppe. Aus der Kirche hörten sie das ewige Gemurmel der betenden Frauen, hin und wieder ein monotones Gesinge.
Das Lärmen und Schreien der Händler auf dem Platze ebbte ab. Es wanderten noch immer viele Leute herum; aber niemand kaufte mehr etwas. Nur an den Spieltischen, an der Roulettebank, an den Würfeltischen, an dem großen ratternden Rad mit Nummern, wo die bösartigen, goldbekleckssten Blumenvasen, die japanischen Fächer und die verrosteten Weckeruhren ausgespielt wurden, an den großen Bankettafeln, wo die Leute Bohnen auf Karten legten, um je nach Ausrufen der ausgespielten Karten vier Bilder in eine Reihe zu bekommen, wodurch sie einen Strauß von Papierblumen, ein Branntweinglas oder einen Kamm gewinnen konnten, da bildeten sich jetzt größere Knäuel von Leuten, die teils spielten und teils zusahen.
An diesen Bankettafeln ging es am lautesten zu. Man hörte das Schreien des Mannes, der die Karten aufdeckte: »El Diabolo!«, und »El Diabolo!« wiederholte sein Gehilfe, damit jeder der Spielenden die ausgespielte Karte, wenn sie auf sein Blatt fiel, mit einer Bohne besetzen konnte. »El Globo« – »El Globo«; »El Alacran« – »El Alacran«; »La Vaca« – »La Vaca«. Die Ausrufer der ausgespielten Karten liebten es, die Bilder der Karten, die aufgedeckt wurden, mit Reden zu würzen, von denen sie glaubten, daß sie witzig seien.
Mehrere der Händler begannen, ihre Tische mit geölter Leinwand zu überdecken; andere packten ihre Waren in Kisten; wieder andere deckten über die ausgebreiteten Waren Schilfmatten. War das getan, dann legten sich die Händler und die Händlerinnen unter dem Tisch oder neben dem Tisch auf einer Matte zum Schlafen nieder.
Mehr und mehr der rußenden Laternen und der Blechflaschen, in denen ein Stück Baumwolle, in Öl getränkt, schwelte, verlöschten. Die auf und ab wandernden Leute erschienen wie gespenstische Schatten zwischen den Tischen der Händler, die ihr Geschäft für heute geschlossen hatten.

In der Nähe des Brunnens wurde aber freudig weitergetanzt. Aus einer weit zurückliegenden Straße hörte man die wehmütig quellenden, flötenden, brummenden Töne einer Marimba. Zuweilen klang sie wie Harfen, zuweilen wie Hoboes in allen Größen, zuweilen wie das Singen tiefer voller Frauenstimmen, zuweilen wie ein sanftes Glockenspiel. Irgendein Bürger der Stadt hatte eine Privatfeierlichkeit in seinem Hause, oder ein Liebhaber brachte seinem Mädchen ein Ständchen, oder eine Familie feierte den Heiligentag eines ihrer Mitglieder.
»Möchtest du nicht ein wenig mit mir tanzen?« fragte Andres.
»Ich möchte wohl mit dir tanzen, mein hübscher Junge, aber ich fürchte mich«, sagte sie.
»Brauchst keine Furcht zu haben, kleines Mädchen«, beruhigte er sie. »Da sind keine Ladinos beim Tanz, alle sind Leute wie wir, Indios, wie du und ich. Laß uns gehen.«
Sie gingen zu den Tanzenden.
Niemand achtete auf sie.
Er sah aus wie alle übrigen Burschen hier, und sie war wie mehrere andere der indianischen Mädchen umliegender Ortschaften, die zum Fest gekommen waren.
Er gab ihr sein buntes Halstuch in die Hand; und sie tanzten ihren indianischen Zapateado, fröhlich und unbekümmert wie alle übrigen, die sich hier zum Tanz eingefunden hatten.
Sie vergaßen völlig, daß sie sich nur zwei Stunden erst kannten. Und es störte sie nicht, daß keiner von beiden den Namen des andern wußte. Es war ihnen beiden, als hätten sie sich schon gekannt in jener fernen Zeit, wo die Welt zu erwachen begann.

10

Es wurde spät in der Nacht.
Die Musikanten wurden müde. Sie spielten nun schon drei Wochen lang während des Tages und während der Nacht, oft bis in den neuen hellen Tag hinein. Sie verdienten nicht viel. Denn wer zu ihnen zum Tanzen kam, hatte nur wenig Geld auszugeben. Aber sie, Indianer wie alle hier, schienen sich genügend bezahlt, daß sie andern Menschen Freude bereiten durften, daß sie die Kümmernisse, die jeder einzelne hatte, der zu ihnen kam, verges-

sen machen durften, wäre es auch nur für einige fröhliche Stunden der Nacht.

»Nun werden wir wieder ein Krügchen Kaffee trinken gehen und uns süßes Brot dazu kaufen«, schlug Andres vor, als das Mädchen ihm sein Tüchelchen zurückgab.

»Ganz wie du willst, Binash Yutsil«, sagte sie, ihn anlachend. »Befiehl, und ich gehorche dir.«

Er nahm sie beim Ellbogen und führte sie so zu der Küche der Indianerin, die schläfrig neben ihrem Öfchen hockte. Diese Frau saß hier Tag und Nacht und kochte für die hungrigen indianischen Gäste, die zu ihr kamen. Auch sie war schon, wie die Mehrzahl der Händler und Spieltischbesitzer, in Sapalut zum Fest gewesen. Es war nicht zu erraten, wann sie eigentlich schlief. Sie hatte gewiß die Gabe, ausreichend zu schlafen, während sie neben ihrem Öfchen hockte und gerade keine Gäste vor dem Tisch standen. Ihre Gäste hatten nie Eile, nie drängten sie, nie redeten sie laut und verdrossen, wenn die Enchiladas nicht schnell genug fertig waren. So mochte die Indianerin ihre Nickerchen tun, während sie scheinbar am Öfchen herumwirtschaftete. Wenn sie sah, daß niemand am Tisch stand, dann zog sie ihren Rebozo weit über das Gesicht, und sie schlief sofort so fest, daß sie schnarchte. Aber eine ihrer Töchter brauchte nur halblaut zu rufen: »Madrecita, dos con pollo, dos con res, zwei mit Hühnchen und zwei mit Rindfleisch«, da war sie auch schon wieder wach, und wie ein Automat bereitete sie die verlangten Enchiladas, ohne sich in den verschiedenen Salaten und Tunken je zu vergreifen. Ihre erste Bewegung, wenn sie aus dem Schlaf geweckt wurde, war, ebenso automatisch, das glimmende Feuer anzublasen. Das glimmende Feuer anzublasen, das auf der Erde oder auf einem Lehmherd Tag und Nacht schwelt, ist immer die erste Tätigkeit einer Indianerin nach dem Aufwachen; wie es auch die erste Tätigkeit der indianischen Burschen ist, die einen Reisenden in den Dschungeln und Urwäldern begleiten.

11

Es war nun recht empfindlich kalt geworden. Und der heiße Kaffee, erweitert durch einige Biscochos, einige süße Brote, tat den beiden jungen Leutchen gut und machte sie froh.

»Ich denke, kleines Mädchen, du wirst wohl nun recht müde sein«, sagte Andres weich. »Wie wäre es, wenn du nun schlafen gehen würdest? Ich bereite dir ein vortreffliches warmes Lager in einer Carreta, wo du schlafen magst, solange und soviel du willst.«

Unbefangen erwiderte sie: »Wenn du das befiehlst, so muß ich dir wohl gehorsam sein.«

»Willst du mir immer gehorchen, kleines Mädchen?« fragte er leise.

»Immer«, sagte sie einfach, »immer, denn du bist gut zu mir.«

Sie gingen durch die langen stillen Straßen. Je weiter sie sich von der Plaza entfernten, um so dunkler wurde es. Die Straßenlampen waren verlöscht.

Sie stolperten oft.

Weil die Behörden, oder genauer die Leute, die Behörde waren, die Gelder, die der Verbesserung der Straßen dienen sollten, in einer Weise verwendeten, die ihnen nützlicher erschien, und darum ihren eigenen persönlichen Zwecken dienstbar machten, so waren die Straßen in einem bejammernswerten Zustande, sobald man nicht mehr im eigentlichen Mittelpunkt der Stadt war. Ausgebrochene Steine, tiefe Löcher und Gruben, in denen man drei Meter tief versank, wenn man hineinfiel, tiefe Rinnen und Furchen, gefüllt mit schleimigem Unrat und stinkendem Morast, Wasserpfuhle und Lachen von überlaufenden Kloaken, Baumstämme, Bretter, Carreta-Deichseln, heruntergefallene Hausdächer und abgebrochene Hauswände fanden sich kreuz und quer in den Straßen der äußeren Stadt. Brückchen hatten mittendrin große Löcher, einige hatten Geländer, aber teils ausgebrochen, andere hatten überhaupt kein Geländer. Am Tage war es schon schwierig genug, diese Straßen ohne Fährnisse zu begehen. Nachts lauerten Gliederbrüche und Bäder in stinkenden Gruben alle zehn Schritt.

Andres zog aus seinen hinteren Hosentaschen Kienspäne und

zündete sie an, um den Weg zu beleuchten. Eine elektrische Taschenlampe, einer seiner höchsten Wünsche in seinem Leben, hatte er bis jetzt nicht erwerben können. Er sah auch keine noch so ferne Möglichkeit, jemals in seinem Leben eine solche Lampe zu besitzen.
Aber er wie auch das Mädchen waren an Kienspäne gewöhnt. Weder im Hause noch bei der Arbeit hatten sie anderes Licht. Jede Carreta hatte freilich eine Laterne. Aber diese Laterne war so wenig von wirklichem Nutzen, daß die Carreteros, wenn sie ernsthaft gutes Licht benötigten, Kienspäne zum Leuchten brauchten. Sie hatten darum auch immer einen guten Vorrat von Kien in ihren Carretas. Der Kien kostete den Herrn keinen Cent; denn die Carreteros schnitten ihn auf ihren Wegen aus den Tannen heraus, die sie antrafen und die sie nicht befragten, wem sie gehörten. Das verbilligte für ihre Herren die Ausgaben für Petroleum der Laternen.
Die Stadt ist sehr weit gebaut; denn jede Familie wohnt in einem besonderen Hause, und jedes Haus hat einen geräumigen Patio oder Hof. Darum dauerte es eine gute Zeit, ehe die beiden Leutchen an den letzten Häusern der Stadt angelangt waren. Hier wurde der Weg sicherer als in der Stadt; denn die große Prärie breitete sich vor ihnen aus.

12

Andres setzte sich auf eine Böschung und sagte: »Laß uns hier ein wenig rasten und eine Zigarette rauchen. Willst du?«
»Ich will«, sagte sie, und sie setzte sich neben ihn.
Er rollte Zigaretten in trockene Maisblätter, die er bei sich trug, und gab ihr eine.
»Wenn wir nicht ein wenig rauchten«, sagte er erklärend, »könnten wir es hier nicht ertragen, der vielen Moskitos wegen.«
Die schwere Nacht lag über ihnen und um sie mit tiefer Wucht. Aber sie lastete nicht auf ihnen und drückte sie nicht. Es war ein weites geräumiges Fluten von satter Dunkelheit und von wohltuender Ruhe.
Auf der Prärie geigten und summten und flöteten die Grillen und was sonst im Grase leben und sich freuen mochte. Zuweilen hörte

man aus weiter Ferne das tiefe Brummen eines Rindes oder das klagende Trompeten eines Mules.
Die Sterne funkelten und glitzerten über ihnen in tropischer Klarheit wie kleine Sonnen.
Dann flatterten einige Fledermäuse dicht über die beiden hin, kamen zurück und umkreisten sie in Bogen, die bald weit waren, bald eng.
Von der Stadt her glimmerten einige Lichter verloren herüber.
Einige Male krackerten verspätete Feuerwerkskörper über die Stadt hin, und es schossen hier und da einige Raketen durch die Luft, um den heiligen Caralampio wieder aufzuwecken. Er wird doch nicht etwa gar schlafen wollen an seinem Geburtstage! Das kann ihm nicht erlaubt werden.

13

Sagte das Mädchen: »Wenn ich die Sterne sehe, so weit ausgebreitet über den tiefschwarzen und dennoch so klaren Himmel, funkelnd, als wollten sie sprechen, dann muß ich an meine liebe Mutter denken. Vielleicht wohnt sie jetzt auf einem dieser Sterne. Sie liebte die Sterne mehr als irgend sonst etwas in der großen Natur. Nachts konnte sie viele Stunden vor der Hütte sitzen und die Sterne ansehen und sich an ihnen erfreuen, mich auf ihrem Schoße oder zwischen ihren Knien haltend. Und einmal in einer solchen Nacht, als mein Vater vom Finquero für einige Tage hinweggeschickt war mit Rindern, erzählte mir meine Mutter eine Geschichte von den Sternen. Ich habe diese Geschichte nie vergessen. Ich trage sie immer in meinem Herzen. Und darum fürchte ich mich nicht in der Nacht, so schwarz sie auch sein möge. Ich habe die Geschichte nie jemand erzählt, weil sie mir heilig ist als das Liebste und Schönste, was mir meine gute Mutter hinterlassen konnte. Aber dir, Binash Yutsil, dir will ich die Geschichte wohl erzählen. Denn du bist gut zu mir, so gut zu mir, wie nur meine Mutter zu mir war, sonst niemand auf der Welt. Nicht einmal mein lieber Vater, der immer müde war von vieler Arbeit und immer voller Wunden war an seinem Körper von dem Arbeiten im Dschungel.«
Nach einer langen Weile, als sie sich gegen ihn lehnte, um sich

gegen den kühlen Wind, der heraufzog, besser zu schützen, sagte er leise und zart: »Diese Geschichte, kleines Mädchen, ist das allerschönste Geschenk, das du mir geben kannst. Und ich will dir so gut und so mit Andacht zuhören, als ob deine liebe Mutter zu mir spräche. Ich glaube gewißlich, daß sie auf einem der Sterne wohnt und heruntersieht auf dich und dich mit allen ihren Kräften schützt vor jedem Unheilvollen, das dich verletzen könnte.«
Sie schmiegte sich dichter an ihn. Und er nahm sie in seine Arme und kuschelte sie wohlig in seinen Jorongo.

14

Ebenso leise, wie er gesprochen hatte, sagte sie: »Es ist die Geschichte von dem Gotte, der die Sonne schuf.
Die bösen Geister, die die Menschheit vernichten wollten, weil sie eine Schöpfung der guten Götter war, hatten die guten Götter besiegt und sie alle erschlagen.
Als das geschehen war, löschten sie die Sonne aus mit Schnee und mit Eis und mit kalten Stürmen.
Und da begann eine ewige Nacht auf Erden.
Alles war von Eis bedeckt.
Die Menschen froren zu Tode.
Es wuchs nur ganz spärlich Mais, der die Menschen mit großer Not am Leben hielt.
Aber viele, viele starben Hungers.
Es wuchsen keine Bäume mehr mit süßen Früchten.
Es blühten keine Blumen mehr.
Es sangen keine Vögel mehr.
Die Grillen und Zikaden hörten auf zu geigen und zu flöten.
Die Menschheit starb dahin, und alle Tiere der Wälder und der Prärien starben, so daß auch die Männer immer seltener ein Tier erjagen konnten, um ihre Frauen und Kinder zu ernähren und sie mit wärmenden Fellen zu bekleiden.
Als die Not nun immer größer wurde, da riefen die Häuptlinge und Könige der indianischen Völker einen großen Rat zusammen, um zu beschließen, wie sie eine neue Sonne schaffen könnten.
Denn am Himmel standen nur die klaren Sterne.
Die Sterne hatten die bösen Geister nicht auslöschen können.

Auf ihnen lebten die Geister der abgeschiedenen Menschen, die sich vortrefflich zu verteidigen verstanden, weil ihnen von den guten Göttern Kraft verliehen worden war und es ihre Aufgabe war, für ewig die Sterne am Leuchten zu erhalten.
Viele Wochen lang dauerte der große Rat der Könige.
Aber niemand wußte einen Weg, wie man eine neue Sonne schaffen könnte.
Nun war unter den Königen ein Sabio, ein großer Weiser, der mehr als dreihundert Jahre schon alt war und alle Geheimnisse der Natur gelernt hatte.
Und der sagte: ›Wohl gibt es einen Weg, eine neue Sonne zu schaffen.
Ein junger, starker und sehr tapferer Mann muß zu den Sternen gehen.
Dort muß er die Geister der Abgeschiedenen bitten, ihm von jedem Stern ein kleines Stückchen zu geben.
Diese kleinen Stückchen Steine muß er sammeln, an seinen Schild heften und mit sich tragen, höher und immer höher, bis er endlich oben im Mittelpunkt des Himmelsgewölbes angelangt ist. Und wenn er dort endlich angekommen ist, wird der Schild sich in eine große leuchtende und heiße Sonne verwandeln.
Ich selbst würde wohl gehen und es tun.
Aber ich bin alt und schwach.
Ich vermag nicht mehr gut zu springen.
Ich kann darum nicht von einem Stern zum andern springen.
Und ich bin auch nicht mehr stark und gewandt genug, Speer und Schild zu führen und mit den bösen Göttern zu kämpfen, die es verhindern werden, daß eine neue Sonne geschaffen wird.‹
Als der Weise gesprochen hatte, sprangen alle Könige, Häuptlinge und großen Krieger, die im Rat saßen, auf und riefen: ›Wir sind bereit, zu gehen.‹
Darauf sagte der Weise: ›Es tut euch viel Ehre, daß ihr gehen wollt.
Aber es kann nur einer gehen, und dieser eine muß allein gehen mit seinem Schild, weil nur eine Sonne geschaffen werden darf.
Zu viele Sonnen würden die Erde verbrennen.
Derjenige, der geht, muß das größte Opfer bringen, das ein Mensch nur bringen kann.

Er muß sein Weib verlassen, seine Kinder, seinen Vater und seine Mutter, seine Freunde und sein Volk.
Er kann niemals wieder zurückkehren auf die Erde.
Er muß für ewig am Himmelsgewölbe wandern, den Schild in seiner Linken; und er muß für ewig gerüstet sein, die bösen Götter, die nicht ruhen werden, die Sonne abermals auszulöschen, zu bekämpfen.
Er kann die Erde und sein Volk immer sehen, aber er kann nicht mehr zurückkehren.
Er ist für ewig ein Einsamer im Weltall.
Bedenke das ein jeder wohl, ehe er gehe.‹
Als die Könige das vernahmen, wurden sie alle sehr verzagt.
Keiner von ihnen wünschte sich für ewig von seiner Frau und seinen Kindern, von seiner Mutter, von seinen Freunden und von seinem Volk zu trennen.
Ein jeder von ihnen zog vor, dereinst zu sterben und unter seinem Volke und in seiner Erde zu ruhen.
Da war ein langes Schweigen im Rat.
Aber dann endlich sprach einer der jüngsten Häuptlinge: ›Ich möchte reden, ihr tapferen Männer.
Ich bin jung und stark und wohlgeübt in den Waffen.
Ich habe eine junge und schöne Frau, die ich sehr liebe, mehr als mich selbst.
Und ich habe einen prächtigen Jungen, der gleich meinem Herzblut ist.
Und ich habe eine liebe und gütige Mutter, deren Schutz und deren Hoffnung ich bin.
Und ich habe viele geliebte Freunde.
Und ich liebe mein Volk, in dem ich geboren wurde und von dem ich ein untrennbares Teilchen bin.
Aber mehr als mein Weib, mehr als meinen Jungen, mehr als meine Mutter, meine Freunde und mein Volk liebe ich die Menschheit.
Ich kann nicht vollkommen glücklich sein, wenn ich die Menschheit leiden sehe.
Die Menschen brauchen eine Sonne.
Ohne Sonne muß die Menschheit vergehen.

Ich bin bereit, zu gehen und den Menschen die Sonne zu bringen, was immer auch mein Los und mein Schicksal sein möge.‹

Es war Chicovaneg, der so gesprochen hatte.

Er nahm Abschied von seinem Weibe, seinem Jungen, seiner Mutter und seinem Volke.

Versehen mit dem Rat des Weisen, machte er sich auf, sich auszurüsten.

Er fertigte sich einen starken Schild aus Tigerhaut und aus Schlangenhaut.

Er fertigte sich einen Helm aus einem mächtigen Adler.

Und er fertigte sich starke Schuhe aus den Tatzen eines mächtigen Tigers, den er im Dschungel erlegt hatte.

Dann ging er aus, die gefiederte Schlange zu suchen.

Er fand sie nach vielen Jahren Suchens in einer tiefen dunklen Höhle.

Sie war das Symbol der Welt.

Darum wurde sie bewacht von einem bösen Zauberer, der im Solde der bösen Götter stand.

Mit viel List und Klugheit gelang es ihm, den bösen Zauberer zu erschlagen.

Er machte ihn trunken mit süßen Säften aus Maguey.

Und als der böse Zauberer ganz im Rausche lag und alle seine vierzig Augen geschlossen waren, schlich sich Chicovaneg heran und tötete ihn mit seinem Speer, den er vergiftet hatte mit hundert Giften, die ihm der Weise alle genannt hatte.

Dann sang er süße Lieder, und auf seiner Schalmei flötete er schmelzende Melodien; und da kam die gefiederte Schlange hervor und folgte ihm, allen seinen Befehlen gehorchend.

Hierauf ging Chicovaneg auf seine große Wanderung, bis er nach vielen Jahren und unter vielen Kämpfen mit bösen Göttern an das Ende der Welt kam.

Hier waren die Sterne am tiefsten über der Erde.

Den untersten Stern konnte er mit einem leichten Sprung erreichen.

Er erzählte den Geistern der Abgeschiedenen, die hier auf diesem Sterne wohnten und die schwarz waren von Angesicht, weil sie nicht indianischen Blutes waren, daß die Menschen keine Sonne

hätten und daß er sein Weib und sein Volk verlassen habe, um den Menschen eine neue Sonne zu bringen.
Die Geister gaben ihm freudig ein kleines Stückchen ihres Sternes, um den Menschen zu helfen.
Chicovaneg heftete das Stückchen mitten auf seinen Schild, wo es sofort in strahlender Schönheit zu leuchten begann wie ein Diamant.
Von nun an vermochte er seinen Weg in der tiefen Nacht schon besser zu sehen, weil dieses winzige Sternlein an seinem Schild ihm leuchtete. Nun sprang er von Stern zu Stern.
Und überall, wohin er auch immer kam, und ganz gleich, ob die Geister gelben, weißen, braunen oder schwarzen Angesichtes waren, sie gaben ihm willig ein kleines Stückchen ihres Sternes.
Und als er zu jenen kam, die seines Blutes waren, wurde er mit großen Freuden empfangen.
Sie waren stolz darauf, daß es einer ihres Blutes sei, der den Menschen die Sonne bringen wolle.
Sie stärkten seinen ermüdeten Körper und schärften seine Waffen.
Mit jedem Sprung, den er von einem zum andern Stern tat, wurde sein Schild leuchtender.
Und als der Schild nun endlich so leuchtete, daß er den größten der Sterne weit überstrahlte, da wurden die bösen Götter seiner gewahr.
Sie erkannten, daß er auf dem Wege war, den Menschen eine neue Sonne zu schaffen.
Und sie begannen, ihn mit großer Wut zu bekämpfen und ihn am Weitergehen zu hindern.
Sie ließen die Erde erbeben, um die Sterne zu erschüttern, damit er den Sprung zum nächsten Stern verfehlen sollte.
Sie wußten wohl, daß, wenn er auch nur einen Sprung verfehle, er dann in das schwarze Weltall fallen würde, aus dem er sich nicht mehr befreien könne, weil hier die bösen Götter alle Macht in Händen hatten.
Aber Chicovaneg war klug.
Wenn ein Stern zu klein war, um ihn gut zu sehen, dann ließ er die gefiederte Schlange erst Aussicht halten.
Und sie sagte ihm die Entfernung, so daß er im richtigen Schritt

anlaufen konnte, um nicht zu kurz zu springen, um aber auch nicht über den Stern hinwegzuspringen.
War die Entfernung zu groß für einen Sprung, so ließ er die gefiederte Schlange zuerst hinüberfliegen, und sie hielt ihren Schweif so herabhängend, daß er mit leichtem Sprung den Schweif erhaschen und an dem Körper der gefiederten Schlange hinaufklettern konnte. Als er nun immer höher stieg am Himmelsgewölbe und sein Schild immer leuchtender wurde, begannen endlich die Menschen auf der Erde ihn zu sehen.
Sie wußten, daß er ihnen nun die Sonne bringen würde.
Und sie wurden fröhlich und feierten viele Feste.
Aber sie konnten auch sehen, wie schwer sein Weg war.
Und wenn sie die Entfernung zum nächsten Stern sahen und erkannten, daß er diesen Stern in seinem Sprung vielleicht gar fehlen würde, so bemächtigte sich ihrer eine tiefe Verzweiflung.
Sie sahen auch den Kampf der bösen Götter gegen ihn.
Die bösen Götter ließen heftige Stürme heulen, die alle Hütten der Menschen zerstörten und ihre Felder verwüsteten.
Die bösen Götter überschwemmten die Erde mit Wasserfluten, und sie ließen die Berge feurige Lava ausspeien, um die Menschen zu vernichten, ehe die Sonne am Himmel stand.
Und die bösen Götter schleuderten glühende Steine nach dem hinaufklimmenden Chicovaneg.
Sie warfen so viele, daß Tausende der Steine noch bis heute über den nächtlichen Himmel dahinfliegen.
Aber höher und höher stieg Chicovaneg.
Leuchtender und immer leuchtender wurde sein Schild.
Blumen begannen zu wachsen und zu blühen auf Erden.
Die Vögel kamen wieder und sangen fröhliche Lieder.
Mangos und Papayas begannen zu reifen, und Bananen, Tunas, Tomaten gab es bald in Fülle.
Und dann endlich, als die Menschen eines Tages aufsahen, stand die Sonne strahlend und warm am Himmelsgewölbe, mitten am Himmel hoch über ihnen.
Und sie feierten ein großes Sonnenfest, Chicovaneg zu Ehren.
Aber ohne Unterlaß sind die bösen Geister am Werk, die Sonne wieder auszulöschen.

Dann hüllen sie die Erde in schwarze Wolken und machen die Leute fürchten, daß die Sonne nun ausgelöscht sei.
Jedoch Chicovaneg, der Tapfere, ist auf der Wacht.
Hinter seinem goldenen Sonnenschild kauert er, um die Menschen vor den bösen Göttern zu schützen.
Und wenn die bösen Götter es gar zu arg treiben, dann gerät er in Zorn, und er schleudert seine blitzenden Pfeile über die Erde hin, um die bösen Götter, die sich in den schwarzen dicken Wolken verstecken, zu treffen und zu verjagen.
Dann rüttelt er an seinem Schild, daß wildes Donnern die Lüfte erzittern macht.
Und wenn er endlich die bösen Götter verjagt hat, dann malt er seinen buntfarbigen Bogen am Himmel auf, um den Menschen zu verkünden, daß sie ruhig sein mögen und daß er nicht zugeben wird, daß die Sonne noch einmal von den bösen Göttern verlöscht und zerstört werde.«

15

Das Mädchen, noch immer dicht an Andres gekuschelt, hatte wohl ihre Geschichte beendet. Sie sagte nichts mehr.
Andres fragte nach einer Weile: »Hat dir deine Mutter auch erzählt, wer den Huh schuf, den Mond?«
»Ja«, sagte sie.
»Der Sohn des Chicovaneg.
Als der Sohn herangewachsen war, wollte er seinen Vater besuchen gehen.
Er konnte jedoch keine gefiederte Schlange finden, weil die eine, die es gab, sein Vater mitgenommen hatte und, als er die Sonne geschaffen hatte, ihr gebot, sich unten rund um die Erde zu legen, dort wo das Himmelsgewölbe auf der Erde ruht.
Hier liegt sie auf der Wacht gegen die bösen Götter, die auf der andern Seite des Himmelsgewölbes sind und hier einbrechen wollen, um die Macht der bösen Götter unter dem Himmelsgewölbe zu verstärken.
Aber Chicovaneg ist klug.
Er traut der gefiederten Schlange nicht ganz und fürchtet, sie möchte schlafen und ihre Wacht vernachlässigen.

Darum steigt er jeden Abend hinunter zu ihr, um zu sehen, ob sie auch nicht etwa schläft.
Und da es nur eine gefiederte Schlange gibt, so mußte der Sohn sich ein anderes Tier suchen, das ihm helfen konnte, am Himmelsgewölbe hinaufzusteigen.
Er wählte sich ein Kaninchen, weil ein Kaninchen gut springen kann. Auch er sprang, mit Hilfe des Kaninchens, von Stern zu Stern.
Aber die Geister der Abgeschiedenen konnten ihm nicht mehr so viel von ihren Sternen abgeben, wie sie seinem Vater gegeben hatten.
Die Sterne wären sonst zu klein geworden.
Und darum ist sein Schild nicht so groß und so glänzend wie der seines Vaters.
Aber um seinem Vater nahe zu sein, folgt er ihm über das ganze Himmelsgewölbe, und wenn er an seinem Vater vorübergeht, grüßt er ihn von seiner Mutter, die auf einem hohen Berge unter einem Mantel von Schnee schläft.
Das Kaninchen, das der Sohn mitnahm, um mit seiner Hilfe besser von einem Stern zum andern springen zu können, kannst du wohl in seinem Schilde sehen.«

16

Andres blickte um sich, über die weite Prärie hinweg und hinauf in das Himmelsgewölbe. In seinem Geiste sah er den jungen Häuptling an den Sternen hinaufklimmen.
Die Poesie, die er empfand, als das Mädchen diese Geschichte ihrer Religion erzählte, ruhte nicht in der Erzählung selbst. Er fühlte die Poesie vielmehr in der schlichten Art, in der das Mädchen erzählte, in ihrer weichen ruhigen Stimme und am stärksten darin, daß das Mädchen, während es erzählte, ihn erleben ließ, daß sie sich in seiner Nähe und in seinen Armen geborgen fühlte gegen alle Wehen der Welt. Er fand sich groß und stark werden in dem Bewußtsein, daß er sie schützen durfte, daß er sie beschützen konnte und daß sie sich ganz und gar, ohne zu fragen, ohne zu bedenken, unter seinen Schutz stellte.
»Sie ist wie ein hilfloses Singvögelchen, das aus dem Nest gefallen

ist«, sagte er leise. Sie gab keine Antwort. Aber sie schien seine Worte gehört zu haben, ohne sie jedoch aufzunehmen. Denn sie kuschelte und rekelte sich noch dichter in seine Arme hinein.

Aber wenn er wieder aufsah zu dem gestirnten weiten Dach, so nahm die Geschichte gleich wieder feste Gestalt an. Gleich wieder sah er den jungen Häuptling hinaufklimmen, sah ihn sein Weib und sein Kind verlassen und sah, wie ein glühender Stein der bösen Götter in einem flammenden Bogen hoch über ihn hinwegzog.

Und er fragte sich, ob es wohl wünschenswert sei, ein Gott zu sein und in strahlender Schönheit zu leben. Es mochte gewiß notwendig sein, den Menschen die Sonne zu bringen, wenn sie keine hatten und große Not litten; und es war gewiß eine schöne, ruhmvolle Tat, die der junge Häuptling vollbracht hatte. Er verdiente es, ein Gott geworden zu sein und von den Menschen verehrt zu werden. Im Grunde seines Herzens jedoch war Andres froh, daß die Menschen nun die Sonne hatten und daß er nicht von Qualen des Gewissens und der Hilfsbereitschaft gepeinigt werden konnte, um etwas Gleiches oder Ähnliches tun zu müssen, was jener Häuptling getan hatte. Er fühlte das Mädchen warm an seiner Brust ruhen, und das machte ihn denken, daß er wohl kaum fähig sein möchte, ein solches Opfer zu bringen wie jener Gott, Weib und Kind und Volk zu verlassen für ewig. So denkend und fühlend aber begriff er nun um so tiefer, wie groß, wie menschenliebend, wie herrlich die Tat jenes Gottes gewesen war, der alles opferte, was das Leben eines Menschen wert macht, um den Menschen zu helfen. Und um so viel größer noch war jene bewunderungswürdige Tat, weil jener Gott nie sterben, nie schlafen, nie vergessen konnte, daß er ewig und ewig an seine Lieben, die er verlassen mußte, denken muß, daß sein Schmerz um den Verlust niemals aufhören wird. Denn wenngleich er weiß, daß alle, die er kannte auf Erden, nun seit Zehntausenden von Jahren tot sind, so leben sie doch für ewig in seiner Erinnerung so stark wie an dem Tage, an dem er sie verließ um der Menschheit willen. Es ist nur ein sehr geringer Trost für ihn, daß sein Sohn ihm nahe ist und daß er seinen Sohn umarmen kann an jenen seltenen Tagen, wenn für die Menschen auf Erden sich für eine Stunde die Sonne verdunkelt. So war es wohl natürlich, daß in Andres kein Ehrgeiz erwachte, ein Gott seines Volkes zu werden; denn in seinem Nachdenken und Erwägen kam er zu der Erkenntnis, daß das Schicksal der Götter nicht beneidenswert ist. Der Glanz und die Hoheit der Götter sind teuer erkauft.

17

Er wollte etwas fragen. Aber da sah er, daß sein Mädchen fest eingeschlafen war.

Sorglich nahm er sie dichter an sich, hob sie auf und trug sie in seinen Armen den weiten Weg hinüber zu dem Lager der Carretas.

Seine Kameraden schliefen alle. Einige schienen tüchtig betrunken zu sein von dem ehrfürchtigen Feiern des Festes des heiligen Caralampio. Sie stöhnten und grunzten im Schlafe und lagen auf dem Boden wie Hölzer.

Zart legte er das Mädchen nieder. Dann bereitete er ihr ein weiches Lager in seiner Carreta.

Und als das Lager seinen Wünschen entsprach, hob er sie fürsorglich in den Karren und bettete sie ein.

Sie seufzte nur einmal tief auf in großer Müdigkeit.

Dann breitete er seinen Petate auf dem Erdboden aus, unter der Carreta, und legte sich nieder zu schlafen.

Sein letzter wacher Gedanke war, daß er niemals in seinem ganzen Leben so fröhlich, so zufrieden und so hoffnungsfroh eingeschlafen sei wie heute. In seinem letzten Dämmern vor dem Einschlafen wurde er sich im Herzen bewußt, daß die schönste und süßeste Zeit seines Lebens begonnen hatte. Eine Zeit, die ihn alle Mühen und Sorgen seines harten Lebens vergessen machen wird.

Und er kam so weit in seinem träumenden Denken, daß er vor sich hinflüsterte: »Carretero zu sein ist das Schönste im Leben.«

Dreizehntes Kapitel

I

Die Carreteros waren früh auf. Wie immer. Es gab reichlich Arbeit. Die Carretas waren noch nicht so gut in Ordnung, wie sie sein mußten, um die nächsten Wochen ohne Brüche durchzukommen. Die Burschen bereiteten ihr Frühstück.

Einige hatten einen verteufelt schweren Kopf von dem schlechten und verfälschten Tequila, den sie getrunken hatten, weil ihr Geld nicht reichte, um sich am besseren Comiteco zu betrinken.

Andres war verantwortlich für den guten Zustand der Kolonne. Aber er sah, daß heute nicht viel getan werden würde im Ausbessern der Carretas. Die Burschen waren im Festdusel. Sie würden am frühen Nachmittag schon wieder anfangen zu trinken. Eine andere Unterhaltung und Zerstreuung kannten sie nicht, und hätten sie solche gekannt, so waren sie hier nicht zu finden.

Die unbrauchbarsten der Burschen, diejenigen, die infolge des Nachrausches wie nasse Scheuerlappen waren, schickte er hinaus auf die Prärie, um nach den Ochsen zu sehen, daß sie sich nicht zu weit verstreuten und keine Wunden hatten von den Beißfliegen. Das war leichte Arbeit, und die Jungen würden das ja wohl tun können.

Er selbst beschloß, mit einigen anderen Burschen in jenen Tannenwald in der Nähe von El Puente zu gehen und dort Reservedeichseln und Jochbalken zu zimmern.

Als das Frühstück fertig war, ging Andres zu seiner Carreta, um zu sehen, was das Mädchen tat. Sie war schon lange wach, saß auf einer Kiste in der Carreta und kämmte ihr Haar durch.

»Buenos dias, kleines Mädchen, guten Morgen! Wie hast du geschlafen?« fragte er lachend.

Sie sagte fröhlich: »Ich habe ganz vortrefflich geschlafen. Wie seit Monaten nicht. Ich wünsche dir einen recht schönen Tag, Binash Yutsil.«

»Du wirst nun Hunger haben«, sagte er. »Wir haben nicht viel Gutes zum Frühstück. Schwarze Bohnen, Tortillas, Chile und Kaffee.«

»Das ist ja ein Mahl für einen Reichen«, sagte sie. »Ich habe schon tüchtig Hunger.«
Sie kletterte von der Carreta herunter. Dann zupfte sie ihren durchlöcherten Rock zurecht, strich den Jorongo glatt über die Brust und kam schüchtern näher zu dem Feuer, wo die Burschen schon begonnen hatten, ihre Bohnen mit den Tortillas aufzuschaufeln und ihren hungrigen Magen zu füllen.
Sie sahen alle auf, als das Mädchen näher kam, aber ohne neugierige Blicke auf sie zu richten oder sie unverschämt anzuglotzen. Da Andres sie aus seiner Carreta herausgebracht hatte, wußten sie ja schon, zu wem sie gehörte.
»Mi mujer«, sagte Andres kurz und sehr sachlich, »meine Frau. Sie geht jetzt mit uns.«
Mit diesem Wort war nicht nur die Vorstellung des Mädchens beendet, sondern war gleichzeitig die Ehegemeinschaft abgeschlossen worden, die von den Kameraden Andres' wie von allen Carreteros nun ebenso respektiert wurde, als wäre das in einer Kirche abgemacht worden. Wenn das Mädchen selbst keinen Anlaß gab, so war sie für die Carreteros von nun an genauso unberührbar und außerhalb ihrer Wünsche wie die Frau des Patrons. Die Carreteros, diese hier wie alle übrigen auf den Wegen, waren auch viel zu klug, um dumme Dinge zu versuchen. Das kostete das Leben. Jeder wußte es. Wenn nicht im offenen Kampf, dann nachts irgendwo im Busch, wenn die Ochsen gesucht wurden. Jeder hat seinen Machete in der Hand, um das Gebüsch offenzuschlagen. Und der Machete rutscht viel schneller in den Rücken des Schuldigen, ehe er auch nur weiß, was geschieht. Der Schuldige wird eingegraben. Die Carreteros haben ihre eigene Moral und ihre eigene Ehre. Es ist dem Getöteten recht geschehen. Warum ließ er die Frau nicht in Ruhe. Er ist gewarnt worden in guter Zeit. Und das Mädchen wollte ihn gar nicht. Das Urteil aller Carreteros, die hier den Vorgang kannten, ist kurz und klar. Da ist nichts verschwommen. Keine langen Verhandlungen und überflüssigen Worte. Dem Patron wird erzählt, daß der Verurteilte im Dschungel beim Suchen der Ochsen umgekommen ist. Und kommt es wirklich heraus, vielleicht durch das Geschwätz eines betrunkenen Carreteros, dann kann es geschehen, daß der, der das Urteil

vollzog, vielleicht die Schulden des Getöteten auf sein Konto zu übernehmen hat. Kein Richter kümmert sich darum. Wenn sich der Richter um die Privatangelegenheiten der Carreteros kümmern wollte, dann hätte der Staat nur unnötige Ausgaben in Dingen, die, da sie einmal geschehen sind, sich nun nicht mehr ändern lassen. Und wollte sich der Richter um die Privatrechte der Carreteros scheren, dann hätten die Frachtunternehmer bald keinen einzigen brauchbaren Carretero mehr. Zudem hat der Richter andere Dinge zu tun, an denen er verdienen kann. An den Carreteros kann er nicht einen Cent machen. Wozu dann die Mühen und wozu das Anhäufen von Akten, die verstauben, die nie jemand liest und deren Schreiben und Ordnen nur Zeit und Kräfte verschwendet!

2

Die Carreteros sagten gleichgültig: »Como estas, Chica; wie geht es dir, Kleine?«

Dabei hörten sie nicht einmal auf zu kauen.

Es war weder etwas Wichtiges, noch war es etwas Neues, daß einer aus der Kolonne irgendwo eine Frau auflas und mit sich nahm.

Das kam bald hier, bald dort auf einem Marsche vor.

Zuweilen blieb die Frau nur gerade einen Marsch lang in der Kolonne. Dann gefiel es ihr nicht, und sie suchte sich einen Dienst in irgendeinem Ort, den sie antrafen, oder sie fand einen seßhaften Landarbeiter, dessen Lebensweise ihr mehr zusagte oder dessen Charakter ihr besser gefiel. Dann war die Ehe wieder aufgelöst. Ohne Tränen und ohne Sentimentalität.

Das harte und rauhe Leben der Carreteros läßt weder Herzen noch Seelen verweichlichen. Das Leben wird angepackt, wie sie es finden. Romane und Filme und Gedichte von tränenschluckenden Poeten, die ihre natürliche Robustheit verderben könnten, kennen sie nicht. Es sind die verlogenen Romane und die geschwindelten Poeme, die den Menschen Empfindungen einblasen, die sie in Wahrheit gar nicht haben und niemals unbefangen fühlen.

Die Burschen rückten ein wenig zusammen, um dem Mädchen Platz zu geben, damit sie dicht am Feuer sitzen mochte. Es war noch sehr früh. Die Sonne war eben zaghaft am Aufgehen. Ein

dicker nasser Nebel lag über die Prärie gebreitet, und es war ganz empfindlich kalt.
Andres hockte sich neben das Mädchen und reichte ihr ein irdenes Schüsselchen mit heißen Bohnen hin, die in ihrer wäßrigen Tunke lagen ohne Fett und ohne Fleisch. Er legte die Tortillas auf das nackte Feuer, um sie zu wärmen. Er wandte sie hin und her im Feuer, und als sie ihm heiß genug erschienen, gab er sie dem Mädchen.
Sie löffelte mit abgebrochenen Stückchen der Tortillas die Bohnen auf. Löffel gab es nicht.
Er legte einige Chiles, grüne Pfefferschoten, auf eine Tortilla und reichte sie ihr zu. Sie biß kleine Stücke von den Schoten ab, um die nüchternen schwarzen Bohnen zu würzen. Dann goß er ihr heißen Kaffee in sein irdenes Krügchen und schob ihr das Krügchen hin. Er selbst trank seinen Kaffee aus einer Fruchtschale, aus einer sogenannten Jicara.
Alle Carreteros tranken ihren Kaffee aus einer solchen Fruchtschale, und sie hatten ebenfalls nur Fruchtschalen für ihre Bohnenbrühe. Das Krügchen, das das Mädchen hatte, und das irdene Schüsselchen waren die einzigen Geschirre hier am Feuer, die ein wenig an Zivilisation erinnerten.
An eine hochentwickelte Zivilisation erinnerte nur der blau emaillierte Kochtopf, in dem die Bohnen kochten. Aber dieser Topf war so zerbeult, daß er bestenfalls nur zu einem Schutthaufen oder einer Kehrichttonne zu gehören schien, die von der Zivilisation irgendwo ausgespuckt worden waren. Der Blechtopf war völlig schwarz geräuchert und so zerbeult und zerhämmert, daß man nur noch an einigen kleinen Fleckchen erkennen konnte, daß er, vor hundert Jahren einmal, außen blau und innen weiß emailliert gewesen war. Umgerührt wurden die Bohnen im Topf mit einem Stück kleingespaltener Radspeiche.

3

»Iß tüchtig, Mädchen«, sagte Andres ermunternd.
Sie nickte ihm zu wie ein gehorsames Kind.
»Bist schön mager, Chica«, sagte Manuel, einer der Burschen. »Dir fehlen die Kissen an den Oberbeinen, Kleine. Mein Geschmack wärest du nicht, das kann ich dir sagen. Ich muß Fleisch in den Händen fühlen können, wenn ich lustig sein soll.«
Das Mädchen nickte ihm zu. Sie verstand nicht, was er sagte, denn sie wußte nur wenig Spanisch, und sie glaubte, er habe etwas Ähnliches zu ihr gesagt wie Andres.
»Sie versteht kein Spanisch«, sagte Andres. »Und überhaupt laßt das Necken sein.«
»Nun mach dir doch keinen Fleck ins Hemd, Andresillo«, sagte Manuel lachend. »Dann ist es ja besser, wenn sie kein Spanisch weiß, dann brauchen wir uns ja keine Lippen zu verrenken. Aber, Hombre, das mußt du doch selber sagen, was hast du denn an diesem dünnen Stängchen? Wenn du da einmal richtig aufsitzt, Hombre, die geht dir doch gleich aus den Angeln. Die bleibt ja nicht beieinander, du kommst ja gleich hinten wieder heraus.«
Die Burschen lachten darauf.
Es kam ihnen nicht in den Sinn, zotig zu werden. Ihnen war es so natürlich, darüber zu sprechen, als wenn sie über den Zustand ihrer Carretas gesprochen hätten. Für sie gab es hier weder dunkle Geheimnisse noch unterdrückte Sinnlichkeit. Sie waren nicht unter kirchlichem Einfluß erzogen worden. Niemand hatte sie gelehrt, daß man natürliche Vorgänge verheucheln müßte und daß selbstverständliche Handlungen Sünde seien.
Freilich münzten sie ihre Worte nicht. Sie sprachen aus, was sie dachten und wie sie es empfanden. Und wenn nach dem Geschmack des einen das Mädchen nicht genügend Fleisch an sich hatte, so konnte er keine Zuneigung für ein Mädchen fühlen, wie immer sie auch sonst beschaffen sein mochte. Das war klar, einfach und sachlich. Psychosexuale Probleme waren ihnen fremd. Darum wurden sie im Leben auch nicht unnützerweise belästigt. Mann ist Mann, und Frau ist Frau, und wenn die beiden zusammenkommen, so wissen sie, was sie voneinander wollen. Damit

war ihre Sexualphilosophie erschöpft. Und sie fühlten sich sehr wohl dabei und kamen immer zurecht mit sich.

Andres wußte natürlich recht wohl, was gemeint war und wovon gesprochen wurde. Irgendeine persönliche Erfahrung hatte er freilich bisher auf diesem Gebiete nicht erlebt. Und ob er hoffte, daß es nun mit diesem Mädchen zu einer Erfahrung kommen würde, das wußte er selbst nicht. Eine bestimmte Hoffnung hatte er ebensowenig wie einen klaren Wunsch. Er fühlte bis jetzt gegenüber dem Mädchen nur eine tiefe Kameradschaft und eine heiße Hilfsbereitschaft. Aber er fühlte auch, daß diese Zuneigung zu dem Mädchen anderer Natur war als zu seiner Mutter oder zu einer seiner Schwestern. Wenn er überhaupt einen bestimmten Wunsch hatte, so war es der, daß es zwischen ihm und ihr immer so bleiben möge, wie es letzte Nacht gewesen und jetzt am Morgen war. Er fühlte, daß er mit einem solchen Zustand durchaus zufrieden sein würde. Nicht mit einem Gedanken dachte er daran, zu drängen. Und als er das dachte, fühlte er sich seinen Arbeitskameraden überlegen werdend. Sie natürlich würden das Mädchen gleich schon auf dem Wege hergenommen haben, um sie auszukennen und um zu wissen, ob es sich verlohnte, sie mitzunehmen und für sie zu sorgen.

Hier war er freilich im Unrecht, wie er später zu seinem Erstaunen erfuhr. Da erlebte er es, daß Manuel, der jetzt so robust tat und so gerade auf das Ziel losschlug, ganz genau so abwartend und hoffend sich verhielt wie jetzt er selbst. Manuel fand ein Mädchen und war zu ihr ebenso wie Andres gestern und heute. Und er sah, daß die beiden Wochen hindurch miteinander und nebeneinander waren auf den Märschen, ohne daß sie ernsthaft Mann und Frau geworden wären. Bis dann endlich eine Nacht kam, wo sie einander wie rasend zufielen, überwältigt von einem Verlangen, dem sie nicht für eine Stunde länger widerstehen zu können glaubten.

Das war eine gute Lehre für Andres geworden. Denn durch jenes Erlebnis lernte er, daß er kein wirkliches Recht habe, sich seinen Kameraden überlegen zu fühlen, daß er keineswegs Empfindungen habe, die nur er allein haben könnte und von denen seine Mitproleten ausgeschlossen seien. Er lernte dabei, daß es wohl nur auf Umstände ankomme, daß jeder beliebige andere Mensch

Empfindungen haben und entwickeln könne, von denen er bis dahin geglaubt hatte, daß nur er eine auserwählte Person sei, die edel und gut denken und fühlen könne.

4

Die Burschen, um so mehr, als sie ja nun wußten, daß das Mädchen nicht verstand, was geredet wurde, ließen sich aber die Gelegenheit nicht so leicht entgehen, Andres ausdauernd hochzunehmen und sich auf seine Kosten zu unterhalten.
Nichts war böse gemeint, aber es ging deutlich zu. Hätte das Mädchen nicht dabeigesessen, so wären die begleitenden Gesten noch viel deutlicher gewesen als die Worte.
»Du hast sie doch nicht etwa in der Nacht trockenlaufen lassen?« fragte José laut lachend.
»Natürlich nicht«, sagte Andres. »Was denkst du dir denn von mir?«
»Und seid ihr gut herausgekommen?« fragte Esteban.
Andres lachte mit überlegener Grimasse.
»Wie viele Male?« fragte Hilario.
»Hört einmal her, ihr grünen Hühnchen«, sagte Andres, seine Augen zukneifend. »Wenn ich Kisten auflade, dann zähle ich, und wenn mir in der Cantina das Geld auf meinen Peso herausgegeben wird, dann zähle ich. Aber in manchen Dingen zähle ich nicht. Versteht ihr, Hombres?«
»Das ist reichlich«, warf Manuel kurz ein. »Wenn man sich verzählen kann, dann ist es dick und reichlich.«
Er schüttete den Kaffeesatz aus seiner Fruchtschale in das Feuer, stand auf, reckte sich und sagte dann: »Gehen wir nun, die Deichseln ausschneiden. Ich will nachmittags wieder auf die Plaza gehen. Vielleicht habe ich Glück und komme diese Nacht auch verheiratet an. Aber mehr Fleisch muß sie haben, das sage ich euch.«
Sie standen nun alle nach und nach auf. Zwei der Burschen, die Andres ihres schweren Kopfes wegen dazu bestimmt hatte, gingen hinaus auf die Prärie, um nach den Ochsen zu sehen, und die übrigen hingen ihren Machete um und machten sich bereit, in den Tannenwald zu gehen.
Das Mädchen spülte ihr Krügchen und ihr Schüsselchen mit dem

Wasser, das sich in einer verbeulten Gasolinbüchse befand, und trug die Geschirre zu der Carreta, in der sie geschlafen hatte. Andres folgte ihr.

Als sie an der Carreta standen, nahm er drei kupferne Fünf-Centavos-Stücke aus seiner Hosentasche, gab ihr die in die Hand und sagte: »Tujom Ants, meine schöne Frau, du gehst jetzt hinüber zur Stadt und kaufst dir einige Nähnadeln, schwarzes Garn und ein kleines Stückchen Seife. Dann kommst du hier zurück und nähst alle die Löcher an deinem Rock schön zu.«

»Das werde ich tun«, sagte das Mädchen. »Das will ich gern tun, weil du das sagst.«

»Und dann«, sprach Andres weiter, »gehst du hinunter zu dem Flüßchen, sieh hin, da unten ist es, und da wäschst du dir deine Füße recht sauber und deine Beine und dein Gesicht. Und wenn du das getan hast, kommst du hier zurück und kämmst dir dein Haar so lange, bis es ganz glänzend ist.«

Sie lachte ihn an und sagte: »Das will ich alles tun, wie du das sagst.«

»Wenn dich jemand fragt, wohin du gehörst, dann sagst du, daß du zu den Carretas des Don Laureano gehörst und daß einer der Carreteros dein Marido ist, dein Mann. Dann tut dir niemand etwas zuleide, und die Polizei steckt dich nicht in die Carcel, weil sie glaubt, daß du keinen Herrn hast und entlaufen bist. Und wenn man dich fragt, wo dein Na ist, dein Haus, und wo du bist tocvil, geboren, dann sagst du Chiapa. Verstehst du das alles, kleines Mädchen?«

»Ja, ich verstehe das alles«, antwortete sie, »und ich werde alles so sagen und so tun, wie du mir befiehlst.«

»Hier bei den Carretas bleibt Vicente, der Junge, zur Bewachung.« Andres war bereits halb im Gehen, um seinen Kameraden, die schon ein Stück voraus waren, zu folgen. »Wenn Vicente Wasser holen geht, bleibst du bei den Carretas zur Bewachung. Es tut dir hier niemand etwas, brauchst keine Furcht zu haben, kleines Mädchen. Ich muß nun gehen; wir haben tüchtig zu arbeiten.«

5

Andres wußte recht wohl, warum er dem Mädchen alle diese sonderbaren Ratschläge gab.

Das Mädchen war keine Sklavin. Niemand hatte ein körperliches Recht an ihr. Sie war eine freie mexikanische Bürgerin. Aber wenn sie in der Stadt allein angetroffen wurde und keine gute glaubhafte Erzählung bereit hatte, so nahm sie der Polizist mit zum Stadthaus, weil er hoffte, er könne sich eine Belohnung von einem Peso verdienen von dem Herrn, dessen Dienst sie entlaufen war und bei dem sie gewiß Schulden hatte. Denn es gab nicht einen Indianer und nicht eine Indianerin, sofern sie nicht einer unabhängigen Kommune angehörten, die nicht Schulden bei einem Herrn hatten. Und gehörte sie zu keinem Herrn, so wurde das Mädchen erst recht in Haft genommen. Irgendeine Beschuldigung fand sich immer. Sie wurde angeschuldigt, betrunken zu sein, oder sie habe von einem Tische eines Händlers einen Knopf gestohlen, oder sie vagabundiere und habe kein Haus und keinen Ort. Dann kam der Bürgermeister oder der Polizeichef oder der Steuereinnehmer oder der politische Distriktchef oder der Chef der Migracion zu einem billigen Dienstmädchen. Sie bekam einen Peso den Monat als Lohn, denn sie war ja keine Sklavin; sie wurde geprügelt von der übellaunigen Herrin und ihren verärgerten Töchtern, und wenn der Herr des Hauses oder einer der Söhne Gefallen an ihr fand, so verschaffte er ihr ein Kind, ob sie es wollte oder nicht, denn sie hatte zu gehorchen und zu tun, was ihr befohlen wurde, ganz gleich, was es war, auch sich niederzulegen und die Beine aufzumachen. Hatte sie aber einen Marido, einen Mann, der nach ihr sah, dann ließ es der Polizist wohl bleiben, sie mitzunehmen. Die Carreteros hatten zwar auch nicht mehr Rechte als ein indianisches Mädchen, aber der Polizist oder der Bürgermeister mußten sicher einmal zu einer andern Stadt reiten, und da konnte es sich leicht treffen – und es traf sich mit Sicherheit –, daß Carreteros auf dem Wege waren. Und mit untrüglicher Sicherheit war unter ihnen der Carretero, dem sein Mädchen durch jene Autorität abhanden gekommen war. Die Autorität kam nie wieder zurück, niemand wußte, wo er war, niemand fand den Erdhaufen, unter

dem sein Fleisch faulte, und ein Dutzend Richter bekamen weder durch Belohnungen noch durch Verhaftungen und Folterungen heraus, wer es getan hatte. Und weil alle Autoritäten, vom Jefe Politico bis herunter zum barfüßigen Polizisten, das alles gut und aus reicher Erfahrung wußten, darum war die Frau eines Carreteros unantastbar wie der Häuptling einer unabhängigen indianischen Kommune, wenn er seinen Stab in der Hand trug.
Die Carreteros hatten weder Syndikate noch Gewerkschaften. Aber sie waren respektiert im Staate. Sie kannten nur Selbsthilfe. Jedoch die wandten sie brutal an, brutal und mit einer Sicherheit, gegen die es kein Entrinnen gab.
Sie hatten erbärmliche Löhne, elendes Essen, eine unbarmherzig harte und körperzerstörende Arbeit. Das nahmen sie hin, als wäre es das unvermeidliche Schicksal, in das sie hineingeboren wurden. Dagegen nahmen sie viele Dinge nicht hin. Sie wurden regiert, beherrscht und ausgebeutet bis zum letzten Blutstropfen, der in ihnen war. Jedoch sie konnten nur dadurch regiert und erfolgreich ausgebeutet werden, daß die Regierer und Ausbeuter ganz genau wußten, was sie tun durften und was nicht. Und der Frachtunternehmer, der das am besten wußte, hatte die besten Carreteros und verdiente das meiste Geld an ihnen. Wie so zahlreiche proletarische Schichten in Mexiko, in Peru, in Bolivia, in Venezuela, pfeifen die Carreteros darauf, ob sie erschossen oder gehenkt werden. Darum stehen sie außerhalb des Gesetzes, besonders außerhalb aller jener Gesetze, die sie nach ihrer Rechtsauffassung nicht anerkennen.

6

Am frühen Nachmittag kamen die Burschen wieder zurück zum Lager. Sie wollten am nächsten Tage die ausgehackten Deichseln und Balken von den Ochsen heranschleifen lassen.
Die beiden, die nach den Ochsen hatten sehen sollen, waren noch nicht zurückgekommen.
»Die haben sich draußen irgendwo hingelegt«, sagte Andres, »und da schlafen sie immer noch. Sie werden schon nicht verlorengehen.«
Das Mädchen zeigte Andres stolz den geflickten Rock. Er war so

ungeschickt geflickt worden, wie das nur überhaupt möglich war. Aber sie offenbarte, daß sie wenigstens den guten Willen gehabt hatte. Auf jeden Fall sah der Rock nun ein wenig besser aus als vorher. Ein wenig. Um die Arbeit gut zu machen, wären Flicken notwendig gewesen, die das Mädchen nicht hatte. Aber Andres versprach, daß er zusehen werde, einige Fetzen zu bekommen.
Ihr Füße und Beine waren frisch gewaschen, auch Hände und Gesicht. Das Schönste jedoch war ihr Haar. Durch das stundenlange sorgfältige Kämmen hatte der verfilzte Wust, den sie auf dem Kopfe gehabt hatte, sich in langes, glänzendes, tiefschwarzes Gewoge verwandelt, so reich und voll, daß sie ihren ganzen Oberkörper darin einwickeln konnte.
Andres sah sie nun zum ersten Male bei hellem Licht. Denn am Morgen, als er fortging, war es so nebelig, so trübe und naß gewesen, daß er keinen richtigen Eindruck von ihr hatte gewinnen können. Und was vielleicht zu sehen gewesen wäre, war teils verhüllt von dem Jorongo, den sie der heftigen Kühle wegen so umgelegt hatte, daß nur gerade die Augen, die Nase und der Mund frei blieben, und teils war alles von Schmutz und Staub und erdigen Krusten bedeckt, daß nur schwer zu erraten war, was darunter sein möchte.
Und Andres sah zu seiner großen Verwunderung und nicht weniger großen Genugtuung, daß sie ein hübsches Mädchen war mit ihren kräftigen weißen Zähnen, ihren regelmäßigen Gesichtszügen, ihren glänzenden schwarzen Augen, ihrer kurzen geraden Nase, ihrem runden Kinn und ihrer matten Haut von dunkler Bronze.
Sie lachte ihn an und sagte: »Habe ich nun alles so getan, wie du befohlen hast?«
»Ja, kleines Mädchen, das hast du«, sagte er, sie an beiden Armen fassend.
»Und bist du zufrieden mit mir?« fragte sie, sich näher an ihn bewegend.
»Das bin ich«, antwortete er.
Er drehte sie um und betrachtete sie von allen Seiten. Da war nichts weiter als ein barfüßiges Menschenkind in einem halben Hemd und einem zerfallenden Wollrock. Das war alles. Nur das

halbe, ein wenig bestickte Hemd, der alte schwarze kurze Wollrock und der kurze Jorongo waren alles, was sie mehr hatte als ein Tier des Dschungels. Und es schien ganz so, als brauchte sie nicht mehr, um glücklich in der Welt sein zu können. Denn sie zeigte ihm unbefangen, wie froh sie in seiner Nähe war.
»Später, nach dem Essen«, sagte er, »da gehen wir wieder hinaus auf die Prärie, du und ich, und setzen uns hin und erzählen uns etwas Schönes.«
»Das wollen wir gewiß tun«, sagte sie zustimmend. »Etwas Schönes erzählen. Du weißt soviel Schönes. Alles, was du sagst, Binash Yutsil, ist schön. Ich könnte immer nur hören, wenn du redest. Jedes Wort ist so klug.«
Es wurde ihm seltsam zumute, als sie das sagte. Nie hatte jemand zu ihm gesagt, daß seine Worte klug seien und daß alles, was er erzähle, schön sei. Aber weil sie es sagte, darum tat es ihm wohler, als ob es seine Mutter oder sonst irgendwer gesagt hätte.
»Ich will dir immer nur Schönes sagen, kleines Mädchen«, sagte er leise.
»Dann bin ich für immer froh«, erwiderte sie.

7

Der Junge hatte die Bohnen frühzeitig an das Feuer gesetzt, und sie waren jetzt schon beinahe weich.
Die Männer wuschen sich die Hände, stellten den Kaffee an das Feuer und warfen sich dann müde auf den Erdboden, um sich mit Schlafen die Zeit zu vertreiben, bis das Essen fertig sein würde.
Nun kamen auch die beiden Burschen heran, die am Morgen ausgeschickt worden waren, die Ochsen zu suchen. Sie hatten die Ochsen nicht gefunden, wie sie Andres erklärten.
»Natürlich nicht«, sagte Andres. »Habt ja die Augen jetzt noch voll Tran. Geschlafen habt ihr unten am Bach.«
»Hast du uns zu befehlen, Pollito, du Küken?« fragte einer der beiden ärgerlich.
»Ich habe euch nichts zu befehlen, das wißt ihr. Und ich will euch auch nicht befehlen. Aber wenn wir hinter den Ochsen drei Tage herlaufen müssen und die Carretas nicht fahrbereit sind, wenn die Comerciantes, die Händler, abreisen wollen, dann habe ich den

Skandal mit dem Patron. Und ihr steht da und grinst euch eins.«
Manuel, der lang auf dem Boden lag vor Müdigkeit, richtete sich auf und sagte zu den beiden: »Andres hat recht. Er kriegt es auf den Kopf vom Viejo, vom Alten, wenn wir nicht in Zeit fahren. Und das ist dann eure Schuld. Ihr solltet euch was schämen, ihr Sinvergüenzas, Paranderos, Leperos, Cabrones, Hijos de puta.«
Es hagelte nur so von bestialischen Schimpfworten, die er ihnen ins Gesicht heulte. Er regte sich dabei immer mehr auf. Zuletzt sprang er auf und ging halbgeduckt auf die beiden zu. Er ballte die Fäuste und schrie sie an: »Was schämen solltet ihr euch, ihr Mistdreck, infamer. Fort mit euch und die Ochsen gesucht, oder ich schlage euch zu Krümeln.« Die beiden Faulenzer wußten, daß es nicht gut tat, sich mit Manuel ernsthaft zu verfeinden. Er schlug böse zu, wo es ihm dienlich erschien. Sie wandten sich, um wieder auf die Prärie hinauszugehen.
Aber Andres sagte: »Bleibt besser hier und schlaft euch aus. Wir gehen morgen früh alle hinaus, die Ochsen zu suchen. Wir brauchen sie zum Heranschleifen der Deichseln und Balken, und wir müssen ihnen morgen auch Mais füttern. Oye, Vicente, sind die Frijoles weich? Bueno. Bringe die Tortillas heran. Dann können wir nun essen.«
Nachdem sie gegessen und dann ein wenig geschlafen hatten, wuschen sich die Burschen und machten sich davon, um in die Stadt zu gehen. Es krachten schon wieder die Feuerwerke.
Hunderttausende, um nicht zu sagen Millionen, von Angehörigen der proletarischen Klasse in Mexiko haben weder ein ganzes Hemd noch eine ganze Hose, von Schuhen nicht zu reden. Aber sie haben immer Geld, um bei den zahlreichen Heiligenfesten der Kirche in großen Mengen Feuerwerkskörper zu kaufen und so das Geld, das sie für die notwendigsten Bedürfnisse des Lebens so bitter benötigen, in die Luft zu jagen. Zu Ehren der Kirche, die ihnen niemals den Rat gibt, das Geld besser zu verwenden, sowenig wie ihnen dieselbe Kirche jemals den Rat gibt, den letzten Peso, den eine proletarische Familie hat, nicht für Kerzen auszugeben, um die Heiligen in der Kirche zu beleuchten. In ihrem Hause haben diese Millionen von Proletariern nur Kienspäne zum Leuchten. Aber es sind in diesem Lande, wo die Macht der

katholischen Kirche so unheilvoll waltet, gerade jene Millionen von Proleten, die nur Kienspäne als Beleuchtung in ihren Hütten haben, von denen die meisten Kerzen und die größten Mengen von Feuerwerken kommen, an denen sich die Heiligen erbauen. Die Heiligen bleiben auch dann Heilige, wenn sie keine Kerzen und keine Raketen haben. Sie können diese Dinge gut verschmerzen, denn sie sind lange tot. Der lebende Prolet braucht ein Hemd und eine Hose hundertmal nötiger als der Heilige eine Kerze oder einen Feuerkracker. Aber die Kirche nimmt und nimmt und nimmt, und sie schert sich den Teufel darum, ob es dem, dem sie einredet, daß er geben und opfern muß, um dereinst in den Himmel zu kommen, am Notwendigsten zum Leben fehlt. Was kümmert sich die Kirche darum, daß es Arme gibt und daß durch ihre Lehren und durch ihr Versprechen auf die ewigen Freuden im Paradies, das niemand je gesehen hat und von dem niemand weiß, wo es ist, die Armut unter Millionen von Proleten vergrößert wird und wie eine unheilbare Krankheit sich ausbreitet! Je mehr Arme und Hungernde in der Welt, um so größer der Gewinn all derer, die es verstehen, die Armen zu gebrauchen, um sich an ihrer Arbeit zu bereichern. Ein hungriger Magen und ein zerfetztes Hemd machen den willigsten Proleten, der nicht zuckt und nicht muckt; denn sein Magen schreit, und seine Haut verlangt nach schützender Wärme. Wenn nur sie, die Kirche, reich wird und reich bleibt und mit ihr alle diejenigen, die kommandieren: Erhaltet dem Proletariat die Religion, denn sie ist unser größter Schutz. Was er hier auf Erden haben kann, das sieht der Prolet, dessen Augen nicht verschmiert sind. Aber was er dereinst im Paradies haben kann, das sieht er nicht und weiß er nicht. Es kann dem Proleten geschehen, daß, wenn es wirklich ein Paradies gibt und er nach des Lebens Mühen wirklich dort anlangt, daß dann dort dieselben an der Schüssel sitzen, die auch hier die Sahne vom Leben schöpften. Denn diese Leute sind handfester Natur, und sie greifen zu, wo zu nehmen ist, im Himmel oder auf Erden. Sie kommen schon nicht zu kurz. Und wenn das Nadelöhr, durch das ein Kamel gehen soll, zu eng ist, so machen sie es eben weiter, und der Schaden ist kuriert. Nur was du wirklich hast, Prolet, das ist dein, und daran kannst du dich laben. Der Spatz in der Hand ist mehr wert für dich als zwei fette Truthähne im Busch. Und wenn du hier auf Erden gut gelernt hast, zuzufassen und dir zu nehmen, was dir gebührt, so hast du Übung, wenn du oben ankommst. Zünde die Kerzen in deinem Hause an und freue dich an ihnen, wenn du Geld für Kerzen ausgeben willst, Prolet. Glaube es denen, die irdische Erfahrung haben, Prolet: Wenn du der Kirche deine Centavos, deine Andacht und deinen Glauben an ihre Autorität verweigerst, dann müssen die gesalbten Gottesdiener wie du in die Minen einfahren und Kohlen schaufeln, und wenn sie neben dir stehen und mit dir gefährliche Stollen bauen, dann lernst du rasch erfahren, was sie in Wahrheit wert sind, wenn sie keinen Talar und keinen Goldbrokatmantel mehr auf ihren Schultern tragen. Und wenn sie mit dir dann am nassen Boden hocken und wie du den elenden Fraß aus Blechpötten löffeln, dreckig und verschweißt wie du, und wie du ewig im Unterbewußtsein die Erwartung vor schlagenden Wettern, Wasserdurchbrüchen und Gesteinseinbruch mit sich schleppen, dann lasse dir von ihnen die Geschichte vom Paradies erzählen. Sie erzählen sie dir dann in anderer Weise, und sie sind hundertmal rascher und bessere Revolutionäre, als du in deinem ganzen Leben werden wirst, wenn du auf die ewigen Freuden des Paradieses wartest, anstatt dir hier zu nehmen, was dein ist und dir durch deine Arbeit gehört.

Von Andres konnte nicht erwartet werden, daß ihm solche Gedanken kamen, als er das Krachen der Feuerwerke zu Ehren des heiligen Caralampio hörte. Er kannte kein Paradies im Jenseits. Niemand hatte zu ihm davon gesprochen. Aber er kannte auch kein Paradies auf Erden. Er wußte, wie die reichen Finqueros lebten, er wußte, wie wohlhabende Kaufleute und wie erfolgreiche Frachtunternehmer lebten. Jedoch daß er an deren Wohlergehen hätte Anteil nehmen können oder daß er gar ein Recht darauf gehabt hätte, einen größeren Anteil an den Gütern der Erde für sich zu verlangen, das kam ihm nicht in den Sinn.

Er, wie alle übrigen Carreteros, war so tief in seiner Stellung als lebender Mensch auf dieser Erde, daß es für ihn schon Paradies bedeutet hätte, wenn er fünfundzwanzig Centavos den Tag mehr an Lohn gehabt hätte, wenn er Fleisch in seinem Essen gefunden hätte, wenn seine Schulden bei seinem Herrn nicht immer viel

höher gewesen wären, als was er mit seiner Arbeit und bei seinem Lohn verdienen konnte, um diese Schulden zu verringern oder gar auszulöschen.
Alles, was er wirklich besaß hier auf Erden und woran er sich erfreuen konnte, wenn er Zeit dazu fand, war das nackte Leben, das er hatte. Und das war in der Tat viel. Er erinnerte sich, daß eines Tages, als er noch auf der heimatlichen Finca war, ein Peon Widerworte gegen den Finquero gab in einem Streit um den Preis eines Schweines, das der Peon aufgezüchtet hatte. Ein Händler hatte dem Peon acht Pesos für das Schwein geboten. Aber der Finquero bot dem Peon nur fünf Pesos für das Schwein. Und als Peon hatte er die Pflicht, das Schwein dem Patron für fünf Pesos zu verkaufen, weil der Patron das Vorkaufsrecht an den Tieren hatte, die auf seinem Eigentum groß geworden waren, ganz gleich, wer sie gezüchtet und gefüttert hatte mit dem Mais, den der Peon auf seinem Stückchen Land mit seinen Händen erarbeitet hatte. Als der Streit dem Gachupin zu weit ging, wurde er wütend und schlug dem Peon mit dem Machete einen Hieb über den Kopf. Der Peon brach blutend zusammen und wimmerte am Boden liegend: »Gnade, Patroncito, Gnade, töten Sie mich nicht, Patroncito.« Der Patron stieß ihn mit dem Fuße in die Rippen und sagte: »Sei froh, du dreckiger Hund von einem Indio, daß du noch das Leben hast. Was willst du denn mehr?«
Andres hatte das Leben. Was wollte er mehr! Aber die Kirche, diese große Seelenretterin, lehrte weder ihn noch andere Indianer, die in Abhängigkeit lebten, was zu lehren die erste Pflicht von Seelenrettern und Erlösern sein sollte: Mache das Beste und Vorteilhafteste aus deinem Leben, und wenn dir dann noch Zeit dazu übrigbleibt, kümmere dich um die übrigen Dinge.

Vierzehntes Kapitel

I

»Willst du hinüber zur Stadt gehen, zur Plaza?« fragte Andres das Mädchen.

»Nein, oder nur dann, wenn du es willst«, gab sie zur Antwort. »Ich möchte lieber mit dir hinausgehen auf die Prärie und mit dir dort sitzen und die Welt ansehen und dir zuhören, wenn du erzählst.«

So gingen sie zu dem Tannenwald. Bei den ersten Bäumen setzten sie sich nieder. Sie konnten von hier aus die weite Prärie übersehen und zugleich auch ein tiefes Stück hinein in den Wald, wo die Bäume sechzig, achtzig Meter hoch standen und dick waren wie die Säulen einer gewaltigen Halle. Meterhohe Farne standen im Walde, und an vielen Stellen war hohes Gras. Über dem Boden lagen verstreut Tannenzapfen, groß wie Melonen.

»Du bist immer nur auf dem Hochland gewesen?« fragte er.

»Ja, immer.«

»Dann hast du noch keine Palmen gesehen, keine Dschungel, keine tropischen Wälder?«

Sie schüttelte den Kopf.

»Darüber freue ich mehr sehr«, sagte er, sie ansehend.

»Warum?«

»Weil ich dir das dann alles zeigen kann, weil du das alles durch mich zum ersten Male in deinem Leben sehen wirst. Dann wird es für ewig in deinem Erinnern verknüpft sein mit der Erinnerung an mich.«

»In der Erinnerung?« fragte sie, weite Augen auf ihn gerichtet. »Willst du denn nicht, daß ich selbst immer bei dir bleiben soll? Ich will bei dir bleiben, immer. Ich will keine Erinnerung an dich. Ich will mit dir sein, wohin du gehst, ob zum Guten oder ob zum Bösen.«

Er sah vor sich nieder.

Nach einer langen Weile sagte er: »Wer weiß, ob ich dir immer gefalle, kleines Mädchen. Ich bin nicht gut, glaube ich. Ich weiß nicht, wie ich zu einer Frau sein soll. Ich habe nie eine Frau gehabt.

Vielleicht bin ich nicht so, wie du denkst. Du kennst mich nur einen Tag jetzt.«
Sie nickte und sagte mit einer Stimme, die schwer wurde: »Ja, ich kenne dich nur einen Tag. Aber du kennst mich doch auch nur gerade einen Tag. Aber nach vielen Monden kennen wir uns dann ein Jahr.« Er lachte, und sie fiel in sein Lachen ein.
Zwei große Käfer jagten sich zu ihren Füßen.
Da sagte sie, ohne ihn anzublicken: »Jede Käferin hat ihren Käfer. Ich will nicht allein sein. Ich will mit dir sein. Ich will dir helfen mit den Ochsen und mit aller Arbeit. Ich werde für dich waschen, und alles, was du sagst, werde ich tun. Ich habe mich auch gewaschen und mein Haar gekämmt für dich. Für mich kämme ich mein Haar nicht. Das wird doch wieder zerzaust vom Wind und vom Schlafen. Aber für dich kämme ich es immer und immer wieder. Ich habe auch meinen Rock genäht für dich. Für mich schadet es nichts, wenn mein Rock voller Löcher ist.«
»Das ist gut so«, sagte er mit gespieltem Ernst. »Ich will nicht, daß du bist, wie die Frauen sind, die manche Muchachos in den Carretas haben, die sich nie waschen, die immer ganz und gar zerlumpt sind, die sich betrinken, wann und wo sie können, und die sich dann auf dem Erdboden herumwälzen und schreien und schamvergessene Reden blöken.«
»So etwas werde ich ganz gewiß niemals tun, Binash Yutsil«, erwiderte sie mit einem strengen Setzen ihrer Lippen.
Dann fügte sie hinzu: »Aber wie kann ich wissen, was gut ist, was richtig ist, was dir gefällig ist, wenn du es mir nicht sagst? Ich bin nicht so klug und so erfahren, wie du bist. Du sollst mir alles sagen, was ich tun muß, dir zu Wunsch zu sein. Du bist mein Mann, mi Señor. Und ich bin froh, daß du es bist und kein anderer. Aber wenn du mir nicht sagst, was richtig ist und was dir gefällt, wie kann ich es sonst wissen? Es kümmert sich niemand um mich, seit mein Vater tot ist. Aber du«, sie blickte ihn mit weit geöffneten Augen plötzlich an, mit Augen, in denen Bitte, Traurigkeit und Hilflosigkeit alles zugleich lag, »aber du, mein Mann, du kümmerst dich um mich und sorgst dich um mich. Du bist es, der mit mir machen kann und machen darf und machen soll, was du nur immer willst.«

Er sagte, seine Worte langsam sprechend: »Ich will dich gewiß niemals verlassen, kleines Mädchen, und ich möchte dir sagen, ich bin so unendlich froh, daß ich dich gefunden habe und daß du willst, daß ich dein Mann sein soll.«
Er legte seine Hand um ihren Kopf, zog den Kopf näher gegen seine Brust und streichelte ihr über das Haar.
Sie ergriff seine Hand, führte sie gegen ihre beiden Backen, die sie mit dem Handrücken preßte, und küßte dann die Hand. Er beugte sich nieder auf ihr Haar und berührte es mit seinem Munde in einer Geste, die er, still wie ein ungesprochenes teures Gebet, so lange anhielt, daß es ihn dünkte, als flössen Jahrhunderte ungefühlt durch das Universum.
Keiner von beiden sagte mehr etwas. Keiner versuchte eine Bewegung zu machen, aus einer hauchzarten Angst heraus, daß dadurch etwas wohltuend Unbestimmtes in ihrem Dasein und in der Welt zerstört werden könnte.
Und so floß der letzte müde Schimmer des sterbenden Tages über die weite Prärie dahin. Die Prärie hüllte sich ein für die Nacht in die Schleier eines Nebels, der lang ziehend, von allen Seiten gleichzeitig herwogend, der heraneilenden Nacht voranschritt.
Die Nacht kam.
Als die beiden endlich erwachten aus ihrer verlorenen Gebärde, die Augen aufschlugen und um sich blickten, fanden sie sich umschlossen von der satten Finsternis. Es war ihnen, als wären unzählbare Ewigkeiten vorübergeeilt, und sie, unbewußt der Begebenheiten, die sich vollzogen hatten, wären allein hier zurückgeblieben. Sie fühlten sich froh, daß sie nicht voneinandergerissen worden waren, sondern daß ein Schicksal, ihnen gütig gesinnt, ihre Herzen, ihre Seelen und ihre Körper ineinandergeformt hatte zu einem einzigen Teilchen der Natur. Aber die Nacht, die kam, fand die beiden so wunschlos, wie der scheidende Tag sie verlassen hatte. Sie empfanden eine tiefe Zufriedenheit, die, wie es ihnen unter ihrem gegenwärtigen Gefühl erschien, durch nichts aufgerissen werden konnte, was immer auch geschehen mochte und was immer auch die kommenden Tage an Unheil und Kümmernissen für sie bergen mochten.

2

Sie löste sich ein wenig aus seinen Armen. Erstaunt blickte sie um sich nach allen Seiten.

»Siehe«, sagte sie, »da ist es Nacht geworden. Schwarze volle Nacht, und ich habe nichts davon gewußt.«

»Sollen wir nun zurückkehren zu den Carretas oder zur Plaza, oder möchtest du, daß wir hier noch sitzen bleiben und uns erzählen?« fragte er.

»Hier ist es schön«, antwortete sie; »wenn du nicht dort bei den Carretas arbeiten mußt, so möchte ich wohl lieber hier mit dir sitzen, so lange, bis die Kälte heraufkommt.«

»Hast du keinen Hunger?« fragte er.

»Nein, ich habe keinen, und wenn ich Hunger hätte, der Hunger mag gern warten. Er hat so oft warten müssen, daß ich es gelernt habe, wie man ihn vergessen kann. Ich habe oft einen ganzen Tag oder auch zwei nichts zu essen gehabt. Aber erst, seit meine Mutter auf dem Friedhof ist. Sie war eines Tages tot. Wir haben nicht gewußt, warum. Es war vielleicht Sumpffieber. Und der Finquero hatte keine Medizin, kein weißes Pulver. Er sagte, ich möge mich davonscheren, die Mutter sei nur faul, und sie würde morgen schon wieder gesund sein. Aber am Morgen war sie ganz still, tot. Ganz ruhig hatte sie das getan.

Ich habe dann für den Vater gekocht und alles im Hause getan. Aber da war dann eines Tages das Fest des heiligen Antonio. Der Finquero gab jedem Peon einen großen Branntwein. Sie sollten Geschmack bekommen. Als sie genug Geschmack hatten, da wollten sie mehr Branntwein haben. Darum hatte er ihnen das Feuerwasser auch erst gegeben. Aber nun, da sie mehr haben wollten, mußten sie es von ihm kaufen. Und er verkaufte so viel, wie sie wollten. Aber nicht auf Konto.«

»Das weiß ich«, sagte Andres. »Auf Konto dürfen sie keinen Aguardiente verkaufen. Das ist gegen das Gesetz.«

Sie ging weiter mit ihrer Erzählung: »Dann brachten die Peones ihr letztes Geld, das sie hatten, um Aguardiente zu kaufen; dann brachten sie ihre Äxte, ihre Hemden, ihre Hosen, ihre Schweine, ihre Ziegen, ihre Schafe, um nur Aguardiente zu bekommen. Sie

konnten nicht alles trinken. Sie gossen mehr fort, als sie trinken konnten. Aber sie kauften immer wieder. Mein Vater trank nur ganz wenig. Er war traurig der Mutter wegen.
Am nächsten Tag war dann das große Fest, wo die alten Capitanos der Kirche abgesetzt und neue Capitanos für das neue Kirchenjahr gewählt wurden. Mein Vater war in diesem Jahr an der Reihe, zum Capitano gewählt zu werden. Aber da war ein anderer Mann, der auch behauptete, an der Reihe zu sein. Und weil die neuen Capitanos allen Leuten ein Fest geben müssen in ihrem Hause, so sagte der Mann, daß mein Vater kein Fest geben könne, weil er keine Frau habe. Er sagte darauf, daß er doch aber eine Tochter habe. Da sagte der Mann, die Tochter, und das war ich, könne nicht kochen und kein gutes Fest geben, die Leute könnten nicht ihr Heiligenfest haben, wenn ich koche.
Die Männer waren alle noch betrunken, denn sie hatten bis zum frühen Morgen Aguardiente vom Finquero gekauft, und gleich am Morgen hatten sie schon wieder damit angefangen, zu trinken und zu trinken. Da kam es zum Streiten darüber, wer einer der beiden neuen Capitanos sein sollte, mein Vater oder der andere. Der Streit wurde immer heißer, und die Leute, die in ihrer Trunkenheit gar nicht mehr wußten, was sie taten, spielten mit den Machetes herum. Auch das wurde immer heißer, und mein Vater, der kein Machete bei sich hatte, bekam einen tiefen Stich in den Leib von dem andern. Er starb noch in derselben Nacht. Dann wurde der andere aber auch noch gestochen. Der starb aber nicht.
Als dann der Vater auf dem Friedhof war, da rief der Finquero meine beiden Brüder und zeigte ihnen das Konto meines Vaters. Aber sie konnten es nicht bezahlen. Und weil der Finquero sein Geld haben wollte für das Konto meines Vaters, da verkaufte er meine beiden Brüder für die Schuldsumme an eine Monteria, wo die Spanier in den Urwäldern das Mahagoniholz herausholen.«
»Und das geschah deinen armen Brüdern?« fragte Andres mitleidig.
»Ja«, sagte sie, »das geschah mit ihnen. Sie sind ja noch so jung, der eine sechzehn, der andere gerade siebzehn. Weil sie so jung waren, konnten sie auf der Finca kein Stück Land bekommen, weil sie ja auch noch keine Frauen hatten. Und der Finquero wollte

nicht, daß sie die Schuld auf der Finca abarbeiten mochten. Er sagte, dann käme er nie zu seinem Gelde bei den wenigen Centavos, die er ihnen für ihre Arbeit zahlen könne. In der Monteria können sie mehr verdienen. Und weil die Gachupines niemals genug Leute für die Monterias bekommen können, darum kaufen sie verschuldete Peones auf, die bei ihnen dann die bezahlte Schuldsumme abarbeiten müssen.«
Andres wollte sagen, daß die Monteria schlimmer sei, als je eine Hölle sein kann, und daß ein Indianer, der dahin verkauft wird, dort begraben wird. Aber er verschwieg das, was man ihm erzählt hatte, um dem Mädchen keinen Kummer zu bereiten.
»Mich wollte der Finquero auch verkaufen. Aber der Agent der Monteria wollte mich nicht einmal umsonst haben, weil ich zu schwach und zu klein sei und nicht einmal beim Kochen helfen könne, und weil ich den wochenlangen Marsch durch die Dschungel nicht überleben würde.« Traurig werdend setzte sie hinzu: »Alle haben mir im Dorfe gesagt, daß ich meine Brüder nie wiedersehen würde. Wer in eine Monteria der Spanier verkauft wird, kommt niemals wieder heim. Er geht elend dort zugrunde, elender als ein Tier. Darum sind auch immer die Agenten hier herum, um neue Peones aufzukaufen und andere Leute, die frei sind, mit Kontrakten zu verlocken.
Als meine Brüder dann fort waren, kam der Finquero in unsere Hütte und sagte: ›Die Hütte habe ich jetzt Daniel gegeben. Du kommst zur Casa Grande, ins Herrenhaus, und arbeitest in der Küche. Gleich jetzt.‹ Ich habe dann im Hause gearbeitet. Frühmorgens, lange, lange vor der Sonne auf und Maza gerieben und die Geschirre und die Wäsche gewaschen und die Räume gescheuert und gearbeitet bis tief, tief in die Nacht hinein. Er hat mir nichts bezahlt und keinen Rock gegeben und gar nichts.«
Andres unterbrach sie: »Und darum bist du fortgelaufen?«
»Nein, darum nicht«, erwiderte sie. »Alle Mägde arbeiten ja so. Aber der José, der Sohn des Finqueros, war immerfort um mich herum und schickte mich nachts bald hierhin oder dorthin, und dann packte er mich und sagte, ich solle in sein Bett kommen. Aber ich hatte große Furcht vor ihm. Er ist so wüst und finster. Er hat acht Mädchen von den Peones, die alle Kinder von ihm haben,

und die Mädchen bekommen dann keinen Mann, weil die jungen Burschen alle Furcht haben, daß José sie erschießt, weil die Mädchen doch seine Mädchen sind. Und wenn sie einen Burschen finden, der sie mag, dann wissen die Burschen nie, wann José das Mädchen wieder einmal haben will zur Frau, und dann schlägt er den Burschen, wenn er etwas dagegen sagt, oder erschießt ihn. Zwei hat er schon erschossen. Aber die Municipalidad hat ihm nichts getan, weil der Presidente sein Freund ist. Und er hat gesagt, daß die beiden Burschen ihm mit dem Machete hätten den Kopf abschlagen wollen, als er mit ihnen im Walde nach verstreuten Rindern suchte, und daß er die beiden hat erschießen müssen, um sein Leben vor ihnen zu schützen. Er hat nicht beide am selben Tage erschossen. Den einen im vergangenen Jahr und den zweiten in diesem Jahr. Er hat auch einen anderen erschießen wollen, aber der hat seine Frau in der Nacht genommen und ist mit ihr nach Tabasco gewandert. Aber die Mädchen können nichts gegen ihn tun. Er ist so stark. Sie müssen dann im Hause arbeiten, und er bringt ihnen seidene Bänder aus der Stadt mit und Perlenketten und Ohrringe und sagt ihnen, daß er sie immer bei sich behalten werde, wo sie ein gutes Leben haben können wie eine Herrin. Die Mädchen wissen, daß alles das eine große Lüge ist. Aber sie können nichts tun. Sie sind die Mädchen von Peones. Als ich dann am Fluß war, um zu waschen, da kam er angeritten und blieb stehen und sagte: ›Du kommst heute in mein Bett, verstehst du, du Ratte.‹ Ich sagte: ›Ich will aber nicht kommen, ich fürchte mich vor dir. Die Mädchen weinen vor dir, und du prügelst sie.‹ Da sagte er: ›Brauchst dich nicht zu fürchten, du Ratte, ich bin sehr gut mit dir, wenn du auch gut mit mir bist. Die Mädchen sind dreist und lügen, darum muß ich sie verprügeln, damit sie nicht lügen im Dorf und bei meiner Mutter. Ich bringe dir rote Seidenbänder mit, wenn ich zur Post reite.‹ Ich sagte: ›Laß mich in gutem Frieden, Patroncito, ich will nicht kommen, und ich werde nicht kommen.‹ Da stieg er runter vom Pferde und hieb mich mit der Peitsche über den Rükken, daß ich niederkniete vor Schmerzen und Furcht. Dann kam er ganz dicht zu mir, packte mein Haar und riß mich daran hoch, daß ich schrie, weil es sehr weh tat. Er zerrte das Haar in seinen Fäusten hin und her mit mir und sagte: ›Du Ratte, du kommst heute

abend in mein Bett. Wenn du nicht kommst, dann hole ich dich aus deinem Winkel heraus und reiße dir dein ganzes Haar aus mit der Haut dazu, und das werfe ich dann vor die Schweine, und ich schließe dich für die Nacht in die Maiskammer, daß dich die Ratten lebendig auffressen, und was von dir dann noch übrig ist, das werfe ich vor die Schweine. Das schwöre ich dir bei der Heiligen Jungfrau und dem Kinde, daß ich das alles mit dir tun werde, wenn du nicht heute abend in mein Bett kommst. Ich lasse das Fenster auf.‹ Dann stieß er mich auf den Boden.«
»Siehst du, Andres«, wandte sie sich an ihn, »in der Maiskammer, da sind mehr als tausend große Ratten, die alles auffressen, was in der Nacht in die Kammer gerät. Und da hatte ich große Furcht. Darum wollte ich in der Nacht zu ihm gehen, wie er befohlen hatte. Aber als ich vom Fluß raufkam, da kam mir eines seiner Mädchen entgegen, die drei Kinder von ihm hat, und die sagte zu mir: ›Chica, ich weiß, der José ist hinter dir, aber höre nicht auf ihn. Du bekommst keinen guten Burschen, aber du bekommst ein Kind, und du bist noch so jung, du weißt nicht, was du mit einem Kinde machen sollst, und dann stirbt es.‹ Nach dem Essen, als der Patron und alle im Hause schliefen, auch José, da bin ich dann fortgelaufen. Erst durch den großen Wald, wo ich mich auch gefürchtet habe und wieder zurückgehen wollte. Aber da kam ein Indio mit seiner Frau, die Schweine nach Jovel trieben. Mit denen bin ich dann ein großes Stück gegangen. Und die sagten mir, daß in Balun Canan das Fest des heiligen Caralampio sei und daß ich dort hingehen solle, ich könnte dort leicht einen Dienst finden, und weil es eine Stadt sei, da sei ich sicher gegen die Finqueros.
Sie waren sehr gut zu mir, das Paar, sie sprachen wie ich, meine Sprache. Als wir dann einen Weg kreuzten, da sagten sie mir, ich solle hier gehen, der Weg sei kürzer nach Balun Canan. Würde ich mit ihnen gehen nach Jovel, so würde ich zu spät zum Heiligenfest kommen, weil das ein großer Umweg sei und sie mit den Schweinen nicht so rasch vorwärts kommen könnten als ich, wenn ich allein sei und gar nichts zu tragen habe.
Sie haben mir alles gesagt und mir erzählt, daß ich auf jenem Wege Händler treffen werde, indianische Topfhändler, Hutmacher, Petateflechter, Fellhändler, Wollbandwirker, die alle auch nach Ba-

lun Canan gingen, um dort ihre Waren zu verkaufen. Denen sollte ich mich anschließen, die mir am freundlichsten erschienen, und wenn mich jemand fragen sollte, warum ich allein gehe und ob ich irgendwo von einer Finca oder von einem Dienst fortgelaufen sei, dann solle ich sagen, daß ich ein Gelöbnis habe von meiner gestorbenen Mutter, zum heiligen Caralampio zu gehen, ihm eine Kerze zu opfern und ihm die Fußsohlen zu küssen. Wenn ich das sage, dann wird es jeder glauben. Und ich solle nicht sagen, daß ich von einer Finca komme, sondern daß ich von Baschajon wäre, weil das ein unabhängiger Pueblo sei, ein freier indianischer Ort. Sie gaben mir einige Tortillas, Frijoles und Chile mit auf den Weg, und ich trabte los. Aber am ersten Tage traf ich niemand auf dem Wege, den ganzen Tag nicht. Spät am Nachmittag kam ich an eine Milpa, wo zwei Hütten waren, in denen indianische Familien lebten, denen die Milpas gehörten. Ich erzählte, daß ich auf dem Wege nach Balun Canan sei, um dem großen heiligen Gotte Caralampio die Fußsohlen zu küssen, weil das ein Gelöbnis für meine Mutter sei, und alles, was mir der Mann und die Frau mit den Schweinen gesagt hatten zu erzählen. Die Leute gaben mir zu essen, und ich blieb die Nacht in ihrer Hütte beim Feuer, wo es warm war. Am Morgen, als die Sonne auf war, wollte ich gehen, aber die Leute sagten, ich möge nicht allein gehen, weil auf dem Wege Jaguare seien und vielleicht auch Pumas. Aber Pumas hätten sie noch nie in der Umgegend gesehen, doch Jaguare sehr oft. Ich sollte doch warten, sagten sie, heute am Nachmittag oder morgen in der Frühe würden viele indianische Händler hier vorbeikommen mit ihren Frauen und Kindern, die alle auch nach Balun Canan gehen wollen mit ihren Waren, und hier von diesem Hause würde auch ein Mann und eine Frau mitgehen, die Papageien zum Feste tragen wollten, um sie dort zu verkaufen.

So geschah es auch. Am Mittag schon kamen jene Händler mit ihren Familien. Sie kamen aus den Gegenden von Cancuc, Oshchuc, Chiilum, Hucutcin, Sivacja, Teultepec, Chanjal und ich weiß nicht woher noch mehr. Die alle hatten sich in Achlumal gesammelt. Und hier der Presidente der Stadt ließ sie nicht weiter. Sie mußten erst hier Kontributionen an ihn zahlen für das Wegerecht, für das Recht, auf den Wegen zu laufen. Sie hatten nicht gewußt, daß der Presidente ihnen hier ihr letztes Geld abnehmen würde, sonst hätten sie einen Umweg gemacht und gar keinen Ort, wo Presidentes sind, berührt. Darum sind die Presidentes auch alle reich, und sie können sich dann bald eine große Finca kaufen. Und mit diesen Händlern bin ich dann hierhergekommen. Aber ich fand keinen Dienst. Niemand hier hat mich gefragt, ob ich einen Dienst haben wolle. Ich habe mich gefürchtet vor den Ladinos, um Dienst zu fragen. Wenn ich vor der Haustür stand, um zu fragen, ob ich Dienst haben könnte, und es kam jemand aus dem Hause heraus, sah ich, daß sie immer sehr böse Gesichter hatten. Da habe ich mich gefürchtet und nicht um Dienst gefragt. Aber weil ich Hunger hatte, habe ich doch immer vor den Türen gewartet, daß mich jemand fragen möge, ob ich nicht Dienst haben wolle im Hause. Aber wenn die Frau herauskam oder der Mann, dann stießen sie mich gegen die Schulter und riefen: ›Fort mit dir, du willst wohl hier stehlen, fort und lasse dich hier nicht noch einmal sehen!‹ Da habe ich nur immer wieder Furcht gehabt. Und ich habe nicht gewußt, was ich tun sollte und was essen. Und endlich habe ich mich dann in eine dunkle Ecke gesetzt, um zu sterben, weil ich so traurig war. Und als ich da so traurig saß und dachte, daß ich nun bald sterben werde, da bist du dann gekommen, und du bist freundlich mit mir gewesen, ohne mich zu kennen, und du hast mich zu deiner Frau gemacht, ohne zu fragen, wer ich bin und woher ich komme. Du bist so gut, Binash Yutsil, und ich werde immer gut zu dir sein und dir niemals Trauer oder Schmerz bereiten.«

3

Andres zog sie an sich und streichelte ihr Gesicht.

Er gedachte, alles Ungemach, das sie in den letzten Monaten erlitten hatte, von ihr zu verscheuchen und sie vergessen zu machen, daß sie allein sei auf Erden. Sie kam ihm in ihrer Hilflosigkeit und in ihrer Einsamkeit so willig in allem entgegen, daß er sich ihr gegenüber arm zu fühlen begann.

Er wußte nicht, was er tun sollte; ob er ihre Verbindung in diesem Zustand, wie sie sich jetzt befand, erhalten sollte oder ob er sie hinnehmen sollte in vollem Ernst als Frau. Niemand war da, nicht hier, nicht bei den Carretas, den er um Rat hätte fragen können, was er tun sollte, um das Mädchen froh und glücklich zu machen. Vielleicht, wenn er seine Mutter nahe gehabt hätte, dann hätte sie ihm gewiß sagen können, was gut und richtig war. Doch wenn er mehr darüber dachte, so erschien es ihm auch wieder, als ob ihm selbst seine Mutter hier nicht hätte raten können. Es kam ihm zur Klarheit, daß es seine ureigene Sache sei und daß darum nur er selbst entscheiden konnte und handeln, wie es seine Neigung zu dem Mädchen bestimmte oder verlangte.

Durch dieses Abwägen und Hinundherdenken wurde er immer unsicherer. Er fand sich nicht mehr mit sich selbst zurecht. Es war nicht in seiner Art, unschlüssig zu sein. Und erst recht als Carretero gab es kein Zaudern. In den meisten Fällen mußten sich die Carreteros rasch und mit Sicherheit entscheiden, was zu tun sei. Ein langes Überlegen konnte Carreta, Waren, ein Paar Ochsen und vielleicht gar das Leben eines Kameraden kosten.

Wenngleich Andres bisher niemals persönliche Erfahrung mit Frauen gehabt hatte, so fühlte er instinktiv, daß er bei jeder anderen Frau ohne langes Nachdenken wissen würde, was zu tun und wie das Richtige zu tun.

Dagegen diesem Mädchen gegenüber war er schwankend in seiner Entscheidung. Sicher war er nur in dem einen, daß er ihr zugeneigt war und daß er ihre Zuneigung nicht verlieren wollte. Und er fürchtete, er könnte ihr Vertrauen und ihre Neigung verlieren, wenn er das Unrichtige täte. Aber was das Unrichtige heute war, das eben wußte er nicht. Es mochte sein, daß das, was heute unrichtig war, morgen richtig war.

Hätte er nur erraten können, was das Mädchen erwartete. Aber seit er wußte, daß sie ohne jede Erfahrung war und daß sie selbst in dem, was sie halb ahnte, keine bestimmte Vorstellung hatte, vermochte er nicht einmal durch kleine Kniffe herauszufühlen, was sie erwartete.

Einen halb erträumten, halb drängenden Wunsch, der in ihr in der letzten Stunde aufgekommen sein mochte, ihr zu erfüllen, könnte diesem wohligen Zustand, in dem er sich ihr gegenüber befand, ebenso verderblich sein wie dann, wenn er jenen Wunsch nicht erfüllte.

Der einzige Trieb oder Drang, den er ihr gegenüber ganz bestimmt fühlte, war der, daß er sie nicht verlieren wollte und daß er das, was er bei sich ihre stille Seele nannte, nicht zerstören wollte.
Es fiel ihm ein, in diesem Augenblick, daß er den Carreteros gesagt hatte, daß sie seine Frau sei und daß er ihnen, als sie deutlich wurden, gesagt hatte, er sei in der Nacht bei ihr gewesen. Aber das war nicht die Wahrheit. Er hatte das nur gesagt, weil er aus eingeborener indianischer Schlauheit sofort begriff, daß er durch ein solches leicht dahingegebenes Zugeständnis alle weiteren Fragen erstickte. Er hatte gesagt: »Natürlich war ich bei ihr, was denkt ihr euch denn sonst!« Damit war eine Tatsache geschaffen worden, die für keinen seiner Kameraden mehr Anlaß bot, sich mit gewürzten Reden in seine private Sache zu drängen. Und er hatte in diesem Falle mit seinem Zugeständnis das Richtige getroffen. Nach jenen freundschaftlich gemeinten Reden, mit denen sich die Burschen an seinem ehelichen Erlebnis anregten, um es ein wenig mit auszukosten, war das Mädchen von irgendwelchen anzüglichen Worten verschont. Sie war aufgenommen in die Sippe, und sie war von nun an respektiert als die rechtsgültige Frau eines Angehörigen der Sippe. An einem Geschehnis, das als unveränderliche Tatsache einmal von allen Beteiligten und Nahestehenden anerkannt worden ist, zerschellen anzügliche Reden, weil sie wertlos, inhaltlos und wirkungslos werden.
Das Mädchen hatte nicht verstanden, daß Andres sie als seine Frau bei den Carreteros eingeführt hatte, weil er es in Spanisch gesagt hatte. Aber sie hatte empfunden, was er gemeint hatte. Sie selbst hatte ihm gesagt, daß sie nun seine Frau sei.
Jedoch bis jetzt wußte Andres nicht, wie weit der Begriff des Mädchens ging in dem, was sie sich unter der Frau eines Mannes vorstellte. Er gewann den Eindruck, das sie von dem Verhältnis einer Frau zu einem Mann bis zu dieser Stunde nicht mehr verstand, als daß eine Frau einem bestimmten Manne gehorcht, ihn als ihren Herrn betrachtet und er für sie sorgt und sie ihn bei jeder seiner Arbeit nach ihren besten Kräften und Fähigkeiten unterstützt.
So kam Andres endlich, als er mit allen seinen Erwägungen an einem Schlußpunkt angelangt war und sein ferneres Denken und

Überlegen nur wieder zurückzuwandern schien und sich in einem Kreise verlor, zu dem Schluß, daß er auf keinen Fall heute oder morgen den gegenwärtigen Zustand ihres Beisammenseins ändern oder beeinflussen werde. Damit bekam er seine Sicherheit zurück. Und mit jener gewonnenen Sicherheit erhielt er die Gewißheit, daß alles, was er oder das Mädchen mehr wünschten, eines Tages oder in einer Nacht ganz von selbst geschehen würde gleich etwas, was unabänderlich, unabwendbar und unvermeidlich sein wird in dem Augenblicke, wenn es geschieht. Dann wird es am schönsten sein, schöner, als es jetzt oder irgendwann sonst sein könnte. Dieses Schöne zu seiner richtigen und unveränderlichen Zeit zu erleben, erschien ihm, in seinem Instinkt, etwas so Süßes und Vollkommenes zu sein, daß es wert war, es nicht jetzt unter unsicheren Erwägungen und flatternden Gefühlen zu verschwenden.

Es mochte wohl sein, daß das Mädchen etwas Gleiches gedacht hatte. Sie war unerfahren in der Handlung und in dem Genuß. Aber sie war nicht ganz so unerfahren in einer gewissen Kenntnis von Vorgängen. Sie war ja ein indianisches Mädchen, natürlich wie ein Tier des Waldes in ihren Instinkten, Gefühlen und Trieben. Sie hatte im heimatlichen Hause gesehen, was vorging, und andere, ältere und schon verheiratete Mädchen hatten von solchen Vorgängen in der natürlichsten Weise gesprochen wie von Dingen, die so schlicht sind in ihrem Erscheinen wie Essen, Schlafen, Arbeiten, Tanzen. Es waren Vorgänge, die weder in Worten noch in Gesten verschleiert wurden, über die man frei und unbefangen sprach wie über die Farbe der Stickerei eines Hemdes oder eines Jäckchens. Es waren Vorgänge, die notwendig zu sein schienen und die nicht vermieden werden konnten. Und es waren erst recht Vorgänge, die jedem zu gefallen schienen, jedem Freude machten und in die man sich einließ, wenn immer man das Verlangen danach in sich fühlte.

Das Verlangen war in ihrem Instinkt. Hätte Andres auch nur ein Wort oder eine Geste geäußert, sie wäre zu jeglicher Handlung bereit gewesen. Aber wie sie augenblicklich fühlte, wäre sie wohl nur darum bereit gewesen, weil er es gewünscht hätte und sie sich als seine Frau verpflichtet fühlte, ihm zu gehorchen und ihm zu

gewähren, was er verlangte. Halb unbewußt und still fragte sie ihr eigenes Gefühl in ihrem Herzen in derselben langen Schweigsamkeit, in der Andres in seinem Kopfe alle seine Gedanken und Sehnsüchte gegeneinander abwog.
Es war ihr Gefühl und es war ihr Instinkt, die das Mädchen zu dem gleichen Entscheid führten, zu dem auch Andres in der gleichen Minute gelangte. So tat es ihr ungemein wohl, daß Andres nichts verlangte, nichts wünschte, nichts andeutete, daß er nur neben ihr saß und sie in seinen Armen geborgen hielt.
Dies war es, daß er nicht drängte, nicht verlangte, daß er auf dieselbe unabwendbare Bestimmung wartete, auf die sie wartete, das war es, was in ihrem Herzen etwas gebären und leise anwachsen ließ, was sie bisher nie empfunden hatte. Ein Gefühl, dem sie keinen Namen geben konnte. Ein Gefühl, das sie durch und durch erwärmte, das ihre Seele leicht werden ließ, das ihr seltsame Schöpfungskräfte gab, das ihr eine tiefe Sicherheit und Geborgenheit verlieh. Sie empfand, daß sich ihr Herz weitete und weitete, bis sie glaubte, es fülle ihren ganzen Körper aus. Sie meinte ihr Herz schlagen zu fühlen nicht nur in ihrer Brust, sondern an jeder beliebigen Stelle ihres Körpers. Und es überkam sie das Mysterium, daß sie sich bewußt wurde, daß ihr Herz, Geist, Seele und Körper eine wogende, aber unzertrennliche Einheit geworden war.
Da trug sie endlich nur noch einen Wunsch, von dem sie glaubte, daß sie ihm Worte geben könnte, um sich dieses Wunsches klarzuwerden: Ich möchte, daß er mich töte; das würde das Süßeste sein, das es auf Erden geben kann.
Sie küßte seine Hände, und sie nestelte sich tiefer in seine Arme hinein, um ihm näher zu sein. Und es war ihr weh, daß sie sich nicht in ihn hineinverkriechen konnte, um völlig eins mit ihm zu sein. Da streichelte er ihr Haar und sagte: »Höre, Tujom ants, meine schöne kleine Frau, du bist wie ein ganz kleines Sternchen am Himmel. Immer wenn ich dich sehe, oder fühle, oder an dich denke, dann muß ich an die Geschichte denken, die du mir erzählt hast und die dir deine gute Mutter erzählte. Du bist ein kleines Sternlein an meinem Himmel. Das schönste und lieblichste Sternlein, das ich mir nur denken kann in meiner Seele. Wäre ich ein

König, der auszöge, den armen Menschen die Sonne zu geben, dann würde ich dich als mein erstes glänzendes Sternlein mitten auf meinen Schild heften. Dann würdest du immer und ewig mit mir sein, wenn ich hinaufsteigen würde am großen blauen Gewölbe des Himmels. Dann würde ich nie einsam sein, sondern immer froh, und ich würde jauchzen vom Himmelsdom, so daß es die ganze Welt hören sollte, wie froh und glücklich ich bin. Ich würde allen Menschen nur Freude und Glück und Lachen spenden, so daß keine Traurigkeit mehr sein sollte, nirgends auf Erden, und daß keine indianischen Peones mehr auf den Fincas leiden und dulden sollten, sondern alle froh sein sollten auf ihrem Lande, dessen Früchte ihnen gehören sollten und niemand sonst. Mit dir, mein kleines Sternlein in meinem Schild, würde ich allen bösen Göttern trotzen, und ich würde nicht betrübt sein, mitten oben am Himmel zu stehen, fern von der Erde und fern von allem sonst. Mit dir in meinem Schilde könnte ich alle Welten erobern, die es gibt, um allen Menschen Freude zu bringen, wo immer sie auch leben. Du hast keinen Namen, kleines Mädchen. Aber ich will dir einen Namen geben: Estrellita. Weißt du, was das heißt, kleines Mädchen? Das heißt: kleines Sternlein. Estrellita mia, dulce Estrellita, mein süßes kleines Sternlein, das vom Himmel gefallen ist und in meinen Schoß fiel.«

Sie, weniger fähig, mit Worten auszudrücken, was sie fühlte und was sie für ihn im Herzen trug, sagte schlicht: »Und du, Binash Yutsil Huinic, du bist mein Chicovaneg, der mir die Sonne gab. Aber ich kann dir diesen Namen nicht geben, denn es ist der Name eines anderen. Für mich wirst du immer und für ewig Chicovaneg sein. Doch will ich dir einen Namen geben, dich zu rufen: Viltesvanel. Denn du bist in Wahrheit Viltesvanel, weil du allen Dingen auf Erden schöne Namen geben kannst und wunderschön zu erzählen weißt. He, mein Binash Yutsil Huinic, wie gefällt dir dein Name?«

»Es ist der schönste Name, den ich tragen will, weil du ihn mir gegeben hast, mein Sternlein.«

Fünfzehntes Kapitel

I

Andres' Kolonne war zur Abfahrt bereit. Kurz nach Mitternacht sollte von der Prärie aufgebrochen werden, um den Rest der Güter, die noch zu verladen waren, in der Stadt aufzunehmen, wo die Händler mit ihren Packen warteten. Andres wollte mit seiner Kolonne schon vor vier Uhr morgens auf dem Wege sein. Die Carreteros hatten unter sich ausgemacht, daß die Kolonnen gegenüber der alten Pyramide Junchavin, die rechts vom Wege lag, den die Kolonnen zu fahren hatten, aufeinander warten sollten, um eine lange und starke Karawane bilden zu können. Denn bis zu dem indianischen Städtchen Tsobtajal war der Weg nicht ganz sicher vor Banditen, die hier in einsamen Ranchos hausten und darauf rechneten, daß von dem reichen Segen, den der heilige Caralampio den Hunderten von Händlern und Spielbankhaltern gespendet hatte, ein gutes Teil für sie abfallen könnte, falls sie sich geschickt darum bemühen würden.

Weil die Carretas alle nun sich in guter Marschverfassung befanden, die Ochsen herbeigeholt worden waren und unter Aufsicht in der Nähe des Lagers gehalten wurden, um sie schnell zur Hand zu haben, sobald der Abmarsch angeordnet wurde, so gab es am Abend eigentlich nichts mehr im Lager zu tun.

Und weil das Lager so durchaus gar keine Anziehungskraft bot, denn man kannte es zu gut, so machten sich einige Carreteros auf, noch einmal in die Stadt zu gehen, um die letzten Überbleibsel des Heiligenfestes, das jetzt am Verlöschen war, auszukosten und von den Freuden noch schnell mitzunehmen, was nur in den letzten Stunden noch erhascht werden konnte.

Unter den Carreteros, die zur Stadt gingen, befand sich auch Manuel, der Freund und Mitarbeiter des Andres.

Als er zur Stadt kam, fand er, daß der Markt bereits sehr ruhig geworden war und die ganze Stadt sich vorzubereiten schien, nach jenen tumultuösen Wochen wieder in ihr stilles und selbstzufriedenes Dasein zurückzufallen. Es machte ganz den Eindruck, wenigstens auf dem öde werdenden Markte, daß die Stadt und ihre

Bewohner im Grunde froh waren, daß jenes tolle Fest vorüber war und sich alle wieder stiller Beschaulichkeit widmen konnten, in der das einzige Erfreuliche und Abwechslungsvolle war, Klatsch aufzusuchen und soweit wie möglich zu verbreiten, Haß und Eifersucht unter sich und unter den Sippen zu erwecken, gut zu nähren und zu züchten und dick und voll werden zu lassen. Die guten Bürger machten sich im übrigen herbei, neue Bürger zu zeugen, von denen viele von ihren Eltern verdammt wurden, den, für das mexikanische Ohr, häßlich klingenden Namen Caralampio durch ihr ganzes Leben zu tragen, mit keiner anderen Begründung, als daß die Eltern glaubten, daß ihr Kind, wenn es diesen auserwählten Namen bekomme, sich in hervorragendem Maße des besonderen Schutzes des heiligen Caralampio erfreuen würde, in allen Dingen des irdischen und himmlischen Lebens.
Die Mehrzahl der Händler hatte bereits geschlossen, und ihre ausgeborgten Tische und Buden waren schon fortgeräumt oder wurden gerade jetzt von den Verleihern abgebrochen. Nur an den Spieltischen war noch reichlich Geschäft, sowie an den Küchentischen, an den Zeltrestaurants und natürlich in den Cantinas, wo die Kellnerinnen von ihren Ammen mit nervöser Hast angetrieben wurden, den letzten Abend zum erfolgreichsten zu gestalten. In den Cantinas ging es wild zu, je weiter die Stunden vorrückten und je näher der Augenblick kam, wo auch die Mädchen, die soviel Freude zu den hungrigen Männern der Stadt gebracht hatten, sich reisefertig machen mußten, um ihre abfahrbereiten Carretas zu erwischen.

2

Alles, was Obrigkeit war und was in unmittelbaren Diensten der Obrigkeit stand, war in der lauten Seligkeit reichlich hineingeschwemmten Comitecos und Bieres. Die Obrigkeit war fröhlich mit den Fröhlichen. Sie sah nichts mehr und hörte nichts mehr. Der heilige Caralampio tolerierte und segnete seinen Kehraus für dieses Jahr.
Die ehrbaren Frauen der guten und ehrsamen Bürger der Stadt waren gut verwahrt in ihren ehelichen Betten. Und weil es gegen jede gute Sitte geht, daß eine Frau in der Nachtzeit durch die

Straßen eilt und in den Cantinas, Freudenhallen und Genußtempeln nach ihrem Manne sucht, weil sie ohnehin weiß, was er tut in dieser schönen Zeit wohliger Nacht, so blieben die Männer ungestört in ihrem Bestreben, ihre letzten tiefen und ehrfürchtigen Danksagungen an den heiligen Caralampio abzuliefern. Der Mann, der arbeitet, soll sein Vergnügen haben; und der Mann, der nicht arbeitet, soll noch mehr Vergnügen haben.
Die Mehrzahl der ehrsamen Bürger von Balun Canan arbeitet nicht. Wenn ihr eigentliches Leben als reifer Mann beginnt, so trachten sie danach, auf irgendeine Weise fünfhundert Pesos zusammenzuraffen. Haben sie diese fünfhundert Pesos, oder vierhundert, auf den Centavo mehr oder weniger kommt es nicht an, so heiraten sie. Wenn sie zwei Wochen verheiratet sind und die obersten Cremeschichten des ehelichen Lebens sind abgelöffelt, dann kaufen sie eine kleine Tienda, einen kleinen Laden, in dem die notwendigsten Bedürfnisse des täglichen Lebens feilgeboten werden.
In diesen Laden setzen sie ihre Frau, weil doch jemand im Geschäft sein muß. Die Frau gibt nun jeden Tag ihrem Manne zwei Pesos, manchmal drei, manchmal einen, von dem Geschäftserträgnis ab. Alle Ausgaben für das Haus und für den Unterhalt der Familie hat die Frau aus dem Laden herauszuwirtschaften, nachdem sie ihrem Mann seine tägliche Ration von drei oder zwei Pesos abgeliefert hat.
Sie bereichert das Geschäft dadurch, daß sie Kerzen gießt, Kleider näht, mit den Indianern, die ihre Produkte verkaufen, schachert, Eierlikör, den Rompope, fabriziert, im Hinterstübchen nicht versteuerten Comiteco verschleißt und mit den Schmugglern aus Guatemala, die Seidenstoffe über die Grenze bringen, stundenlang verhandelt.
Der Mann macht ihr tüchtig Kinder. Das ist seine ganze Arbeit. Das Amt des Prinzgemahls. Er ist immer lustig, freundlich, zufrieden mit der Welt im allgemeinen und mit allen seinen Mitbürgern im besonderen. Im übrigen macht er Politik. Er hat immer den Revolver im Gurt. Wenn es zu den Wahlen kommt, so versucht er, einen Posten zu erhaschen, Bürgermeister oder Polizeichef oder Steuermarkenverkäufer oder Steuereinnehmer oder Postmeister

zu werden. Wenn er Bürgermeister wird, erhalten alle seine dicken Freunde einen guten Posten. Er vergißt keinen. Er wird bei diesem Leben und bei dem unvergleichlich schönen, das ganze Jahr hindurch immer gleichbleibenden balsamischen Klima der Gegend, wo es weder Tuberkulose noch Krebs gibt, ohne etwas dazu zu tun, achtzig, hundert, hundertdreißig Jahre alt. Ein Alter, das man ihm nie ansieht; denn seine Frau bringt immer wieder Kinder zur Welt, wenn er schon seit zwanzig Jahren Großvater ist. Er stirbt überhaupt nur dann, wenn die Wahlen unentscheidend verlaufen, weil der wirkungsvollste Stimmzettel der Revolver ist. Natürlich nicht der Revolver, der zur Zierde im reichverzierten Gürtel getragen wird, um zu zeigen, daß der Träger wirklich ein Mann ist, sondern der Revolver, der auf die abgefeuert wird, die sich mit seiner politischen Meinung hinsichtlich der Mitbürger, die Posten haben wollen, nicht einverstanden erklären können. Da aber auch andere Wähler einen Revolver haben, so ist die freie Wahl nicht einseitig auf eine Gruppe beschränkt. Der beste Scharfschütze, der die besten Scharfschützen als Parteigenossen hat, wird zum Stadtoberhaupt gewählt. Republik und Wahlsystem nach dem Muster der vielbesungenen alten ehrwürdigen Republik Rom. Ermorde Cäsar, und du wirst Erster Römischer Konsul; ermorde Francisco Madero, und du wirst Präsident des schönsten und reichsten Landes auf Erden, Präsident der liebenswertesten und geduldigsten Bevölkerung auf Erden, Präsident der Vereinigten Staaten von Mexiko.

So, wenn keine Wahlen sind, dann bleibt den Männern der lieblichen und gastfreundlichen Stadt Balun Canan nichts anderes übrig als das Fest des heiligen Caralampio, um Abwechslung in das stille, beschauliche und sonst wenig aufregende bürgerliche Leben zu bringen.

In einer guten Republik geht die Obrigkeit aus dem Volke hervor. Und wer die Obrigkeit ist, unterscheidet sich nicht von den übrigen Bürgern der Stadt. Die Obrigkeiten sind morgen wieder Bürger, und die heute Bürger sind, werden morgen Obrigkeiten sein. Ja, warum denn in aller Welt dann den Leuten das Vergnügen versauern, wenn jeder das Vergnügen für den wertvollsten Teil des sonst so trüben irdischen Daseins betrachtet. Daß Menschen der

Arbeit wegen leben, ist die Philosophie der Mucker und der moralisch Kastrierten. Wenn das Leben des Menschen überhaupt einen Sinn hat, was bezweifelt werden kann, so ist der Sinn nur der eine und einzige: Vergnüge dich nach Herzenslust, laß jeden anderen sich vergnügen nach seiner Weise; und solange er weder dir noch deinen Mitmenschen persönlichen Schaden zufügt, lasse ihn gefälligst in Ruh; du bist um nichts besser als er, und er ist um nichts heiliger und wertvoller als du; denn Unheilige, Böse und Verbrecher sind nur die, die bei ihren Taten erwischt werden.
Morgen ist das Fest des heiligen Caralampio wieder einmal für ein volles Jahr zu Ende. Darum laßt uns heute fröhlich sein, wo es Zeit ist, wo wir unter dem Schutz des heiligen Caralampio stehen, dem zu Ehren wir uns vergnügen und dem zur Lobpreisung alle unsere Sünden für eine Beichte oder für eine gut bezahlte Messe oder für einen Knierutsch von der Kirchtür bis zum Altar vergeben werden. Welche Menschen würden bei einer Religion so lange aushalten, wenn ihnen die Religion keinen Karneval erlaubte mit dem Recht der Maskenfreiheit. Wenn nur der Aschermittwoch geheiligt wird, an dem man die Messe nicht versäumt, noch im Tran und den Nabel ungewaschen.

3

Oh, geliebter heiliger Caralampio, daß du das nicht sehen konntest, was in der letzten Nacht zu deinen Ehren in den Cantinas geschah. Dank gebührt den Klugen, die den hölzernen heiligen Caralampio in ein stilles dunkles Eckchen der Kathedrale rechtzeitig gestellt und die Kirchtüren verschlossen und verrammelt hatten, daß er nicht gleich Harun zur Nachtzeit ausgehen konnte, um zu sehen, was seine Gläubigen taten.
In den Cantinas nahm sich niemand mehr ein Blatt vor, weder unten noch oben. Die Schenkmädchen tanzten, wie man wollte, in irgendwelcher Weise und in irgendwelcher Kleidung. Unter dem einen hervor, unter den andern hinunter. Und weil die letzten und allerletzten Pesos so rasch, wie der Sprung es nur zuließ, hereingeholt werden mußten, weil die Carretas schon warteten, so nahm sich niemand Zeit, Vorhänge vorzuziehen, Türen zuzumachen, Fenster zu schließen. Viele, um das Geschäft nicht leiden zu las-

sen, nahmen sich nicht einmal so viel Zeit, bis zu einer der Familien zu rennen, die Zimmer por un ratito, für ein kurzes Weilchen, vermieteten, nicht einmal so viel Zeit, um ein Gelegenheitskämmerchen, das der Wirt hatte und teuer genug anbot, aufzusuchen. Dieses Kämmerchen war beinahe immer, wie die Kämmerchen in den Road-Houses in USA, zu gleicher Zeit mit zwei, drei oder gar vier Paaren besetzt, der Eiligkeit und der beschränkten Räumlichkeiten wegen. Aber nicht einmal so viel Zeit war, denn die Ammen und Mütter drängten und eiferten, der Prozente halber. Gleich in einem Winkel oder in einem Eckchen. Und wenn die Winkel und Eckchen in und an der Cantina besetzt waren, rüber in den Winkel einer der Kirchtüren, nahe dem Schutze des heiligen Caralampio. Es war ein öffentliches Freudenfest, die Orgie um das goldene Kälbchen. Alles öffentlich, wer Zeit und Lust hatte, konnte seinen Genuß haben vom Zusehen. Denn je weiter die Stunde vorrückte, um so ungehinderter und unverschleierter trubelte das durcheinander und übereinander. Aber es ging friedfertig zu. Zuweilen blökte einer, dann wieder schrie oder sang ein anderer. Aber alle vertrugen sich brüderlich. Und alles schien richtig bezahlt zu werden; denn man hörte kein Streiten um Geld. Die Bürger der Stadt waren müde geworden oder hatten sich ausgegeben. Man sah immer weniger von ihnen. Das Feld wurde endlich nur noch beherrscht von den Finqueros, den Agenten und Kontraktoren der Monterias und von auswärtigen Händlern, die jetzt endlich auch etwas von dem Segen des heiligen Caralampio mitgenießen wollten.

4

Am Brunnen ging der öffentliche Tanz jedoch ruhig weiter. Verglichen mit dem wilden Aufruhr in den Cantinas, war es hier, wo der Teil der Bevölkerung, der jeden Centavo bitter hart verdienen mußte, sich zu Ehren des heiligen Caralampio vergnügte, recht bescheiden und sittsam. Nicht etwa, weil diese Leute hier etwa um soviel besser und frömmer waren als die übrigen, sondern weil sie nicht das Geld hatten, sich in den Cantinas zu tummeln. Auch wenn sie das Geld gehabt hätten, so hätte ihnen dennoch die Übung gefehlt, die jene besaßen, die immer reichlich Geld hatten,

mit dem sie nicht wußten, was damit anzufangen. Sich richtig und erfolgreich vergnügen zu können, muß lange und geduldig geübt werden wie jede andere Tätigkeit.
Auch hier vom öffentlichen Tanz verzogen sich zuweilen Paare hinüber zu den dunklen Winkeln der Kirche, um Architektur zu studieren. Aber die Mehrzahl der hier tanzenden Leutchen schienen mehr Gefallen am Tanz und an nichts als am Tanz zu finden als an irgendwelchen anderen Dingen. Vielleicht wußten sie, daß sie andere Dinge an jedem beliebigen anderen Abend haben konnten, wenn sie nur wollten; aber Tanz konnten sie nicht jeden Abend haben, weil keine Musik da war und die Marimba nicht so billig zum Tanz aufspielte, wie es hier die wandernden indianischen Musikanten taten.
Manuel, der Carretero, war schließlich auch hier gelandet, weil es sonst auf der Plaza eigentlich schon nichts mehr von Interesse zu sehen gab. Die Spieltische, wo jetzt, wie in den Cantinas, mit einem wilden Hetzen gearbeitet wurde, um während der letzten paar Stunden den letzten krummen Centavo aus dem guten Balun Canan herauszuquetschen, wurden für Manuel langweilig, weil er nichts zum Verspielen hatte und er nicht so viel Vertrauen in sein Glück fühlte, daß er hoffen durfte, mit seinen paar Centavos ein Vermögen oder wenigstens einige Pesos zu gewinnen. Er fand es immerhin hier bei dem Tanz, wo nur Leute seiner Schicht waren, am lustigsten und am unterhaltsamsten.
Als er sich umsah, um nach einer Tänzerin zu suchen, bemerkte er ein Mädchen, das ein kleines Bündelchen in der Hand hatte. Sie schien niemand anzugehören, und vielleicht war sie das Mädchen einer Händlerin, die mit den Carretas am frühen Morgen heimreisen würde.
Er ging näher zu dem Mädchen heran. Hier stand er eine Weile unschlüssig. Er glaubte, daß vielleicht einer der tanzenden Burschen ihr Mann sei und daß sie auf ihn warte. Als aber mehrere Tänze vorübergegangen waren und keiner der Burschen auf sie zugekommen war, ging er noch ein wenig näher an sie heran.
Wieder stand er eine Weile. Dann schien sie ihn zu bemerken. Sie sah ihn an.
Und als sie ihn anblickte, lachte er. Sie lachte ebenfalls.

Darauf sagte er: »Wollen wir tanzen, Chica?«
»Como no«, sagte sie, »warum nicht? Aber wo lasse ich mein Bündelchen? Ich kann doch nicht gut mit dem Bündelchen tanzen.«
»Ach was, das kleine Bündelchen«, erwiderte er, »das nehme ich in die Hand.«
Er nahm das Bündelchen in seine rechte Hand, und weil er sie bei dem Tanzen ja nicht zu umarmen brauchte, so tanzte er mit dem Bündel in der Hand. Es sah drollig aus. Aber niemand von den Tanzenden kümmerte sich darum, ob da einer mit dem Bündel in der Hand tanzte oder mit einer Kiste unter dem Arm. Und wenn jemand im Ernst darauf geachtet hätte, so hätte er sich gesagt, daß, wenn jemand mit einem Bündel in der Hand tanze, er wohl seinen guten Grund dazu haben werde, weil es unbequem ist.
Nachdem sie den ersten Tanz beendet hatten, lud er sie ein, mit ihm ein Krügchen Kaffee zu trinken. Sie schien darüber froh zu sein. Und als sie den Kaffee tranken, schlürfte sie ihn mit tiefem Behagen, so daß er fragte: »Du bist wohl recht hungrig?«
Sie sagte: »Ja«, und er kaufte ihr einige Tacos.
Er fragte dann die Indianerin, wo sie den Kaffee getrunken hatten, ob er nicht für eine Stunde das Bündelchen hier unter ihrer Obhut lassen könnte. Dann gingen sie wieder hinüber zu den Tanzenden.
»Wie heißt du denn, Chica?« fragte er nach einem Tanz.
»Warum willst du denn das wissen?« gab sie zurück.
»Ich kann doch nicht immer Chica zu dir sagen, wenn ich dich mit mir nehme«, sagte er lachend.
»So schnell?«
»Warum nicht«, sagte er trocken. »Ich muß schnell mit dir sein, denn gleich nach Mitternacht torkeln wir los. Ich bin Carretero. Und wenn du willst, kannst du mit mir kommen.«
Nur einen Wink besann sie sich, und dann sagte sie: »Wohin geht ihr?«
Als wäre die ganze Karawane seine eigene, sagte er: »Zuerst gehe ich mit meiner Kolonne nach Jovel, dann nach Niba, dann nach Socton. Da bekomme ich neue Orders. Dann wahrscheinlich gehe ich nach Tullum und dann hinunter nach Arriaga und vielleicht auch bis nach Tonalja.«

»Das würde mir wohl gefallen«, sagte sie, »Tullum, das ist groß, da kann ich gut schönen Dienst bekommen, zehn oder gar vierzehn Pesos.« – »Freilich«, unterbrach er sie. »Und wenn du keinen Dienst dort bekommst und weiter willst, auch in Arriaga und in Tonalja ist es recht schön, und da gebrauchen sie immer Criadas. Aber wenn du mir nicht sagst, wie du heißt, dann nehme ich dich nicht mit, und ich lasse dich hier.«
»Rosario Lopez, su servidora, Ihre gehorsame Dienerin«, sagte sie höflich.
»Also Rosario. Rosita, querida mia«, sagte er.
Aber sie warf gleich ein, jedoch mit Lachen: »Ora, ora, Caballero, nicht so schnell, nicht so schnell. Querida suya, Ihre Geliebte, das wollen wir doch erst sehen. Nicht so schnell. Sie wissen ja noch gar nicht, ob Sie mir überhaupt gefallen. Pero, pensando, yo creo que si.«
»Was que si?« fragte er. »Was ja? Ich gefalle dir oder ich gefalle dir nicht. Klar mit der Sprache, und heraus mit dem Bekenntnis!«
Sie wurde rot, und lächelnd verlegen sagte sie: »Ich glaube, daß Sie mir gefallen.«
»Gut, abgemacht«, sagte er kurz. »Also ich nehme dich mit. Das übrige werden wir dann schon auf dem Wege sehen. Heute gibt es nicht viel Schlaf für mich. Wir haben noch zu laden, und es muß eingespannt werden. Aber du kannst zwei oder drei Stunden schlafen. Ich mache dir unter einer schon geladenen Carreta ein Lager zurecht. Wir haben noch ein anderes Mädchen mit uns, die Frau von Andres. Kannst mit ihr schlafen, daß ihr warm bleibt. Wir, auch der Andres nicht, wir haben heute nacht keine Zeit, uns um unsere Frauen zu bekümmern. Alles dick und voll mit Arbeit. Da geht ein neuer Tanz los. Vorwärts, Rosita, ran und mit den Beinen gewackelt.«
Während des Tanzes begann er nun erst in Ruhe über die schnelle Werbung und Eheschließung nachzudenken. Er sah sie mehrere Male an, ohne daß sie es bemerkte, denn sie hielt während des Tanzes ihre Augen auf ihre beweglichen Füße gerichtet, wie es einer sittsamen Tänzerin bei einem indianischen Zapateado geziemt.
Sie gefiel ihm immer mehr, je häufiger er sie ansah. Sie war India-

nerin, aber in einer Stadt aufgewachsen. Denn sie sprach ein reines mexikanisches Spanisch, mit Guatemala-Ausdrücken gemischt, wie es in den Grenzregionen des Staates gesprochen wird. Sie war, kein Zweifel, erfahren und nicht mehr in nackter Unwissenheit über das Leben. Denn ohne Zieren und Zögern hatte sie eingewilligt in das, was er angedeutet hatte, ohne es zu sagen. Lediglich die Raschheit und das Direkte und Deutliche seines Antrages kritisierte sie ein wenig, was zu tun ein jedes Mädchen als ihre Pflicht betrachtet, um den letzten Fetzen des Schleiers wenigstens an einem Zipfelchen halten zu können. Keine Frau liebt es, daß ihr von dem, den sie beehrt, einmal vorgeworfen wird, daß sie ihm gleich in der ersten Minute unter die Beine gefallen ist. Sie liebt es selbst dann nicht, wenn sie auf nichts sehnlicher wartet und gewartet hat, als so schnell wie möglich an die richtige Stelle zu fallen, sobald sich die Gelegenheit bietet.
Und als er darüber nachdachte, fand er nur um so mehr Geschmack an ihr. Schiet auf die Vergangenheit des Mädchens, wenn es drängend ist und man nichts Besseres haben kann. Nach einer Weile stellt sich immer heraus, daß die Unterschiede nur gedankliche sind, keine wirklichen. Jede Frau kann gut sein, und jede kann unerträglich sein, ganz gleich, was und wie ihre Vergangenheit war. An einer Frau bleibt viel seltener ihre Vergangenheit kleben als an einem Manne. Der Mann ist immer zu sehr geneigt, pedantisch, moralisch und durch und durch ehrbar zu sein, vom Gewissen geplagt zu werden und seiner engherzigen und beschränkten Ehrbarkeit alles zu opfern, selbst seine Frau. Abgesehen von den vertrockneten Betschwestern und den verbleichenden Stehengebliebenen, ist der Mann viel mehr ein unerträglicher und stinkigrotziger Mucker als die Frau. Als Vermieter möblierter Zimmer an alleinstehende Herren ist der Mann bei weitem ekelhafter als die Frau, die viel leichter versteht, viel weitherziger und damit viel natürlicher und in Wahrheit moralischer ist. Sie wird nur verdorben in den Ländern, wo es noch Gesetze aus der Zeit des wetternden Luther gibt, die von Kuppelei und von öffentlichem Ärgernis faseln, von Dingen, die rein relativ sind und die nicht definiert werden können, wie man etwa einen Bankdiebstahl definieren kann. Aber es sind nicht die Frauen, sondern die Männer,

die solche idiotischen Gesetze aufrechterhalten, verteidigen und sie, da sie nichts anderes haben, gebrauchen, um der Öffentlichkeit in heuchlerischer Weise zu offenbaren, wie ehrbar und wie tief moralisch sie seien. Doch die Wahrheit ist, daß gerade die moralischen Männer alle Frauen für sich selbst haben wollen und keine einzige Frau einem andern gönnen. Das beste Beispiel in der Geschichte ist der große Moralist und Weltverbesserer Joseph Smith, der Gründer der Mormonen-Kirche in Nordamerika. Keuschheit, Züchtigkeit, Sittlichkeit und Religiosität waren die hohen Ideale des Mannes, der, in der Blütezeit der Mormonen-Sekte, achtzig Frauen sein Eigentum nannte, so wie man Pferde oder Kühe sein Eigentum nennt.

5

Nachdem Manuel noch mehrere Male mit seinem neugewonnenen Mädchen getanzt hatte, sah er auf zum Himmel, um an den Sternen zu sehen, welche Zeit es sei.

»Wir können noch zweimal tanzen, Querida, und dann gehen wir«, sagte er. »Wir haben tüchtig zu tun.«

Als die beiden Tänze vorüber waren, nahm Manuel das Mädchen am Arm, und sie holten das Bündelchen ab. Sie kamen an einer der Cantinas vorbei.

»Da, Chica, sieh dir das nur einmal an«, sagte er, stehenbleibend. »Die Finqueros und die großen Herren von den Monterias pfeffern das Geld herum, daß es nur so eine Freude ist. Sie lassen San Caralampio aber einmal gut leben. Verflucht noch mal! Jeder hat zwei von den bemalten Mujeres auf seinen Knien reiten, und da unter den Tischen wälzen sie sich herum. Und da, hinten in der Ecke, sieh dir doch das nur an, da haben sie drei auf dem Tisch vor sich sitzen und bis auf die Strümpfe ausgezogen. Die ganze Kleiderschaft der Mädchen hängt an den Huthaken. Trommeln und Flöten, das ist ein Leben! Der Cantinero sackt ein. Aber gut.«

»Was siehst du denn da hin?« fragte sie unwillig und ihn am Arm weiterziehend. »Möchtest wohl dabeisein. Das könnte dir gut gefallen.«

»Celosa? Eifersüchtig?« fragte er und lachte auf. »Fängst ja gut an, Querida. Laß nur sein, Chica, wir werden schon gut miteinander

fertig werden. Sollst dich nicht beklagen können. Aber«, setzte er hinzu, »wenn ich die da so herumwirtschaften sehe, da muß ich doch an die geschundenen Peones denken und an die bedauernswerten Muchachos in den Monterias, die nichts haben, die da verrecken und verderben, schlimmer als Mules und Hunde, und hier wird das Geld verfuckt und versoffen und herumgefeuert, und stecken es den Weibern vorn hinein und hinten, wo sie es hinhaben wollen, wenn es nur Goldstücke sind. Und die Weiber werden auch nicht reich davon. Das meiste kriegen ihre Dueñas, ihre Wachthalterinnen, ab, die es ihnen stehlen, wenn die armen Mädels besoffen auf ihr Bett fallen. Und was ihnen bleibt, das nehmen ihnen wieder ihre Patrotes ab, ihre Burschen, die von ihnen leben und die sie in Tapachula, in Veracruz, in Frontera, in El Carmen, in Progreso haben, oder wo sie nun herkommen. Und die Burschen verbringen das Geld, das ihnen die Mädels hier verdienen, wieder mit andern Mädels um die Ecke. In einer Kolonne, die mit uns kam, war eine Herde von diesen Mädchen. Da habe ich zugehört, was sie sagten und was sie sich erzählten und wenn sie sich zankten. Das ist eine Welt, Gottverflucht noch mal!«
Er packte sie plötzlich fest an den Armen und riß sie an sich, preßte sie fest gegen seinen Körper und sagte: »Ah, schitt und schutt, Querida, laß uns gehen. Wenn ich an meine Carretas denke und das hier mit ansehe und dann denke, wie wir im Dreck steckenbleiben und niemals einen ganzen Fetzen am Kadaver haben! Ja, himmelgottverflucht noch mal, da möchte ich doch wissen, wer diese Welt geschaffen hat!«
Sie gingen ein Stück. Aber es rumorte weiter in ihm, da es nun einmal begonnen hatte.
Den warmen Körper des Mädchens dicht an sich fühlend und stolpernd durch die finsteren Straßen trottend, Steinen und Löchern und Pfützen und Lachen ausweichend, begann er, wahrscheinlich zum ersten Male in seinem Leben, seine wirtschaftliche Lage, ja sein ganzes elendes Leben klar zu sehen. Das Mädchen war ein starkes, gesundes Mädchen, ganz unähnlich dem Kind, das Andres zur Frau hatte. Er hatte, als er mit ihr tanzte, dann mit ihr herumstand, mit ihr Kaffee trank, etwas Neues gesehen in einer Frau. Etwas, was er bisher nicht gesehen hatte.

Die Offenheit dieses starken gesunden Mädchens, die so harte durchgearbeitete Hände besaß, ihre Freimütigkeit ihm gegenüber und die warme volle Fraulichkeit, die von ihr ausströmte, gaben ihm einen wilden und gleichzeitig beinahe demütigen Wunsch.
Ein Stück noch gingen sie weiter. Dann blieb er stehen, zog sie ganz dicht an seine Brust und sagte zu ihr: »Rosita, ich kenne dich nur gerade einen Augenblick. Mir ist es ganz gleich, was du bist und warum du fortläufst. Ich möchte, daß du meine Frau bist.«
Sie sagte: »Aber – nun warte doch, wenn wir auf dem Wege sind oder – nicht gerade hier – und laß doch erst einmal – und natürlich will ich, du nimmst mich ja mit nach Tullum, und ich weiß recht gut, warum du mich mitnimmst. Ich will, ja doch. Das weißt du doch – aber –«
»Nein, nicht«, antwortete er, »nicht, das meine ich nicht. Ja, natürlich, das meine ich auch. Aber, ich meine etwas anderes. Ich will gern, daß du überhaupt meine Frau bist. Ich meine für immer. Was ich meine, ist, ich will mit dir wohnen in einer Hütte, auf einem Stückchen Land. Oder wir gehen in eine Stadt, wo ich Arbeit finden kann und wo du immer mit mir bist. Siehst du, was ich will, das ist, ich will Kinder mit dir haben und ganz richtig Mann und Frau sein. Ich werde sehen, daß ich ein wenig Geld bekommen kann. Wenn wir nach Arriaga kommen, renne ich fort mit dir nach der nächsten Station. Dann kaufen wir eine Fahrkarte, und wir fahren ein Stück, bis wir in eine Stadt kommen, wo uns niemand kennt, wo man nicht weiß, daß ich fortgelaufen bin und Schulden beim Patron habe. Ich sage, ich bin von Tapachula. Und nach einer Weile gehen wir noch immer weiter, zu einer größeren Stadt. Da weiß dann keiner mehr etwas. Und ich kann in einer Fabrik arbeiten oder irgendwo. Und wir haben dann ein Leben ganz für uns, nur für dich und für mich und mit Kindern. Willst du das, Rosita?«
»Ich glaube, daß ich will«, sagte sie einfach.
Durch diese Unterredung, vielleicht aber mehr noch infolge der schlichten und unpoetischen Antwort des Mädchens, überkam Manuel eine zufriedene und satte Ruhe, die drängende Wünsche, die hart auf den Augenblick gerichtet waren, auflöste und verwehen ließ.

Es begab sich ähnliches in seiner Seele, was sich wenige Nächte vorher in Andres Gemüt ereignet hatte; wenngleich die Ursachen und Voraussetzungen völlig verschieden waren. So verschieden waren, wie Andres verschieden war von Manuel und Estrellita von Rosario. Für Manuel war das nahe Zusammensein mit einer Frau keine Neuheit. Und wie er wohl fühlte, war auch Rosario in die Natürlichkeiten des Lebens eingeweiht. Ganz sicher gab es weder für ihn noch für sie ungelöste Mysterien in den sichtbaren und fühlbaren Vorgängen menschlicher Lebensäußerungen.
Aber an Stelle des drängenden Wunsches, der ihn während der letzten Stunden gequält hatte, wuchs in ihm die Hoffnung auf etwas Schönes heran. Ob es schön war, dessen war er sich nicht klar. Jedoch in seinem Empfinden schien es ihm das Beste zu sein, wofür das Leben überhaupt Wert hat. Als Carretero hatte er hundertmal gedacht, daß man ebensogut auch nicht zu leben brauche, als dieses hoffnungslose und harte Leben zu ertragen, das niemals in dieser Form zu Ende zu gehen schien.
Angesichts des starken, gesunden und so freimütigen Mädchens war in ihm die dem Indianer eingeborene Sehnsucht nach Familie aufgelodert, nach Familie, mit der sich Heimat und Land verknüpft, wo Arbeit ist, die man beginnen, sich entwickeln, sich reifen sieht, deren Ziele und Erträge man überblickt. Es war die niemals stillbare, niemals satt werdende Sehnsucht des Menschen nach einem Ruhepunkt, nach einem Mittelpunkt des Lebens. Des Lebens, das immer und immer rastlose Bewegung ist.
Der Beruf, in den er gepreßt war, versuchte eine solche Sehnsucht in den Menschen, die ihm verfallen waren, zu ersticken. Und bis heute, ja bis zu dieser Stunde, hatte Manuel diese Sehnsucht kaum recht gefühlt. Es war den Carretas wirklich beinahe gelungen, diesen Wunsch in ihm zu ertöten.
Als er das alles erkannte, verlor er ihr gegenüber die dreiste Angriffslust, die er den ganzen Abend hindurch offenbart hatte. Er sah in ihr nicht mehr nur gerade ein aufgefundenes oder hergelaufenes Mädchen, das man nimmt und behält oder nicht behält, je nachdem, wie man sich fühlte. Diese Frau wollte er behalten für immer. Und um sie behalten zu können, dachte er sie vorerst zu gewinnen.

Es leiteten ihn keine Sentimentalitäten, und Kniffe und Tricks kannte er nicht. Weiche und süße Gefühle waren ihm fremd; er hätte sich mit ihnen auch nicht zurechtfinden können im Leben. Und wenn er meinte, die Frau zu gewinnen, so war es nicht, daß er mit langen Reden und schönen Worten zu wirken gedachte oder mit ausgesuchter Höflichkeit und dienstbereitem Respekt. So etwas kam ihm nicht in den Sinn. Das käme keinem Indianer, der sich noch Natürlichkeit und gesunde Lebensweise erhalten hat, je in den Sinn.

Er, seinem Instinkte folgend, versuchte die Frau zu gewinnen, daß er alles, was er jetzt hätte haben können, nicht nahm, daß er sogar jeglichen Gedanken daran aufgab. Nicht etwa darum, daß er von einer Vorstellung geplagt wurde, es sei häßlich oder unrein, oder gerade unter diesen Umständen nicht ehrlich gehandelt.

Er hatte ganz urplötzlich die Sehnsucht bekommen, sich zu befreien. Er fühlte in seinem Wesen, daß er sich nur durch diese Frau und nur mit ihr befreien konnte. Solange diese Frau der Mittelpunkt seiner Sehnsucht war, würde er den Gedanken, sich von den Carretas zu befreien, nicht mehr aufgeben. Es mochte sein, daß, wenn er sich gehen ließ, schon heute die Frau ihm nicht mehr das sein würde, was er wünschte, das sie ihm sein sollte. Vielleicht nicht. Aber er wollte um dieses ›Vielleicht nicht‹ nicht unüberlegt spielen. Mit seiner Sehnsucht nach einer Heimat und einer Familie verband sich der Wunsch, sich etwas aufzuheben für eine Gelegenheit, die nicht so zufällig und ungerufen sein sollte wie heute.

Wäre Manuel ein hochzivilisiertes Gezücht von Mann gewesen, so hätte ein solches Verhalten den Anschein erwecken müssen, daß er in einer fein ausgeklügelten Weise nur an seinen Genuß dachte und daran, wie dieser Genuß zu erhöhen sei. Aber Manuel war Indianer und Carretero. Genüsse durch geschickte Spekulationen, Vorbereitungen und Verzögerungen zu erhöhen, war ihm unbekannt. Selbst wenn er Ideen darüber gehabt hätte, er würde sich nie die Mühe gemacht haben, sie anzuwenden. Es hätte ihm zu lange gedauert. Spielereien kannte er nicht. Das Ziel ist am sichersten zu erreichen auf dem kürzesten Wege, war seine Meinung. Warum er so handelte, hätte er nicht erklären können. Er war instinktiv darauf verfallen. Hätte er die Frau nur dadurch halten können, daß er keine Stunde zögerte, so würde er das sicher getan haben. Aber er fühlte, daß er sich mit dieser Frau besser verständigen könne und daß sie bessere Freunde werden würden, wenn er warte. Es werde ihr zu denken geben, warum er nicht nehme, was sie erwarte, das er nehmen würde. So werden sie erkennen, daß er mehr und ernster für sie empfinde, als sie bisher geglaubt habe. Er handelte in dieser Weise, weil er nicht wußte, wie er sich sonst hätte ausdrücken sollen, um ihr zu sagen, was er für sie fühlte, und daß dies, was er fühlte, aus der Tiefe seines Herzens kam. Denn Worte für dieses Gefühl konnte er nicht bilden. So weit ging seine Fähigkeit nicht, in Worten tiefe Empfindungen ausdrücken zu können, sowenig wie er die Fähigkeit besaß, sich Tränen auszupressen, wenn er in seiner Seele Trauer oder einen Schmerz fühlte.

6

Sie waren unterdessen weitergegangen.
Manuel hatte das Mädchen nicht mehr dicht an sich. Während er mit sich verhandelte, um sich klarzuwerden, was er wollte, hatten sich beide voneinander gelöst, ohne es recht zu bemerken.
Die wahre Ursache mochte wohl der Weg sein: die Steine, Löcher, Pfützen, Lachen, Gruben, Balken, die das Gehen in der finsteren Straße erschwerten. So waren sie bei dem Herumstolpern aus ihrer Umarmung gekommen. Es ging sich besser, wenn hier jeder seinen Weg für sich allein kämpfte.
Als die äußerste, die letzte Straße der Stadt erreicht war und sie vor der freien Prärie standen, wurde der Weg wieder besser.
Rosario ging jetzt neben ihm her.
Es fiel ihm etwas ein, und er sagte: »Rosita, du darfst aber zu niemand, selbst zu keinem von den Muchachos, auch nur ein Wort sagen, daß ich fortlaufen will. Du weißt, wenn der Patron das erfährt, läßt er mich nicht mehr hinunter nach Arriaga zu den Stationen. Oder es kann tausendmal schlimmer werden, er verkauft mich für die Schuld an eine Monteria, um sicher zu sein, daß er nicht durch mein Fortrennen sein Geld verlieren kann. Aus der Monteria kann man nicht fort, da sind die Muchachos besser verwahrt als in einer Strafkolonie.«
»Ich werde ganz gewiß nichts sagen, Muchacho«, beruhigte sie

ihn. Dann fügte sie hinzu: »Aber wie heißt du denn, Junge, daß ich weiß, wie ich dich rufen kann. – Ha, so? Manuel. Ja, gewiß, Manuel, das gelobe ich dir, ich verrate dich nicht.«
Daß sie seinen Plan geheimzuhalten versprochen hatte, verband ihn in seinem Gefühl nur um so stärker mit ihr. Sie waren Verbündete geworden. Aus dem Ton, mit dem sie gesprochen hatte, hörte er heraus, daß er sich auf sie verlassen durfte, daß sie zu dem Worte, das sie gelobt hatte, stehen würde. Sie waren nicht nur Verbündete, sondern sie wurden nun auch noch treue Kameraden. Es waren solche wenigen, scheinbar unwichtigen Worte, durch die sie sich näher und inniger verbanden. Die Worte selbst waren es aber nicht allein, es war vielmehr der Ton und die Art, wie sie sprach, was ihn erkennen ließ, daß er auf gutem Wege mit einer Frau war, die ihren Wert hatte.
Viel hatte sie bis jetzt noch nicht gesprochen. Sie schien nicht redefiebrig zu sein. Es war gegen ihr Wesen, wie er vermutete. Aus den Kinderjahren war sie längst heraus. Sie mochte wohl fünfundzwanzig Jahre haben oder so herum.

7

Jetzt in der Finsternis, die nur von den klaren Sternen dünn aufgehellt war, neben ihr gehend, sah er sie nur wie einen Schatten. In der Gestalt war sie nur um ein weniges kürzer als er.
Sie war barfuß und ging mit einem weiten sicheren Schritt.
Er trug noch immer ihr Bündelchen.
Und um nur etwas zu sagen, weil sie so schweigend dahingingen, fragte er: »Was hast du denn in dem Bündelchen, Querida?«
»Nur mein Sonntagskleid, zwei Hemden, ein Handtuch und ein Paar Halbschuhe und ein Paar lange Baumwollstrümpfe«, sagte sie. »Es ist nicht viel, was ich dir mitbringe, Junge, aber ich habe es nicht gestohlen, und ich brauche nicht viel.«
Mit brutal sachlichen Sätzen und ohne irgendwelche Färberei, ohne eine Furcht, ihn verlieren zu können oder zu denken, daß er sie verachten möchte, erzählte sie ihm, was los war. Sie sah in ihren Erlebnissen keine Tragik, sowenig wie er je das Los der Carreteros als tragisch ansah oder gar als einen Fluch des Schicksals. Es war ihnen, wie allen ihresgleichen, jedes Ding, jedes Vorkommnis,

jedes Erlebnis, jeder Jammer, jede Freude etwas, was natürlich war, dem man vielleicht entweichen oder ausweichen kann, wenn man schlau ist, was man aber hinzunehmen hat, wenn es einen trifft und man nicht rechtzeitig entrinnen konnte. Und wenn sie doch nach einer Erklärung suchen, so ist es die gut eingedrillte Unterwürfigkeit: Gott hat es nicht anders gewollt. Daß Gott nur das will, was der Mensch mit seiner Vernunft, mit seiner Beharrlichkeit, mit seinem Willen sich erzwingt, das war ihnen nicht gewohnt. Sonst wären sie ja nicht so tief unten, in der untersten und armseligsten Schicht des Volkes, gewesen. Denn es ist die geduldige Frömmigkeit und die kindliche Gläubigkeit, die alles Gott überläßt, anstatt selbst ordentlich zuzupacken, die das größte Hindernis ist, warum sich die Proleten nicht nehmen, was ihnen gebührt.

8

Rosario war gezwungen gewesen, wie sie jetzt, als sie über die Prärie dahingingen, erzählte, mit zwölf Jahren das unabhängige indianische Dörfchen, in dem sie geboren war, verlassen zu müssen, weil zu viele Kinder im Hause waren. Das Land, das ihr Vater von der Kommune hatte, war steinig und mager und zu klein für eine große Familie. Das gute und reiche Land war der indianischen Kommune nach und nach von den politischen Chefs des Don Porfirio abgenommen worden und an spanische und deutsche Großlandbesitzer verkauft worden.

Rosario kam in den Dienst nach Yajaton, zu einem Mexikaner, der dort einen Laden hatte. Sie bekam einen Peso den Monat Lohn. Ehe sie vierzehn Jahre alt war, hatte ihr der Dienstherr ein Kind beigebracht. Sie blieb im Dienst und bekam einen Peso fünfzig Centavos im Monat Lohn. Ihr Kind starb, und ihr Dienstherr wollte ihr ein zweites verschaffen.

Das erste Kind war ihr gekommen, ohne daß sie gewußt hätte, wie das zugegangen war. Sie hatte sich darüber gewundert, als es plötzlich eines Tages zur Welt kam, während sie vor dem Herde stand und kochte und das Kind plötzlich ihr zu Füßen fiel. Ihre Dienstherrin kam herbei und gab ihr die erste Hilfe. Sie wußte, wo das Kind her war. Darum blieb das Mädchen ungestört im Hause, weil das Kind ja rechtmäßig in das Haus gehörte. In Mexiko ist hierbei keine Tragik mit solchen rein natürlichen Vorgängen verknüpft. Die Frau macht ihrem Manne ein paar Stunden lang Skandal; und dann versöhnen sie sich wieder. An Scheidung denkt sie auch nicht eine Sekunde lang. Sie sind gut katholisch verheiratet, und die katholische Kirche läßt jede Dreckerei in der Ehe zu, Prügeleien und Skandale; aber Scheidung erlaubt sie nicht, ganz gleich, ob die Eheleute sich weder stinken noch sehen können vor Haß. Denn Gott hat sie ja zusammengefügt, auch dann, wenn die Heirat eine reine Geldfrage oder Versorgungsversicherung oder ein Drang war, der sich nicht mehr länger halten ließ.

Als nun ihr Dienstherr abermals sich an sie heranmachte in der Erwartung, daß es nun leichter sei, weil er glaubte, sich Rechte ihr gegenüber erworben zu haben, war sie klüger geworden. Erfahrung hatte sie gelehrt, wo die Kinder herkommen und wodurch. Sie schlug Lärm mitten in der Nacht. Ihre Dienstherrin kam hinzu, und der Kindermacher kam um seine Entlastung.

Rosario blieb noch einige Monate im Hause. Aber es wurde für sie immer unerträglicher, weil sie keine Ruhe vor dem Manne bekam. Sie zog endlich ab und nahm in den folgenden Jahren Dienst in verschiedenen Orten der Region, mit zwei, drei und vier Pesos im Monat. Endlich kam sie nach Balun Canan. Hier diente sie in verschiedenen Häusern als Köchin und als Mädchen für alles. Nach einigen Wechseln erhielt sie eine Stellung bei einer Witwe, die, verärgert, weil sie keinen Mann im Bett hatte, von Monat zu Monat immer bösartiger wurde in ihrem Charakter. Aber sie hatte Zeiten, wo sie zu Rosario vertraulich wurde; und oft so vertraulich, daß dieses indianische Mädchen, völlig unverdorben in ihren sexuellen Instinkten, sich nicht zurechtfand, ob die Frau mehr Mann als Frau sei. Sie forderte Dinge und Handlungen, die das Mädchen verwirrten und meist bis zum Ekel belästigten.

So bekam das Mädchen nach und nach eine Furcht vor der Frau, die um vieles stärker war als die Furcht, die sie vor ihrem ersten Dienstherrn gehabt hatte, dem sie ja auch nur aus zu großer Furcht vor ihm und seinen Schlägen unterlegen war.

Sie kündigte ihren Dienst. Die Frau, die sich in der bösesten Zeit der Übergangsjahre befand, verlor nun jede Vernunft. Sie hatte gehofft, in Rosario ein geeignetes Objekt gefunden zu haben, von dem sie glaubte, es sich mit der Zeit und durch Geschenke und andere Vergünstigungen für ihre von der Natürlichkeit abgewichenen Begehrungen geneigt zu machen. Als Rosario auf ihrer Kündigung bestand, rächte sich die Frau an ihr, immer noch mit der Hoffnung, das Mädchen gefügig zu machen. Die Frau ging zur Polizei und klagte das Mädchen an, daß sie ihr Geld gestohlen habe. Das Geld wurde auch in dem dunklen Loch, wo das Mädchen schlief, gefunden.

Das Mädchen hätte, wenn es zum Gericht gekommen wäre, mit Gefängnis bestraft werden müssen. Die Frau jedoch, immer die Hoffnung haltend, das Mädchen nun klein und willig zu kriegen, besprach sich mit dem Polizeichef, daß sie die Anklage nicht bis zur äußersten Grenze führen wolle, daß aber der Polizeichef sie in das Ortsgefängnis sperren möge und sie mit einer Multa, einer Geldstrafe, von fünfzig Pesos belegen solle. Diese Multa war dem Polizeichef bei weitem lieber. Er hatte nichts davon, daß jemand im Gefängnis saß. Er hatte mehr davon, daß die Multa hereinkam, weil er die Multa so verrechnen konnte, daß der größere Teil in seine Tasche gelangte. Denn die Multas sind ja eine der Ursachen, warum in den kleinen Städten bei den Neuwahlen der Behörden, je nach der Heftigkeit des Wahlkampfes, fünf oder fünfzig Wahlberechtigte auf dem Schlachtfeld bleiben. Als Tote. Wenn sie Glück haben, als Krüppel.

Die Frau erwartete, daß Rosario im Gefängnis mürbe werden würde und daß sie ihre Herrin bitten würde, doch die Multa für sie zu bezahlen, damit sie herauskönne aus dem Gefängnis. Die Frau würde sie unter der Bedingung befreien, daß Rosario vor dem Bilde der Heiligen Jungfrau unbedingten Gehorsam gelobe und daß dieser Gehorsam sich auf alles beziehen müsse, was die Frau befehlen würde.

Aber Rosario war keineswegs so schreckhaft vor dem Gefängnis, wie ihre Herrin gedacht hatte. Sie zog es vor, im Gefängnis zu bleiben, als daß sie sich mit ihrer Herrin nach deren Wünschen eingelassen hätte.

Vielleicht war der Grund auch der, daß Rosario nicht schlecht im Gefängnis behandelt wurde. Die Gefängnisse in den kleinen Orten in Mexiko sind ja zumeist wirkliche Pesthöhlen, voll von Ratten, Flöhen, Läusen und dem bösesten Unrat. Aber das wird dadurch reichlich wettgemacht, daß jegliche Disziplin fehlt. Während des Tages sind die Insassen im Hofe. Sie können spielen und rauchen, soviel sie wollen. Sie dürfen Besuche empfangen, wann sie wollen und solange sie wollen. Sie dürfen, meist nur unter ganz flüchtiger Untersuchung, an Speisen, Getränken, Zigaretten, Kleidungsstücken, Büchern, Zeitungen von ihren Freunden in Empfang nehmen, was ihnen gebracht wird. Die Frauen haben meist ihre Kinder bei sich, und Säuglinge werden ihnen niemals fortgenommen, häufig nicht einmal in den großen gutorganisierten Staats- und Landesgefängnissen. Einer gefangenen Frau die Kinder fortzunehmen betrachtet der Mexikaner als grausam. Selbst Strafgefangene der schweren Art dürfen zuweilen ihre Frauen empfangen, mit ihnen den ganzen Tag, zuweilen sogar in der Nacht, allein zusammenbleiben. Der Mexikaner weiß, daß dies der Gesundheit und dem seelischen Zustand des Inhaftierten dienlich ist und günstiger für die natürliche Sitte der Gefangenen ist als Absonderung. Unter allen Ländern der Erde hat Mexiko heute das großzügigste und menschlichste Strafvollzugssystem, trotz des Umstandes, daß, wie in allen menschlichen Handlungen, auch hier genug Entgleisungen und Unrechte geschehen.

Rosario bekam viel mehr Vergünstigungen, als sie je erwartet hatte. Da sie ein tüchtiges, arbeitsgewohntes und arbeitswilliges Mädchen war, so arbeitete sie schon am ersten Tage ihrer Haft in dem Hause des Polizeichefs. Am zweiten Tage ging sie schon allein auf den Markt einkaufen, und die Frau des Polizeichefs vertraute ihr ohne Zögern das nötige Geld für die Einkäufe an. Die Frau des Chefs behandelte sie nicht eine Stunde lang, als wäre sie eine Strafgefangene. Am dritten Tage schlief sie schon nicht mehr im Gefängnis, sondern im Hause des Polizeichefs, der ebensosehr wie seine Frau erfreut war, ein so tüchtiges Mädchen als Arbeitskraft im Hause zu haben, der er nichts zu bezahlen brauchte. Im Gegenteil, er konnte die Verpflegungskosten für sie auch noch auf die städtischen Kosten buchen, und weil das Mädchen im Hause aß, so konnte er diese Centavos in seine Tasche stecken, wo sie seinen Bedarf an Zigaretten bezahlten.

Die Dienstherrin kam gänzlich um ihre Rache und erst recht um ihre Hoffnung, doch noch eine Liebhaberin zu gewinnen. Sie konnte nun nichts mehr tun, weil sie sich mit dem Polizeichef über die Verfolgung und Verurteilung des Mädchens geeinigt hatte.
Dem Polizeichef aber war es mehr um die fünfzig Pesos Multa zu tun als um das billige Dienstmädchen. Es kamen genug Frauen und Mädchen in das Gefängnis, die er im Hause beschäftigen konnte und die ihn nichts kosteten. Sich mit ihnen herumzuärgern, wenn sie nichts vom Hausdienst verstanden, war ja Sache seiner Frau. Das kümmerte ihn nicht.
Es war in der dritten Woche ihrer Haft, als der Polizeichef im Hotel einen Arzt traf, der zugezogen war und der ihm erzählte, daß seine Frau sich beklage, weil sie keine tüchtige Köchin finden könne. Sie sprachen darüber, und der Polizeichef bot dem Arzte an, daß er Rosario als Köchin haben könne, falls er willens sei, die Multa in Höhe von fünfzig Pesos und acht Pesos Kosten für sie zu bezahlen; er, der Arzt, könne ja dem Mädchen diese Multa als Schuld anrechnen, die er ihr von ihrem Lohne abziehen könne, weil das recht sei wie mit jeder Schuld, die ein Arbeiter habe. Der Polizeichef sagte ihm offen, daß er nicht glaube, das Mädchen sei eine Spitzbübin, und daß hier eine falsche Anschuldigung vorliege; aber er könne nichts tun, weil die ehemalige Dienstherrin eine angesehene Bürgerin sei, deren Wort als Zeuge mehr gelte als das Wort eines indianischen Mädchens.
Der Arzt sagte, er werde mit seiner Frau sprechen. Die Frau sagte, sie wolle es mit ihr versuchen. Sie nahm das Mädchen ins Haus und war so zufrieden mit ihrer Arbeit und mit ihrer Reinlichkeit, daß sie ihrem Manne sagte, er möge die Multa für Rosario bezahlen.
So verkaufte der Polizeichef Rosario an den Arzt für die Multa und die Kosten. Die Frau des Arztes war nicht knickrig. Sie bezahlte den für die Stadt unerhörten und viel beredeten Lohn von sieben Pesos an Rosario, obgleich das Mädchen, wie die Frau des Arztes offen erklärte, nicht mit zwanzig Pesos überbezahlt sei, denn sie brauche sich um nichts mehr im Hause zu bekümmern.
Acht Monate aber mußte nun Rosario umsonst arbeiten, weil sie die Schuld abzuverdienen hatte. Sie war immer noch Gefangene

und konnte jederzeit wieder in das Gefängnis gesteckt werden, wenn sie etwa fortlaufen sollte, ehe diese Schuld abgetragen war. Das hatte der Polizeichef dem Arzt versprechen müssen, daß er für das Mädchen garantiere.
Rosario brauchte natürlich einige Sachen, Hemden, Röcke und einiges andere. Und um diese Sachen kaufen zu können, mußte sie sich von ihrer Herrin Geld borgen, wodurch sie ihre Schuld vergrößerte.
Nach achtzehn Monaten war sie aber heraus aus der Schuld und war frei, zu gehen, wohin sie wollte. Sie gedachte nach Tullum zu gehen, wo bessere Löhne bezahlt wurden als so tief im Hinterlande. Aber die Frau Doktor bot ihr, als sie aufkündigen wollte, zehn Pesos Lohn, und Rosario blieb. Dieses Lohnes wegen wurde die Doktorin von den übrigen Frauen ihrer Gesellschaftsklasse in der Stadt in den Bann getan, weil sie die Löhne der Dienstmädchen verdarb und die Arbeitsbedingungen und Behandlung verschlechterte. Verschlechterte zuungunsten der ehrsamen Bürgerinnen der Stadt, die gewöhnt waren, Sklavinnen um sich zu haben.
Rosario war zwei Jahre im Hause des Doktors. Sie wäre wahrscheinlich noch einmal zwei Jahre dort geblieben, wenn es nach ihr gegangen wäre. Aber der Doktor, der sich nach Abwechslung von seiner Frau sehnte, an die er zu gut gewöhnt war und die ihm darum nicht immer genügend zusagte, begann Gefallen an Rosario zu finden, weil sie ihm, wie er hoffte, mehr und Besseres geben könnte als seine Frau.
Eines Tages war seine Frau zu einem Nachmittagsklatsch zu anderen Frauen gegangen. Der Doktor war allein. Er rief das Mädchen in seinen Consultorio, Konsultationszimmer, und sagte zu ihr: »Rosario, ich habe bemerkt, daß du es an der Lunge hast. Du kannst leicht Tuberkulose bekommen.«
Er machte ihr klar, was dies sei, und erschreckte sie, daß sie sterben könne, daß sie abmagern und häßlich werden würde, daß sie wohl gar keinen Mann bekommen möchte und daß, wenn sie einen bekäme, alle ihre Kinder jung sterben würden, und sie würde sehr unglücklich im Leben werden.
Das letzte war ausschlaggebend. Rosario wollte sich verheiraten,

sobald sie einen Mann fände, der ihr zusagte. Sie war viel zu sehr Frau, um dauernd unbemannt zu bleiben. Und erst recht wollte sie Kinder mit ihrem Manne haben.
Sie ließ sich untersuchen, nachdem ihr der Doktor lange genug zugeredet und sie so ängstlich gemacht hatte, wie die Priester die Menschen mit der Hölle und den Teufeln ängstlich machen, wenn sie die Leute in die Kirche haben und deren Geld einkassieren möchten.
Er sagte ihr, daß sie wirklich, wie er vermutet hatte, schwer an der Lunge angegriffen sei und daß es die höchste Zeit wäre, eine Kur zu beginnen. Aber die Kur wäre teuer, weil er wohl nichts für die Behandlung berechnen wolle, da sie zum Hause gehöre, aber die Medizinen und Injektionen müsse er selbst kaufen.
Er machte ihr eine Injektion sofort, um eine Krankheit aufzuhalten, die sie gar nicht hatte. Denn sie war so gesund, wie nur immer ein Mädchen indianischen Vollblutes sein kann.
Nachdem er das Injektionsinstrumentchen gesäubert hatte, sagte er: »Die Injektion kostet drei Pesos, für dich aber nur zwei. Wir müssen jede Woche aber wenigstens drei machen, wenn ich dich am Leben und bei Gesundheit behalten will.«
»Aber Señor Doktor«, sagte sie darauf, »wie kann ich denn sechs Pesos die Woche bezahlen, wenn ich nur zwei und einen halben verdiene?«
Er arbeitete an seinen Instrumenten herum oder tat wenigstens so. Dann wendete er sich um und sagte: »Das sehe ich ein, Rosario, soviel kannst du nicht bezahlen. Aber ich kann dir das auch nicht schenken. Es ist mein Beruf. Es geht gegen die Berufsehre, siehst du, daß wir Ärzte etwas verschenken. Das Studium kostet viel Geld, und die Instrumente und Medizinen sind sehr teuer. Aber was hast du davon, wenn du stirbst, wo du doch leicht gerettet werden kannst! Du willst doch nicht etwa freiwillig sterben, oder willst du?«
»Nein, das will ich nicht!« sagte sie erschreckt. »Lieber Señor Doktor, helfen Sie mir doch, daß ich nicht zu sterben brauche!«
Er wurde gutmütig und sagte: »Das ist recht. Das gefällt mir. Wozu sterben, wenn du gerettet werden kannst und glücklich werden kannst im Leben mit einem Manne und mit Kindern!«

Rosario lachte; aber sie hatte feuchte Augen, als sie lachte.
»Ich habe mir das überlegt, Rosario«, sprach er weiter, »sieh einmal hier. Ich muß dir etwas sagen. Aber sage das nicht zu meiner Frau. Sie erschlägt dich sonst. Meine Frau ist nicht ganz gesund, wenn sie auch sonst nach außen gesund aussieht. Was ich sagen will, ist das: Sie kann nicht mit mir schlafen. Verstehst du, was ich meine?«
»Ja, ich verstehe«, sagte sie, bereits ahnend, was kommen würde. Es war ähnlich, was auch ihr erster Dienstherr, nur mit gröberen und kräftigeren Worten, gesagt hatte. Aber ihr erster Dienstherr hatte Gewalt angewendet, sie geprügelt und sie mit Erwürgen und Erschießen bedroht, falls sie nicht seine Frau ersetze.
»Und siehst du, Rosario«, sagte der Doktor, »du wirst schon verstehen, was ich meine. Ich muß eine Frau haben. Ich kann hier nicht jeden Monat fortreisen nach Tapachula oder nach Tonala oder sonstwohin. Ich mache dir jede Woche drei Injektionen, die du nötig hast, um dich zu kurieren, und du bezahlst – ich meine, für jede Injektion, du zeigst dich erkenntlich dafür. Ich denke, daß dir dein Leben und deine Gesundheit und das Leben deiner zukünftigen Kinder soviel wert ist. Oder meinst du nicht?«
Die Erwähnung der Kinder aber brachte sie auf einen Einwand: »Ich möchte aber keine Kinder von Ihnen haben, Señor Doktor. Es ist dann nicht so leicht, einen guten und richtigen Mann zu bekommen. Das wissen Sie doch auch, Señor Doktor.«
Er klopfte ihr beruhigend auf die Schulter und sagte: »Ich bin doch Doktor, nicht wahr, das bin ich doch! Da brauchst du keine Sorge zu haben. Ich weiß das zu verhindern, daß da Kinder sind. Ich will keinen Skandal haben mit meiner Esposa. So, das wirst du mir doch glauben. Denn wenn du Kinder bekommst, dann erfährt alles die Señora Doktor. Sei nur ganz beruhigt darüber.«
Sie sagte nichts.
Er wurde ein wenig ungeduldig: »Also, wie du willst, Rosario. Wenn du sterben willst, mir ist es recht.«
Sie schluckte und sagte dann: »Nein, sterben will ich nicht.« Und zögernd und leise fügte sie hinzu: »Ja, dann muß ich wohl, wie Sie sagen, Señor Doktor.«
Das ging drei Wochen.

Dann kam eines Abends die Señora Doktor von einem Klatsch früher heim, als der Señor Doktor erwartet hatte. Sie fand den Señor Doktor und Rosario aber auch gleich so und auch noch über seinem eigenen Bett im ehelichen Gemach, daß selbst das verwegenste Schwören bei Gott, bei der Heiligen Jungfrau und bei allen Heiligen zugleich keinen Zweifel an dem, was sie fand und sah, zugelassen hätte.
Und nun auch noch am Tage des Festes zu Ehren des heiligen Caralampio.
Die Señora Doktor schrie nicht und machte keinen Skandal. Sie behielt sich offenbar alles das für den Señor Doktor vor.
Sie sagte kurz und hart: »Rosario, packe deine Sachen und komme sofort in die Sala für deinen Lohn. Schade, daß ich dich gehen lassen muß. Du bist ein tüchtiges Mädchen. Aber hinaus aus dem Hause! Du bist kerngesund. Der Señor Doktor braucht dich nicht zu kurieren.«
Durch diese Worte erlebte Rosario eine neue Erfahrung. Sie war nicht die erste, die von dem Señor Doktor von einer tödlichen Krankheit geheilt werden sollte. Und trotz der Scham, die sie empfand, so überrascht worden zu sein und hinausgeworfen zu werden wie ein Scherben von der Señora, die sie achtete und verehrte, war sie dennoch froh, auf diese Weise zu erfahren, daß sie keine tödliche Krankheit hatte und daß sie weitere Kurmittel entbehren konnte.
In fünf Minuten hatte sie ihr Bündelchen gepackt. Sie ging ein wenig furchtsam in die Sala zur Señora. Aber die Señora war nicht böse mit ihr. Sie kannte wohl ihren Gespons. Scheiden konnte sie sich auch nicht lassen, weil sie katholisch war. Sie mußte aushalten und jede Fahrt des Señor Doktor in die Nachbarschaft erdulden.
Für einen kurzen Augenblick dachte sie daran, Rosario zu behalten, weil sie wußte, daß ein neues Mädchen mit Sicherheit in die gleiche Nachbarschaft des Señor Doktor geraten würde.
»Hier hast du deinen Lohn, Rosario«, sagte sie. »Und vielen Dank für deine gute Arbeit hier in meinem Hause. Hier hast du zehn Pesos mehr, als dir zukommt. Aber morgen früh bist du aus der Stadt heraus, oder ich lasse dich ins Gefängnis stecken. Und noch

eins, wenn du ein Wort über das sagst, was hier geschehen ist, dann sorge ich dafür, daß du ein Jahr ins Gefängnis kommst wegen Beleidigung meines Hauses. Du weißt es nun. Adios, Rosario.«
Rosario nahm ihr Geld an sich. Sie stand barfuß vor ihrer Herrin und hatte nur ihren wollenen Wochentagskittel an. Ihr Bündelchen hatte sie in den Gang an die Haustür gebracht.
Sie sagte: »Mil gracias, Señora Doktor, für die liebe Behandlung, die ich hier bei Ihnen gehabt habe. Ich will immer gut an Sie denken in meinem Leben. Und mil gracias für das Geld. Ich gehe morgen früh fort, wie Sie mir befohlen haben, und ich werde ganz bestimmt zu niemand etwas sagen, das gelobe ich Ihnen bei der Heiligen Jungfrau.«
Sie verteidigte sich mit keinem Worte, daß sie ein Opfer des Señor Doktor geworden sei, ohne es wirklich zu wollen. Sie glaubte, es möchte die Señora verletzen.
Sie kniete nieder und küßte der Señora die Hand.
Dann ging sie aus dem Hause.
So war sie mit ihrem Bündelchen zu den Tanzenden gekommen in der Hoffnung, jemand zu finden, mit dem sie am frühen Morgen aus der Stadt wandern könne. Sie gedachte, sich reisenden Händlern anzuschließen, so daß sie nicht allein zu gehen brauche.
»So, das ist es, Manuel«, endete sie, »das ist alles. Du magst mich nun mit dir nehmen und mich zu deiner Frau machen. Und wenn du nicht willst, dann sage es, und ich gehe mit andern. Aber weil ich ganz ehrlich mit dir sein will, darum habe ich dir alles gesagt, wie es ist. Sei auch ehrlich zu mir und sprich zu niemand darüber, was ich der Señora gelobt habe, niemand zu sagen. Dir jedoch mußte ich es sagen, damit du mich kennst. Niemand sonst auf Erden soll es von mir erfahren. Die Señora ist immer gut zu mir gewesen. Sie ist eine Santa, eine Heilige, die ich mehr verehre als alle heiligen Jungfrauen, von denen mir nie eine etwas gegeben hat.«
Manuel ließ ihr Bündelchen fallen, umarmte sie und sagte: »Querida linda, was du mir erzählt hast, das habe ich schon jetzt alles wieder vergessen. Ich habe wohl, wenn ich nun daran denke, gar nicht ganz zugehört und das meiste von dem, was du sagtest, wohl ganz überhört, weil ich immer nur dachte, daß du mehr und

mehr meine Frau bist, weil du mir das alles erzählst. Ich habe nur an dich gedacht und was ich tun kann, um dich froh zu machen im Herzen. Ein neues Leben fängt an für dich und für mich. Ich weiß jetzt, was ich will. Und das weiß ich durch dich. Ich will fort von den Carretas, wo keine Hoffnung ist. Und ich will fort mit dir, so weit wir nur gehen können auf unsern Füßen. In der Ferne ist die Freiheit.«

9

Umarmt und eng aneinandergepreßt standen sie so eine gute Weile auf der weiten Prärie. Ohne mehr zu sprechen, ohne zu denken, einander fühlend, einander verstehend, einander vertrauend.

Über ihnen die Sterne, und rund um ihnen die satte Mitternacht. In einer kurzen Entfernung vor ihnen hoben sich in Schatten gegen den schwarzblauen Horizont die Carretas und die ruhenden Ochsen ab. Die Lagerfeuer der Carreteros begannen aufzuflakkern in lichten leckenden Zungen und roten Fladen, die in ihrem Schein die Carretas, die Ochsen und die arbeitenden Carreteros bald in weites Licht tauchten, bald in tiefe Schatten trieben.

Er löste sich aus ihren Armen, nahm ihr Bündelchen wieder auf, und sie gingen nebeneinander auf das Lager seiner Kolonne zu. Die Burschen, sowohl hier als auch bei den Nachbarkolonnen, waren schon alle auf.

Die verrußten Blechkännchen mit Kaffee und die zerbeulten großen Emailletöpfe mit den schwarzen Bohnen standen im Feuer. Die Carreteros trieben die Ochsen auf und begannen sie aufzujochen und einzuspannen.

Manuel stand eine Weile unschlüssig da und sah über das auflebende Lager hin. Er fühlte sich halb schon nicht mehr zugehörig. In seinen Gedanken war er bereits weit fort mit seiner Frau.

»Ola«, rief Andres gut gelaunt, als er Manuel sah, »gut, daß du hier bist, Manuelito. Du fehlst uns. Weißt ja, die andern sind junge Schäflein, wissen von Böcken und Klöten nichts. Wir haben verflucht noch mal mit den Ochsen zu schaffen. Wollen und wollen nicht heran. Sind ganz aus der Arbeit gekommen.«

»Keine Sorge, Andresillo«, meinte Manuel, sofort wieder in das

gewohnte Geschirr fallend, »wir werden sie schon noch munter machen.«
»Ich hatte geglaubt«, sagte Andres lachend, sich das Haar aus dem Gesicht streifend, »daß du dir einen gehoben hättest als Abschied vom Caralampio und daß wir dich mitverladen müßten.«
»Beinahe«, sagte Manuel, »aber ich hatte anderes zu tun.«
»Ay, Hombre«, rief Andres nun, in arbeitsgewohnter Weise, »Hombre, sieh mal herum, wo der gottverfuckte Amarillo steckt, der mit dem halb abgebrochenen Horn. Er ist uns gerade hier unter den Händen weggewischt. Scheint da drüben zu sein bei der Kolonne des Luciano.«
Dann sah Andres Rosario.
»Buenos dias, Muchacha«, grüßte er sie freundlich.
»Ich bin die Frau des Manuel«, stellte sie sich vor, »und ich gehe mit euch nach Arriaga hinunter.«
»Felicitaciones«, rief Andres lachend, »viel Glück, ihr beiden. Bienvenido. Willkommen.« Er gab ihr die Hand und sagte: »Da bleibt doch nun mein kleines Sternchen nicht allein. Geh rüber zu ihr, Muchacha. Mein Sternchen liegt dort unter der Carreta links. Lege dich neben sie auf den Petate und schlafe ein wenig. Eine halbe Stunde haben wir hier noch zu würgen, ehe wir abtrotten. Müßt beide laufen, haben die Carretas voll bis oben hin. Wenn du willst, trinke einen Schluck Kaffee und nimm das Kännchen mit hinüber zum Sternchen.«
Sie ging zu der Carreta, und sie kroch sich dicht an das Sternchen an, das aufwachte und dem sie, in der ihnen beiden vertrauten Sprache, aus ihrem frohen Herzen heraus zuredete und zuflüsterte.
Und sie waren gleich, als wären sie alte Bekannte. Denn sie verstanden sich sofort, weil sie beide beseelt waren von derselben frohen Hoffnung, in der für sie nach trüben, wolkenschweren Tagen die Sonne aufging. Aber ehe sie dann einzuschlafen vermochten, begannen schon die ersten Carretas der Kolonne schwankend, quietschend und ratternd von der Prärie abzumarschieren.

Sechzehntes Kapitel

I

Eine Gruppe von Indianern wanderte ihres Weges dahin. Sie kamen aus ihren heimatlichen Regionen im Norden des Staates. Sie befanden sich auf dem Marsche nach den Dörfern und Siedelungen der fruchtbaren Erde im Süden und im Südosten des Staates.

Sie kamen nicht, um neues Land zu suchen und zu erwerben, obgleich sie gutes Ackerland gewiß benötigten und darum immer begehrten. Ihre heimatliche Erde war mageres und steiniges Gebirgsland, das unter großen Mühen bearbeitet werden mußte, wenn es ihnen Nahrung geben sollte. Aber im Süden war das Land nicht nur teuer, sondern es war im Besitze von Mexikanern und wohlhabenden Indianern, Kaffeepflanzern und Farmern, Leuten, die das Land ebenso nötig für sich selbst brauchten und für sich selbst behalten wollten, wie die Indianer im Norden ihr Land für sich behalten mußten.

Die wandernden Indianer waren auf der Suche nach jungen guten Maultieren, die auf den großen und kleinen Farmen im Süden gezüchtet wurden. Sie kauften die Mules auf, wenn sie noch so jung waren, daß sie gerade eben begonnen hatten, sich ihr Futter selbst zu suchen und von ihrer Mutter entwöhnt waren. Dann waren die Tiere am billigsten. Und nur zu den denkbar billigsten Preisen konnten die Indianer kaufen, wenn jeder einige Tiere mit sich heimbringen wollte. Denn Geld war bei ihnen eine rare Sache. Sie unterschieden sich hier nicht von der Mehrzahl der Menschen, die nicht Indianer sind.

Diese jungen Maultiere waren nicht so leicht zu kaufen, wie das wohl scheinen möchte.

Die kleinen Farmer und Siedler, erst recht die großen Haciendabesitzer, verkauften die jungen Mules nicht sehr willig, weil sie gedachten, die Tiere selbst aufzuziehen. Es waren nur die kleinen Farmer, und hier zumeist Indianer, die gelegentlich ein junges Tier verkauften, wenn sie dringend flüssiges Geld gebrauchten. Ein junges Mule brachte freilich zehnmal, oft zwanzigmal mehr

Geld als ein Schwein. Die einkaufenden Indianer zogen zuweilen eine volle Woche lang von einer Ranch zur andern, ohne auch nur ein Tier kaufen zu können. Entweder war der verlangte Preis höher, als sie für das Tier ausgeben konnten, oder der Eigentümer wollte nicht verkaufen, oder sie trafen überhaupt keine Tiere an. Dann kam es auch wohl wieder vor, daß sie drei und vier Tage in einer Rancheria verweilten, wo ein Tier oder gar mehrere waren, die sie gern gekauft hätten, wo aber die Eigentümer sich nicht zum Verkauf entschließen konnten.
Es wurde dann vier Tage lang, vom ersten Morgenschimmer bis in die Nacht hinein, verhandelt und geredet, und am Abend des vierten Tages waren dann vielleicht die Aufkäufer genau ebensoweit wie in der ersten Stunde ihrer Ankunft, und die vier Tage waren verloren.
Der Eigentümer wollte halb, und halb wollte er nicht verkaufen. Dann traf es sich manchmal, daß am nächsten Morgen, wenn die Indianer endlich weiterziehen wollten, sich der Eigentümer in der Nacht zum Verkauf entschlossen hatte. Und nun begann das Herumhandeln an den Preisen, das zuweilen auch wieder drei oder vier Tage dauerte.
Oft hatten die Indianer Glück. Sie trafen ein junges schönes Tier an, das unverkäuflich schien. Aber während sie auf der Ranch herumlungerten und sich mit dem Abmarsch verzögerten, kam ein Händler an, der auf dem Rancho seine Waren auslegte und anbot.
Da waren schöne Kleiderstoffe und Hemdenstoffe, Stickereien und Spitzen, elegante Lackschuhe, herrliche bunte Seidenbänder, große glitzernde Ohrringe, da war ein wundervoll gepunzter Patronengürtel, da gab es blanke Revolverpatronen und ein stählernes Weidmesser, ein Paar große stahlblaue und versilberte Sporen, jedenfalls alles Dinge, die den Ranchero, hundertmal mehr aber noch die Ranchera, seine Frau, tief traurig machten, weil sie nicht Millionäre seien, um sich das alles auf einen Haufen kaufen zu können.
Aber da sah der Ranchero die Indianer stehen, die ein junges Mule kaufen wollten und das bare Geld gleich bei sich trugen, um das Mule sofort zu bezahlen, und da sah er seine Frau, wie sie ihn

anlachte, so wie sie ihn nur angelacht hatte, ehe er sie geheiratet hatte. Und sie kam zu ihm heran und kuschelte sich in seinen Arm. Eine halbe Stunde darauf waren die Indianer Eigentümer des jungen schönen Mules, und drei Stunden später war der Händler der Besitzer des Geldes, das die Indianer dem Ranchero für das Mule bezahlt hatten. Tausendmal mehr Geld gelangt in den Kreislauf durch Gelegenheit als durch Notwendigkeit.
Hunderte von Kilometern nach jeder Richtung in jener Region zogen die Indianer, um junge Mules aufzukaufen. Sie waren oft Monate auf ihrer Wanderung, ehe sie so viele Tiere beieinander hatten, wie sie mit ihrem Gelde kaufen konnten. Sie zogen nicht früher heim, als bis sie alles Geld für junge Mules ausgegeben hatten.
War ein Tier gekauft, so schrieb ihnen der bisherige Besitzer den Kaufbrief aus, in dem die Brandmarke des Tieres, seine Farbe, seine besonderen Merkmale und der bezahlte Preis angegeben waren. Dann gingen die Indianer zum nächsten Presidente de Municipalidad, zu dessen Amtsbezirk der Rancho gehörte. Hier bezahlten sie die Steuermarken für den Kaufbrief, entrichteten die Municipalidad-Gebühr für den Verkauf von Tieren, und der Presidente bestätigte ihnen dafür durch Stempel und Unterschrift den Kaufbrief.
Die Indianer nahmen jedes Tier, das sie gekauft hatten, gleich mit sich, und sie ließen es nicht, wie das zuweilen geschieht, noch einige Wochen auf der Weide, wo es geboren war, zurück.
Sie waren sehr vorsichtige Leute, die niemandem, der nicht ihres Stammes war, weiter trauten, als sie ihn gerade noch am Ärmel festhalten konnten. Nicht aus Instinkt heraus waren sie so mißtrauisch, sondern sie waren es geworden, und es war ihnen von ihren Vätern und Müttern aus schweren Erfahrungen heraus gelehrt worden.
Die Tiere hatten von nun an den Marsch mitzumachen. Sie wollten meist nicht gehen; denn sie waren nicht gewohnt, ohne ihre Mutter zu trotten. Es erforderte besondere Mühe und viele geübte Kniffe, die Tiere zum Alleinlaufen zu bringen. Sie mußten ständig bewacht werden, um zu verhindern, daß sie ausbrachen und sausend heimgaloppierten zu ihrer Mutter.

Wurde die Zahl der angekauften Tiere größer, so daß sich eine kleine Herde bildete, dann wurde es mit jedem Tage leichter, die Tiere zusammenzuhalten und vorwärts zu bringen. Die jungen Tiere verloren dann bald die Erinnerung an ihre Heimatranch, und sie begannen sich in der Gemeinschaft ihrer Schicksalsgefährten recht wohl zu fühlen. Ob ein Tier ausbrach oder bockte oder um sich schlug oder biß, die Indianer verloren nie die Geduld mit ihnen. Sie hieben nicht auf die Tiere los, und sie stießen sie nicht. Ein junges Mädchen kann ein kleines Lämmchen nicht zärtlicher behandeln, als die Indianer mit ihren jungen Tieren umgingen.
Jeder Indianer hatte einen großen Packen zu tragen, in dem er die notwendigsten Dinge für seine lange Wanderung mit sich schleppte. In Herbergen und Fondas konnten sie nicht wohnen. Dazu reichte ihr Geld nicht. Sie lagerten entweder am Wege, oder sie schliefen im Portico eines Ranchos, in dessen Hofe sie ihr Lagerfeuer die volle Nacht hindurch brennen hatten. So groß und so schwer auch die Packen waren, die jeder einzelne trug, keiner der Indianer kam je auf den Gedanken, während der langen und ermüdenden Tagesmärsche den jungen Mules auch nur ein kleines Säckchen aufzuladen. Die Tiere marschierten frei und ungezwungen, unbelästigt von irgendwelcher Arbeit.
Mit diesem Freihalten der Tiere von Arbeit und von Zwang begann bereits das Trainieren.
Man vermag sich kaum bessere Trainer von Maultieren vorzustellen, als es diese Indianer waren.
Sie hatten eine Geduld, eine Langmut und eine Güte für diese jungen Tiere, wie sie Gott im Himmel für die geplagten Menschen auf Erden nicht aufzubringen vermag. Denn er muß bestrafen und züchtigen mit Krankheiten, mit Pestilenzen, Erdbeben und Kriegen.
Kamen die Indianer mit ihrer Herde junger Mules endlich in ihrer heimatlichen Region an, dann wurden zuerst die Hufe untersucht, um brüchige und wund gewordene Stellen auszuheilen. Gleichzeitig wurden Wunden ausgeheilt, die von Insekten oder von Rissen dorniger Gesträucher herrührten.
Dann begann für die Tiere ein paradiesisches Leben.
Tag und Nacht waren sie auf den Weiden, wo sie sich tummeln

konnten nach ihrer Lust. Jede Woche bekamen sie eine Handvoll Mais, um sie an Mais zu gewöhnen. Sie bekamen ihr Salz und wurden von eingebissenen Zecken gereinigt.
Bei einigen Stämmen waren die Tiere vom gemeinsamen Geld der Kommune aufgekauft worden, und beim Verkauf der Tiere erhielten alle Gemeindemitglieder den gleichen Anteil an der Summe. Bei anderen Stämmen waren die Tiere von dem Gelde einzelner Mitglieder gekauft worden, und sie blieben das Eigentum dessen, der das Tier mit seinem Gelde gekauft hatte, aber die Tiere wurden von den Männern, die Eigentum an den Tieren besaßen, gemeinsam gepflegt und trainiert.
Hatten die Tiere dann endlich ein Alter von zwei Jahren erreicht, begann die eigentliche Schulung, die ihnen ihren vollen Wert geben sollte.
Diejenigen Tiere, die eine besonders schöne Farbe hatten, schöne und gefällige Formen aufwiesen und gute Läufer zu werden versprachen, wurden zu Reitmules herangedrillt. Die übrigen wurden Tragmules.
Die Tiere wurden mit unendlicher Geduld daran gewöhnt, durch zähen Schlamm zu waten. Dieser zähe Schlamm jener Gegenden ist die Furcht und vielleicht der Alpdruck der Mules. Die Tiere fürchten, in dem Schlamm völlig zu versinken, weil der Boden unter ihnen fortgeht. Sie fürchten, sich nicht mehr herausziehen zu können oder bei Versuchen, sich herauszuziehen, ihre Beine zu brechen. Das völlige Versinken der Tiere in dem Schlamm und das brechen der Beine geschieht in der Tat häufig genug, und der Reiter, der nicht rasch genug abspringen kann und einen Ast oder einen Stein erwischt, gelangt oft in Gefahr, mit dem Tier zu versinken. Aus diesen Gründen fürchten die Tiere diesen entsetzlichen breiigen Schlamm instinktiv mehr als steile und brüchige Wege durch Schluchten und über Pässe. Die Tiere an den Schlamm zu gewöhnen und sie zu lehren, daß der Schlamm unten meist eine feste Erdschicht oder Felsenschicht hat, die die Tiere vor dem Versinken schützt, ist eine der schwierigsten Aufgaben.
Die Tiere wurden gedrillt, stets geradeaus zu gehen, in Gruppen oder allein, wenn sie einen Reiter oder eine Last trugen. Sie wurden erzogen, stehenzubleiben, wenn das Gleichgewicht der Last

sich verschob oder wenn die Gurte sich lösten und die Last abrutschte. Sie wurden gewöhnt, stehenzubleiben auf Zuruf und weiterzugehen auf Kommando.
Für gute Reitmules erzielten die Indianer, wenn die Tiere nach drei Jahren auf den Kaffeepflanzungen zum Verkauf angeboten wurden, oft das Zehnfache des Preises, den sie ursprünglich dafür angelegt hatten. Lastmules, gut trainiert, brachten das Sechsfache und Achtfache des angelegten Geldes.
In dem Staate, wo weder Eisenbahn ist noch gute Straßen einen Autoverkehr oder selbst einen Wagenverkehr ermöglichen, ist immer und ständig Bedarf an guten Mules, und immer sind die Preise für gute Reitmules oder Tragmules sehr hoch.
Da gut gepflegte und nicht unausgesetzt überarbeitete Mules ein arbeitsfähiges Alter von zwanzig, sogar von fünfundzwanzig Jahren erreichen können, ist ein gutes Mule für seinen Besitzer nie zu teuer eingekauft, wie hoch auch der Preis sein mag; denn das gut gepflegte Tier bringt infolge der hohen Frachten jener Regionen seinem Besitzer guten Gewinn. Das Mule ist bei weitem stärker, ausdauernder und widerstandsfähiger gegen Krankheiten und Klima als das beste Pferd. Ein gutes arabisches Rassepferd geht in jenen Regionen in zwei Monaten zugrunde, und es ist darum wertlos, wie hoch es auch sonst irgendwo eingeschätzt werden mag.
Die Indianer hatten in diesem Geschäft der Trainierung von Mules nur dann Verluste, wenn die Tiere vorzeitig starben oder von einem Tiger gerissen wurden, oder wenn sie häßliche Geschwülste infolge von Schlangenbissen und Insektenstichen bekamen oder, und auch das kam vor, wenn die Tiere auf kein noch so geduldiges und geschicktes Trainieren antworteten, oder wenn sie, aus irgendwelchen Gründen, nicht zu voller Stärke heranwachsen wollten.
Dieses Heranzüchten von Mules bot jenen Indianern, die in unabhängigen Gemeinden auf sehr magerer Erde wohnten, ein erträgliches Leben, das sie zufriedenstellte und sie glücklich machte. Der Indianer findet im Umgang mit Tieren und in der Umgebung von Blumen eine so tiefe Lebensbefriedigung, wie sie von einem Nichtindianer wohl kaum verstanden und erfühlt werden kann.

Außer Mules züchteten jene Indianer Schafe, deren Wolle sie zu Decken verwebten und zu Bändern, mit denen die indianischen Frauen anderer Regionen ihr Haar aufflechten.
Dieses Geschäft des Verwebens von Wolle half die Leute wirtschaftlich über die lange Zeit hinweg, in der die Mules heranwuchsen und trainiert wurden.
In einigen anderen Gemeinden derselben Region, wo die erforderlichen Palmen gefunden wurden, flochten die Leute in der langen Zwischenzeit Hüte und Matten, und wieder in anderen Orten, wo Tonerde sich vorfand, fertigten die Männer Töpfe und Schüsseln und Spielzeuge für indianische Kinder.
Müßig ging auch nicht einer, ganz gleich, ob er Häuptling oder Cacique war oder nur ein gewöhnliches Mitglied seiner Gemeinde. Denn nach Ansicht ihrer Rasse war Müßiggehen unmoralisch und gegen die Sitte ihres Volkes.

2

Eine solche Gruppe von Indianern, die im Süden junge Maultiere aufkaufen wollte, war es, die auf einem schmalen Buschpfade daherwanderte.
Sie liefen in einem gleichmäßigen halben Trab. Alle waren barfüßig. Ihre Sandalen, die sie nur für steinige Wege und für solche Pfade gebrauchten, die von abgebrochenen dornigen und stachligen Ästen bedeckt waren, trugen sie aufgebunden oben auf ihren Packen. Das Leder für Sandalen war teuer genug. Darum mußten die Sandalen gespart werden, wo das nur immer der Weg zuließ. Auf den schlüpfrigen und steilen Buschpfaden ließ es sich aber auch besser laufen und leichter klettern mit nackten Füßen.
Die Männer waren ziemlich nackt. Ihre weißen Baumwollhosen hatten sie bis weit über die Mitte des Oberschenkels aufgeschlagen. So gab es keinen Aufenthalt, wenn Bäche und Flüsse durchwatet werden mußten, und der Stoff verwitterte nicht so rasch in der glühenden Sonne, wenn er der Sonne nicht an allen Stellen ausgesetzt war. Der Oberkörper war völlig nackt.
Sie trugen ihren schweren Packen, den Tragegurt über die Stirn gelegt, auf dem nackten Rücken, gegen ein sorgfältig gefaltetes Rehfell oder Ziegenfell gepreßt. So schonten sie ihre weißen

Baumwolljacken, die von jenen schweren Packen in einem Marschtage durchgerieben worden wären.
Ein kurzes Wort, das der Älteste und Erfahrenste der Gruppe, der den Weg gut kannte, weil er ihn viele Male gegangen war, laut ausrief, bewog die Männer, sich ein wenig mehr in Trab zu legen. Die Packen, von denen jeder sicher vierzig Kilo wiegen mochte, schienen die Leute kaum zu beachten.
Die Sonne war am Untergehen.
Die Männer wollten vor Einbruch der Dunkelheit die Carretera, die Staatsstraße, auf der die Carretas fuhren, erreichen. Sobald die Sonne fort war, war im Busch auch gleich tiefe Nacht. Und selbst Indianer geben es auf, in der Nacht durch den Busch zu wandern, wenn es nicht in größter Nähe ihres Ortes sein kann, wo sie jeden Stein und jeden Strauch kennen.
Auf der Carretera dagegen läßt es sich auch nachts noch genügend gut wandern, wenn der Himmel sternenklar ist.
Es gelang ihnen, mit dem letzten Schimmer des versinkenden Tages die Straße zu erreichen. Hier ruhten sie eine Weile, sich am Rande des breiten Weges hinsetzend, ohne die Packen abzulegen. Sie lehnten sich beim Rasten nur weit zurück, so daß der Packen auf dem Boden ruhte. Eine kurze halbe Stunde darauf waren sie in Niba, wo sie auf der weiten, mit Gras bedeckten Plaza, einige dreißig Schritte von der Kirche entfernt, ihr Campfeuer anbliesen und ihr Abendessen zu kochen begannen.

3

Auf der gegenüberliegenden Seite der Plaza, näher zum Cabildo hin, dicht bei dem uralten gigantischen Baume, der in der Mitte der Plaza steht, noch von alten indianischen Zeiten her, lag eine Karawane von Carretas in Ruhe. Die Carretas waren in Reihe aufgefahren.
Die Ochsen, schwer und mächtig gleich jungen Elefanten, waren ausgespannt und lagen, wiederkäuend und ihre Ruhe behäbig und wohlig auskostend, verstreut über der Plaza.
Die Carreteros hockten bei ihren Feuern.
Sie hatten bereits abgekocht, gegessen und saßen nun rauchend und müde miteinander schwatzend herum, zufrieden, daß sie ein-

mal keine Radbrüche und Deichselzersplitterungen auszubessern hatten.

Als echte Carreteros konnten sie es jedoch nicht unterlassen, schon jetzt wieder von der Arbeit des kommenden Tages zu reden, von den morastigen Strecken, die sie morgen zu überwinden haben würden, und welche von den Carretas dabei wohl zusammenbrechen könnten.

In dieser Weise machten sie sich oft ihre an sich schon genügend harte Arbeit doppelt hart und sauer, daß sie schon immer vorher darüber sprachen und im Schlafe auch noch davon träumten.

Das gemeinsame Los aller Proletarier. Weil sie sowenig Übung darin haben, ihre Gedanken mit anderen und schöneren Dingen zu beschäftigen, darum beschäftigen sie sich im Wachen und Schlafen mit den Schwierigkeiten ihrer Arbeit und mit den Nöten ihres Lebens. Darum werden sie ihre Arbeit und ihre Nöte nicht einmal am Sonntag los, weil sie schon am Sonntagmorgen beginnen, über den folgenden Montag nachzudenken, und sich vor dem nüchternen und kalten Montag fürchten und erschrecken.

Der Führer der Karawane hatte angeordnet, daß sie gleich nach Mitternacht aufbrechen wollten, um die kühlen Morgenstunden voll auszunutzen; denn für morgen war ein klarer, windstiller und darum sehr heißer Tag, mit Schwärmen von wilden Bremsen, zu erwarten.

Die Karawane, jede einzelne Carreta bis oben hin voll geladen mit Gütern, die von der Eisenbahnstation in das Innere des Landes geschafft wurden, gehörte Don Laureano.

Der Karawanenführer, dem sein Herr diese reiche Karawane anvertraut hatte, war Andres. Bei sich hatte Andres seine Frau Estrellita, das Sternchen.

4

Andres, nachdem er den Rest der Zigarette, die er rauchte, fortgeworfen hatte, gedachte sich zum Schlafen niederzulegen. Er hatte bereits unter einer Carreta ein weiches Lager für Estrellita hergerichtet und für sich selbst dicht dabei einen Petate ausgebreitet. Aber weil er für das Wohl der Karawane seines Herrn verantwortlich war und weil ihm sein Herr für dieses Verantwortlichsein jetzt den Lohn von einundzwanzig Pesos im Monat bezahlte, ging Andres, ehe er sich zur Ruhe legte, erst noch einmal auf der Plaza herum, um zu sehen, ob die Burschen bei ihren Carretas schliefen, damit nichts gestohlen würde während der Nacht. Er beobachtete die Ochsen, ob sie ruhig waren und nicht etwa Neigung zeigten, nachts auszubrechen und die Maisfelder der kleinen Farmer zu verwüsten oder gar weiter abzuschweifen und sich im Busch zu verlieren.

Als Andres, begleitet vom Sternchen, die weite Plaza lässig abschlenderte, um die Ochsen abzuzählen und festzustellen, daß sie alle vollzählig in der Nähe seien, kam er zu dem Feuer, an dem die Gruppe der Indianer hockte, die auf dem Marsch in die südlichen Regionen war, um junge Mules aufzukaufen.

Auch die Indianer hatten bereits gegessen. Einige lagen lang ausgestreckt mit den Füßen zum Feuer. Andere saßen herum und rauchten und schwatzten.

Andres fing einige Worte auf, und er hörte, daß sie seine Muttersprache redeten.

»Buenas noches«, rief er sie an. »Seid ihr in der Region von Baschajon daheim?« fragte er dann in Tseltal.

»Wir haben da in jenem Distrikt unsern Pueblo«, antwortete einer. »Aber wir wohnen nicht in der Nähe von Baschajon. Wir wohnen weiter fort, näher dem großen Dschungel zu.«

»Ich bin von der Finca Lumbojvil«, stellte sich nun Andres vor. »Und hier, Estrellita, meine Frau, die mit mir ist, die ist auch aus der Gegend da, aber mehr nach dem Wege auf Tsimajovel zu.«

Estrellita stand zwei Schritte weiter zurück.

Es ist nicht die Sitte indianischer Frauen, in die Nähe von Männern zu gehen und sich in deren Gespräch in irgendeiner Weise einzumischen.

Dort, wo sie stand, blieb sie stehen. Jedoch war es natürlich, daß sie sich begierig zeigte, ein wenig von der Heimat zu hören, auch wenn sie wohl nichts mehr mit jener Heimat verband. Ihre ganze Heimat war nun Andres geworden.

Daß sie einiges hören wollte, war mehr nur der Neuigkeit wegen; denn seit sie von ihrer Finca entlaufen war, um den Häßlichkeiten des Sohnes des Finqueros zu entgehen, hatte sie nie mehr etwas

aus jener Gegend vernommen und niemand aus jener Region irgendwo angetroffen.
»Wo geht ihr denn hin des Weges?« fragte Andres, sich am Feuer niederhockend und sich mit einem glimmenden Ästchen, das er aus dem Feuer zog, eine neue Zigarette anzündend.
»Wir sind auf dem Wege, um junge Mules einzukaufen«, sagte einer der Männer.
»Mules sind hier sehr, sehr teuer«, erklärte Andres.
Der Tate der Indianer, der Älteste und Führer, lachte: »Für so dumm wirst du uns gewiß nicht halten, mein kleines Schäfchen, daß du glaubst, wir würden hier Mules einkaufen. Ich habe das Geschäft nun schon viermal getan, seit ich mein erstes bares Geld auf der Kaffeepflanzung eines Amerikaners in Soconusco verdient habe und mir die ersten zwei Mules kaufen konnte, mit denen ich begann. Nein, Muchachito, wir gehen hinunter bis zur Eisenbahnlinie und dann noch weiter, bis zu den Lagunen an der Küste des Meeres, wo die Pescadores wohnen, die Fischerleute. Dann wandern wir immer entlang durch alle Distrikte nahe der Bahn. Dort braucht man keine Mules, weißt du, mein Jungchen. Denn wo eine Bahn ist, da wird alles mit der Bahn befördert. Aber das ist die richtige Gegend für uns. Denn dort haben die Leute häufig junge Mules, aber sie wollen die jungen Tiere am liebsten schon immer gleich verkaufen, wenn sie kaum ausgekrochen sind. Denn siehst du, die Leute da unten an der Bahn, die brauchen immer und immer Geld, weil sie immer und immer etwas sehen, was sie kaufen und haben wollen, ob sie es nötig haben oder nicht. Und das ist sehr gut für uns, sonst wäre es schwer, genügend junge Tiere aufzukaufen, daß sich die langen Märsche auch lohnen.«
»Seid ihr auf eurem Wege durch Lumbojvil gekommen?« fragte Andres.
»Wir haben dort übernachtet«, sagte einer der Männer, während er im Feuer herumschürte.
»Sagtest du nicht, du seiest von Lumbojvil?« fragte Lazaro, Andres aufmerksam ansehend.
»Ja, das bin ich«, bestätigte Andres, »ich bin von Lumbojvil, meine Leute wohnen noch da, so denke ich.«
Er hatte in jener Frage bereits herausgehört, daß Lazaro bereit sei,

gewisse Neuigkeiten zu erzählen, die ihn interessieren möchten. Lazaro nahm einen flammenden Ast aus dem Feuer und leuchtete Andres damit näher ins Gesicht.

»Jetzt kenne ich dich wieder«, sagte Lazaro. »Du bist ein Sohn vom Criserio, der dort auf der Finca lebt, der Sohn vom Criserio Ugaldo.«

»Das ist mein Vater. Du hast recht. Wie geht es ihm? Und der Mutter und allen im Hause?« fragte Andres.

Lazaro antwortete darauf nicht. Er umging die Frage dadurch, daß er nachdenklich Tabakblätter rupfte, sie in der Hand rollte, ein Deckblatt aussuchte und sich dann langsam und andächtig eine Zigarre arbeitete, die, als sie endlich fertig war, eine Länge von zwölf Zoll und eine Dicke von zwei Zoll hatte.

Andres bekam ein merkwürdiges Gefühl irgendwo in sich, als er die Zigarre sah. Er war jetzt zehn Jahre von der Heimat fort. In dieser Zeit war er völlig mexikanisiert worden. Er sprach gut und fließend Spanisch, mit dem eigentümlichen unschönen Dialekt, wie er in diesem fernen Südstaate der Republik gesprochen wird. Daß dieser Dialekt unschön war und das wohltönende Spanisch, das in Mexiko im allgemeinen geredet wird, unangenehm verstümmelte, konnte er freilich nicht wissen, weil er bisher keine Gelegenheit gehabt hatte, diesen Dialekt mit dem Spanisch in den Zentralstaaten oder gar in Durango zu vergleichen. Er hatte in diesen zehn Jahren aber nicht nur Spanisch gelernt und Lesen und Schreiben und notdürftig Rechnen, sondern er hatte sich auch an die Gewohnheiten der Ladinos, der Mexikaner, gewöhnt. Er selbst freilich konnte jenen Gewohnheiten nicht nachleben, er führte das magere und harte Leben der Carreteros, die ewig mit ihren Karawanen auf den gott- und ingenieurverlassenen Wegen des Staates liegen. Und er hatte sich an die Zigarren gewöhnt, die er in den Tiendas der Städte feilgeboten sah, Zigarren von einer Form und Größe, wie sie überall in der zivilisierten Welt bekannt sind. Er selbst freilich konnte sich keine Zigarren kaufen. Sie waren für ihn zu teuer. Er mußte sich an die billigsten Zigaretten halten, die er sich selbst rollte. Als er nun diese mächtige Zigarre vor sich sah, tauchte seine Heimat so deutlich vor seinen inneren Augen auf, daß er glaubte, seinen Vater vor sich sitzen zu sehen,

mit einer solchen mächtigen Zigarre in den Fingern. Denn im Rauchen und in den Formen der Zigarren hatten die Baschajonen die uralten Gewohnheiten der Carribe-Indianer übernommen, vielleicht schon vor zweitausend Jahren. Und Andres' Vater rauchte nur Zigarren dieser Größe, die er sich selbst drehte, wie alle Männer seines Volkes in jener Region.
Während nun Lazaro so mit großer Sorgfalt sich seine Zigarre drehte und das mit einer Miene tat, als habe er Andres' Frage überhört, sagte ein anderer Indianer, Emilio: »Ich kenne deinen Vater Criserio auch sehr gut, auch deine Mutter und alle deine Leute. Ich habe vor zwei Jahren fünf kleine Schweinchen von ihm gekauft. Aber ich mußte das Geld dafür an den Finquero bezahlen, weil dein Vater bei ihm Schulden hat. Ich habe jedoch deinem Vater einen Peso still gegeben, was der Finquero nicht sah, sonst hätte er diesen Peso auch noch haben wollen. Dieser euer Finquero ist ein Böser, chingarse a el y su matricula, verdammt und verflucht noch mal. Wie heißt er? Ja, Don Arnulfo. Ja, so heißt er, Don Arnulfo. Er müßte Gierwolf heißen.«
»Bei uns im Pueblo sagen wir, daß Don Arnulfo einen Jaguar zum Vater gehabt haben muß«, sagte Lazaro.
»Und einen stinkenden Coyote zur Mutter«, fiel Emilio ein.
Lazaro hatte seine Zigarre endlich so weit fertig, daß sie seine Zustimmung und Anerkennung zu finden schien. Er leckte an ihr von allen Seiten herum, mit der Zärtlichkeit eines echten Genießers, und er schmatzte mit den Lippen, als wolle er die Zigarre nicht rauchen, sondern langsam essen.
Als er nach geraumer Zeit die Zigarre endlich angezündet hatte und auch das mit genügender Andacht vollbracht sah, blies er einige dicke Rauchwolken weit vor sich hin, den Kopf dabei zurücklegend und die Augen blinzelnd zukneifend, um jede Faser des Genusses auszukosten. Nachdem er mehrere Züge getan hatte, sah er Andres lange an und ließ seinen Blick an dem Jungen kreisend herumschweifen, als wolle er seinen Wert abschätzen.
Andres sah ins Feuer.
Er wußte nun bereits, aus allen seinen Gefühlen heraus, daß im väterlichen Hause etwas nicht so war, wie er gehofft hatte, daß es sein sollte.

Aber er drängte nicht, weil er wußte, wenn Leute seines Volkes die Zeit für richtig halten, dann sagen sie, was gesagt werden muß. Sie sind keine Schwätzer, die ihre Worte hinauszwitschern, ehe der Gedanke auch nur angefangen hat, sich zu formen.
»Wieviel verdienst du denn hier bei den Carretas?« fragte Lazaro.
»Siebzig Centavos den Tag und die Rationen für das Essen«, antwortete Andres.
»Verdient deine Frau auch hier?«
»Nein. Ich kaufe ihr alles, was sie braucht, von meinem Gelde. Aber sie ist so genügsam wie ein kleiner Vogel, sie braucht nicht viel.«
»Siebzig Centavos den Tag«, wiederholte Lazaro langsam, als wolle er diesen Wert mit einem anderen Wert, den er in Gedanken hatte, vergleichen. »Siebzig Centavos. Das ist gottverdammt wenig. Da kannst du deinem Vater nicht aus der Schiet helfen. Gottverflucht noch mal. Da sind mehr als hundert nötig, ich weiß nicht wieviel Pesos mehr!«
Andres schreckte zusammen. Er schluckte und würgte, und er konnte den Mund nicht öffnen. Seine Lippen krampften sich ineinander.
Lazaro schob einige Äste tiefer in das Feuer. Er kniff die Augen dicht zu, weil ihm eine Welle grünen Rauches in das Gesicht wehte.
Estrellita hatte sich, im Rücken Andres', etwa fünf Schritte von ihm entfernt, auf den Erdboden gekauert, weil sie fühlte, daß die Unterredung der Männer am Feuer länger dauern würde, als es bei der ersten Begrüßung geschienen hatte.
Keiner der Männer beachtete sie oder rief sie an, näher zum Feuer zu kommen. Es geschah dies nicht aus irgendeiner Mißachtung dem Mädchen gegenüber, sondern einfach darum, weil jeder dachte, es stehe dem Mädchen ja frei, sich neben ihrem Mann am Feuer niederzuhocken, wenn sie das Verlangen dazu in sich fühle.

5

Andres hatte sich, während der vorangegangenen Gespräche, mehrere Male nach seinem Sternchen umgesehen und ihr lachend zugenickt, um sie wissen zu lassen, daß er sie nicht vergäße. Jetzt, in seiner tiefen Erschrecktheit, als sein Mund die Fähigkeit verloren zu haben schien, ein Wort zu bilden, wandte er sich nach ihr um. Er tat es unbewußt und ohne seinen Willen, als ob er von ihr eine Bestätigung erwarte dessen, was er soeben gehört hatte, und als ob dort, allein bei ihr, die Erlösung aus der schmerzhaften Pein ruhte, in der er sich in dieser Minute befand.

Die Männer am Feuer hatten nur halblaut gesprochen. So konnte Estrellita keinen Zusammenhang der Reden für sich bilden, weil es immer nur einzelne Worte waren, die sie, ohne ernsthaft zuzuhören, auffing.

Als sich Andres nun nach ihr umwandte, nickte sie leicht, und sie lachte ihm zu.

Da ging etwas Merkwürdiges in Andres' Seele vor sich.

Er sah sein Sternchen nicht fünf Schritte von ihm nur entfernt, sondern so weit, als ob sie am gegenüberliegenden Ufer eines Meeres säße. Und mit dieser eigentümlichen Gesichtstäuschung zugleich stieg in seinem Herzen die Gewißheit auf, daß er sein Sternchen verloren habe.

Was halfen ihm jetzt in seiner Not die Heilige Jungfrau und der heilige Antonio! Was taten für ihn die Kirche und der ehrwürdige Papst in Rom! Sie ließen ihn allein in seinem Weh.

Er schüttelte sich im Hals, als säße ihm das Würgen zu fest. Dann atmete er tief und fragte: »Wie meinst du das, Hombre, meinem Vater helfen?«

Lazaro ließ seinen Blick nicht vom Feuer. Für eine lange Weile. Dann reckte er sich in seinen Schultern. Er sah seine Weggenossen an. Als er fand, daß sie alle ins Feuer blickten, einige darin herumschürten, andere Holz nachschoben und alle sich zu beschäftigen schienen, um zu vermeiden, daß Andres einen Bestimmten beim Namen anreden möchte und fragen könnte, wurde er nur noch unsicherer. Er druckste unbestimmt herum, hielt seine Zigarre dicht an eine glimmende Kohle, obgleich die Zigarre kein Neuanzünden benötigte, und – sagte nichts. Dann sprach Emilio hart und barsch: »Was hat es Sinn, so um die Antwort herumzukriechen? Unsere Schuld ist es nicht, daß wir dich hier getroffen haben. Wir haben dich nicht gesucht. Du bist uns von selbst in den Weg gekommen. Wir haben keinen Auftrag, dir Nachrichten zu bringen.«

»Freilich nicht«, sagte Andres. »Freilich habt ihr keinen Auftrag dazu. Aber es ist doch mein Vater, um den es geht. Und ich habe so viele Jahre nichts von ihm gehört.«

Wie gleichgültig sagte nun Emilio: »Es ist das: Don Arnulfo, der Finquero deines Vaters, hat deinen Vater in die Monteria verkauft. An einen Agenten. Ich denke, er heißt Don Gabriel.«

Wohl für mehrere Minuten blieb Andres sitzen, als wäre er gelähmt.

Als seine Gedanken wieder begannen, geregelt zu arbeiten, war das erste, was er dachte, auf schnellstem Wege heimzurennen und Don Arnulfo zu ermorden.

Dieser Gedanke jedoch verwehte rasch, weil ihm, noch im Entstehen des Gedankens, zur Klarheit kam, daß Ermorden keine Strafe für Don Arnulfo sei und daß er durch eine solche Tat seinem Vater keine Hilfe geben könnte, sondern dessen Lage dadurch nur trostloser werden würde.

Er schrie nicht auf, als sich ihm, Stück um Stück, die Schwere der Not seines Vaters in das Bewußtsein eindrängte.

Leise, kaum hörbar für die Männer, die bei ihm saßen, sagte er, wiederholend und wiederholend: »In die Monterias verkauft, meinen Vater. Meinen Vater in die Monterias verkauft, weil ich nicht daheim war, ihm zu helfen, seine Schulden abzuarbeiten.«

Während nun seine Gedanken heiß durcheinanderschwirrten, erinnerte er sich des Tages, an dem er seinen Vater zum letzten Male gesehen hatte. Es war der Tag, an dem ihm sein Vater einen Petate, eine Bastmatte, gekauft hatte und eine Wolldecke, damit er nicht frieren sollte bei dem Herrn, dem er diente, der ihm keinen Lohn zahlte und nur das magere Essen gab und der ihm den Petate und die Decke hätte kaufen müssen, weil er ja bei ihm Wohnung und Kost hatte und weil er sein Patron, sein Dienstherr, war. Aber es war sein armer Vater, der diese Dinge für ihn kaufte, weil er seinen

Jungen nicht leiden sehen konnte. Dem Diensherrn war es gleichgültig, ob der Junge fror oder erkrankte oder starb. Es gab Hunderte dieser Indianerjungen, die nichts kosteten und denen man keinen Lohn zahlte und für ihre Arbeit ein wenig Essen hinschob wie den Hunden des Hauses. Sein Vater hatte den Petate und die Decke auf Konto bei dem Finquero, bei dem er Peon war, nehmen müssen, wodurch sich seine stehende Schuld erheblich vergrößerte.

Als Andres dann Abschied von seinem Vater nahm, um wieder zurückzukehren in seinen Dienst, sagte sein Vater kein Wort, keine Träne kam ihm in die Augen. Er sah seinen Jungen, der fortzog, an, wie er ihn nie vorher angesehen hatte. Alle die tiefe Liebe, die der Vater für seinen Jungen empfand und die auszudrücken er als Indianer sich schämte, alle die scheue Hochachtung, die ein Indianer für seinen Jungen fühlt, die verknüpft ist mit dem Mysterium, daß für den Vater der Junge ein Glied in der von Ewigkeit zu Ewigkeit reichenden Kette der Generationen als Träger und Fortpflanzer der Familiencharakteristik ist und daß er, der alternde Mann, sich verjüngt und nach seinem Tode weiterlebend weiß in seinem Jungen, alles das lag in den Augen des Vaters, als er den Sohn beim Abschied ansah. Nur der Indianer, langsam und bedächtig in seinen Worten und unwillig im Ausdruck seiner Empfindungen, vermag eine ganze volle Religion und Lebensphilosophie in seinen Blick zu legen, und nur wieder ein Indianer ist fähig, diesen Blick richtig zu lesen und zu verstehen in allen Zeiten, die dem Blick vorangingen, und in allen Zeiten, die dem Blick folgen werden.

Diesen Blick seines Vaters, den Andres nie vergessen hatte und in sich trug wie ein ewig klingendes Heimatlied, hatte er jetzt vor seinen Augen.

Ihm war, daß dieser Blick seines Vaters in dem glimmenden Feuer vor ihm lag, wo er in jeder feurigen Kohle glühte. Ihm war, daß der Blick auf den Gesichtern der Männer ruhte, wo er sich aufhellte und abschwächte, wie das Feuer aufloderte und zusammenfiel. Und ihm war, als ob der Blick seines Vaters selbst aus der tiefsten Finsternis, die über der weiten Plaza lastete, herausleuchtete wie ein erträumter Stern.

Es verging ihm eine Zeit, die ihm unzählbar und ewig schien. Dann endlich atmete er auf und wandte sich um nach Estrellita. Aber er sah sie nicht, obgleich sie dort hockte, niedergekauert, und auf ihn wartete. Er sah an ihrer Statt nur den Blick seines Vaters, der alles verlöschte, was für ihn sonst auf der Welt war, und der auf sein Inneres fiel gleich einer trauernden Sonne.

6

Er stand auf, mit einer schweren Geste.
Sagte: »Ich muß nach meinen Carretas gehen. Wir brechen das Lager gleich nach Mitternacht ab. Ich habe keinen Tag dreinzugeben. Habt Glück auf eurem Wege, Amigos.«
Er reichte jedem einzelnen die Hand. Wie sie es immer taten, sie berührten nur die Spitzen der Finger beim Geben der Hände. Und in diese leichte Berührung der Finger legten die Männer, gleich allen ihrer Rasse, mehr Aufrichtigkeit ihrer wahren Gefühle, als andere Menschen es tun, die sich beim Geben der Hände die Arme aus den Gelenken schütteln, weil sie immer fürchten müssen, daß der andere sonst an die Herzlichkeit und Wahrheit ihres Grußes nicht glauben würde.
Estrellita war aufgestanden, als sie sah, daß sich Andres von den Männern verabschiedete.
Er kam auf sie zu, streichelte ihr Haar und sagte: »Laß uns gehen, Sternchen, wir müssen sehr früh auf.«

7

In den frühen Morgenstunden gab es für die Carreteros schwere Arbeit.
Eine Wegstrecke von mehr als drei Kilometern, wo sich der Urwaldbach dicht an den Weg drängte, war tiefer Morast. Die eine Seite des Weges war hohe Felsenwand, aus der, alle zwanzig Schritte, Quellen sprudelten, die den Weg, bedeckt mit faulenden Blättern, modernden Ästen und Zweigen und dem verwitternden Kalkstaub abbröckelnder und abrieselnder Sandmassen der Felsenwand, ständig durchweicht hielten. An Stellen, wo der Weg tief lag, überschwemmte der Urwaldbach alle paar Tage den Weg so heftig, daß das Wasser nicht seitlich ablief, sondern am Wege

entlangfloß, den schlammigen Weg noch mehr und tiefer versumpfend. Die gewaltigen Urwaldbäume überdeckten mit ihren Kronen den Weg so dicht, daß die Sonne nicht durchdringen konnte, um den Weg auch nur einmal gründlich auszutrocknen. Darum machte diese Wegstrecke den Carretos so hart zu schaffen, daß sie nicht für eine Minute lang an irgend etwas anderes denken konnten als daran, wie sie hier ohne Radbrüche und ohne Abrutschen der Carretas und der Ochsen herauskommen würden.

Gegen neun Uhr morgens erreichten sie dann aber den guten Teil der Straße, die nun bis nach Jovel hin offen und gut blieb. Was auf dieser Straße eben gut genannt werden konnte, wäre in anderen Ländern, wo Beamte das Geld, das für Straßenbauten bewilligt und gegeben wurde, auch wirklich für Straßenbauten verwandten und nicht in die eigene Tasche steckten, schlecht genug gewesen, daß man geglaubt haben würde, es sei das letzte Stück Weg vor dem Eingang zur Hölle. Hier galten derartige minderwertige Wegstrecken aber so viel, daß man sie als Beispiel aufzeigte, um den Bewohnern des Staates anzudeuten, wie eine gutgepflegte Autostraße in der Nähe von Detroit aussehe. Freilich war diese sogenannte gute Wegstrecke von einer guten Autostraße doch noch immer so weit unterschieden, wie eine Schnellzuglokomotive letzter Ausgabe sich von einem Ochsenkarren unterscheidet. Aber man hätte ohne jene Beispiele den Leuten im Lande nicht klarmachen können, daß es anderswo auf Erden, wo nur die Hälfte der Straßenbaugelder in den Taschen der Beamten und Ingenieure steckenbleibt, viele zehntausend Kilometer lange Straßen gibt, auf denen man so leicht fahren kann, daß man unverpackte Teetassen darauf befördern kann, ohne auch nur eine zu zerbrechen. Diese Musterbeispiele guter Strecken auf dieser Staatsstraße hier hatten nicht die Gouverneure gebaut, sondern die Natur. Aber die Gouverneure rechneten sich das an als eigenes Verdienst. Sie ließen durch Indianer, die zwangsweise, ohne Bezahlung, zu arbeiten hatten, diese natürlichen Wege ebnen, und sie berechneten dem Volke dann diesen Teil der Straße so, als wäre die Straße aus den Felsen herausgebrochen worden.

Als die Karawane den zerweichten Weg weit hinter sich hatte und die Sonne nun so herunterzuflammen begann, daß die Ochsen

infolge der Hitze und der aufkommenden Schwärme großer Bremsen nicht mehr arbeiten konnten, ordnete Andres die Rast an. Die Burschen spannten aus, zündeten Feuer an und kochten ihr Essen. Sie beeilten sich damit, weil sie müde waren und schlafen wollten. Es wurde unerträglich heiß; denn es war nun gegen Mittag, und die Sonne stand steil über ihnen.
Und alle waren der Ruhe und des Schlafes bedürftig.

8

Das Lager befand sich auf einer nicht sehr großen, aber mit gutem Gras bewachsenen Fläche.
Dieses Stück hatte etwa die Form eines Dreiecks.
Der von Jovel einkommende Weg traf den Lagerplatz in dem einen Winkel. Der Weg ging dann an der linken Seite des Dreiecks entlang, und er verließ diesen zweiten Winkel, um einen Berg zu umgehen. Diesem Weg folgten die Carretas, weil der Berg zu steil und der Pfad über seinen Rücken zu eng und zu felsig war.
Die nächste Seite des Dreiecks war die untere Linie einer steilen Anhöhe, bewachsen mit knorrigen Bäumen und Büschen.
Der Winkel, der dem ersten Winkel, wo die Straße von Jovel auf das Dreieck traf, gegenüberlag, ergab den Anfang eines schmalen Pfades, der sich steil auf den Rücken des Berges hinaufwand. Reiter und Maultierkarawanen zogen nicht den großen Bogen um den Berg herum, sondern kletterten auf diesem Pfade über einen sehr steinigen und gerölligen Ausläufer jenes Berges, bis sie, nach einer Stunde etwa, einen halben Kilometer vor einer kleinen Zuckerrohrpflanzung wieder den großen Weg erreichten. Die dritte Seite jener dreieckigen Weide senkte sich zu einem Abhang hinunter.
Dieser Abhang war grasig und mit Sacatonkraut, mit Büschen, Sträuchern und schlecht gewachsenen amerikanischen Fichten bedeckt. Weit unten an diesem Abhang schlängelte sich ein Bach durch dichtes Gestrüpp. Es war zum Teil derselbe Bach, der oben auf der Weide den von Jovel einmündenden Weg überkreuzte und infolge seines klaren trinkbaren Wassers den Weideplatz zu einem vorzüglichen Lagerplatz geeignet machte.
Auf der andern Seite des Baches verlor sich der Abhang in den großen Busch.

9

Dieser kleine Lagerplatz barg für Estrellita eine der schönsten Erinnerungen ihres bisherigen Lebens.

Es war auf ihrer ersten Reise, die Andres und sie in Gemeinschaft taten.

Und es geschah während der Rückkehr einer Karawane, die Andres führte und die er von einem Heiligenfeste in Balun Canan zurückbrachte, nachdem er sie einige Wochen vorher, mit Jahrmarktskaufleuten und deren Waren, hinaufgefahren hatte.

Bis Jovel hatte das Mädchen in einer steten Furcht gelebt, daß ihr früherer Herr oder dessen Sohn sie finden und zurückholen möchte. Aber nachdem sie einmal über Jovel hinaus war und auf ganz fremde Erde kam, verlor sich ihre Furcht völlig. Sie gab sich dann ihrem Gefühl hin, das sie für Andres in ihrem Herzen trug seit den ersten Worten, die er zu ihr gesprochen hatte.

Dieser Platz hier war das erste Lager auf ihrer Reise gewesen, wo sie sich vor jeglicher Verfolgung sicher fühlte, wo sie zum ersten Male frei aufatmete wie ein junges Tier des Waldes, das seinem Käfig entsprang und das die vertrauten Bäume und Gesträucher beschnüffelt, in stiller Glückseligkeit, alte gute und vertraute Freunde wiederzufinden.

Hier in diesem Lager war es gewesen, wo Andres sie das erste Wort schreiben lehrte, das Wort Estrellita, ihren Name, den sie von ihm empfangen hatte.

Aber sie war hier nicht weitergekommen mit ihrem Schreiben, als daß sie gerade mühselig genug das kleine e zu malen vermochte.

Beide saßen unten am Abhang, am Bach, an einer Stelle, die von dem dichten Gebüsch offengelassen worden war, eben weit genug, daß sie beide nebeneinander sitzen konnten.

Er zog ein kleines bedrucktes Papierchen aus seiner Hemdtasche. Es war ein schlichtes Gedicht von nur wenigen Zeilen, das er irgendwo, er wußte nicht mehr genau wo, entdeckt hatte. Es gefiel ihm so sehr, weil es so einfach war, so lieb in seinen Worten tönte und er es in seiner vollen Meinung gleich verstand und den Inhalt in sich nachfühlen konnte.

Vorsichtig hatte er es ausgerissen aus dem Fetzen gedruckten Pa-

piers, den er irgendwo auf dem Wege aufgelesen hatte. Das Papierchen war nun reichlich vergilbt und verschwitzt von dem langen Herumtragen in seiner Hemdtasche.
Er faltete es sorglich auseinander und las es seinem Sternchen vor: »›Blaue Blumen an den Wegen; Rote Tunas am Nopal; Sind verknüpft mir dir, Negrita, seit ich dir ins Auge sah.‹«
Er hatte es in Spanisch gelesen.
Als sie ihn fragend anblickte, weil sie damals Spanisch nicht verstand, übersetzte er es ihr in Tseltal.
Sie sagte darauf: »Das ist so, als ob ein Vogel im Gebüsch singt, wenn er eine Frau sucht und ein Nest für sie bauen will.«
»So ist es gewiß auch gemeint von dem, der das Lied schrieb«, sagte er, merkwürdig berührt von der natürlichen Deutung, die sie den Zeilen gab.
»Schrieb?« fragte sie. »Was ist das?«
Da begann er ihr klarzumachen, was Schreiben sei, wozu es diene, und daß man mit seiner Hilfe irgend jemand, der nicht anwesend ist, mitteilen könne, was man ihm sagen möchte.
»Dann brauche ich das Schreiben nicht zu erlernen«, sagte sie treuherzig, »denn da du immer bei mir sein wirst und ich immer bei dir und ich mit niemand sonst auf der Welt sprechen will als nur mit dir, kann ich dir alles mit meinem Munde sagen und brauche nicht an dich zu schreiben.«
»Das ist wohl richtig, Sternchen«, sagte er, und er glaubte ernstlich, daß sie recht habe.
Aber er fühlte sich so unendlich reich in seinen so unendlich schwer erworbenen Schätzen des armseligen Wissens, das er besaß, daß er es wie einen Schmerz in sich fühlte, diese Schätze mit seinem Sternchen nicht teilen zu können. Er wollte nichts vor ihr voraushaben, nicht reicher sein als sie. Er wollte mitteilen, ihr alles geben, was er besaß, alles mit ihr in Gemeinschaft haben.
Und er hatte diesen Wunsch, ohne zu wissen, daß erworbene oder erfahrene Kenntnisse anderen Menschen aus reiner Hilfsbereitschaft mitzuteilen den Gebenden reicher macht, als er vor der Teilung seiner Schätze war. Denn der Reichtum der Schätze des Wissens eines einzelnen Menschen wächst in dem Umfang, wie die Bildung und das Wissen aller Menschen wächst, die um ihn

sind. Die Kultur der menschlichen Gesellschaft beruht nicht in dem gewaltigen Wissen einzelner Menschen, umgeben von Hunderttausenden von unwissenden und ungebildeten Menschen, sondern eine wirklich hohe Kultur bildet sich nur im steten Austausch von Ideen und Gedanken Hunderttausender von Menschen, die eine gleich hohe Grundbildung haben und sich darum in ihren Ideen und Gedanken leichter gegenseitig verständlich machen können. Denn jeder einzelne Mensch, gleich welcher Rasse und Herkunft, vermag, einmal auf den Weg gebracht, Gedanken und Ideen zu entwickeln, die in ihrem Charakter durchaus ursprünglich sind und neu. Wo die Heranbildung des Geistes und die Disziplinierung der Intelligenz ein Privileg und ein Geschäft einer Kaste ist, die der Berufsgeistesboxer, die von ihren Schätzen nur anderen Privilegierten die Ware dosenweise oder kistenweise abgeben, da versanden die Quellen einer ständigen Neubefruchtung des menschlichen Geistes, weil die privilegierten Geistesakrobaten Ideen, die von Nichtprivilegierten kommen, ablehnen und ablehnen müssen, weil ihr Privilegium und ihre soziale Stellung gefährdet werden.

In seinem Drange, ihr alles, was er wußte, mitzuteilen und sie vollen Anteil haben zu lassen an allem, was er besaß, suchte Andres nach einem anderen Grunde, um seinem Mädchen verständlich zu machen, wie wichtig für sie Schreiben, Lesen und Rechnen sei.

Er sagte: »Sieh hier, Estrellita, wer schreiben und lesen kann, den kann niemand so leicht betrügen, mit Kontrakten, mit Schuldkonten, mit Regierungsverordnungen. Wenn die Peones auf den Fincas lesen und rechnen könnten, dann könnte sie der Finquero nicht in Sklaverei und in Schuldverpflichtung halten und sie nach Belieben verkaufen.«

Sie verstand nicht, warum die Kenntnis jener kleinen Wissenschaften einen Peon befreien kann, weil sie den Zusammenhang nicht übersah. Denn um diesen Zusammenhang verstehen zu können, war ja eben die Wissenschaft von Lesen, Schreiben und Rechnen notwendig, um zu erkennen, in welcher Form das Rechnen und Schreiben von dem, der es versteht, zum Nachteil dessen gebraucht werden kann, der weder lesen noch rechnen kann.

Aber weil er sagte, das sei so, darum glaubte sie es unbesehen und unverstanden.
Sie fragte: »Kannst du schreiben?«
»Ja, ich kann schreiben. Willst du einmal sehen, wie das geht?«
Und er schrieb auf ein Stückchen Papier mit Bleistift: ›Ich habe Estrellita gefunden, als sie arm war, und ganz verlassen, und keinen einzigen Freund in der weiten Welt hatte.‹
Sie sah ihm mit Andacht zu, als er langsam die Buchstaben hinmalte, und sie bewunderte ihn, wie er das so sicher konnte. Es erfüllte sie mit großer Freude, daß er, der Inhalt ihres Lebens, so klug war, daß er alles konnte und alles wußte, was es auf Erden zu kennen und zu wissen gab. Als er ihr das Geschriebene dann vorlas, sagte sie: »Das ist wahr, oh, das ist ja so wahr wie die Sterne am Himmel.«
Und sie griff seine Hand, mit der er geschrieben hatte, und preßte sie gegen ihr Gesicht.
Dann sagte sie: »Ich möchte dir, um alles in der Welt, auch so etwas Schönes und Liebes schreiben, wie du mir hier geschrieben hast.«
»Nimm dieses Papier und bewahre es«, sagte er.
Sie faltete das Papierchen ganz klein zusammen, schob es oben in das offene Hemd und sagte: »Ich will es auf meinem Herzen tragen, wie ich in meinem Herzen alle deine Worte trage.«
»Nun wohl«, sagte er lächelnd, »du willst mir auch so Schönes schreiben, sagst du. Gut, dann will ich dich schreiben lehren und Spanisch zugleich. Denn siehst du, in Idioma, in Tseltal, kann man nicht schreiben, weil wir keine Buchstaben haben. Buchstaben gibt es nur in der Sprache der Ladinos. Die haben diese Buchstaben gemacht, damit sie Kontrakte und Briefe schreiben können.«
So begann der Sprachunterricht und das Schreibenlernen. Und es hatte begonnen auf jenem kleinen Plätzchen unten am Bach, hundert Schritte entfernt von den Carretas und den Burschen, während die letzten Strahlen der Sonne zu verlöschen begannen.
Seit jenem Tage, an dem sich dies zugetragen hatte, war Estrellita mit Andres viermal wieder auf dieser kleinen Weide gewesen, als er Karawanen führte und hier Rast hielt.

Und jedesmal waren sie beide hinuntergeklettert zu der schmalen offenen Stelle am Bach, wo sie den ersten Buchstaben ihres Namens schreiben gelernt hatte. Und jedesmal war sie an jenem Plätzchen niedergekniet und hatte ihre Lippen auf die grasbedeckte Erde gedrückt als Gruß und als Erinnerung an jenen ersten Abend, den sie hier mit Andres verbracht hatte. Wenn immer sie, später, das Wort Heimat hörte, so verknüpfte sich in ihrer Seele mit der Vorstellung Heimat dieses kleine Stückchen Erde.

10

Die Carreteros hatten sich zum Schlafen teils in den Schatten der Gebüsche, teils unter die Carretas gelegt.
Andres blickte um sich. Und als er fand, daß alles in guter Ordnung war, rief er das Sternchen herbei.
Sie war einige Schritte weit den Berg hinaufgeklettert und hatte sich in den Schatten eines Baumes gesetzt, wo sie sich damit beschäftigte, in ihr neues weißes Baumwolljäckchen eine Menge schlichter Figuren mit roter, grüner und blauer Wolle hineinzusticken, um das Jäckchen zu verschönern. Sie hatte nie irgendwo Sticken gelernt. Sie hatte es nur einmal gesehen bei einer indianischen Frau, die vor der Tür ihrer Hütte saß, wo die Karawane vorüberkam und für eine Viertelstunde halten mußte, weil die Jochriemen eines Ochsen gerissen waren. Sie versuchte das Stikken nun selbst. Es ging ungeschickt genug. Die Figuren, die sie hineinstickte, waren einfache Sternchen, Rauten, Quadrate, Kreise mit Kreuzchen, Swastikas und Herzchen. Aber sie gruppierte diese Figürchen so geschickt, tauschte sie so vielfältig miteinander aus und wandte die Farben so schlicht natürlich an, daß das Jäckchen sehr schön zu werden versprach.
Als Andres sie zu sich rief, sprang sie auf, packte ihr Zeug hastig zusammen, trug es zur Carreta und kam auf ihn zu.
»Laß uns hinuntergehen zum Bach, wo wir immer gesessen haben«, sagte Andres. »Wir können dort ebensogut ausruhen wie hier oben bei den Carretas.«
»Aber ja«, willigte sie freudig ein. »Es ist viel schöner dort, kein Staub von der Straße, und wir können ganz allein miteinander reden, nur du und ich.«

Vergnügt schwatzte sie auf ihn ein, während sie halb springend, halb kletternd ihm voraneilte. An Jahren und nach ihren Gesten war sie noch immer ein Kind, während sie nach dem Urteil ihrer Rasse nun schon als eine junge Frau galt.

11

Nun saßen sie unten an der ihnen so vertrauten Stelle.
Estrellita ließ ihre nackten dunkelbraunen kräftigen Füße vom Wasser umspielen.
Andres drehte sich eine dicke Zigarre. Er tat es sehr nachdenklich.
Als die Zigarre endlich glimmte, sagte er, ohne jede Einleitung: »Der Finquero hat meinen Vater in die Monteria verkauft.«
Das Mädchen verlor jeden Tropfen Blut aus ihrem Gesicht. Ihr Mund fiel weit auf, ganz von selbst. Er stand so offen wohl für einige Minuten. Dann wurde es ihr hart und trocken im Munde. Sie schluckte einen tiefen Atem ein, der wie ein raschelnder Windhauch in sie hineinzupressen schien. Sie schlug mit dem Kopfe heftig um sich, als wolle sie ihn aus den Halsgelenken schleudern. Ihre Augen quollen hervor und wurden rötlich, so daß es schien, die Häutchen, die ihre Augen festhielten, möchten verbrennen. Ihre kleinen Hände ballten sich zu Fäusten, und sie schlug sie trommelnd auf ihre Oberschenkel. Sie stieß einen halben Schrei aus, der abschnitt wie hinweggehackt. Es gurgelte in ihrer Kehle. Sie schaukelte den Oberkörper hin und her, als würde er von einem Sturm zerzaust. Sie zog die Füße aus dem Wasser und schob sie dicht gegen ihren Unterkörper.
Dann begannen die Tränen aus ihren Augen zu fließen wie rieselnde Bächlein.
Aber Andres hörte weder ihr Weinen noch ihr Schluchzen.

12

Sagt ein Indianer zu einem andern Indianer: »Mein Vater ist in Not«, so bedarf es zwischen ihnen auch nicht eines einzigen Wortes weiter. Denn das, was der Sohn darauf tut, ist so unabänderlich, steht so völlig außerhalb seines Willens wie der Tod, der einen Menschen treffen kann. Diejenigen, die ihre Empfindungen in barem Gelde ausdrücken müssen, um zu wissen, daß sie welche haben, kommandieren oder lassen ihren Gott kommandieren: ›Auf daß es dir wohl gehe und du lange lebest auf Erden, du immer gute Geschäfte machst, immer tüchtig und reichlich schöne Dollars verdienst, darum ehre Vater und Mutter.‹

Sie bringen den Nachsatz nur deshalb nicht an erster Stelle des Kommandos, damit der Dollar nicht gar so deutlich sichtbar wird. Es wird ja auch in unserer verhebräischten Religion von dem ewigen Himmelslohn nie in der Weise gepredigt, daß es sich bei jenem Lohn um eine stille Zufriedenheit nach der vollbrachten Lebensarbeit handelt, um eine wohltuende Glückseligkeit, die man darüber empfindet, keinem Wesen wissentlich und absichtlich jemals etwas Böses zugefügt zu haben; sondern es wird nachdrücklich betont, bei Predigten und beim Eindrillen der Religionswahrheiten, daß es sich bei dem ewigen Himmelslohn um einen guten Sitzplatz in einem vorzüglichen Symphoniekonzert handelt, bei dem man das Recht hat, Flüglein zu tragen und gelegentlich mit Saxophon, Schlagzeug und Leier mitzuwirken. Es muß stets klar sein, was gute Taten an bar oder an Privilegien nach dem Tode einbringen, und es darf nicht unerwähnt bleiben, daß die Schadenfreude gegenüber denen, die ewig schmoren und rösten müssen, auch etwas wert ist, um dessentwillen sich ein kindlicher Glaube verlohnt.

Der Indianer kennt kein göttliches Gebot, und er hat nie eines gekannt in der langen Geschichte seiner Rasse. Jedoch er kennt irdische Tatsachen. Und eine dieser Tatsachen heißt: »Er ist dein Vater, und sie ist deine Mutter.«

Ob er diese beiden Menschen ehrt oder nicht ehrt, darum kümmert sich sein Gott nicht. Sein Blut sagt ihm, was er diesen beiden Menschen gegenüber zu tun hat. Weder brauchen ihm Dollars versprochen zu werden, noch braucht man ihn mit glühenden Zangen zu ängstigen.

13

»Wann gehst du?« fragte Estrellita.

»Ich bringe die Carreta hinauf nach Jovel. Am frühen Morgen können wir dort sein. Ich habe eine Ladung Kaffee und Tabak und einige Tausend leerer Flaschen der Brauereien, die zurückgehen. Morgen abend sind wir auf dem Heimweg. In drei Tagen kann ich die Carretas Don Laureano übergeben. Dann gehe ich, noch in derselben Nacht, um nicht zu spät zu meinem Vater zu kommen.«

»Ich gehe mit dir, mein lieber Junge«, sagte das Sternchen. »Ich gehe auch mit dir in die Monterias. Ich gehe mit dir, wohin du auch immer gehst. Über das Ende der Welt hinaus. Kein Ort zu weit, kein Weg zu hart, keine Arbeit zu schwer, wenn ich mit dir sein kann.«

»Könntest du das, Estrellita mia«, erwiderte Andres mit erstikkender Stimme, »dann würde ich mit dir gar nicht darüber gesprochen haben. Wir würden gehen, gleich wohin und gleich mit welchem Ziel und Ende. Das habe ich alles wohl bedacht, die volle Nacht hindurch und heute den ganzen Weg entlang. Du kannst nicht mit mir gehen. Du kannst nicht, um deinetwillen nicht und nicht um meinetwillen. Ich habe gewiß niemals geglaubt, daß ich dir je ein so großes Weh deines Herzens werde zufügen müssen. Und ganz ohne meine Schuld. Und viel mehr noch ist es ganz ohne die Schuld meines armen Vaters, daß ich dich, mein Sternchen, allein lassen muß.«

»Du hast mir versprochen, in den ersten Tagen, als wir des Nachts auf der Prärie saßen und so voller Freude waren, daß du mich nie verlassen würdest. Hast du mir das nicht versprochen?«

»Das habe ich«, bestätigte Andres. »Du bist die Nächste für mich, gleich nach meinem Vater. Und wäre es nicht um meinen Vater, so könnte kein General und kein Gobernador dich von mir trennen. Meine Mutter kann nie in eine so große Not kommen, wie die Not ist, in der jetzt mein Vater ist. Denn mein Vater ist nun alt und matt. Er hat viel gearbeitet. Er würde kaum den Marsch zu den Monterias überleben, und er würde gewiß am Wege bleiben, um von Geiern und wildernden Hunden gefressen zu werden. Und darum bist du die Nächste für mich, weil deine Not um ein vieles

größer werden kann, als die meines Vaters ist. Doch weil ich deine Not nicht größer werden lassen kann als die meines Vaters, darum kann ich dich nicht mit mir nehmen.«
Das Mädchen verstand nicht, wie er es meinte.
Sie fragte: »Aber wenn ich immer bei dir bin, wie kann meine Not größer werden, als sie sein wird, wenn du mich verläßt?«
»Auf meinen Vater drängt eine Not ein. Aus dieser Not werde ich ihn befreien. Es ist die bitterste, die ihn in seinem Leben treffen konnte. Jedoch aus den Nöten, in die du sicher kommen wirst, wenn du mit mir gehst, kann ich dich nicht erlösen. Ich könnte nur morden. Aber dann werde ich gemordet, und du bist dann dennoch allein gelassen und schlimmer als vorher.«
»Ich sterbe aber dann mit dir«, sagte sie ruhig.
»Wenn man dich sterben läßt, Sternchen«, berichtigte sie Andres. »Und –«, fügte er hinzu, »wenn noch soviel von dir übriggeblieben ist, daß sich das Sterben für dich lohnt und daß dir genügend eigener Wille geblieben ist, freiwillig zu sterben. Denn deine Seele und dein Körper werden zerbrochen sein.«
Sie wußte nichts darauf zu sagen. Es formte sich in ihr eine körperliche Vorstellung unbekannter Furcht, die ihr gleich einem monströsen Untier schien mit unzähligen Krallen und langen dichtbehaarten Armen, die wie Schlangen nach allen Richtungen herumzüngelten, um Opfer zu erhaschen.
Sie konnte sich nicht denken, welche Art von Nöten Andres meinen könnte. Aber sie gab ihm nach, denn er wußte so viele Dinge, und alles was er sagte, war immer wahr und richtig.
Daran denkend, wurde sie sich des bevorstehenden Verlustes nur noch schmerzlicher bewußt.
Die ruhige Bestimmtheit, mir der er gesagt hatte, daß er allein gehen müsse, ohne sie, nahm ihr jegliche Hoffnung, daß es einen anderen Ausweg geben könnte.
Er hatte darüber lange und anhaltend nachgedacht und alle Möglichkeiten erwogen. Jetzt erinnerte sie sich daran, daß er den vollen Weg hindurch kein Wort geredet hatte, während er sonst, selbst auf den schwierigsten Wegen und bei der härtesten Arbeit, wo die lästerlichsten Flüche nur so durch die Luft fegten wie Bremsen, gelegentlich ein paar freundliche oder scherzende Worte für

sie bereit hatte, sobald sie in seine Nähe kam. Bei ihrem Anblick erstarben auch die gellendsten Schimpfereien auf seinen Lippen, und statt des gewollten Fluchs über einen unerwarteten Radbruch an der übelsten Stelle des Weges formte sich über seinem verschwitzten und verstaubten Gesicht ein fröhliches Lachen, das er seinem Sternchen entgegenwarf.
Weil seine Erfahrung um ein so vieles reicher war als ihre und weil sie tief in ihrem Herzen fühlte, daß er in seinem ganzen Wesen und Sein eins war mit ihr, wußte sie, daß er alles durch und durch überdacht hatte, um eine Möglichkeit zu finden, sie bei sich zu behalten.

14

Schicksal ist undiskutierbar. Für einen Indianer viel, viel mehr als für einen Menschen, der unter dem Einfluß zahlreicher, sich einander widersprechender Philosophien steht, von denen er sich die aussucht, die ihm für seine Geschäfte oder für die Harmonie seines Lebens am dienlichsten erscheint. In einer so bequemen Lage befindet sich der Indianer nicht. Für ihn ist das Schicksal seine Lebensbestimmung, der er nicht entweichen kann und gegen die er darum auch nicht ankämpft.
Dennoch griff Estrellita nach dem letzten Hoffnungsstrahl, den sie in ihrem aufgewühlten Gedankenmeer vor sich flimmern zu sehen meinte.
»Ich habe gehört«, sagte sie, »daß zuweilen Männer ihre Frauen mit in die Monterias nehmen.«
»Ja«, gab Andres zu, »das tun manche Männer. Aber meist, oder wohl immer, besonders wenn die Frauen jung sind und angenehm anzusehen, kommt der Mann nicht mehr zurück. Seiner Frau wegen.«
Er wußte, daß sie ihn nicht verstanden hatte, daß er es auch nicht verständlich für sie hätte machen können, selbst wenn er gewollt haben würde. Denn für ein solches Verstehen fehlte ihr eine wichtige Voraussetzung.
Das Sternchen begriff es in einer anderen Weise.
Sie sagte: »Dann freilich will ich nicht mit dir gehen. Ich will ganz gewiß nicht die Schuld haben, daß du nicht mehr zurückkommst. Ich will so sehr, daß du zurückkehrst, sobald du deinen Vater frei

gearbeitet hast. Ich werde gewiß auf dich warten. Warten und warten. Bis an das letzte Atmen meines Lebens.«
»Ja, Sternchen«, sagte er schwer, »das möchte ich wohl, daß du auf mich wartest. Auch das habe ich überdacht. Aber wo in der Welt könntest du auf mich warten? In der ganzen weiten Welt, die ich kenne, da ist für dich kein winziges Plätzchen zu finden, wo du ruhig und zuversichtlich auf mich warten könntest.«
»Ich werde im Hause deiner Mutter warten«, sagte sie freudig. Als ob er daran nicht auch gedacht hätte.
»Das könntest du«, erklärte er ihr, »das könntest du, wenn meine Mutter weit fort und anderswo lebte als auf der Finca. In weniger als einer Woche weiß der Finquero, dem du entlaufen bist, daß du auf der Finca des Don Arnulfo lebst. Und er läßt dich sofort zurückholen mit der Polizei. Und was denkst du, was sein Sohn, der José, von dem du mir erzählt hast, mit dir tun wird? Das brauche ich dir nicht zu sagen.«
Sie schloß die Augen und schüttelte sich vor Ekel und vor Schrecken.
»Dies ist ein weiterer Grund, warum ich dich nicht mit mir nehmen kann. Der Weg zu den Monterias führt durch die Regionen, wo die Finqueros die allmächtigen Herren sind und wo die Beamten und die Sekretäre für zehn Pesos und einige Gläschen Comiteco einen Peon nach kurzem Urteilsspruch füsilieren, wenn der Finquero es so haben will. Das weißt du doch so gut wie ich. Dein Finquero erfährt sofort, daß du in der Region bist. Und er läßt dich aus der Marschkolonne heraus ergreifen und zurückbringen. Abgesehen von allen anderen Dingen, die dir sicher zustoßen werden, hast du zwei Jahre für nichts zu arbeiten, um die Schuld für deine Ergreifung zu bezahlen. Was kümmern sich die Finqueros um einen Indianer oder gar um ein kleines liebes Indianermädchen, wie mein Sternchen ist, ob es zugrunde geht oder nicht! Es gibt ja so viele Indianer, so sehr viele. Und sie sind billiger für einen Finquero als junge Kälber.«
»Du hast so recht«, nickte Estrellita, »du weißt alles in der Welt. Und es ist so, wie du sagst.«
»Und nun, mein Sternchen«, sprach er leise, »nun wirst du mir ein letztes Mal gehorchen und tun, was ich dir sage.«

»Nicht das letztemal«, erwiderte das Mädchen, ohne ihn ausreden zu lassen, »nicht das letztemal. Ich werde dir immer und ewig gehorchen. Solange ich lebe. Weil du mein Herr bist und alles.«
Für eine Weile blieb er nachdenklich, um sich genau jeden Schritt zu überlegen, den zu gehen er dem Sternchen anzuraten gedachte. Dann sagte er, jedes Wort gut betonend, um es dem Mädchen stark einzuprägen: »Wir gehen nun hinauf nach Jovel. Morgen nachts sind wir auf dem Rückwege nach Socton. Dort angekommen, rechne ich ab mit Don Laureano. Ich habe noch eine Schuld bei ihm. Es werden wohl so an neunzig Pesos sein. Er schreibt sie mir über auf Don Arnulfo. Und Don Arnulfo schreibt sie mir über auf mein Konto in der Monteria. Ich will versuchen, daß mir Don Laureano zehn Pesos mehr leiht auf mein Konto. Das wird er gewiß tun. Ich habe ihm gut gedient seit vielen Jahren und ihm nie einen Schaden getan. Diese zehn Pesos gebe ich dir. Die wickelst du gut ein in deinen Rock. Dann gehst du mit der Karawane, die Aurelio führt, hinunter zur Bahnstation. Aurelio kenne ich gut. Er ist mein Freund. Ich spreche mit ihm. Er ist ein guter Bursche, der dich sicher und wohlbehalten unten anbringt. Dann fährst du mit der Bahn nach Tonalá. Das kostet nur einen halben Peso. Dort suchst du dir einen guten Dienst. Du kannst jetzt genügend Spanisch sprechen, weißt genügend gut zu lesen und reichlich zu schreiben. Wirst wohl sechs oder acht Pesos im Monat verdienen können. Wenn es dir nach einiger Zeit nicht gefällt oder man dich schlecht behandelt, dann fahre weiter, vielleicht nach Huixtla, oder besser bis nach Tapachula. Das ist eine große Stadt, wo der Dienst gut bezahlt wird. Da wohnen viele Amerikaner, die ein Mädchen, wie du bist, gut behandeln und gut bezahlen. Aber gehe nie in eine andere Stadt, als nur an der Bahnlinie. Dort kann ich, wenn ich eines Tages zurückkommen werde, dich suchen und kann dich finden. Gehst du anderswohin im Lande, dann könnte ich dich wohl nie mehr wiederfinden.«
»No la olvidaré ni una palabra«, sagte sie in Spanisch. »Nicht ein einziges deiner Worte werde ich je vergessen, und ich werde so handeln, wie du mir gesagt hast.«
Sie sprach es wie einen Schwur.

15

Es war zwei Tage später, als die Karawane, von Jovel zurückkehrend, auf der gleichen kleinen Weide Lager schlug.
Die Karawane kam an, als die Nacht schon hereingebrochen war.
Die Ochsen waren versorgt, und die Carretas befanden sich in guter Fahrtordnung.
Das Abendessen war vorüber. Die Carreteros saßen am Feuer, rauchend und erzählend.
Bonifacio spielte ein kleines Akkordeon, das er sich in Jovel gekauft hatte. Pascual begleitete ihn auf der Gitarre. Zwei der Burschen tanzten.
Dann ging der Mond auf. Er kam von dem Hochland bei Jovel. Langsam wogte er hinauf an dem klaren Himmel. Tiefrot und voll und so groß und mächtig erscheinend, als wolle er die Erde mit einem Schluck verschlingen.
Andres stand auf vom Feuer.
Er ging hinüber zu seiner Carreta.
Da saß das Sternchen auf dem Führerbrett. Träumend oder in Gedanken, ihre Augen voll und groß auf den Mond gerichtet.
Andres stand eine Weile bei ihr.
Dann strich er ihr über das Haar, das sie sich vor dem Essen sorgfältig durchgekämmt hatte und das nun lang und schlicht an ihr herunterhing.
»Komm, Yita«, sagte er.
Er hob sie herunter.
Sie gingen hinter den Carretas entlang, um zu vermeiden, daß die Burschen am Feuer sehen könnten, nach welcher Richtung sie sich entfernten.
Als sie von der Weide waren, hob er sie in seine Arme, trug sie hinunter zum Bach und setzte sie nieder an jener kleinen offenen Stelle, die ihnen ihre erste Heimat war, die sie gemeinschaftlich gehabt hatten.
Wie lange flirrende Strähnen aus Gold flutete das Licht des Mondes im Bach.
Vor ihren Augen stand der Busch. Schwarz und undurchdringlich. Goldene Platten mit zerrissenen Rändern lagen auf dem

Busch, da, wo dichtes und verwobenes Laub den Schein des Mondes auffing.
Hinter ihnen und neben ihnen, zu allen Seiten, standen Büsche, Gesträucher und knorrig verwachsene Bäumchen. Manche von denen voll gebadet im Licht des Mondes, andere nur von Silberfahnen gestreift und wieder andere mit kleinen goldenen Schildchen beheftet. Die Schatten lagen in den golddurchfluteten offenen Stellen des Abhanges verstreut, als wären sie der vom Tage zurückgelassene Atem jener Büsche.
In den beiden Menschenkindern, die hier schweigend saßen, sich bei den Händen haltend, erwachte die Idee, daß dieses Gesträuch lebend sei und eine Welt ganz für sich allein bilde, mit ihren eigenen Formen, ihrem eigenen Wesen, ähnlich verwunschenen Menschlein, die waren und vergingen, die unrichtig geboren waren und sich nicht zu guter Zeit einrichten konnten in die wirkliche Welt.
Der Busch sang. Das Gebüsch geigte. Das Gras flötete. Und der Bach spielte tieftönende Hoboen.
Von den Burschen her, die oben am Feuer saßen, wehten abgebrochene Akkorde ihrer gespielten Melodien herunter, die so fern herzukommen schienen, als wären sie ein Hauch zurückgebliebener Lieder, die von anderen Carreteros auf derselben Weide Nächte vorher gesungen worden waren.
Andres und Estrellita waren so voll von Gedanken, daß sie es wie einen tiefen Schmerz ihrer Seele empfunden haben würden, reden zu müssen.
Es war beiden, als denke jeder von ihnen das gleiche, was der andere denke im selben Augenblick.
Es kam über sie ein schmerzlich süßer Drang, sich ineinander zu verlieren, um sich für die Dauer des Bestehens des Universums zu gewinnen und sich zu behalten, für ewig miteinander verbunden zu bleiben im Erlebnis eines gleichen Gefühls und Geschehens.
Und es geschah ohne ihren Willen und ohne ihren Wunsch, daß sie beide einen weiten Schritt näher kamen der Erkenntnis des Wesens vieler Dinge im Leben des Menschen.
Vom Lager her sangen die Carreteros: ›Amapola del camino.‹ Sie sangen es ziehend und voller Schwermut.

Und das Lied umwehte die beiden und drängte sich in ihr heißes Atmen, so daß es ihr Hochzeitslied wurde.
»Fürchte dich nicht, Sternchen«, sagte Andres, »sei tapfer. Wenn auch Hunderte von Männern und Burschen nicht mehr zurückkommen und in den Monterias verwehen und vergraben werden, ich komme zurück. Ich komme zurück zu dir, Estrellita mia, und wenn die Welt darüber in Stücke brechen sollte.«
»Ich werde auf dich warten, für immer und immer«, sagte sie.

B. Traven im Diogenes Verlag

Werkausgabe in Einzelbänden
Einzig berechtigte deutsche Ausgabe,
vollständig neu herausgegeben von Edgar Päßler
in Zusammenarbeit mit der Büchergilde Gutenberg,
Frankfurt am Main

Das Totenschiff
Roman. detebe 21098

Die Baumwollpflücker
Roman. detebe 21099

Die Brücke im Dschungel
Roman. detebe 21100

Der Schatz der Sierra Madre
Roman. detebe 21101

Die Weiße Rose
Roman. detebe 21102

Aslan Norval
Roman. detebe 21103

Regierung
Roman. detebe 21104

Die Carreta
Roman. detebe 21105

Der Marsch ins Reich der Caoba
Roman. detebe 21106

Trozas
Roman. detebe 21107

Die Rebellion der Gehenkten
Roman. detebe 21108

Ein General kommt aus dem Dschungel
Roman. detebe 21109

Die Geschichte vom unbegrabenen Leichnam
Erzählungen. detebe 21110

Ungeladene Gäste
Erzählungen. detebe 21111

Der Banditendoktor
Erzählungen. detebe 21112

Moderne deutsche Klassiker im Diogenes Verlag

● **Alfred Andersch**
Studienausgabe in 16 Bänden
detebe

Dazu ein Band
Über Alfred Andersch
Herausgegeben von Gerd Haffmans
detebe 20819

Sämtliche Erzählungen
Diogenes Evergreens

Das Alfred Andersch Lesebuch
Herausgegeben von Gerd Haffmans
detebe 20695

● **Gottfried Benn**
Ausgewählte Gedichte
Herausgegeben und mit einem Nachwort von Gerd Haffmans. detebe 20099

Das Gottfried Benn Lesebuch
Ein Querschnitt durch das Prosawerk, herausgegeben von Max Niedermayer und Marguerite Schlüter. detebe 20982

● **Friedrich Dürrenmatt**
Stoffe I–III
Winterkrieg in Tibet / Mondfinsternis
Der Rebell. Leinen

Achterloo
Komödie. Leinen

Das dramatische Werk in 17 Bänden
detebe 20831–20847

Das Prosawerk in 12 Bänden
detebe 20848–20860

Dazu ein Band
Über Friedrich Dürrenmatt
Herausgegeben von Daniel Keel
detebe 20861

● **Hermann Hesse**
Meistererzählungen
Herausgegeben und mit einem Nachwort von Volker Michels. detebe 20984

● **Das Erich Kästner Lesebuch**
Herausgegeben von Christian Strich
detebe 20515

● **Das Karl Kraus Lesebuch**
Herausgegeben und mit einem Nachwort von Hans Wollschläger. detebe 20781

● **Heinrich Mann**
Meistererzählungen
Herausgegeben von Christian Strich. Mit einem Vorwort von Hugo Loetscher und Zeichnungen von George Grosz.
detebe 20981

● **Thomas Mann**
Meistererzählungen
Herausgegeben und mit einem Nachwort von Gerd Haffmans. detebe 20983

● **Ludwig Marcuse**
Werk- und Studienausgabe in bisher 12 Einzelbänden
detebe

● **Hermann Harry Schmitz**
Buch der Katastrophen
24 tragikomische Geschichten, mit einem Vorwort von Otto Jägersberg und 15 Holzstichmontagen von Horst Hussel
detebe 20548

● **Arthur Schnitzler**
Meistererzählungen
Herausgegeben und mit einem Nachwort von Hans Weigel. detebe 21016

● **B. Traven**
Werkausgabe in 15 Bänden
Einzig berechtigte deutsche Ausgabe, vollständig neu herausgegeben von Edgar Päßler in Zusammenarbeit mit der Büchergilde Gutenberg, Frankfurt am Main
detebe 21098-21112

● **Robert Walser**
Der Spaziergang
Ausgewählte Gedichte und Aufsätze. Mit einem Nachwort von Urs Widmer und Zeichnungen von Karl Walser. detebe 20065

Maler, Poet und Dame
Aufsätze über Kunst und Künstler. Herausgegeben von Daniel Keel. Mit zahlreichen Dichterporträts. detebe 20794

Werk- und Studienausgaben in Diogenes Taschenbüchern

● Alfred Andersch
Studienausgabe in 16 Einzelbänden
detebe

Einige Zeichnungen
Essay. detebe 20399

Das Alfred Andersch Lesebuch
Herausgegeben von Gerd Haffmans
detebe 20695

Über Alfred Andersch
Herausgegeben von Gerd Haffmans
detebe 20819

● Sherwood Anderson
Ich möchte wissen warum
Erzählungen. detebe 20514

● Angelus Silesius
Der cherubinische Wandersmann
detebe 20644

● Honoré de Balzac
Die großen Romane
in 10 Bänden. detebe 20901–20910

Erzählungen
in 3 Bänden. detebe 20896, 20897, 20899

Das ungekannte Meisterwerk
Erzählungen. detebe 20477

Über Balzac
Herausgegeben von Claudia Schmölders
detebe 20309

● Charles Baudelaire
Die Tänzerin Fanfarlo
Prosadichtungen. detebe 20387

Die Blumen des Bösen
Gedichte. detebe 20999

● Gottfried Benn
Ausgewählte Gedichte
Herausgegeben und mit einem Nachwort von Gerd Haffmans. detebe 20099

Das Gottfried Benn Lesebuch
Ein Querschnitt durch das Prosawerk, herausgegeben von Max Niedermayer und Marguerite Schlüter. detebe 20982

● Ambrose Bierce
Die Spottdrossel
Erzählungen. detebe 20234

● James Boswell
Dr. Samuel Johnson
Leben und Meinungen. detebe 20786

● Ulrich Bräker
Werke in 2 Bänden
Herausgegeben von Samuel Voellmy und Heinz Weder. detebe 20581 und 20582

● Wilhelm Busch
Schöne Studienausgabe in 7 Einzelbänden
Herausgegeben von Friedrich Bohne in Zusammenarbeit mit dem Wilhelm-Busch-Museum in Hannover. detebe 20107–20113

● Calderón
Das große Welttheater
Neu übersetzt von Hans Gerd Kübel und Wolfgang Franke. detebe 20888

● Anton Čechov
Das dramatische Werk in 8 Bänden
in der Neuübersetzung und Neutranskription von Peter Urban. detebe

Das erzählende Werk in 10 Bänden
Herausgegeben von Peter Urban
detebe 20261–20270

● Joseph Conrad
Lord Jim
Roman. detebe 20128

Der Geheimagent
Roman. detebe 20212

Herz der Finsternis
Erzählung. detebe 20369

● **Charles Dickens**
Werkausgabe
In der Übersetzung von Gustav Meyrink, in bisher 3 Bänden:

David Copperfield
Roman. Mit einem Nachwort von W. Somerset Maugham. detebe 21034

Oliver Twist
Roman. detebe 21035

Nikolas Nickleby
Roman. detebe 20998

● **Das Diogenes Lesebuch amerikanischer Erzähler**
Geschichten von Poe bis Brodkey
detebe 20271

● **Das Diogenes Lesebuch englischer Erzähler**
Geschichten von Stevenson bis Sillitoe
detebe 20272

● **Das Diogenes Lesebuch irischer Erzähler**
Geschichten von Wilde bis O'Brien
detebe 20273
Alle herausgegeben von Gerd Haffmans

● **Das Diogenes Lesebuch klassischer deutscher Erzähler**
in 3 Bänden
Band I: von Wieland bis Kleist
Band II: von Grimm bis Hauff
Band III: von Mörike bis Busch
detebe 20727, 20728, 20669

● **Das Diogenes Lesebuch moderner deutscher Erzähler**
in 2 Bänden
Band I: von Schnitzler bis Kästner
Band II: von Andersch bis Widmer
detebe 20782 und 20776
Alle herausgegeben von Christian Strich und Gerd Haffmans

● **Das Diogenes Lesebuch französischer Erzähler**
Geschichten von Stendhal bis Simenon. Herausgegeben von Anne Schmucke und Gerda Lheureux. detebe 20304

● **Fjodor Dostojewskij**
Meistererzählungen
Herausgegeben und übersetzt von Johannes von Guenther. detebe 20951

● **Friedrich Dürrenmatt**
Das dramatische Werk in 17 Bänden
detebe 20831–20847

Das erzählende Werk in 12 Bänden
detebe 20848–20860

Herausgegeben in Zusammenarbeit mit dem Autor. Alle Bände wurden revidiert und mit neuen Texten ergänzt

Über Friedrich Dürrenmatt
Herausgegeben von Daniel Keel
detebe 20861

● **Meister Eckehart**
Deutsche Predigten und Traktate
detebe 20642

● **Joseph von Eichendorff**
Aus dem Leben eines Taugenichts
Novelle. detebe 20516

● **William Faulkner**
Werkausgabe in 27 Einzelbänden
detebe

Briefe
Herausgegeben und übersetzt von Elisabeth Schnack und Fritz Senn. detebe 20958

Über William Faulkner
Herausgegeben von Gerd Haffmans
detebe 20098

● **Federico Fellini**
Werkausgabe der Drehbücher und Schriften
Herausgegeben von Christian Strich
detebe

● **F. Scott Fitzgerald**
Studienausgabe in bisher 9 Einzelbänden
detebe

● **Gustave Flaubert**
Werkausgabe in 7 Bänden
detebe 20721–20725 und 20386

Über Gustave Flaubert
Herausgegeben von Gerd Haffmans und Franz Cavigelli. detebe 20726

● **Theodor Fontane**
Werkausgabe in 5 Bänden
Herausgegeben von Hans-Heinrich Reuter
detebe 21073–21077

● **Ford Madox Ford**
Die allertraurigste Geschichte
Roman. detebe 20532

● **Franz von Assisi**
Die Werke
detebe 20641

● **Goethe**
Gedichte I
detebe 20437

Gedichte II
Gedankenlyrik / Westöstlicher Diwan
detebe 20438

Faust
Der Tragödie erster und zweiter Teil
detebe 20439

● **Nikolai Gogol**
Die Nase
Erzählungen. Zeichnungen von Alfred Kubin. detebe 20624

Die toten Seelen
Roman. detebe 20384

● **Iwan Gontscharow**
Ein Monat Mai in Petersburg
Erzählungen. detebe 20625

Briefe von einer Weltreise
Herausgegeben von Erich Müller-Kamp
detebe 21008

● **Jeremias Gotthelf**
Ausgewählte Werke in 12 Bänden
Herausgegeben von Walter Muschg
detebe 20561–20572

Gottfried Keller über Jeremias Gotthelf
detebe 20573

● **Heinrich Heine**
Gedichte
Ausgewählt von Ludwig Marcuse
detebe 20383

● **O. Henry**
Gesammelte Geschichten in 6 Bänden
detebe 20871–20876

Glück, Geld und Gauner
Ausgewählte Geschichten. detebe 20235

● **Hermann Hesse**
Meistererzählungen
Herausgegeben und mit einem Nachwort von Volker Michels. detebe 20984

● **Otto Jägersberg**
Werkausgabe in bisher 8 Einzelbänden
detebe

● **Jewgeni Jewtuschenko**
Ausgewählte Gedichte
Anthologie der besten Nachdichtungen
detebe 20061

● **Juan Ramón Jiménez**
Herz, stirb oder singe
Gedichte. detebe 20388

● **James Joyce**
Das James Joyce Lesebuch
Auswahl aus ›Dubliner‹, ›Porträt des Künstlers‹ und ›Ulysses‹. detebe 20645

● **Gottfried Keller**
Zürcher Ausgabe
In der Edition von Gustav Steiner
detebe 20521–20528

Über Gottfried Keller
Herausgegeben von Paul Rilla. detebe 20535

● **Ring Lardner**
Geschichten aus dem Jazz-Zeitalter
Herausgegeben von Fritz Güttinger
detebe 20135

D. H. Lawrence

Sämtliche Erzählungen und Kurzromane in 8 Einzelbänden
detebe 20184–20191

Liebe, Sex und Emanzipation
Essays. detebe 20955

John Thomas & Lady Jane
Roman. detebe 20299

Briefe
Auswahl von Richard Aldington. Vorwort von Aldous Huxley. Übersetzung und Nachwort von Elisabeth Schnack. detebe 20954

Doris Lessing

Hunger
Erzählungen. detebe 20255

Der Zauber ist nicht verkäuflich
Afrikanische Geschichten. detebe 20886

Carson McCullers

Werkausgabe in 7 Einzelbänden
detebe 20140–20146

Über Carson McCullers
Herausgegeben von Gerd Haffmans
detebe 20147

Heinrich Mann

Meistererzählungen
Herausgegeben von Christian Strich. Mit einem Vorwort von Hugo Loetscher und Zeichnungen von George Grosz
detebe 20981

Thomas Mann

Meistererzählungen
Herausgegeben und mit einem Nachwort von Gerd Haffmans. detebe 20983

Ludwig Marcuse

Werkausgabe in bisher 12 Einzelbänden
detebe

W. Somerset Maugham

Werkausgabe in 21 Einzelbänden
detebe

Guy de Maupassant

Erzählungen in 5 Einzelbänden
detebe

Herman Melville

Moby-Dick
Roman. detebe 20385

Billy Budd
Erzählung. detebe 20787

Conrad Ferdinand Meyer

Jürg Jenatsch / Der Heilige
Roman/Novelle. detebe 20965

Molière

Komödien in 7 Einzelbänden
In der Neuübersetzung von Hans Weigel
detebe 20199–20205

Über Molière
Herausgegeben von Christian Strich, Rémy Charbon und Gerd Haffmans
detebe 20067

Thomas Morus

Utopia
detebe 20420

Sean O'Casey

Purpurstaub
Komödie. detebe 20002

Dubliner Trilogie: Der Schatten eines Rebellen / Juno und der Pfau / Der Pflug und die Sterne
Komödien. detebe 20034

Autobiographie in 6 Einzelbänden
detebe 20394 und 20761–20765

Das Sean O'Casey Lesebuch
Herausgegeben von Urs Widmer. Mit einem Vorwort von Heinrich Böll und einem Nachwort von Klaus Völker. detebe 21126

Frank O'Connor

Gesammelte Erzählungen in 6 Einzelbänden
detebe

Autobiographie in bisher 2 Einzelbänden
detebe

● **Sean O'Faolain**
Ausgewählte Erzählungen in 3 Einzelbänden
detebe

● **Liam O'Flaherty**
Armut und Reichtum
Erzählungen. detebe 20232

Ich ging nach Rußland
Reisebericht. detebe 20016

● **George Orwell**
Werkausgabe in 11 Bänden
detebe

Das George Orwell Lesebuch
Herausgegeben und mit einem Nachwort von Fritz Senn. detebe 20788

● **Konstantin Paustowski**
Das Sternbild der Jagdhunde
Erzählungen I. detebe 20627

Die Windrose
Erzählungen II. detebe 20647

● **Luigi Pirandello**
Novellen für ein Jahr
2 Bände. Auswahl von Lisa Rüdiger
detebe 21032 und 21033

● **Edgar Allan Poe**
Der Untergang des Hauses Usher
Erzählungen. detebe 20233

● **Saki**
Die offene Tür
Erzählungen. Zeichnungen von Edward Gorey. detebe 20115

● **Jewgenij Samjatin**
Attila, die Geißel Gottes
Geschichte. detebe 20626

● **Arthur Schnitzler**
Meistererzählungen
Herausgegeben und mit einem Nachwort von Hans Weigel. detebe 21016

● **Arthur Schopenhauer**
Werkausgabe in 10 Bänden
nach der historisch-kritischen Ausgabe von Arthur Hübscher. detebe 20421–20430

Über Schopenhauer
Herausgegeben von Gerd Haffmans
detebe 20431

● **William Shakespeare**
Sonette
Deutsch von Karl Kraus. detebe 20381

Dramatische Werke in 10 Bänden
Übersetzung von Schlegel/Tieck. Illustrationen von Heinrich Füßli. detebe 20631–20640

Shakespeare's Geschichten
Sämtliche Stücke von William Shakespeare nacherzählt von Walter E. Richartz und Urs Widmer. detebe 20791 und 20792

● **Alan Sillitoe**
Studienausgabe in bisher 9 Einzelbänden
detebe

● **Stendhal**
Werke in 10 Bänden
detebe 20966–20975

Über Stendhal
Herausgegeben von Irene Riesen
detebe 20976

● **Laurence Sterne**
Tristram Shandy
Roman. detebe 20950

● **R. L. Stevenson**
Werke in 12 Bänden
in der Edition und Übersetzung von Curt und Marguerite Thesing
detebe 20701–20712

● **Tercsa von Avila**
Die innere Burg
detebe 20643

● **Henry D. Thoreau**
Walden oder Leben in den Wäldern
Vorwort von W. E. Richartz. detebe 20019

Über die Pflicht zum Ungehorsam gegen den Staat
Essay. Nachwort von W. E. Richartz
detebe 20063

● **B. Traven**
Werkausgabe in 15 Bänden
detebe 21098-21112

● Lydia Tschukowskaja

Ein leeres Haus
Roman. detebe 20008

Untertauchen
Roman. detebe 20393

● Robert Walser

Der Spaziergang
Erzählungen und Aufsätze. Nachwort von Urs Widmer. detebe 20065

Maler, Poet und Dame
Aufsätze über Kunst und Künstler. Herausgegeben von Daniel Keel. detebe 20794

● H. G. Wells

Der Krieg der Welten
Roman. detebe 20171

Die Zeitmaschine
Roman. detebe 20172

● Nathanael West

Schreiben Sie Miss Lonelyhearts
Roman. detebe 20058

Tag der Heuschrecke
Roman. detebe 20059

Eine glatte Million oder Die Demontage des Mister Lemuel Pitkin
Roman. detebe 20249

● Oscar Wilde

Der Sozialismus und die Seele des Menschen
Essay. detebe 20003

Sämtliche Erzählungen
Mit Zeichnungen von Aubrey Beardsley. Herausgegeben und mit einem Nachwort von Gerd Haffmans. detebe 20985

● Hans Wollschläger

Die bewaffneten Wallfahrten gen Jerusalem
Geschichte der Kreuzzüge. detebe 20082

Die Gegenwart einer Illusion
Essays. detebe 20576

Karl May
Biographie. detebe 20253